保定

名家名作

保定名家名作

保定历史文化名城丛书

《保定名家名作》编委会　编

河北大学出版社
·保定·

出 版 人：朱文富
责任编辑：张　磊
装帧设计：王占梅
责任校对：耿兆飞
责任印制：常　凯

BAODING MINGJIA MINGZUO

图书在版编目（CIP）数据

保定名家名作 /《保定名家名作》编委会编 . -- 保定：河北大学出版社，2021.12
（保定历史文化名城丛书）
ISBN 978-7-5666-1946-4

Ⅰ . ①保… Ⅱ . ①保… Ⅲ . ①中国文学—作品综合集—保定 Ⅳ . ① I218.223

中国版本图书馆 CIP 数据核字（2021）第 244533 号

出版发行：河北大学出版社
地址：河北省保定市七一东路 2666 号　邮编：071000
电话：0312-5073033　0312-5073029
邮箱：hbdxcbs818@163.com　网址：www.hbdxcbs.com
印　　刷：保定华泰印刷有限公司
幅面尺寸：185 mm × 260 mm
印　　张：19.5
字　　数：230 千字
版　　次：2021 年 12 月第 1 版
印　　次：2021 年 12 月第 1 次印刷
书　　号：ISBN 978-7-5666-1946-4
定　　价：168.00 元

《保定名家名作》编委会

序

鲁迅先生谈到作家与作品关系的时候曾经说过："人以文传，文以人传。"作品与人、人与城市相辅相成、密不可分，如果说作品是作家的精气神的展现，那么城市就是作家创作的血脉。保定地域的文学名家对于整个保定历史文化的描绘与写作，始终为整个古城的社会群体提供了一种集体想象的可能。

古往今来，作为历史文化名城的保定培育出了一代代优秀的文学、文化名人，他们因为深深地扎根于保定丰厚的人文历史土壤而层出不穷地孕育了绚烂多姿的文学、文化作品；保定的人文历史也因为他们的文学、文化业绩而不断地被赓续、被发扬光大。

保定文学的历史同源同流着五千年的祖国文学的历史。黄帝的神话系列和尧帝的传说关系着远古的保定地域，中山狼的寓言故事和易水河畔的慷慨悲歌协奏着春秋战国时代的先秦历史强音，郦炎的汉儒壮志，祖冲之、郦道元的博观文采，卢照邻、贾岛的大唐风韵，关汉卿、王实甫的戏剧咏叹，一笔一笔描绘了他们生活时代的千姿百态，挟带着历史之余味，鸣奏着千古之绝响。

近代以来的保定文学，贴紧在各个历史时期，在中国共产党领导下的冀中人民革命和改革的伟大斗争实践，谱写了一章章波澜壮阔的、可歌可泣的宏大英雄史诗。一方面，以《红旗谱》《荷花淀》《野火春风斗古城》《小兵张嘎》为代表的作品，艺术地记录和描写了在新民主主义革命的各个历史时期中，以保定为中心的冀中人民在党的领导下，严正、机智、英勇地反抗一切中外敌人的现实斗争细节，成功地塑造了朱老忠、水生嫂、杨晓冬和张嘎子等英雄形象群像，表现了保定人民追求民族独立、抵抗外侮、渴望解放、向往光明、不屈不挠的伟大战斗精神。另一方面，以申跃中、谈歌、铁凝等后起的在冀中平原成长起来的作家，更关注属于他们这个时代的建设主题，他们努力发掘和揭示在新历史时期，作为社会因子的人，特别是人之心灵文化结构的内质和形式及其辩证逻辑和规律，从而能够富于地域和现实特色地具体解读改革这个宏大主题。他们以生动的笔法描绘了具有革命传统的冀中人民，又义无反顾地投身于新时期改革开放和经济建设等伟大斗争实践中，其作品饱含了对保定古城、对保定人民的文化认同感和崇高美，在我国现当代文学史上留下了浓墨重彩的一笔，形成了闻名遐迩的“保定作家群”。值得一提的是，以孙犁、韩映山为代表的荷花淀派作家，特别留意于革命和建设等时代主题下，具有冀中平原特质的浓郁的乡土气息和地域特色的锤炼，他们以诗的意境和散文的笔法描绘了广阔的冀中平原和秀丽的白洋淀水乡，在这些独特而个性的自然风光和风土人情的描绘中，水到渠成地表现了自然之美、人情之美、人性之美，从而建构了自身具有朴素、明丽、清新、秀美等特征的鲜明艺术风格。

《保定名家名作》是对从古至今保定地区范围内具有重要影响的文

人墨客、文学作品资源的一次系统梳理，也是对保留古城文脉永久印记的一次较为全新的尝试。本书以时间为顺序，遴选保定籍和与保定密切相关的古今诗人、文人及作家名家62人，对应名作125篇（部），其中古代62篇（部），现当代63篇（部）。以名家简介、名作赏析为基本框架结构，将名家生平、写作背景娓娓道来，以求读者在赏析名作时更能置身于作者所处的时代背景中，唤起读者对作品背后蕴藏的历史文化的记忆，增强读者对作品的切身之感。

城市就是一本翻开的书，你可以从中阅读到它的思想和抱负。名家名作之于保定的意义既在于它们以最朴实的记录形式将保定这座古城的文脉续写在历史的篇章中，在历史的长河中为保定留下了不可磨灭的文化印记；也在于它们以最挚热的期盼憧憬着无限美好的保定未来！愿此《保定名家名作》即将成书之际，能使各位读者充满对保定的美好想象和向往。

马誉峰

2021年3月30日

凡 例

一、指导思想

以中国特色社会主义文化发展的科学理论为指导，坚持实事求是、改革创新的原则，坚持人与自然和谐共生的基本方略，牢固树立和贯彻落实新发展理念，全面、客观、系统地记述保定名家名作的历史与现状，弘扬保定人文精神，彰显地方、时代特色，推动中华优秀传统文化的传承发展。

二、总体结构

全书依照文学史时代划分为古代和现当代两部分，分别辑录保定文学史上名家的生平，并对其代表作品进行评析。名家的排序原则上以出生年份为序。

三、语言文体

书中除引用的原文外，正文统一使用规范汉字及现代语体文、记述体。记事坚持秉笔直书、述而不作，寓观点于记述之中。行文力求朴实、严谨、简洁、流畅，可读性强。

四、数据资料

书中所涉及的数据资料均由保定学院文学院提供，数据资料力求严谨、真实、准确。

五、纪年

书中中华民国以前的纪年，先书历史纪年，其后括注公元纪年。中华民国成立之后的纪年，均使用公元纪年。书中所称“解放前（后）”，以当地解放日为界；“新中国成立前（后）”，以中华人民共和国成立时间1949年10月1日为界；“改革开放前（后）”，以中共十一届三中全会召开时间1978年12月为界。

六、称谓

书中的记事均以第三人称角度记述。人物直书姓名，必要时冠以职务或职称。地名以现行标准地名为准；使用历史地名的，首次出现时括注现行地名。各历史时期的党派、团体、组织、机构、职务或职称等均以当时名称为准。称谓过长而又频繁使用的，首次出现时使用全称同时括注简称，之后使用简称。

七、数字、标点

书中数字书写以《出版物上数字用法》（GB/T 15835—2011）为准，标点符号使用以《标点符号用法》（GB/T 15834—2011）为准。

目录

古代

郦炎

名家简介

郦炎 (150—178)，字文胜，范阳 (今河北定兴) 人，东汉诗人。西汉郦食其十五世孙，郦平十世孙，在我国郦姓宗族里面排列第八十六世。东汉建宁三年 (170 年)，郦炎从范阳迁居涿郡 (今河北涿州)，为涿州郦姓家族始祖。郦炎对于父母极具孝心，又有高超的逻辑、诗文、音乐才华，思辨敏捷，善于说理，其推断事理多为世人佩服。《后汉书》记载：“炎有文才，解音律，言论给捷，多服其能理。”汉灵帝年间，州郡官府多次征郦炎入仕，皆因朝政腐败而拒绝出仕。17 岁作《郦篇》，27 岁作《七平》，《后汉书 · 郦炎传》收录其《见志诗二首》，抒发了他胸怀大志而遭时不遇的感慨，传达出他遭受压抑的不平心境。后来母亲病重，郦炎忧心如焚，精神错乱，导致当时正在生产的妻子受惊而亡。妻家

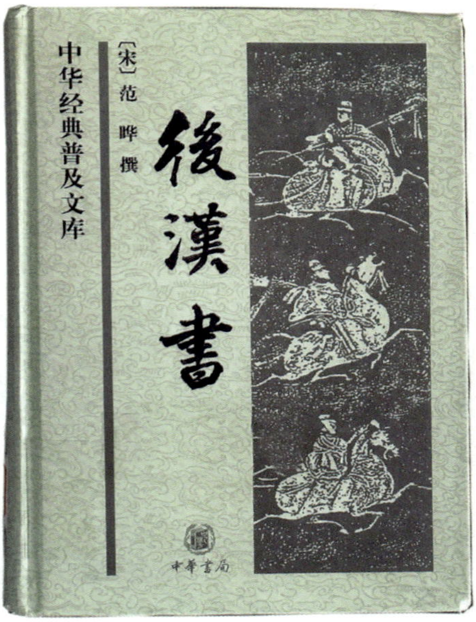

《后汉书》

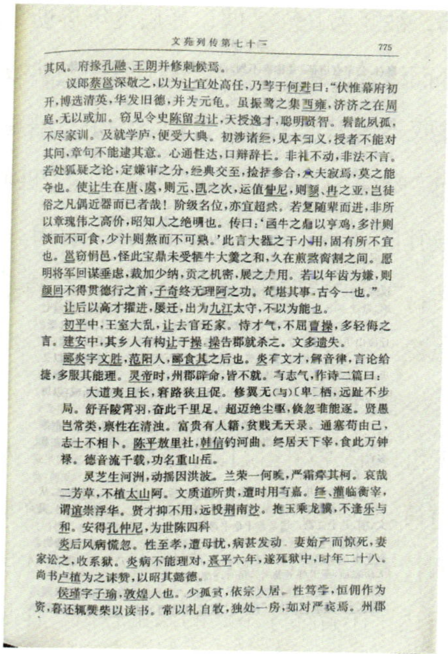
文苑列传第七十二　775

其风。府掾孔融、王朗并修刺候焉。

议郎蔡邕深敬之，以为让宜处高任，乃荐于何进曰："伏惟幕府初开，博选清英，华发旧德，并为元龟。虽振鹭之集西雍，济济之在周庭，无以或加。窃见令史陈留边让，天授逸才，聪明贤智。髫龀夙孤，不尽家训。及就学庐，便受大典。初涉诸经，见本知义，授者不能对其问，章句不能逮其意。心通性达，口辩辞长。非礼不动，非法不言。若处狐疑之论，定嫌审之分，经典交至，检括参合，众夫寂焉，莫之能夺也。使让生在唐、虞，则元、凯之次，运值仲尼，则颜、冉之亚，岂徒俗之凡偶近器而已者哉！阶级名位，亦宜超然。若复随辈而进，非所以章瑰伟之高价，昭知人之绝明也。传曰：'函牛之鼎以亨鸡，多汁则淡而不可食，少汁则熬而不可熟。'此言大器之于小用，固有所不宜也。邕窃悁邑，怪此宝鼎未受牺牛大羹之和，久在煎熬脔割之间。愿明将军回谋垂虑，裁加少纳，贡之机密，展之力用。若以年齿为嫌，则颜回不得贯德行之首，子奇终无理阿之功。苟堪其事，古今一也。"

让后以高才擢进，屡迁，出为九江太守，不以为能也。

初平中，王室大乱，让去官还家。恃才气，不屈曹操，多轻侮之言。建安中，其乡人有构让于操，操告郡就杀之。文多遗失。

郦炎字文胜，范阳人，郦食其之后也。炎有文才，解音律，言论给捷，多服其能理。灵帝时，州郡辟命，皆不就。有志气，作诗二篇曰：

大道夷且长，窘路狭且促。修翼无（与）〔卑〕栖，远趾不步局。舒吾陵霄羽，奋此千里足。超迈绝尘驱，倏忽谁能逐。贤愚岂常类，禀性在清浊。富贵有人籍，贫贱无天录。通塞苟由己，志士不相卜。陈平敖里社，韩信钓河曲。终居天下宰，食此万钟禄。德音流千载，功名重山岳。

灵芝生河洲，动摇因洪波。兰荣一何晚，严霜瘁其柯。哀哉二芳草，不植太山阿。文质道所贵，遭时用有嘉。绛、灌临衡宰，谓谊崇浮华。贤才抑不用，远投荆南沙。抱玉乘龙骥，不逢乐与和。安得孔仲尼，为世陈四科

炎后风病慌忽。性至孝，遭母忧，病甚发动。妻始产而惊死，妻家讼之，收系狱。炎病不能理对，熹平六年，遂死狱中，时年二十八。尚书卢植为之诔赞，以昭其懿德。

侯瑾字子瑜，敦煌人也。少孤贫，依宗人居。性笃学，恒佣作为资，暮还辄燓柴以读书。常以礼自牧，独处一房，如对严宾焉。州郡

《后汉书·郦炎传》

诉讼于官府，郦炎因而被捕入狱。东汉熹平六年(177年)，郦炎在狱中被折磨致死，时年28岁，遗下一子，名郦止戈。郦炎的作品除《见志诗二首》外，《古文苑》载其《对事》1篇、《遗令书》4篇，其中《遗令书》致老母幼儿，情词恳切，十分感人，催人泪下。朝廷尚书卢植为其作咏，赞颂其才德，惋惜其不幸的遭遇。钟嵘的《诗品》把他和班固、赵壹并列，认为"托咏灵芝，怀寄不浅""苦言切句"。明代王世贞惋惜他的早逝，叹为"兰摧玉折"。

名作赏析

见志诗二首（其一）

大道夷且长，窘路狭且促。
修翼无卑栖，远趾不步局。
舒吾陵霄羽，奋此千里足。
超迈绝尘驱，倏忽谁能逐？
贤愚岂常类，禀性在清浊。
富贵有人籍，贫贱无人录。
通塞苟由己，志士不相卜。
陈平敖里社，韩信钓河曲。
终居天下宰，食此万钟禄。
德音流千载，功名重山岳。

见志诗二首（其二）

灵芝生河洲，动摇因洪波。
兰荣一何晚，严霜瘁其柯。
哀哉二芳草，不植太山阿。
文质道所贵，遭时用有嘉。
绛灌临衡宰，谓谊崇浮华。
贤才抑不用，远投荆南沙。
抱玉乘龙骥，不逢乐与和。
安得孔仲尼，为世陈四科。

这是两首汉代古体五言诗，充分表达了作者的志向，也抨击了黑暗的社会现实。意象密集，擅长用典，用比喻和象征的手

法，托物言志，梗概多气，既有一种磅礴的力量，又有一种深沉的悲慨。

第一首诗，作者用很多相反的意象进行对比，形成巨大的落差，这也可以说是美好的理想和严酷的现实之间的矛盾。作者的理想高迈，如大鹏一样高举远飞，如庄子的逍遥游一样，鲲鹏展翅，抟扶摇直上九万里，气势宏伟。然而理想很丰满，现实却很骨感。“大道”宽平，而“窘路”狭隘局促；富贵之人被载于典籍流传后世，贫贱之人则不被人重视。作者相信人生仕途通塞由己，不须依靠占卜。正如蔡泽对唐举说：“富贵吾自取之，所不知者寿也。”面对坎坷，作者充满了自信，之后用历史人物做典故，汉代的名臣陈平乡社分肉而喻示宰割天下，为相做宰；韩信垂钓于河曲而最终统帅三军，建立奇功。二人皆出身寒微，最终皆扬名天下。作者正是追求这样的一种人生理想——“德音流千载，功名重山岳”。

第二首诗，作者在开头部分也多用比兴手法，灵芝和兰花两种芳草遭遇洪波和严霜，比喻人生遭遇的压抑和打击。之后又运用历史典故表达情志，一以贯之。汉代的贾谊年轻有才，改革汉制，制定律令，却遭到朝中老臣绛侯周勃和将军灌婴的毁谤，被贬为长沙太傅，最后英年早逝，抑郁而终。又用荆山璞玉和千里马的典故，慨叹不遇识玉识马的卞和、伯乐。结尾一句“安得孔仲尼，为世陈四科”，“四科”指孔门四科，即德行、言语、政事、文学，表明了作者崇尚儒家理想社会的美好愿望。

整体来看，这两首诗前者高亢、后者低沉，形成对比。作品作为汉代的文人五言诗，妙用比兴，结合历史典故，意象繁密，表达恰切，体现了作者的高超才华，表达了作者怀才不遇的人生感慨。作品风格源于《诗经》《楚辞》，又对后世建安风骨有所渗透，与阮籍诗作相似，又可见左思风力的影子。

（撰稿人：孙建虎）

祖冲之

名家简介

祖冲之（429 — 500），字文远，祖籍范阳遒（今河北涞水），南北朝时期科学家，曾任南徐州（今江苏镇江）从事史、公府参军、娄县（今江苏昆山）令、谒者仆射、长水校尉等职。西晋末期，北方发生大规模战乱，祖冲之的先辈从范阳迁居江南，并在江南定居。其曾祖祖台之曾任东晋侍中，祖父祖昌曾任刘宋朝大匠卿，是朝廷管理土木工程的官吏，父亲祖朔之也曾在朝为官。

祖冲之博学多才，在自然科学领域取得了杰出的成就。他自幼便热衷于搜罗研读各种传世的文献资料，在科学研究中主张决不"虚推古人"，而是要"亲量圭尺，躬察仪漏，目尽毫厘，心穷筹策"，注重亲自进行精密的测量和仔细的推算。正是这种严谨的科学态度造就了他辉煌的科学成就。

祖冲之在数学上的成就是最引人瞩目的。他对圆周率进行了精确的推算，创立了推求圆周率的精密方法，领先西方的数学家一千余年。同时，祖冲之还在前人研究的基础上，解决了球体体积的计算问题，这也是我国数学史上的创举。此外，他还为中国最早的一部数学著作《九章算术》作注，并有数学专著《缀术》数十篇。祖冲之在天文历法上同样做出了重大贡献。祖冲之亲自做天文观察，经过反复观测研究和实验，编制出了《大明历》，成为当时最先进的历法。此外，他在机械制造方面也很有成绩，制造了水推磨、千里船、指南车等，技巧高超，使人叹服。

除了在自然科学领域的非凡成就，他对音乐、文学、哲学也都很有研究。但或许是由于科学成就过于耀眼夺目，抑或是其文学与哲学作品未能完整地传世，他的文学与艺术才能长期被大家忽视，这不能不说是一个遗憾。

名作赏析

《述异记》是古代志怪小说集，共有两部，一部由祖冲之撰，另一部由任昉撰。祖冲之所撰《述异记》共有10卷，《隋书·经籍志》杂传类有所著录，现已失传，鲁迅的《古小说钩沉》辑有佚文90条。

从现存文献来看，祖冲之所撰《述异记》内容丰富，包罗万象。其故事构成可分为如下几类：一类是妖祥征兆类故事，即以梦境、谶语、动植物或自然界的怪异变化预示吉凶的故事；一类是鬼故事，魏晋南北朝时期社会动荡，政治黑暗，宗教盛行，再加上先秦两汉以来的地理博物、卜筮传说的盛行，使说狐道鬼成为大众的喜好，鬼的形象也就此粉墨登场。《述异记》中鬼魂的形象极有特色，大多善良滑稽、知恩图报，极有人情味，恐怖阴森的鬼魂则基本没有；一类是狐仙、道术、精

《隋书》

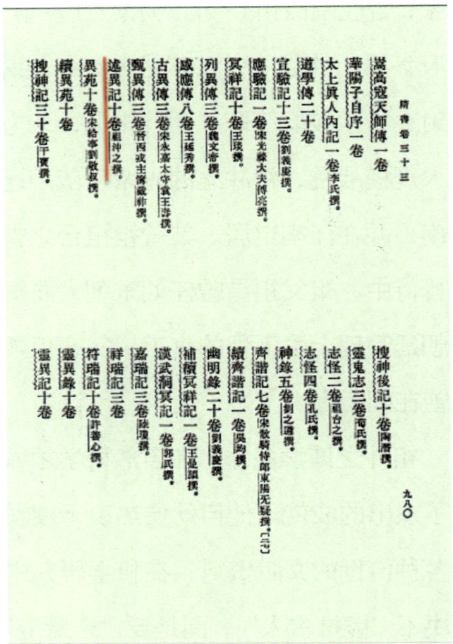

隋書卷三十三

嵩高寇天師傳一卷
華陽子自序一卷
太上眞人內記一卷李氏撰。
道學傳二十卷
宣驗記十三卷劉義慶撰。
應驗記一卷宋光祿大夫傅亮撰。
冥祥記十卷王琰撰。
列異傳三卷魏文帝撰。
感應傳八卷王延秀撰。
古異傳三卷宋永嘉太守袁王壽撰。
甄異傳三卷晉西戎主簿戴祚撰。
述異記十卷祖沖之撰。
異苑十卷宋給事劉敬叔撰。
續異苑十卷
搜神記三十卷干寶撰。
搜神後記十卷陶潛撰。
靈鬼志三卷荀氏撰。
志怪二卷祖台之撰。
志怪四卷孔氏撰。
神錄五卷劉之遴撰。
齊諧記七卷宋散騎侍郎東陽无疑撰。[三七]
續齊諧記一卷吳均撰。
幽明錄二十卷劉義慶撰。
補續冥祥記一卷王曼穎撰。
漢武洞冥記一卷郭氏撰。
嘉瑞記三卷陸瓊撰。
祥瑞記三卷
符瑞記十卷許善心撰。
靈異錄十卷
靈異記十卷

九八〇

《隋书·经籍志》

怪变化等其他神异故事，都是南北朝志怪小说中流行的题材。

《述异记》以志怪为宗旨，往往以虚幻的形式，反映现实的人生问题，情节较为完整，形象也较有个性特色，以灵幻奇闻为胜。故事大都完整，叙事状物亦曲尽其致，文字雅洁。如陆机黄耳犬传书的故事，生动有趣。

陆机少时，颇好猎。在吴，有家客献快犬，名曰黄耳。机后仕洛，常将自随。此犬黠慧，能解人语。又尝借人三百里外，犬识路自还，一日至家。

机羁官京师，久无家问，因戏犬曰："我家绝无书信,汝能赍书驰取消息不？"犬喜摇尾作声应之。机试为书，盛以竹筒，系之犬颈，犬出驿路，疾走向吴。饥则入草噬肉取饱。每经大水，辄依渡者，弭耳掉尾向之，其人怜爱，因呼上船。载近岸，犬即腾上以速去，先到机家口，衔筒作声示之。机家开筒取书，看毕，犬又向人作声，如有所求；其家作答书，内筒，复系犬颈，犬既得答，仍驰还洛。计人程五旬，而犬往还裁半月。

后犬死，殡之，遣送还葬机村，去机家二百步，聚土为坟。村人呼为黄耳冢。

这则故事中没有迷信色彩，却充满灵异性，黄耳犬忠诚聪敏，主动替主人分忧传书，为完成任务还不惜摇尾"卖萌"，可谓尽忠职守。作者用诸多细节细腻地刻画了这只灵犬，给人留下了深刻的印象。但其中尤为动人的是故事中所蕴含的情感，黄耳犬身上浓浓的人情味为后世称道不已，也使它的形象不断出现在后人的诗文之中。

在浩如烟海的中国古代志怪小说中，祖冲之的《述异记》固然不能与《搜神记》等影响广泛的名作相比，但它仍是六朝小说中的优秀作品，在思想及艺术上都对后世的文学创作产生了一定的影响。

（撰稿人：刘艳云）

郦道元

名家简介

郦道元（约470—527），范阳涿县（今河北涿州）人，北魏地理学家、散文家。郦道元仕途坎坷，终未能尽其才。他博览奇书，幼时曾随父亲到山东访求水道，后又游历秦岭、淮河以北和长城以南广大地区，考察河道沟渠，搜集有关的风土民情、历史故事、神话传说，撰《水经注》40卷。《水经注》文笔隽永，描写生动，既是一部内容丰富多彩的地理著作，也是一部优美的山水散文汇集。郦道元可称为我国游记文学的开创者，对后世游记散文的发展影响颇大。另著《本志》13篇及《七聘》等文，已佚。

郦道元出生在涿县郦亭（今河北涿州道元村）的一个官宦家庭，他的父亲郦范年少有为，在北魏太武帝时期任给事东宫，后来他以卓越的战略眼光成了一位优秀的军师，曾做过平东将军和青州刺史。

郦道元少年时期，因父亲郦范担任青州刺史，便跟随父母居住在青州（今山东青州）。父亲去世后，郦道元继承爵位，被封为永宁伯，担任太傅掾。北魏太和十七年（493年）秋，北魏王朝迁都洛阳，郦道元担任尚书郎。北魏太和十八年（494年），郦道元跟随孝文帝出巡北方，因执法清正，被提拔为治书侍御史。

北魏景明二年（501年），郦道元担任冀州镇（今河北冀州）东府长史，他采取严厉手段，打击邪恶势力。因其为政严酷，奸匪盗贼闻风丧胆，纷纷逃往他乡，冀州境内大治。北魏正始元年（504年），

《水经注》

郦道元调任颍川（今河南许昌）太守。北魏永平元年（508年），又调任鲁阳（今河南鲁山）太守，上表请求在当地建立学府，教化乡民。蛮人服其威名，不敢为寇。北魏延昌二年（513年），升任辅国将军、东荆州刺史，威猛为政，如在冀州。其后，蛮人向朝廷告状，说郦道元为官严厉，朝廷召郦道元返回洛阳。

北魏正光四年（523年），郦道元担任河南尹，治理京城洛阳。其后，奉诏前往北方各镇，整编相关的官吏，筹备军粮，做防守边关的必要准备。北魏孝昌元年（525年），徐州刺史元法僧背叛北魏，投降南梁。郦道元奉诏率军征讨，在涡阳（今安徽涡阳）奋勇拼杀，多有斩获。返回京城后，升任御史中尉。

皇亲元微诬陷叔父元渊，郦道元力陈事实真相，元渊得以昭雪，元微因此嫉恨郦道元。皇族元悦之亲信丘念仗势操纵州官选用大权，郦道元密访其行踪，将其捕获入狱。元悦请皇太后胡仙真说情，郦道元坚决依法处死丘念，并以此弹劾元悦，元悦从此怀恨在心。

北魏孝昌三年丁未十月（527年11月），南齐皇族、北魏雍州刺史萧宝夤在长安（今陕西西安）发动叛乱，元微、元悦使出借刀杀人之计，竭力怂恿胡太后任命郦道元为关右大使，去监视萧宝夤。萧宝夤得知情况，立即发兵包围了郦道元。贼兵攻入阴盘驿亭，郦道元怒目骂贼，被叛贼杀害，终年56岁。

名作赏析

（一）《孟门山》

孟门山

河水南径北屈县故城西，西四十里有风山，上有穴如轮，风气萧瑟，习常不止，当其冲飘也，略无生草，盖常不定，众风之门故也。风山西四十里，河南孟门山。《山海经》曰："孟门之山，其上多金玉，其下多黄垩、涅石。"《淮南子》曰："龙门未辟，吕梁未凿，河出孟门之上。大溢逆流，无有丘陵、高阜灭之，名曰洪水。大禹疏通，谓之孟门。"故《穆天子传》曰："北登孟门，九河之隥。"

孟门，即龙门之上口也。实为河之巨厄，兼孟门津之名矣。此石经始禹凿，河中漱广，夹岸崇深，倾崖返捍，巨石临危，若坠复倚。古之人有言，水非石凿，而能入石，信哉！

其中水流交冲，素气云浮，往来遥观者，常若雾露沾人，窥深悸魄。其水尚崩浪万寻，悬流千丈，浑洪赑怒，鼓若山腾，浚波颓叠，迄于下口。方知慎子下龙门，流浮竹，非驷马之追也。

《孟门山》选自《水经注》第四卷《河水》。文章开端便博引典籍文献，在此基础上，对孟门山一带山势的高耸险峻、水势的汹涌波涛加以详细描绘。既是对孟门山地理文献资料的整理，同时也展现了孟门山一带雄伟壮观的自然风光。全文一共有3段，可分为两个部分。

第一部分即为首段，既是对孟门山的概括，更是对其文献典故的整理。黄河水南面经由北曲县（今山西吉县东北）旧城城西，旧城西门40里处有一座风山，而风山西面40里就是河南的孟门山。短短20多个字便写出了山水走势，由水引山，坐标直指黄河南岸。直白的叙述让山水不再孤立，而是相互依托，使得作者可以直观全景，由此不难看出作者用笔之高超。之后，作者便广征博引古籍典藏。引用《山海经》说孟门山地下的矿藏之丰富，金银玉石、黄土黑石应有尽有，由此慨叹孟门当属富硕福地。引用《淮南子》写远古之时洪水泛滥而过，不管是龙门之脉，还是吕梁之脊都会被洪水所淹没，孟门自不可避免。之后大禹治水，开河道，凿孟门，这一典故介绍了孟门山名字的由来。引用《穆天子传》写登上孟门之巅，眼之所及是壮阔的九曲大河，孟门风景尽收眼底，汹涌的黄河之水波澜壮阔，表现了孟门山的风采。于文献典籍的基础之上，作者将孟门山的位置、历史传说、得名等做了进一步说明，寥寥数笔便将孟门山描述详尽。

第二部分为后两段，极尽描述了孟门的山势与水势。首先是对孟门山山势的描述。孟门山传说由大禹开凿而成，开端便以神话立说，使得山势自带一层神秘色彩。孟门虽然水道宽阔，河水却异常汹涌澎湃，正是由于这汹涌的河水，以致河道被冲刷得愈发幽深。孟门山山势陡峭，高耸入云，立于之下便能够感受到山崖欲坠的压迫感。此处写山极尽突出山势的凶险高峭，同时以河岸之宽阔、水流之澎湃侧面烘托出山体的直上直下。段末之处作者引用古语“水非石凿，而能入石”，探究了孟门两岸的山势奇险是如何形成的，同时顺其自然地引起下一段。此段描述寥寥数笔，却在读者面前生动地刻画出了孟门山的山势形态，作者笔法之高超在于其对山势的描述角度多面，同时又动静结合。既写出了远望孟门山的开阔，又写出了俯视孟门山的幽深，还有仰视孟门山的高耸。写山时以水来塑造，静观山势稳稳屹立于河流两岸，动观水流不断拍打山体，汹涌而至。作者用笔不多却层次清晰地展现了孟门山的所有特点，使得读者对其有了全方位的认识。之后描述了孟门山一带的水势。作者由远及近，远观水势，水流交错，水浪一阵高过一阵，正是在这冲击之下，使得水雾四起。密密麻麻、层层叠叠的水珠形成幔帐，将孟门山笼罩其中，宛若云间仙境。近观水势，河水怒吼而至，水浪拍击崖壁，激起万丈之高。虽然水面开阔，但由于崖壁高耸陡峭，使得水浪冲击力极强，如同万马奔腾呼啸而过，层层巨浪汹涌冲荡，气势磅礴，实属罕见。最后再次强调孟门水势之湍急，如果乘竹筏而下，其速度之快怕是四匹快马拉的车架也赶不上。作者对孟门水势的描述亦是自远及近，先总体远观水势奔腾恢宏、一泻千里的气势，再写近观水浪翻涌拍击，冲击崖壁之时宛若瀑布悬流。其精妙之处在于细腻的侧面描述，往来之人会因水浪拍击腾起的雾气而湿身。作者素来善于用典，后两段皆借文献结尾，文末引方知《慎子》的“下龙门，流浮竹，非驷马之追也”，不直言水势如何，却以驷马难追突出水势如注，湍流而下。

作者笔下的孟门山山势高峭巍峨，峰

崖峥嵘，水势澎湃激涌，骇浪翻腾，山水相依，瑰丽无比。最精妙的是，读其文章既如身临其境，置身孟门之中，赞叹崖高渊深，又可感受到水雾扑面湿身。同时作者又引经据典，从古籍中引出孟门山的历史传说、传奇风景，使人得见其古风。读此文者，很难不想亲往之。

（二）《三峡》

三峡

自三峡七百里中，两岸连山，略无阙处。重岩叠嶂，隐天蔽日，自非亭午夜分，不见曦月。

至于夏水襄陵，沿溯阻绝。或王命急宣，有时朝发白帝，暮到江陵，其间千二百里，虽乘奔御风，不以疾也。

春冬之时，则素湍绿潭，回清倒影。绝巘多生怪柏，悬泉瀑布，飞漱其间，清荣峻茂，良多趣味。

每至晴初霜旦，林寒涧肃，常有高猿长啸，属引凄异，空谷传响，哀转久绝，故渔者歌曰：“巴东三峡巫峡长，猿鸣三声泪沾裳。”

本文先写三峡的山势，略写其因连绵而无缺，详写其因重叠而隐蔽。隐蔽的特征是只能在中午时分见到太阳，夜半一刻见到月亮，这种描写可比王维《终南山》中的“分野中峰变，阴晴众壑殊”之妙。但王维描述的是山势的阔大，而作者在这里则写的是山谷的幽深。

写完山势，作者又开始写三峡的水势。对于三峡水势的描写分季节而抓其特色，落笔点皆不相同。

夏季。如果水势浩漫，则上下船只一概阻绝而不能通行；一旦通行，则流速迅疾。赶上王命急宣，完全可以朝发夕至，一日千里，虽御马驾风也不如它快。李白《早发白帝城》中的“千里江陵一日还”应当是采用了这里的文意，不过他那是另一番心情了——流放途中，到白帝城时，忽闻赦命，便立即回舟江陵，回船的迅速当然更能助推李白当时无比轻快的心绪了。

春冬季。水势急流处则泛起白浪；水势缓滞处则聚为绿潭。峻峰间的怪柏飞瀑以倒影映现潭面，让山水间的草木各具形态，足以使人感慨良多，情趣盎然。

秋季。值雨后初晴，霜夜径度，新日乍生，则林木清寒，溪涧肃穆。常有猿猴在高处拉长声音鸣叫，声音连续不断，在空荡的山谷间回声婉转，显得特别凄惨悲凉。难怪江中渔家常常唱道：“巴东三峡呀，数巫峡长。猿猴的叫声呀，让眼泪流淌。眼泪流淌不断呀，就打湿了衣裳……”

本文虽篇幅简短，而笔墨匠心略见。《水经注》的写景抒情在很大程度上代表了南朝时期文学艺术的至高成就，特别是《三峡》一篇，文笔简约、灵动，而意蕴深涵，其妙趣横生的造诣在中国传统散文艺术史中独树一帜。

（撰稿人：李雪铭）

杨衒之

名家简介

杨衒之，生卒年不详，杨或作阳，又误作羊，北平（今河北满城北）人，北魏散文家，曾任期城太守、抚军府司马。东魏武定五年（547 年），因行役重览洛阳，感慨战争后洛阳的破败，撰《洛阳伽蓝记》记述了洛阳寺院园林的隆替，以及当地政治和民俗等多方面的内容，对豪门贵族、僧侣地主的穷奢极

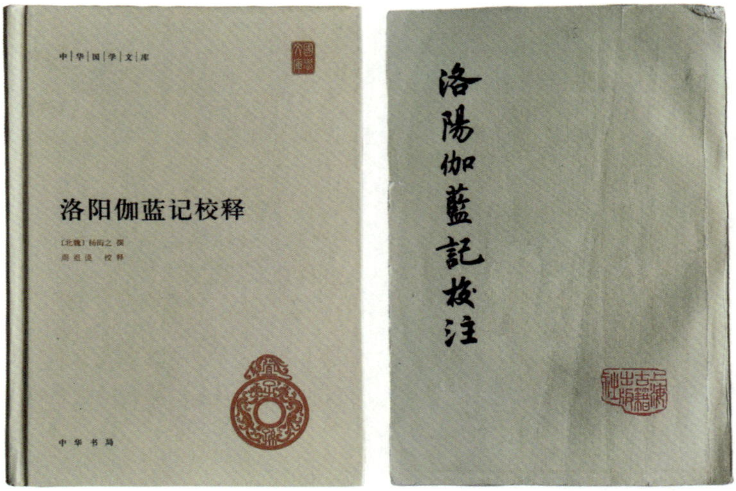

《洛阳伽蓝记校释》
《洛阳伽蓝记校注》

侈大加批判。杨衒之长于叙述，精于描绘，《洛阳伽蓝记》文笔浓丽秀逸、风趣幽默，语言简练，格调高贵典雅，是一部具有非常高文学价值的史书，被誉称南北朝骈体文范例，现有周祖谟的《洛阳伽蓝记校释》和范祥雍的《洛阳伽蓝记校注》存世。

名作赏析

永宁寺（节选）

永宁寺，熙平元年灵太后胡氏所立也。在宫前阊阖门南一里御道西。

其寺东有太尉府，西对永康里，南界昭玄曹，北邻御史台。阊阖门前御道东有左卫府，府南有司徒府。司徒府南有国子学，堂内有孔丘像，颜渊问仁、子路问政在侧。国子学内有宗正寺，寺南有太庙，庙南有护军府，府南有衣冠里。御道西有右卫府，府南有太尉府，府南有将作曹，曹南有九级府，府南有太社，社南有凌阴里，即四朝时藏冰处也。

中有九层浮图一所，架木为之，举高九十丈。上有金刹，复高十丈；合去地一千尺。去京师百里，已遥见之。初掘基至黄泉下，得金像三十二躯，太后以为信法之征，是以营建过度也。刹上有金宝瓶，容二十五斛。宝瓶下有承露金盘一十一重，周匝皆垂金铎。复有铁锁四道，引刹向浮图四角，锁上亦有金铎。铎大小如一石瓮子。浮图有九级，角角皆悬金铎，合上下有一百三十铎。浮图有四面，面有三户六窗，户皆朱漆。扉上各有五行金铃，合有五千四百枚。复有金环铺首，殚土木之功，穷造形之巧，佛事精妙，不可思议。绣柱金铺，骇人心目。至于高风永夜，宝铎和鸣，铿锵之声，闻及十余里。

浮图北有佛殿一所，形如太极殿。中有丈八金像一躯、中长金像十躯、绣珠像三躯、金织成像五躯、玉像二躯。作工奇巧，冠于当世。僧房楼观，一千余间，雕梁粉壁，青璅绮疏，难得而言。栝柏椿松，扶疏檐溜，藂竹香草，布护阶墀。

是以常景碑云："须弥宝殿，兜率净宫，莫尚于斯也"。

外国所献金像皆在此寺。寺院墙皆施短椽，以瓦覆之，若今宫墙也。四面各开一门。南门楼三重，通三阁道，去地二十丈，形制似今端门。图以云气，画彩仙灵，列钱青琐，赫奕华丽。拱门有四力士、四师子，饰以金银，加之珠玉，庄严焕炳，世所未闻。东西两门亦皆如之，所可异者，唯楼两重。北门一道，上不施屋，似乌头门。其四门外，皆树以青槐，亘以绿水，京邑行人，多庇其下。路断飞尘，不由渰云之润；清风送凉，岂籍合欢之发？

诏中书舍人常景为寺碑文。

景字永昌，河内人也。敏学博通，知名海内。太和十九年，为高祖所器，拔为律博士；刑法疑狱，多访于景。正始初，诏刊律令，永作通式，敕景共治书侍御史高僧裕、羽林监王元龟、尚书郎祖莹、员外散骑侍郎李琰之等撰集其事。又诏太师彭城王勰、青州刺史刘芳入预其议。景讨正科条，商榷古今，甚有伦序，见行于世，今律二十篇是也。又共芳造洛阳宫殿门阁之名，经途里邑之号。出除长安令，时人比之潘岳。其后历位中书舍人、黄门侍郎、秘书监、幽州刺史、仪同三司。学徒以为荣焉。景入参近侍，出为侯牧，居室贫俭，事等农家，唯有经史，盈车满架。所著文集，数百余篇，给事中封暐伯作序，行于世。

装饰毕功，明帝与太后共登之。视宫中如掌内，临京师若家庭。以其目见宫中，禁人不听升之。

衒之尝与河南尹胡孝世共登之，下临云雨，信哉不虚！

时有西域沙门菩提达摩者，波斯国胡人也。起自荒裔，来游中土。见金盘炫日，光照云表，宝铎含风，响出天外；歌咏赞叹，实是神功。自云："年一百五十岁，历涉诸国，靡不周遍，而此寺精丽，阎浮所无也。极佛境界，亦未有此！"口唱南无，合掌连日。

至孝昌二年中，大风发屋拔树，刹上宝瓶，随风而落，入地丈余。复命工匠更铸新瓶。

本文收录于《洛阳伽蓝记》的《城内篇》中的"永宁寺"条，作为全书的开篇之作，作者对于此篇的语言表达、行文结构及题材选择上亦是反复雕琢之后精心打磨的。而永宁寺，时为北魏都城洛阳最大的一座佛寺，坐落于洛阳城正南御道的西侧，俯视洛阳建筑群。而且在文章开篇，作者便极尽详细地先将御道西侧的建筑群进行了罗列，其目的便是凸显永宁寺傲然占据洛阳中心区域的地位，正是这份孤高特立更加凸显对宣武灵太后佞佛成癖，营造过度的讽刺。作者写建寺之因，源于30多座佛像的挖掘，使得宣武灵太后以为自己信法成真，于是便大兴土木，举全国之力建造永宁寺。一座极尽奢华的永宁寺居然不过是"以为"所得，其中的讽刺反感不言而喻。待到永宁寺"装饰毕功"，宣武灵太后与魏明帝却又因其孤高特立，"目见宫中"而下令"禁人不听升之"，如此的恣意妄为、轻率独断，确实让人读之愤慨。

永宁寺塔高达280米，塔顶有巨型金宝瓶，金宝瓶四周悬挂有巨型的金铎，每只近130斤，就连塔门的门扉上也装饰有5000多枚金铎。佛殿设于塔后，建筑造型类似于皇家太极殿，雄伟庄重，殿内藏有精美绝伦的国内外金像、玉像、绣珠像、金织成像等。作者在对永宁寺进行描述时，利用聚焦透视的手法，对耸入云霄的九级浮屠着重描绘，其端重奢华地俯视着周围的建筑群，可以说将洛阳城内的建筑布局精准再现。在此基础上，附以中外僧俗君臣等人前往观摩的赞叹，以及作者自己的评论认知，使得永宁寺的整体描述层次分明，脉络清晰，使读者读之也宛若亲至。

本文不仅是对永宁寺作为北魏宗教地标的建筑美的赞颂，更是对当世统治阶层奢靡放纵的讽刺。本文虽是节选，却也可见作者对于永宁寺历史、建筑、风景、人物、传说等的详尽考察。其语言艳丽秀逸，叙事繁而不乱，骈中有散，轮廓鲜明，俨然一体，贬褒清楚。作者以热笔写浮屠壮丽，叙述与之相关的史实、人物、传说与风俗，特别是高僧达摩祖师顶礼膜拜的情形，就是为了突出永宁寺的无与伦比，让人们从多种角度去察看、体会、欣赏永宁寺的建筑美。其实，针对宫楼别院与别馆园林之美的创作热潮早现于汉大赋兴盛之时，但是由于赋的形式过于沉重，人们对建筑美的关注度与审美鉴赏能力并没有得到普及和培养提升。作者的《洛阳伽蓝记》虽是佛教典籍，却极为重视建筑美学，通过北魏时期最为重要的建筑群——佛寺为创作基础，其“形散而神不散”的叙述，细腻简洁的描绘，使得作品无论是在文学抑或史学、建筑学等方面都有极高的文献价值。作者将思想和观点巧妙地融合于历史性的记载和文学性的描述之中，引人入胜，发人思考，这也是文学作品难得的特色。

（撰稿人：李雪铭）

卢思道

名家简介

卢思道(535—586)，字子行，幽州涿县(今河北涿州)人，隋代诗人、散文家。北齐时，为给事黄门侍郎。北周间，官至仪同三司，迁武阳太守。入隋后，官至散骑侍郎。卢思道是“北朝三才”之一邢劭的学生，北齐天保年间，即以文章著名。北齐文宣帝死后，当朝文士各作挽歌10首，择善用之。魏收、祖孝徵等人不过得一二首，唯卢思道得8首，故时人称为“八米卢郎”。卢思道的诗长于七言，对仗工整，善于用典，气势充沛，语言流畅，开初唐七言歌行的先声，在北朝后期和隋初有较高地位。

名作赏析

(一)《**从军行**》

从军行

朔方烽火照甘泉，长安飞将出祁连。
犀渠玉剑良家子，白马金羁侠少年。
平明偃月屯右地，薄暮鱼丽逐左贤。
谷中石虎经衔箭，山上金人曾祭天。
天涯一去无穷已，蓟门迢递三千里。
朝见马岭黄沙合，夕望龙城阵云起。
庭中奇树已堪攀，塞外征人殊未还。
白云初下天山外，浮云直向五原间。
关山万里不可越，谁能坐对芳菲月。
流水本自断人肠，坚冰旧来伤马骨。
边庭节物与华异，冬霰秋霜春不歇。
长风萧萧渡水来，归雁连连映天没。

从军行，军行万里出龙庭，单于渭桥今已拜，将军何处觅功名。

古乐府中的一大类诗文便是描述边塞行军艰辛及征妇在家思念边塞军人的相思之情，卢思道所写的这篇《从军行》被收录在北宋郭茂倩编纂的《乐府诗集》中。

此诗的前半部分将战士奋战之勇猛描写得淋漓尽致，同时细腻地展示了边塞士兵长期戍边守卫家乡的艰苦。全诗开篇便拉开一幅恢宏壮烈的战争场面，北境之地狼烟四起，战争情况不容乐观，全军一片焦忧。战事情报直奔朝都向皇室预警，此处提到了著名的“飞将军”，简单几笔就将其飒爽英姿描绘得生动形象，跃然纸上，好一个身骑白马配金甲的少年侠。从“平明”的晨曦到“薄暮”的黄昏，或是“偃月”，或是“鱼丽”，不同战阵之下，战士们永不停歇地戍卫边防，时刻紧盯匈奴的来犯。此处可见作者凝练语句技术之高超，以简洁的笔法，几句便展现出戍边战士日夜不眠不休的紧张军营生活。同时，作者善于用典。“谷中石虎经衔箭，山上金人曾祭天”两句运用了“飞将军”李广与骠骑将军霍去病的典故，两人均是曾冲锋陷阵抵御匈奴敌寇的西汉名将。作者以李广和霍去病的典故展现出了戍边战士的勇猛威武，也正是因为他们奋不顾身地在边塞拼杀才有了战争的胜利。

此诗的精彩之处在于作者在描述戍边战士的边塞生活时采用了虚实结合的手法。先形象生动地再塑了西汉著名将军李广的形象，再以霍去病的典故做补充，从而赞扬了西汉名将们的丰功伟绩。这种将历史与现实虚实结合地进行描述的手法，使得诗文读起来颇具风格。

在描述过激昂的戍边生活之后，自“天涯一去无穷已”开始，作者笔锋一转，情感转向对戍边战士与家中待郎归去的思妇们的凄然哀愁的描述。征战生活的遥遥无

《乐府诗集》

期，“白雪初下”，塞外早已天寒地冻，远在家中的思妇们对在遥远的边塞忍受艰辛的人们无能为力。在空望庭院中的树木逐日长大，已堪攀爬之时，也不免流露出一丝对戍边战士久出未归的哀怨。但奈何“关山万里不可越”，家人之间远隔万水千山，人们只能相互思念，空悲切。“关山”与“月”向来是征夫思妇题材诗文中常出现的意向，关山内外，虽远隔万水千山，却还可有一轮明月相互对望。“关山”的遥远，与共享“月”的悲戚，让思念不断升华。此处作者再次用典，化用东汉末年著名文学家、“建安七子”之一的陈琳的《饮马长城窟行》中的“水寒伤马骨”一句，将戍边战士苦寒的边塞生活展示得淋漓尽致。春尽秋来冬又到，日复一日，无论多么的辛苦，战士们也要日日挨过。此时大雁已归，可是离家的儿郎们却迟迟没有归来的消息，在家的思妇们更是悲伤难耐了。全诗的最后，匈奴已经缴械投降，即将战事大捷，将军已无建功立业的机会，看来是时候返回家乡，一家团圆了。

这首诗集成了“从军行”诗文的风格，全诗既描述了边塞生活的疾苦，又赞扬了戍边战士的英勇奋战，同时还兼顾了远在家中的盼归人的无限思念。既有李广、霍去病勇猛雄健的征战风范，又有“庭中奇树已堪攀”“关山”与“月”的落寞思妇情怀，刚劲与柔婉的风格在这首《从军行》中里得到了完美的融合。

（二）《**劳生论**》

劳生论

《庄子》曰：“大块劳我以生。”诚哉斯言也！余年五十，羸老云至，追惟畴昔，勤矣厥生。乃著兹论，因言时云尔。

罢郡屏居，有客造余者，少选之顷，盱衡而言曰：“生者天地之大德，人者有生之最灵，所以作配两仪，称贵群品，妍蚩愚智之辩，天悬壤隔，行己立身之异，入海登山。今吾子生于右地，九叶卿族，天授俊才，万夫所仰，学综流略，慕孔门之游、夏，辞穷丽则，拟汉日之卿、云。行藏有节，进退以礼，不谄不骄，无愠无怿，偃仰贵贱之间，从容语默之际，何其裕也！下走所欣羡焉。”

余莞尔而笑曰：“未之思乎？何所言之过也！子其清耳，请为左右陈之。夫人之生也，皆未若无生。在余之生，劳亦勤止，纨绮之年，伏膺教义，规行矩步，从善而登。巾冠之后，濯缨受署，缰锁仁义，笼绊朝市。失翘陆之本性，丧江湖之远情，沦此风波，溺于倒蹶，忧劳总至，事非一绪。何则？地胄高华，既致嫌于管库，才识美茂，亦受嫉于愚庸。笃学强记，聋瞽于焉侧目，清言河泻，木讷所以疾心。岂徒虫惜春浆，鸱吝腐鼠，相江都而永叹，傅长沙而不归，固亦鲁值臧仓，楚逢靳尚，赵壹为之哀歌，张升于是恸哭。有齐之季，不遇休明，申胆就鞅，屏迹无地。段珪、张让，金贝是视，贾谧、郭淮，腥臊可餍。淫刑以逞，祸近池鱼，耳听恶来之谗，足践龙逢之血。周氏末叶，仍值僻王，敛笏升阶，汗流浃背，莒客之踵蹐焦原，匹兹非险，齐人之手执马尾，方此未危。若乃羊肠、句注之道，据鞍振策，武落、鸡田之外，栉风沐雨，三旬九食，不敢称弊，此之为役，盖其小小者耳。今泰运肇开，四门以穆，冕旒司契于上，夔、龙佐命于下，岐伯、善卷，耻徇幽忧，卞随、务光，悔从木石。余年在秋方，已迫知命，情礼宜退，不获晏安。一叶从风，无损邓林之攒植，双凫退飞，不亏渤澥之游泳。耕田凿井，晚息晨兴，候南山之朝云，揽北堂之明月。氾胜九谷之书，观其节制，崔实四人之令，奉以周旋。晨荷蓑笠，白屋黄冠之伍，夕谈谷稼，沾体涂足之伦。浊酒盈樽，高歌满席，恍兮惚兮，天地一指。此野人之乐也，子或以是羡余乎？”

客曰：“吾子之事，既闻之矣。他人有心，又请论其梗概。”余答曰：“云飞泥沉，卑高异等，圆行方止，动息殊致。是以摩霄运海，轻罻罗于薮泽，五衢四照，忽斤斧于山林。余晚值昌辰，遂其弱尚，观人事之陨获，睹时路之邅危。玄冬修夜，静言长想，可以累叹悼心，流涕酸鼻。人之百年，脆促已甚，奔驹流电，不可为辞。顾慕周章，数纪之内，穷通荣辱，事无足道。而有识者鲜，无识者多，褊隘凡近，轻险躁薄。居家则人面兽心，不孝不义，出门则谄谀谗佞，无愧无耻。退身知足，忘伯阳之炯戒，陈力就列，弃周任之格言。悠悠远古，斯患已积，迄于近代，此蠹尤深。范卿捻让之风，搢绅不嗣，《夏书》昏垫之罪，执政所安。朝露未晞，小车盈董、石之巷，夕阳且落，皁盖填阎、窦之里。皆如脂如韦，俯偻匍匐，啖恶求媚，舐痔自亲。美言谄笑，助其愉乐，诈泣佞哀，恤其丧纪。近通旨酒，远贡文蛇，艳姬美女，委如脱屣，金铣玉华，弃同遗迹。及邓通失路，一簪之贿无馀，梁冀就诛，五侯之贵将起。向之求官买职，晚谒晨趋，刺促望尘之旧游，伊优上堂之夜客，始则亡魂褫魄，若牛兄之遇兽，心战色沮，似叶公之见龙；俄而抵掌扬眉，高视阔步，结侣弃廉公之第，携手哭圣卿之门。华毂生尘，来如激矢，雀罗暂设，去等绝弦。饴蜜非甘，山川未阻，千变万化，鬼出神入。为此者皆衣冠士族，或有艺能，不耻不仁，不畏不义，靡愧友朋，莫惭妻子。外呈厚貌，内蕴百心，繇是则纡青佩紫，牧州典郡，冠帻劫人，厚自封殖。妍歌妙舞，列鼎撞钟，耳倦丝桐，口饫珍旨。虽素论以为非，而时宰之不责，末俗蚩蚩，如此之敝。余则违时薄宦，屏息穷居，甚耻驱驰，深畏乾没。心若死灰，不营势利，家无儋石，不费囊钱。偶影联官，将数十载，驽拙致笑，轻生所以告劳也。真人御宇，斫雕为朴，人知荣辱，时反邕熙。风力上宰，内敷文教，方、邵重臣，外扬武节。被之大道，洽以淳风，举必以才，爵无滥授。稟斯首鼠，不预衣簪，阿党比周，扫地俱尽，轻薄之俦，灭影窜迹。砾石变成瑜瑾，莨莠化为芝兰。曩之扇俗搅时，骇耳秽目，今悉不闻不见，莫余敢侮。《易》曰：‘圣人作而万物睹’，斯之谓乎！”

《劳生论》作为卢思道的经典骈文，不仅是其多年政治经历心迹的传述，同时也是对政治弊病的思虑。当世战乱频发，时局动荡不堪，作者不齿于政坛之中士人受血缘与家势庇佑，政治身份化的恶习，对当朝政治圈中趋炎附势的行为、及时行乐的为官态度厌恶至极。作者叹息那些寒门士族本应积极向上，

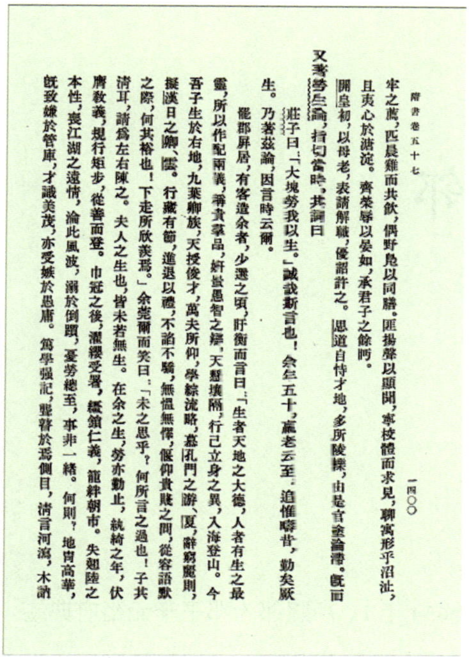
隋書卷五十七　一四〇〇

牢之薦，匹晨雞而共飲，偶野鳧以同膳。匪揚聲以顯聞，寧枝體而求見，聊寓形乎沼沚，且夷心於滸淀。齊榮辱以晏如，承君子之餘眄。

開皇初，以母老，表請解職，優詔許之。思道自恃才地，多所陵轢，由是官途淪滯。既而又著勞生論，指切當時，其詞曰

莊子曰：「大塊勞我以生。」誠哉斯言也！余年五十，羸老云至，追惟疇昔，勤矣厥生。乃著茲論，因言時云爾。

罷郡屏居，有客造余者，少選之頃，盱衡而言曰：「生者天地之大德，人者有生之最靈，所以作配兩儀，稱貴羣品，妍蚩愚智之辯，天懸壤隔，行己立身之異，入海登山。今吾子生於右地，九葉卿族，天授俊才，萬夫所仰，學綜流略，慕孔門之游、夏，辭窮麗則，擬漢日之卿、雲。行藏有節，進退以禮，不諂不驕，無慍無懌，俛仰貴賤之間，從容語默之際，何其裕也！下走所欣羨焉。」余莞爾而笑曰：「未之思乎？何所言之過也！子其清耳，請為左右陳之。夫人之生也，皆未若無生。在余之生，勞亦勤止，紈綺之年，伏膺教義，規行矩步，從善而登。巾冠之後，濯纓受署，纓領仁義，籠絆朝市。失翹陸之本性，喪江湖之遠情，淪此風波，溺於倒躓，憂勞總至，事非一緒。何則？地胄高華，既致嫌於管庫，才識美茂，亦受嫉於愚庸。篤學強記，鼎膂於焉側目，清言河瀉，木訥

《隋书·劳生论》

却在奔波之中潜移默化地沾染了诸多媚上恶习，使得政治生态充斥着趋炎附势之态。而所谓的豪门精英在权贵面前摆出一派唯唯诺诺之势，一副投机取巧的低贱姿态，转身之后却又摆出盛气凌人、不可一世的高高在上的姿态，使得政治生态持续恶化。而那些所谓的“政治权威”也没有能担当起真正的社会责任，不作为，不德行，不断腐蚀着国家公信。作者以锋利的言语对官场的“污浊之气，污浊之士”不留余地地予以抨击，对于奸佞小人谄谀的丑态描写得淋漓尽致，直言对其深恶痛绝。从官场污浊，作者看到的是对全国的影响，百姓不再遵守纲常伦理，官员将国家公信踩在脚下，国家未来危在旦夕。文中不仅有作者对官场弊病的批判，还表达了作者对肃清官场不正之风，重塑国家政治格局的理想。

卢思道的骈文中最为出名的便是这篇《劳生论》，其文大胆直笔了北齐、北周时期政治官场的恶劣，并在此基础上给出了诸多建议，其文中的批判讽刺意味颇为浓厚，后被钱锺书先生盛赞为“隋文压卷，端推此篇”。

（撰稿人：李雪铭）

卢照邻

名家简介

卢照邻（约630—680后），字昇之，号幽忧子，幽州范阳（今河北涿州）人，初唐诗人。卢照邻出身范阳卢氏北祖，是东汉侍中卢植的十六世孙，唐代江都尉、临颍丞卢仁朂之子，为“初唐四杰”之一，是范阳卢氏族中最具影响的诗人。“初唐四杰”力图改革齐梁以来绮靡华丽、空洞无物的文风，他们多以自身遭遇及国家社会现状为题进行创作。卢照邻还写了许多边塞诗歌，开创了唐代边塞诗之先河。卢照邻幼读诗书，十三四岁时远赴江南跟随文学大儒曹宪、经石学家王义方学习，学成后赴长安干谒求仕。最初投靠来济并深受赏识，在来济的推崇和引荐下，加之自身的才华，卢照邻名声大噪。唐永徽五年（654年），卢照邻为邓王李元裕府典签。李元裕家中藏书甚丰，卢照邻利用工作之便博览群书，获益不少，后调任益州新都（今四川成都附近）尉。唐总章二年（669年），卢照邻二考秩满去官，漫游蜀中。卢照邻离开蜀地后，寓居洛阳。因其诗《长安古意》中的一句“梁家画阁中天起，汉帝金茎云外直”有影射之意，得罪了武则天的侄儿梁王武三思，被陷害下狱，后经朋友营救出狱。不久即染风疾，住在长安附近的太白山中。后客居东龙门山，疾病加重，徙居阳翟具茨山。后病势加重，以致残疾，卢照邻最终因不能忍受病痛折磨，与亲人握手告别，自投颍水而死。

《唐诗汇评》载：“照邻长于七言歌行，词采富艳，境界开阔。”《唐音癸签》

《全唐诗》第一册

载："喜其领韵疏拔，时有一往任笔不拘整对之意。"《诗学渊源》载："诗有奇气，实出陈隋之上。咏史诸作高古，几窥魏晋之藩。七言长篇，颇似子山。七绝则为李、杜所宗者也。"今存《卢昇之集》和明代张燮辑注的《幽忧子集》，《全唐诗》存诗2卷。

名作赏析

（一）《长安古意》

长安古意

长安大道连狭斜，青牛白马七香车。
玉辇纵横过主第，金鞭络绎向侯家。
龙衔宝盖承朝日，凤吐流苏带晚霞。
百尺游丝争绕树，一群娇鸟共啼花。
啼花戏蝶千门侧，碧树银台万种色。
复道交窗作合欢，双阙连甍垂凤翼。
梁家画阁中天起，汉帝金茎云外直。
楼前相望不相知，陌上相逢讵相识。
借问吹箫向紫烟，曾经学舞度芳年。
得成比目何辞死，愿作鸳鸯不羡仙。
比目鸳鸯真可羡，双去双来君不见。
生憎帐额绣孤鸾，好取门帘帖双燕。
双燕双飞绕画梁，罗帏翠被郁金香。
片片行云著蝉鬓，纤纤初月上鸦黄。
鸦黄粉白车中出，含娇含态情非一。
妖童宝马铁连钱，娼妇盘龙金屈膝。
御史府中乌夜啼，廷尉门前雀欲栖。
隐隐朱城临玉道，遥遥翠幰没金堤。
挟弹飞鹰杜陵北，探丸借客渭桥西。
俱邀侠客芙蓉剑，共宿娼家桃李蹊。
娼家日暮紫罗裙，清歌一啭口氛氲。
北堂夜夜人如月，南陌朝朝骑似云。
南陌北堂连北里，五剧三条控三市。
弱柳青槐拂地垂，佳气红尘暗天起。
汉代金吾千骑来，翡翠屠苏鹦鹉杯。
罗襦宝带为君解，燕歌赵舞为君开。
别有豪华称将相，转日回天不相让。
意气由来排灌夫，专权判不容萧相。
专权意气本豪雄，青虬紫燕坐春风。
自言歌舞长千载，自谓骄奢凌五公。

《全唐诗·长安古意》

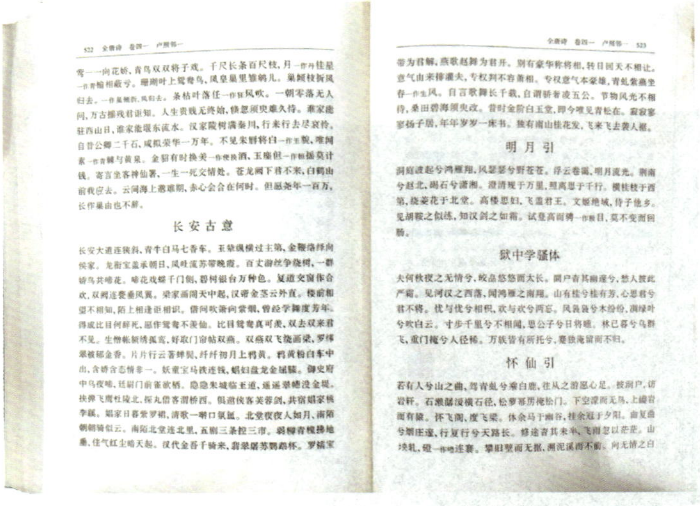
522 全唐诗 卷四一 卢照邻一

弯一一向花娇，青鸟双双将子戏。千尺长条百尺枝，月一作丹桂星一作青榆相蔽亏。珊瑚叶上鸳鸯鸟，凤皇巢里雏鹓儿。巢倾枝折凤归去，一作巢倾折，凤归去。条枯叶落任一作狂风吹。一朝零落无人问，万古摧残君讵知。人生贵贱无终始，倏忽须臾难久恃。谁家能驻西山日，谁家能堰东流水。汉家陵树满秦川，行来行去尽哀怜。自昔公卿二千石，咸拟荣华一万年。不见朱唇将白一作玉貌，唯闻素一作青棘与黄泉。金貂有时换美一作使换酒，玉麈但一作桓摇莫计钱。寄言坐客神仙署，一生一死交情处。苍龙阙下君不来，白鹤山前我应去。云间海上邈难期，赤心会合在何时。但愿尧年一百万，长作巢由也不辞。

长安古意

长安大道连狭斜，青牛白马七香车。玉辇纵横过主第，金鞭络绎向侯家。龙衔宝盖承朝日，凤吐流苏带晚霞。百丈游丝争绕树，一群娇鸟共啼花。啼花戏蝶千门侧，碧树银台万种色。复道交窗作合欢，双阙连甍垂凤翼。梁家画阁天中起，汉帝金茎云外直。楼前相望不相知，陌上相逢讵相识。借问吹箫向紫烟，曾经学舞度芳年。得成比目何辞死，愿作鸳鸯不羡仙。比目鸳鸯真可羡，双去双来君不见。生憎帐额绣孤鸾，好取门帘帖双燕。双燕双飞绕画梁，罗帷翠被郁金香。片片行云著蝉鬓，纤纤初月上鸦黄。鸦黄粉白车中出，含娇含态情非一。妖童宝马铁连钱，娼妇盘龙金屈膝。御史府中乌夜啼，廷尉门前雀欲栖。隐隐朱城临玉道，遥遥翠幰没金堤。挟弹飞鹰杜陵北，探丸借客渭桥西。俱邀侠客芙蓉剑，共宿娼家桃李蹊。娼家日暮紫罗裙，清歌一啭口氛氲。北堂夜夜人如月，南陌朝朝骑似云。南陌北堂连北里，五剧三条控三市。弱柳青槐拂地垂，佳气红尘暗天起。汉代金吾千骑来，翡翠屠苏鹦鹉杯。罗襦宝

全唐诗 卷四一 卢照邻一 523

带为君解，燕歌赵舞为君开。别有豪华称将相，转日回天不相让。意气由来排灌夫，专权判不容萧相。专权意气本豪雄，青虬紫燕坐春一作生风。自言歌舞长千载，自谓骄奢凌五公。节物风光不相待，桑田碧海须臾改。昔时金阶白玉堂，即今唯见青松在。寂寂寥寥扬子居，年年岁岁一床书。独有南山桂花发，飞来飞去袭人裾。

明月引

洞庭波起兮鸿雁翔，风瑟瑟兮野苍苍。浮云卷霭，明月流光。荆南兮赵北，碣石兮潇湘。澄清规于万里，照离思于千行。横桂枝于西第，绕菱花于北堂。高楼思妇，飞盖君王。文姬绝域，侍子他乡。见胡鞍之似练，知汉剑之如霜。试登高而骋一作极目，莫不变而回肠。

狱中学骚体

夫何秋夜之无情兮，皎晶悠悠而太长。圜户杳其幽邃兮，愁人披此严霜。见河汉之西落，闻鸿雁之南翔。山有桂兮桂有芳，心思君兮君不将。忧与忧兮相积，欢与欢兮两忘。风袅袅兮木纷纷，凋绿叶兮吹白云。寸步千里兮不相闻，思公子兮日将曛。林已暮兮鸟群飞，重门掩兮人径稀。万族皆有所托兮，蹇独淹留而不归。

怀仙引

若有人兮山之曲，驾青虬兮乘白鹿，往从之游愿心足。披涧户，访岩轩。石濑潺湲横石径，松萝幂历掩松门。下空濛而无鸟，上巉岩而有猿。怀飞阁，度飞梁。休余马于幽谷，挂余冠于夕阳。曲复曲兮烟庄邃，行复行兮天路长。修途杳其未半，飞雨忽以茫茫。山坱轧，磴一作嶝连褰。攀旧壁而无据，溯泥溪而不前。向无情之白

节物风光不相待，桑田碧海须臾改。

昔时金阶白玉堂，即今惟见青松在。

寂寂寥寥扬子居，年年岁岁一床书。

独有南山桂花发，飞来飞去袭人裾。

这首诗是卢照邻的代表作，也是初唐优秀的七言歌行作品。全诗以汉喻唐，细致刻画描摹，极力渲染，反映了古都长安的繁华。之后通过今夕盛衰的对比，揭示了世情冷暖、沧桑巨变的人生哲理。

全诗分为 4 部分。第一部分极力描摹长安的豪华，包括贵族的生活、长安的大道、香车宝马、豪贵的楼阁，以及歌儿舞女的情感心理，其中“得成比目何辞死，愿作鸳鸯不羡仙”成为千古名句。第二部分极写长安的市井和夜生活，有清歌婉转、燕歌赵舞的娼家，有挟弹飞鹰的公子，有暗算公吏的不法少年，有仗剑行游的侠客，各色人等粉墨登场。第三部分写文武的权力争夺与倾轧，借助汉代将军灌夫、丞相萧何的历史典故，反

映了政治斗争的残酷与无情。前面的极力描摹与后面的转折总结形成鲜明的对比和落差，繁华过后，一切尽成虚无，沧海桑田，世事变幻，白云苍狗，昔日的富贵而今终成虚幻，体现了一种历史辩证的观点，以及一份睿智与清醒。第四部分是结尾的4句，带有自喻性质。前面大量的富贵豪华与后面书生学者的贫穷冷落进一步形成对比，前面的繁复细腻描绘与结尾简明的点睛形成对比，既反映了作者对社会不公的愤懑和不满，同时又体现了一种历史的清醒与理智。

这首歌行体长诗展示了作者的才华，全诗既感情充沛，描写细腻，又能跳出生活的局限，情景转换，诗韵更迭，形成如歌的行板和旋律。然而这首诗也仍逃不脱宫体诗的影响和痕迹，与骆宾王的《帝京篇》一样，有脂粉气过浓之嫌。明代顾璘的《批点唐音》载："此篇铺叙长安帝都繁华，宫室之美，人物之盛，极于将相而止，然而盛衰相代，唯子云安贫乐道，乃久垂令名耳。但词语浮艳，骨力较轻，所以为初唐之音也。"明代胡应麟的《诗薮》载："一变而精华浏亮；抑扬起伏，悉谐宫商；开合转换，咸中肯綮。……照邻《古意》、宾王《帝京》，词藻富者故当易至，然须寻其本色乃佳。"明代唐汝询的《唐诗解》载："此篇对偶虽工，骨力未劲，终是六朝残沉沈，非初唐健笔。"这些评论都比较公允。

（二）《送梓州高参军还京》

送梓州高参军还京

京洛风尘远，褒斜烟露深。
北游君似智，南飞我异禽。
别路琴声断，秋山猿鸟吟。
一乖青岩酌，空伫白云心。

这是一首送别诗，是作者宦游四川期间所作，诗中抒发了作者送别高参军的离情别绪，流露出对友人路远艰难的担心和别后的思念之情。首联作者写好友回京山高路远，烟露弥漫，旅途艰辛，难以猜测，充满牵挂。颔联作者又对比自己南滞于此，形单影只，是只“异禽”，实在愚痴，而友人则是明智的。颈联作者写眼看好友离去，琴声似断，“杜鹃啼血猿哀鸣”的悲声格外刺耳。此联以景物衬托，充分渲染出离别的悲情。尾联写作者面对饮酒分别处巍峨的高山青岩，白云飘荡，不胜感慨。此处用典，《穆天子传》载西王母歌《白云谣》：“白云在天，山陵自出。道里悠远，山川间之。将子无死，尚能复来。”作者借此典故来表达期待着与友人再次相见，眷眷之情油然可见，但一个“空”字使其失落无望之意溢于言表，凸显悲情。

（撰稿人：孙建虎）

卢藏用

名家简介

卢藏用(约656—约713)，字子潜，幽州范阳(今河北涿州)人，初唐学者、诗文家、书法家。卢藏用是北齐黄门侍郎卢思道的五世孙，是唐高宗朝宰相卢承庆的侄孙，是魏州司马卢璥之子。卢藏用少以文辞才学著称，举进士，不得调，乃作《芳草赋》以见意，与兄征明偕隐终南山，学辟谷、练气之术，虽隐居，可仍有意仕途，人称“随驾隐士”。武则天长安年间，召授左拾遗，掌供奉讽谕、扈从及荐举之职。武则天建兴泰宫于万安山，卢藏用上奏《谏营兴泰宫疏》，劝谏武则天不要大兴土木、劳民伤财，武则天虽未听从，但表现了卢藏用关心民瘼、忠直敢谏的风骨。卢藏用还给唐中宗上过《析滞论》，体现了他以人为本、为君辅政的思想。唐景龙年间，任吏部侍郎。唐睿宗年间，迁黄门侍郎，兼昭文馆学士，转工部侍郎、尚书右丞。唐先天二年(713年)，因托附太平公主，流配岭表。唐开元初年，起为黔州都督府长史，兼判都督事，未行而卒。卢藏用与陈子昂、司马承祯、宋之问、王适、毕构、李白、孟浩然、王维、贺知章称为“仙宗十友”，又与赵贞固、陆余庆、陈子昂、杜审言、宋之问、毕构、郭袭微、司马承祯、释怀一称为“方外十友”。卢藏用与陈子昂是好友，曾为其编辑《陈伯玉文集》，赞美陈子昂“卓立千古，横制颓波，天下翕然，质文一变”。卢藏用能诗善文，工草隶、大小篆、八分，幼尚孙过庭，晚师王羲之。存有文集30卷，《全唐诗》存诗8首。

名作赏析

宋主簿鸣皋梦赵六予未及报而陈子云亡今追为此诗答宋兼贻平昔游旧

暮川罕停波，朝云无留色。
故人琴与诗，可存不可识。
识心尚可亲，琴诗非故人。
鸣皋初梦赵，蜀国已悲陈。
感化伤沦灭，魂交惜未申。
冥期失幽报，兹理复今晨。
前嗟成后泣，已矣将何及。
旧感与新悲，虚怀酬昔时。
赵侯鸿宝气，独负青云姿。
群有含妙识，众象悬清机。
雄谈尽物变，精义解人颐。
在阴既独善，幽跃自为疑。
踠彼千里足，伤哉一尉欺。
陈生富清理，卓荦兼文史。
思缛巫山云，调逸岷江水。
铿锵哀忠义，感激怀知己。
负剑登蓟门，孤游入燕市。
浩歌去京国，归守西山趾。
幽居探元化，立言见千祀。
埋没经济情，良图竟云已。
坐忆平生游，十载怀嵩丘。
题书满古壁，采药遍岩幽。
子微化金鼎，仙笙不可求。
荣哉宋与陆，名宦美中州。
存亡一暌阻，岐路方悠悠。
自予事山海，及兹人世改。
传闻当世荣，皆入古人名。
无复平原赋，空馀邻笛声。
泣对西州使，悲访北邙茔。
新坟蔓宿草，旧阙毁残铭。
为君成此曲，因言寄友生。
默语无穷事，凋伤共此情。

这首长诗借答宋之问等友人而追怀赵贞固和陈子昂两位亡友，情真意切，锥骨痛心，感人至深。

全诗分为3部分。第一部分，情景交融，追怀朋友。作者开篇借景抒情，渲染气氛。之后用伯牙与钟子期“高山流水”的典故，表达知己知心、故人已逝之情。

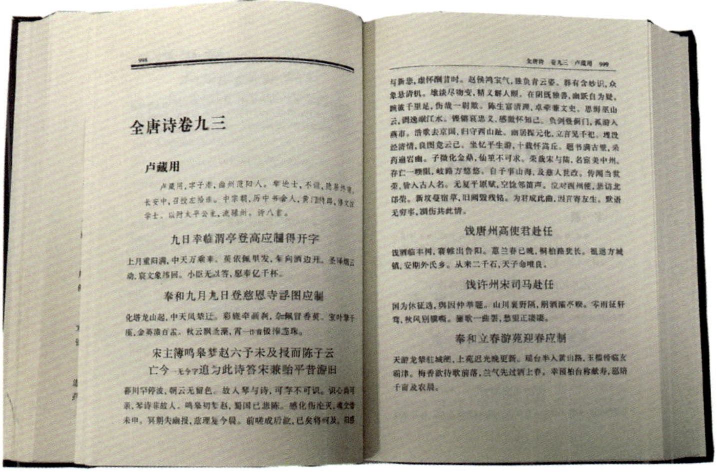

《全唐诗·宋主簿鸣皋梦赵六予未及报而陈子云亡今追为此诗答宋兼贻平昔游旧》

再写两位友人相继去世，使得作者伤心不已，不禁感怀往昔。第二部分，作者赞美了两位朋友的才华，对他们的英年早逝、怀才不遇深为惋惜。第三部分，作者写自己的生平遭际，有对出世入世、荣辱兴衰的感叹，也有生死阻隔，对朋友的缅怀。

此诗与史实相合，表明了卢藏用重友信交的可贵品质。全诗充满真情实感，表达细腻，语言质实，转折多端，牵动人心，在卢藏用留存为数不多且多为应制之咏的诗作中，实属难能可贵，颇为突出。

（撰稿人：孙建虎）

崔湜

名家简介

崔湜（671—713），字澄澜，定州安喜（今河北定州）人，初唐诗人。崔湜出身于博陵崔氏安平房，是崔仁师之孙，是户部尚书崔挹之子，曾为唐朝宰相。武则天天授元年（690 年），崔湜登进士第。武则天神功元年（697 年）前后，崔湜于佐史任上坐事系狱，作《责躬诗》。武则天圣历二年（699 年），以左补阙之职参与修撰《三教珠英》，分门撰集，成 1300 卷。武则天长安元年（701 年），崔湜从左补阙任迁殿中侍御史，作《御史台精舍碑》。唐神龙元年（705 年），转考功员外郎。唐景龙元年（707 年），元希声卒于吏部侍郎任上，崔湜为其撰碑《故吏部侍郎元公碑》，张说撰铭，卢藏用篆石。唐景龙二年（708 年）四月二十二日，修文馆增置大学士四员、学士八员、直学士十二员，崔湜即在增置的八员学士之列。同年，迁兵部侍郎。当时，昭容上官婉儿专秉内政，崔湜便依附于她，因此深受唐中宗的宠信，后改任吏部侍郎、中书侍郎、同中书门下平章事，这是崔湜第一次入相。唐景龙三年（709 年），被贬为江州司马，崔湜于贬谪途中作诗《景龙二年余自门下平章事削阶授江州员外司马寻拜襄州刺史春日赴襄》为自己辩护。后又改授襄州刺史。之后不久，入朝为尚书左丞，这是崔湜第二次入相。唐景云元年（710 年），任礼部侍郎、同中书门下三品。唐睿宗即位后，被贬为华州刺史，后又担任太子詹事。唐景云二年（711 年），复为同中书门下三品。唐先天元年（712 年），以银青光禄大夫、行中书侍郎、兼太子右庶子之职，崔湜与沈佺期、李乂、卢藏用、徐彦伯、薛稷等并为昭文馆学士，奉敕详定译经。同年，拜中书令，这是崔湜第三次入相。唐开元元年（713 年），崔湜被流放岭南，途中被赐死。《全唐诗》存诗 32 首，《增订注释全唐诗》补诗 4 首，与崔液、崔涤诗共编为一卷。《全唐文》收文 3 篇。《宋史·艺文志》存诗 1 卷。

名作赏析

（一）《塞垣行》

塞垣行

疾风卷溟海，万里扬砂砾。
仰望不见天，昏昏竟朝夕。
是时军两进，东拒复西敌。
蔽山张旗鼓，间道潜锋镝。
精骑突晓围，奇兵袭暗壁。

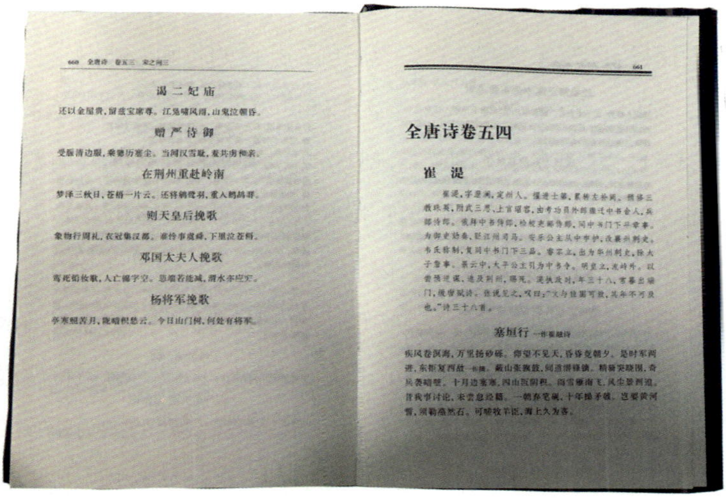

660 全唐诗 卷五三 宋之问三

谒二妃庙

还以金屋贵，留兹宝席尊。江乌啸风雨，山鬼泣朝昏。

赠严侍御

受脤清边服，乘骢历塞尘。当闻汉雪耻，羞共虏和亲。

在荆州重赴岭南

梦泽三秋日，苍梧一片云。还将鹓鹭羽，重入鹧鸪群。

则天皇后挽歌

象物行周礼，衣冠集汉都。谁怜事虞舜，下里泣苍梧。

邓国太夫人挽歌

鸾死铅妆歇，人亡锦字空。悲端若能减，渭水亦应穷。

杨将军挽歌

亭寒照苦月，陇暗积愁云。今日山门树，何处有将军。

661

全唐诗卷五四

崔 湜

崔湜，字澄澜，定州人。擢进士第，累转左补阙。预修三教珠英，附武三思、上官昭容，由考功员外郎骤迁中书舍人、兵部侍郎。俄拜中书侍郎，检校吏部侍郎，同中书门下平章事。为御史劾奏，贬江州司马。安乐公主从中申护，改襄州刺史。韦后称制，复同中书门下三品。睿宗立，出为华州刺史，除太子詹事。景云中，太平公主引为中书令。明皇立，流岭外。以尝预逆谋，追及荆州，赐死。湜执政时，年三十八。尝暮出端门，缓辔赋诗。张说见之，叹曰："文与位固可致，其年不可及也。"诗三十八首。

塞垣行 一作崔融诗

疾风卷溟海，万里扬砂砾。仰望不见天，昏昏竟朝夕。是时军两进，东拒复西敌一作御。蔽山张旗鼓，间道潜锋镝。精骑突晓围，奇兵袭暗壁。十月边塞寒，四山沍阴积。雨雪雁南飞，风尘景西迫。昔我事讨论，未尝怠经籍。一朝弃笔砚，十年操矛戟。岂要黄河誓，须勒燕然石。可嗟牧羊臣，海上久为客。

《全唐诗·塞垣行》

十月边塞寒，四山沍阴积。
雨雪雁南飞，风尘景西迫。
昔我事讨论，未尝怠经籍。
一朝弃笔砚，十年操矛戟。
岂要黄河誓，须勒燕然石。
可嗟牧羊臣，海上久为客。

这首诗是崔湜创作的表现奋勇抗击入侵之敌的代表之作。崔湜所处的初唐时期，由于长久以来中原统治者的腐败衰弱，北方少数民族不断南进，逼迫中原，作者在诗中用“十年操矛戟”来表现边塞战争连年不断且相持不下。那时唐王朝虽刚刚建立不久，国力受限，但也已经有了较强的反击能力，可以“蔽山张旗鼓，间道潜锋镝。精骑突晓围，奇兵袭暗壁”。在崔湜的诗中，唐朝与突厥双方持久而又严酷的斗争形势激发了人们立功边塞的极大热情，他们顾不得“十月边塞寒，四山沍阴积”的奇寒天气，以及恶劣的作战环境，纷纷毅然决然地辞别亲人，投入惨烈的战争之中。即使亲人对自己万分思念，也阻挡不了他们杀敌报国、立功边疆的志向；即使唐王朝初建，军事实力还不够强大，他们也还是要以“可嗟牧羊臣，海上久为客”来激励自己建立卓越的功绩。作者同边塞将士一样忧心国家时局，不甘心仅仅“昔我事讨论，未尝怠经籍”，而要“一朝弃笔砚”，建立“须勒燕然石”的传世不朽之功业。不过作者的立功边塞不仅仅是为了封妻荫子、封爵拜相，而是其勇赴国难思想感情的体现，是儒家以天下为己任的入世情怀和为国为民“杀身以成仁”“舍生而取义”的献身精神的体现。

（二）《**冀北春望**》

冀北春望

回首览燕赵，春生两河间。
旷然万里馀，际海不见山。
雨歇青林润，烟空绿野闲。
问乡何处所，目送白云还。

这首诗描写了春天时作者在华北平原远眺所见的景色，雨后的原野景美如画，并产生了一丝淡淡的思乡之情。首联照应诗题，点出创作此诗的时间、地点，一个“览”字，明确可知此二句是写春日远眺；颔联写远眺所见的一片空旷；颈联写雨后的景色；尾联写远眺时见白云向家乡方向飞去，因此产生一丝淡淡的思乡之情。此诗妙在首联点题，而颈联更颇启盛唐山水田园诗派作品的神韵。雨停方显树林濡湿温润，青翠如玉。春日蒙蒙的细雨笼罩天地，如雾似烟，雨停而烟雾飘散方见田野

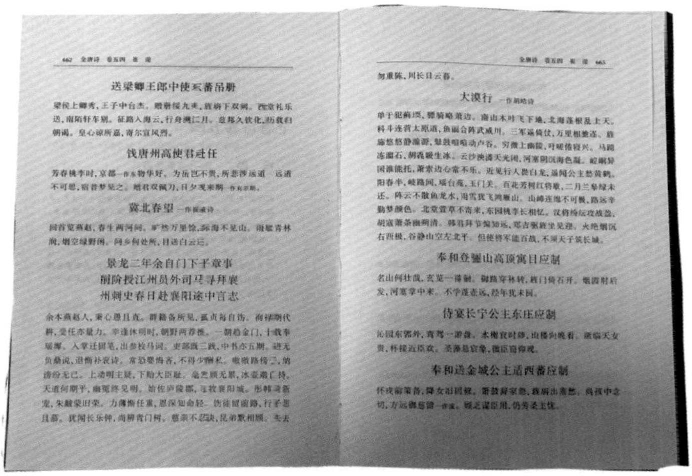

《全唐诗·冀北春望》

中农作物返青，又尚无农事，一派闲散恬淡的田园风光。而这一风光的展现也只有因为颔联的地貌特征方得所见。尾联见云而顿生艳羡，想己不如云，云可自由飘去，自己只能登高望乡，淡淡的思乡之情油然而生。

（撰稿人：王晓曦）

崔液

名家简介

崔液（？—714），字润甫，小名海子，定州安喜（今河北定州）人，初唐诗人，崔湜之弟。崔液早有才名，举进士第一，由科举走上仕途，历任监察御史、殿中侍御史、吏部员外郎等职，袭封安平县男。崔液尤工五言诗，其兄崔湜常叹服之。武则天长安三年（703年）正月十五日，京师盛饰灯彩之会，文士皆赋诗以纪其事，“作者数百人，惟中书侍郎苏味道、吏部员外郎郭利贞、殿中侍御史崔液三人为绝唱。”唐先天二年（713年），崔液因崔湜阴谋叛乱被株连，本应当被流放，后逃亡至郢州，作《幽征赋》抒发情怀，用词十分典雅华丽。后遇大赦返还，病死于返京途中。《新唐书》存友人裴耀卿纂其遗文为集10卷，已佚。《全唐诗》存诗12首，与崔湜、崔涤诗共编为一卷。

《全唐诗》第一册

名作赏析

上元夜六首

玉漏银壶且莫催，铁关金锁彻明开。
谁家见月能闲坐，何处闻灯不看来。

神灯佛火百轮张，刻像图形七宝装。
影里如闻金口说，空中似散玉毫光。

今年春色胜常年，此夜风光最可怜。
鳷鹊楼前新月满，凤皇台上宝灯燃。

金勒银鞍控紫骝，玉轮珠㯌驾青牛。
骖驔始散东城曲，倏忽还来南陌头。

公子王孙意气骄，不论相识也相邀。
最怜长袖风前弱，更赏新弦暗里调。

星移汉转月将微，露洒烟飘灯渐稀。
犹惜路傍歌舞处，踌躇相顾不能归。

“玉漏银壶且莫催，铁关金锁彻明开”，“彻明”意为直到天明。唐代实行宵禁，一到夜晚城门就要上锁，只有上元，即农历正月十五的前后之日才会开禁，城门彻夜通行。所以“玉漏银壶”不用急着催促，不用担心晚了城门会关。与此同时，没有人不抓紧时间赶着来看这盛饰灯会，“谁家见月能闲坐，何处闻灯不看来。”来到灯会，人们均眼前一亮，总体感觉是

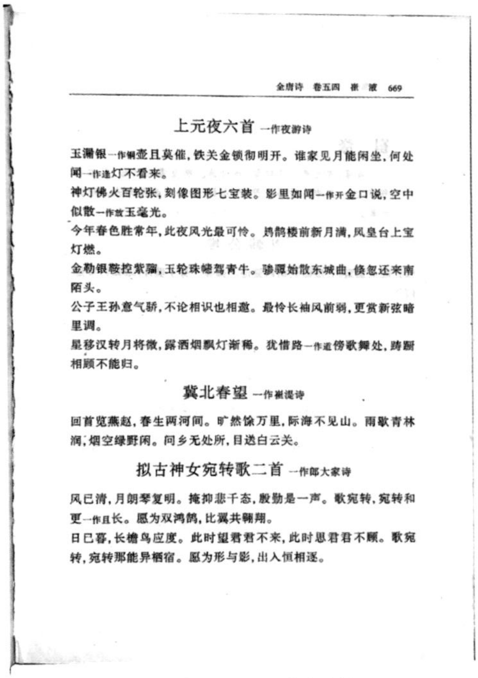

全唐诗 卷五四 崔 液 669

上元夜六首 一作夜游诗

玉漏银一作铜壶且莫催，铁关金锁彻明开。谁家见月能闲坐，何处闻一作逢灯不看来。

神灯佛火百轮张，刻像图形七宝装。影里如闻一作开金口说，空中似散一作放玉毫光。

今年春色胜常年，此夜风光最可怜。鸡鹊楼前新月满，凤皇台上宝灯燃。

金勒银鞍控紫骝，玉轮珠幰驾青牛。骖驔始散东城曲，倏忽还来南陌头。

公子王孙意气骄，不论相识也相邀。最怜长袖风前弱，更赏新弦暗里调。

星移汉转月将微，露洒烟飘灯渐稀。犹惜路一作道傍歌舞处，踌躇相顾不能归。

冀北春望 一作崔湜诗

回首览燕赵，春生两河间。旷然馀万里，际海不见山。雨歇青林润，烟空绿野闲。问乡无处所，目送白云关。

拟古神女宛转歌二首 一作郎大家诗

风已清，月朗琴复明。掩抑悲千态，殷勤是一声。歌宛转，宛转和更一作且长。愿为双鸿鹄，比翼共翱翔。

日已暮，长檐鸟应度。此时望君君不来，此时思君君不顾。歌宛转，宛转那能异栖宿。愿为形与影，出入恒相逐。

《全唐诗·上元夜六首》

今年的灯会比往常更胜更美，“今年春色胜常年，此夜风光最可怜”。形形色色的花灯吸引得人们无暇驻足，“骖驔始散东城曲，倏忽还来南陌头”，即使是志得意满、骄恣无礼的王公贵胄今夜也与平民百姓同乐，“公子王孙意气骄，不论相识也相邀”。“鸡鹊楼前新月满，凤皇台上宝灯燃”，赏玩尚未尽兴，已是“星移汉转月将微，露洒烟飘灯渐稀”，人们仍旧依依不舍，不忍离去，“犹惜路傍歌舞处，踌躇相顾不能归”。作者以组诗的形式展现了唐都上元夜灯会之盛，写尽了从天黑掌灯到东方欲晓的热闹繁华。同时，古时计时用的普通的漏壶也要银造玉饰，唐都长安的城门要用“金锁”扃闭，观灯也要乘配以“金勒银鞍”的紫骝良马或坐饰以“玉轮珠幰”的青牛车，加之装饰得华彩异常、耀人眼目的宝灯，让读者从中窥见了唐朝初建时蒸蒸日上的国势，以及百姓安居乐业的生活图景。这首诗被明代诗评家杨慎评为“上元诗之绝”。

（撰稿人：王晓曦）

崔曙

名家简介

崔曙（？—739），一名崔署，原籍博陵（今河北定州），唐代文学家、诗人。喜交游，与薛据等友善，是“大历十才子”之一崔峒的堂兄。早年曾在终南山随道士邢和璞学习法术，后沦落定居宋州（今河南商丘），曾在少室山读书。唐开元二十六年（738 年），崔曙参加科举考试获得进士第一名，又在殿试中作《奉试明堂火珠》。唐玄宗看后大为赞赏，取为状元，官授河内尉，可惜第二年崔曙就病故了。崔曙的传世之作有《崔曙集》1 卷，《全唐文》收《瓢赋》1 篇，《全唐诗》存诗 15 首，从体裁来看，有五律 5 首，五言排律 6 首，五绝 1 首，五言古风 1 首，七律、七绝各 1 首。代表作有《送薛据之宋州》《奉试明堂火珠》《九日登望仙台呈刘明府容》等。

《全唐诗》第三册

名作赏析

（一）《奉试明堂火珠》

奉试明堂火珠

正位开重屋，凌空出火珠。
夜来双月满，曙后一星孤。
天净光难灭，云生望欲无。
遥知太平代，国宝在名都。

这首诗用简单的笔触写出了火珠明亮耀眼的特点。“明堂”为当时朝廷的听政殿，“火珠”则是明堂屋顶上用来装饰美化的宝珠。作者以月与星作比火珠，可谓巧妙。“夜来双月满”之“双月”，一实指天上的月亮，一喻指明堂的火珠，而“曙后一星孤”句对仗工整，描写的是天明之后月亮下落的景象。然而“天净光难灭”，月亮虽然消失了，但火珠的光辉不减，就像一颗永挂天边的星星。最后，作者以颂扬作结，指出火珠乃他国所献之宝物，说明了国家的强大和时代的太平。

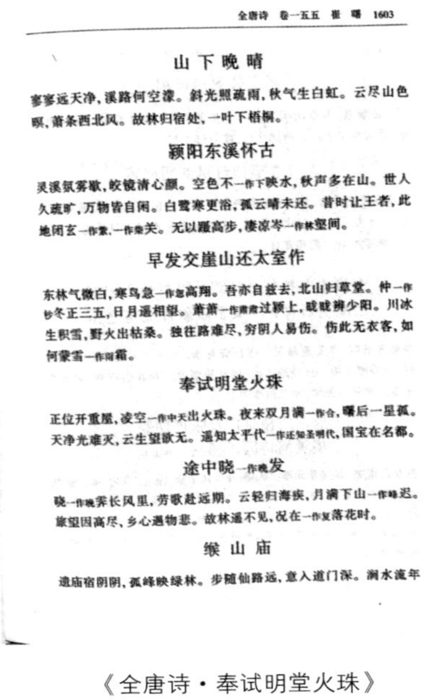
全唐诗　卷一五五　崔　曙　1603

山下晚晴

蓼蓼远天净，溪路何空濛。斜光照疏雨，秋气生白虹。云尽山色暝，萧条西北风。故林归宿处，一叶下梧桐。

颍阳东溪怀古

灵溪氛雾歇，皎镜清心颜。空色不一作下映水，秋声多在山。世人久疏旷，万物皆自闲。白鹭寒更浴，孤云晴未还。昔时让王者，此地闭玄一作象，一作枭关。无以蹑高步，凄凉岑一作林壑间。

早发交崖山还太室作

东林气微白，寒鸟急一作忽高翔。吾亦自兹去，北山归草堂。仲一作杪冬正三五，日月遥相望。萧萧一作肃肃过颍上，眬眬辨少阳。川冰生积雪，野火出枯桑。独往路难尽，穷阴人易伤。伤此无衣客，如何蒙雪一作雨霜。

奉试明堂火珠

正位开重屋，凌空一作中天出火珠。夜来双月满一作合，曙后一星孤。天净光难灭，云生望欲无。遥知太平代一作还知圣明代，国宝在名都。

途中晓一作晚发

晓一作晚霁长风里，劳歌赴远期。云轻归海疾，月满下山一作峰迟。旅望因高尽，乡心遇物悲。故林遥不见，况在一作复落花时。

缑山庙

遗庙宿阴阴，孤峰映绿林。步随仙路远，意入道门深。涧水流年

《全唐诗·奉试明堂火珠》

此诗为唐开元二十六年（738年）作者应试时所作，诗中“夜来双月满，曙后一星孤”两句十分受考官推崇。唐玄宗看过之后也大为赞赏，取为状元，官授河内尉。这两句诗历来也极受文人关注，唐代封演的《封氏闻见录》载：“开元中，改明堂为听政殿，颇毁撤，面宏规不改。顶上金火珠迥出空外，望之赫然。省司试举人，作《明堂火珠》诗，进士崔曙诗最清拔。”；宋代李昉的《太平广记》载：“唐崔曙应进士举，作《明堂火珠》诗，续有佳句曰：‘夜来双月满，曙后一星孤。’其言深为工，文士推服。”；清代纪昀的《唐人试律说》载：“火珠以铜为之，施于屋巅，刘肃《大唐新语》及《旧唐书》言之甚详，非蚌珠也，故有‘双月’‘一星’‘天净’‘云生’之句，而结句以珠比之。坊本误解为蚌珠，因改‘还如’为‘还知’，失之远矣。三四当时以为警句，然

此二句赋火珠，五六即应点缀明堂，仍以空语敷衍，未免疏略。”；清代梁章钜的《试律丛话》载：“‘夜来双月满，曙后一星孤’，此十字在当时为警句，诚非溢美。”

（二）《瓢赋》

瓢赋

送子清酤，挹兹瓢杓。器为人用，势本天作。生也绵绛，长非濩落。工虽能而莫骋，宾有量而是度。外象招摇，中虚橐钥。汎然无系，似为客之漂流；浮而不沈，如从事之鸣跃。许何挂而厌喧？颜何饮而为乐？传一杯之引满，更百壶之竭涸。傥遇主人之深恩，敢忘此堂之斟酌？

此文语言生动，形象地描述了酒瓢的特征及功用。其中“外象招摇，中虚橐钥”一句揭示了表里之间的辩证关系，不仅隐含哲理，还有讽喻意味。作者虽清心寡欲，专心学问，可文中“器为人用，势本天作”一句表明了自己决不会长期沦落下去的信心。

（撰稿人：郑蓿培）

崔兴宗

名家简介

崔兴宗，生卒年不详，博陵（今河北定州）人，唐代诗人，为“王孟诗派”代表诗人之一，曾任右补阙，官终饶州长史。早年隐居终南山，与王维、卢象、裴迪等人游览赋诗，琴酒自娱，事迹见《新唐书》《唐诗纪事》《唐才子传》。《全唐诗》存诗 5 首。

名作赏析

（一）《留别王维》

留别王维

驻马欲分襟，清寒御沟上。

前山景气佳，独往还惆怅。

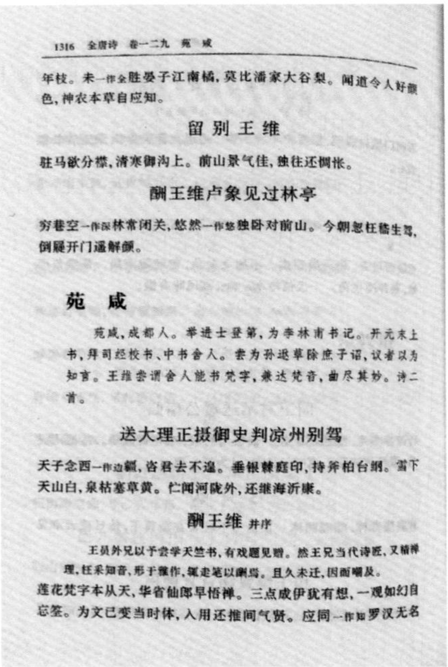

1316 全唐诗 卷一二九 苑 咸

年枝。未一作全胜晏子江南橘，莫比潘家大谷梨。闻道令人好颜色，神农本草自应知。

留别王维

驻马欲分襟，清寒御沟上。前山景气佳，独往还惆怅。

酬王维卢象见过林亭

穷巷空一作深林常闭关，悠然一作悠独卧对前山。今朝忽枉嵇生驾，倒屣开门遥解颜。

苑 咸

苑咸，成都人。举进士登第，为李林甫书记。开元末上书，拜司经校书、中书舍人。尝为孙逖草除庶子诏，议者以为知言。王维尝谓舍人能书梵字，兼达梵音，曲尽其妙。诗二首。

送大理正摄御史判凉州别驾

天子念西一作边疆，咨君去不遑。垂银棘庭印，持斧柏台纲。雪下天山白，泉枯塞草黄。伫闻河陇外，还继海沂康。

酬王维 并序

王员外兄以予尝学天竺书，有戏题见赠。然王兄当代诗匠，又精禅理，枉采知音，形于雅作，辄走笔以酬焉。且久未迁，因而嘲及。

莲花梵字本从天，华省仙郎早悟禅。三点成伊犹有想，一观如幻自忘筌。为文已变当时体，入用还推间气贤。应同一作知罗汉无名

《全唐诗》崔兴宗诗二首

这是一首五言仄韵绝句，是作者与好友王维留别的作品。“驻马欲分襟，清

寒御沟上。”御沟指流经皇宫的河道。此联叙事写景，平平道来，御沟之上空气清冷，寒意降临，作者在此与友人驻马分别，依依不舍。下联荡开一笔，既有联想，也表达主观意蕴。“前山景气佳，独往还惆怅。”虽然眼前的路途上有美妙的山景，然而自己独自前往，不能与好友分享，不免使人惆怅万分。全诗情感浓郁，留有余地。这首诗平实叙来，波澜不惊，描绘出作者与友人分手时依依不舍、情意绵绵之态，以及他们真挚的友情。《唐贤清雅集》评此诗：“爱山景，恋友朋，两意合写，十分浓至。”

（二）《酬王维卢象见过林亭》

酬王维卢象见过林亭

穷巷空林常闭关，悠然独卧对前山。

今朝忽枉嵇生驾，倒屣开门遥解颜。

这是一首七言绝句。上联写作者悠然自得的山林幽居生活，虽然是“穷巷”“空林”，又“常闭关”，但是作者不以为苦，反倒怡然自乐。下联为之一转，写好友忽至，倒屣相迎，欢悦异常。“嵇生”本是“竹林七贤”中的高士嵇康，此处代指前来造访的好友王维和卢象，好友到来，作者欣喜万分，连鞋也来不及穿好。两联一静一动，情感转折鲜明。

（撰稿人：孙建虎）

郎士元

名家简介

郎士元，生卒不详，字君胄，中山（今河北定州）人，唐代诗人。唐天宝十五载（756 年），登进士第。安史之乱后，避乱江南。唐宝应元年（762 年），授渭南尉。唐大历元年（766 年）前后，擢为拾遗，继迁员外郎，复转郎中。唐建中元年（780 年），出为郢州刺史，并持节治军，卒于官。郎士元工诗，擅长五律，善写饯别应酬诗，与钱起齐名，并称“钱郎”。高仲武的《中兴间气集》载：“自丞相已下，更出作牧，二公无诗祖饯，时论鄙之。两君体调，大抵欲同，就中郎公稍更闲雅，近于康乐”。徐献忠的《唐诗品》称其诗：“天然秀颖，复谐音节，大率以兴致为先，而济以流美。虽篇章错杂，酬应层出，而语多闲雅，不落俗韵，其取重时流，不徒然尔。惜无大作以齐曩代高手，将非尺寸短长之恨耶！”事迹见《新唐书》《唐才子传》。今存《郎士元诗集》1 卷，《唐诗百名家全集》所收名为《郎刺史诗集》。《全唐诗》存诗 1 卷，《全唐诗补编》补诗 5 首。

名作赏析

（一）《长安逢故人》

长安逢故人

数年音信断，不意在长安。
马上相逢久，人中欲认难。
一官今懒道，双鬓竟羞看。
莫问生涯事，只应持钓竿。

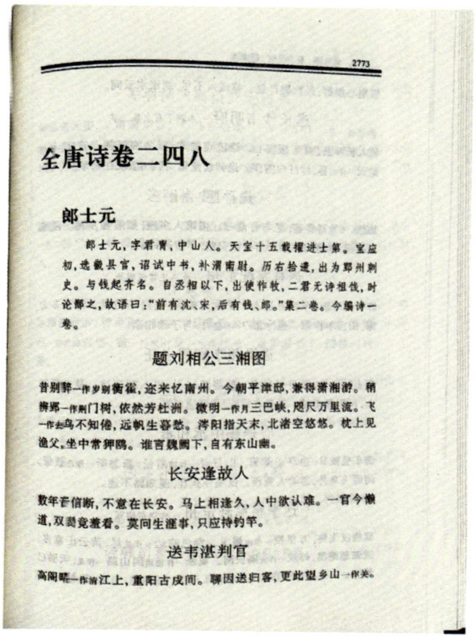
2773

全唐诗卷二四八

郎士元

郎士元，字君胄，中山人。天宝十五载擢进士第。宝应初，选畿县官，诏试中书，补渭南尉。历右拾遗，出为郢州刺史。与钱起齐名。自丞相以下，出使作牧，二君无诗祖饯，时论鄙之，故语曰："前有沈、宋，后有钱、郎。"集二卷。今编诗一卷。

题刘相公三湘图

昔别醉一作乡别衡霍，迩来忆南州。今朝平津邸，兼得潇湘游。稍辨郢一作荆门树，依然芳杜洲。微明一作月三巴峡，咫尺万里流。飞一作去鸟不知倦，远帆生暮愁。涔阳指天末，北渚空悠悠。枕上见渔父，坐中常狎鸥。谁言魏阙下，自有东山幽。

长安逢故人

数年音信断，不意在长安。马上相逢久，人中欲认难。一官今懒道，双鬓竟羞看。莫问生涯事，只应持钓竿。

送韦湛判官

高阁晴一作清江上，重阳古戍间。聊因送归客，更此望乡山一作关。

《全唐诗·长安逢故人》

这是一首五言律诗，题材为即事诗，体裁为首句平起仄收式的五律。首联发语真挚，颔联两句或凝练浑厚，或真切自然，为世所称。后四句则为赠答之旨，自愧尚恋栈仕途，不得持钓竿归隐，结句富于形象。全诗描写了作者在长安城与故友相会的场面，表达了作者与故友相会时的喜悦之情和内心的激动。

（二）《**送李将军赴定州**》

送李将军赴定州

双旌汉飞将，万里授横戈。
春色临边尽，黄云出塞多。
鼓鼙悲绝漠，烽戍隔长河。
莫断阴山路，天骄已请和。

这是一首五言律诗，题材为送别诗，体裁为首句平起仄收

《全唐诗·送李将军赴定州》

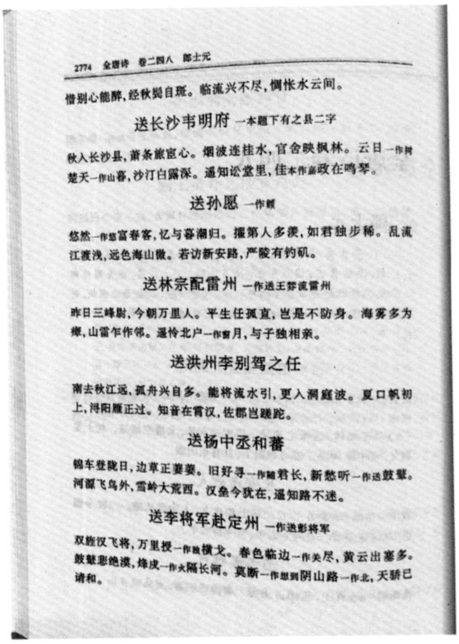

2774 全唐诗 卷二四八 郎士元

惜别心能醉，经秋鬓自斑。临流兴不尽，惆怅水云间。

送长沙韦明府 一本题下有之县二字

秋入长沙县，萧条旅宦心。烟波连桂水，官舍映枫林。云日一作树楚天一作山暮，沙汀白露深。遥知讼堂里，佳本作嘉政在鸣琴。

送孙愿 一作顾

悠然一作悠悠富春客，忆与暮潮归。擢第人多羡，如君独步稀。乱流江渡浅，远色海山微。若访新安路，严陵有钓矶。

送林宗配雷州 一作送王莽流雷州

昨日三峰尉，今朝万里人。平生任孤直，岂是不防身。海雾多为瘴，山雷乍作邻。遥怜北户一作窗月，与子独相亲。

送洪州李别驾之任

南去秋江远，孤舟兴自多。能将流水引，更入洞庭波。夏口帆初上，浔阳雁正过。知音在霄汉，佐郡岂蹉跎。

送杨中丞和蕃

锦车登陇日，边草正萋萋。旧好寻一作随君长，新愁听一作送鼓鼙。河源飞鸟外，雪岭大荒西。汉垒今犹在，遥知路不迷。

送李将军赴定州 一作送彭将军

双旌汉飞将，万里授一作独横戈。春色临边一作关尽，黄云出塞多。鼓鼙悲绝漠，烽戍一作火隔长河。莫断一作想到阴山路一作北，天骄已请和。

式的五律。首联以汉李广相喻，写李将军新授节度使，万里出征。颔联写戍边环境的艰辛。颈联进而从边塞风光写至军旅生涯，把战争的场景写得如临其境，造就了寥廓的意象和悲壮的情调，流露出作者对战争的厌恶。尾联作者由忆想回到现实，告诫李将军连年的战争应该结束了，不要阻断去阴山的路，敌人自封的天骄已请和。作者由忆想到现实，展开充分的想象，对李将军寄予了深厚的希望，同时也表达了作者渴望祖国和平统一，渴望汉胡和好的心声。

全诗布局得当，铸词精警高亢，风格雄壮豪迈，虎虎有生气，充满了必胜的信心和尚武精神。此诗命意措辞，不落俗套，从艺术上看，虽属送行诗，但绝无一般送别诗的离愁哀怨、缠绵悱恻。

（撰稿人：李新）

崔峒

名家简介

崔峒，生卒年不详，博陵（今河北定州）人，唐代诗人，是“大历十才子”之一。幼年家境贫寒，父亲早逝，又逢乱世，读书较晚，且时断时续。唐大历元年（766 年），登进士第，后在京都长安等待封官，历任左拾遗、集贤殿学士、左补阙等职。唐贞元元年（785 年），被贬为潞州功曹参军。《全唐诗》存诗 47 首。

名作赏析

（一）《初入集贤院赠李献仁》

初入集贤院赠李献仁

燕代官初罢，江湖路便分。
九迁从命薄，四十幸人闻。
迹愧趋丹禁，身曾系白云。
何由返沧海，昨日谒明君。

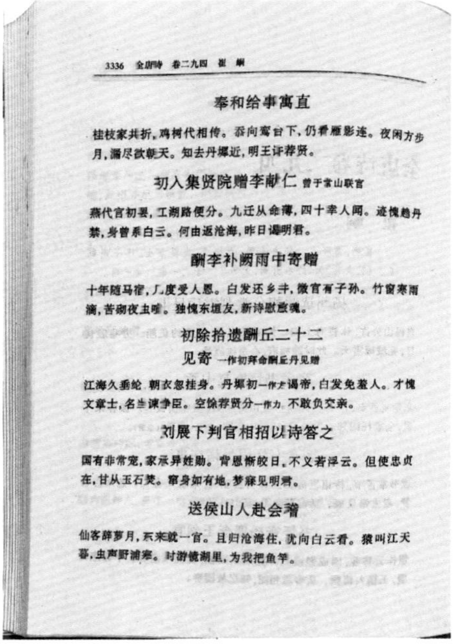

3336　全唐诗　卷二九四　崔峒

奉和给事寓直

桂枝家共折，鸡树代相传。忝向鸾台下，仍看雁影连。夜闲方步月，漏尽欲朝天。知去丹墀近，明王许荐贤。

初入集贤院赠李献仁 曾于常山联官

燕代官初罢，江湖路便分。九迁从命薄，四十幸人闻。迹愧趋丹禁，身曾系白云。何由返沧海，昨日谒明君。

酬李补阙雨中寄赠

十年随马宿，几度受人恩。白发还乡井，微官有子孙。竹窗寒雨滴，苦砌夜虫喧。独愧东垣友，新诗慰旅魂。

初除拾遗酬丘二十二见寄 一作初拜命酬丘丹见赠

江海久垂纶，朝衣忽挂身。丹墀初一作去谒帝，白发免羞人。才愧文章士，名当谏诤臣。空馀荐贤分一作力，不敢负交亲。

刘展下判官相招以诗答之

国有非常宠，家承异姓勋。背恩惭皎日，不义若浮云。但使忠贞在，甘从玉石焚。窜身如有地，梦寐见明君。

送侯山人赴会稽

仙客辞萝月，东来就一官。且归沧海住，犹向白云看。猿叫江天暮，虫声野浦寒。时游镜湖里，为我把鱼竿。

《全唐诗》崔峒诗二首

这是一首五言律诗，题材为赠答诗，体裁为首句仄起仄收式的五律。首联追忆了自身所经历的宦海浮沉，从燕、代之地离任，江湖路远，扣应题目“初入集贤院”。领联使用了对仗手法，“九迁”指多次迁调官职，自认命薄；“四十幸人闻”意为在不惑之年，幸喜尚有世人知闻，也是在对好友李献仁倾诉衷肠。颔联和尾联则申赠答之旨，自愧尚跻身朝堂，不得返沧海隐居，亦是赠答诗之套语。

（二）《酬李补阙雨中寄赠》

酬李补阙雨中寄赠

十年随马宿，几度受人恩。
白发还乡井，微官有子孙。
竹窗寒雨滴，苦砌夜虫喧。
独愧东垣友，新诗慰旅魂。

这是一首五言律诗，题材为赠答诗，体裁为首句平起仄收式的五律。李补阙，即李纾，字仲舒，赵州（今河北赵县）人，曾于唐广德元年（763 年）任左补阙。首联作者自序了所经历的宦海浮沉，以及游宦之久。颔联表达了作者的自我宽慰。颈联和尾联紧扣题目“雨中寄赠”，并兼叙友情。全诗用字凝练，承接紧密，情绪悲而不凉，挚友深情，溢于言外。

（撰稿人：李新）

卢殷

名家简介

卢殷（746—810），幽州范阳（今河北涿州）人，唐代诗人，为“韩孟诗派”代表诗人之一。卢殷交友甚广，与中唐诗人孟简、孟郊、冯宿等皆为好友。唐永贞元年（805年）前后，享誉诗坛。唐元和五年（810年）十月，曾为登封尉，以病去官。同年，贫病致死。卢殷死后，韩愈为其作墓志铭，孟郊更是写了10首诗来怀念他，可见其在中唐时期诗坛之价值及影响力。《全唐诗》存诗13首，以五律、五绝和七绝为主。

名作赏析

（一）《仲夏寄江南》

仲夏寄江南

五月行将近，三年客未回。
梦成千里去，酒醒百忧来。
晚暮时看槿，悲酸不食梅。
空将白团扇，从寄复裴回。

这是一首五言律诗，题材为赠答诗，体裁为首句仄起平收式的五律。首联以时令开篇，由月及年，思及与江南诗友别离之久。按照传统农历的算法，仲夏应为农历五月，所以首联点题，可谓恰到好处。颔联对仗精工，使用了顺承关系的流水对。梦中已至所思之江南，然而酒醒依然远隔

全唐詩卷四百七十

盧殷

盧殷。范陽人。爲登封尉。詩十三首。宋時避諱，改作睦。

妾換馬

伴鳳樓中妾。如龍櫪上宛。同年辭舊寵。異地受新恩。香閣更衣處。塵蒙噴草痕。連嘶將忍淚。俱戀主人門。

七夕

河耿月涼時。牽牛織女期。歡娛方在此一作此在。漏刻竟由誰。定不嫌秋駛。唯當乞夜遲。全勝客子婦。十載泣生離。

月夜

露下涼生簟。無人月滿庭。難聞逆河浪。徒望白榆星。樹遶孤棲鵲。窗飛就暗螢。移時宿蘭影。思共習芳馨。

仲夏寄江南

五月行將近。三年客未還。夢成千里去。酒醒百憂來。晚暮時看槿。悲酸不食梅。空將白團扇。從寄復

全唐詩 卷四百七十 盧殷 五三四一

《全唐诗·仲夏寄江南》

千里，不禁惆怅备至，百忧齐来。颈联中的“槿”“梅”两个意象与江南息息相关，可谓点睛之笔。尾联结情，化用了“团扇秋风”之典故，收结全篇，凄清愁怨，让人回肠百转，回味无穷。

（二）《月夜》

月夜

露下凉生簟，无人月满庭。

难闻逆河浪，徒望白榆星。

树绕孤栖鹊，窗飞就暗萤。

移时宿兰影，思共习芳馨。

这是一首五言律诗，题材为即景诗，体裁为首句仄起仄收式的五律。首联作者用笔真切，点清题面，观察景物细致入微，以寒露、竹簟、月光等同类意象勾勒出凄寒清冷的诗歌氛围。这里使用了“以有衬无”的创作表现手法，虽然是月满庭，然无人共赏，大有李太白《月下独酌》中“举杯邀明月，对影成三人”之味道，可谓异曲同工。颔联紧承首联，顺势而下，并且属对精工，使用了因果关系的流水对，自喻与孤星相对，更见其情怀之孤寂。颈联中“栖鹊”“暗萤”两个意象皆孤独、寂寞之属，与作者的处境相衬。尾联写既然无与为朋，则“宿兰影”，与之“习芳馨”。兰乃君子之象征，作者思与兰花共处，亦有李太白《月下独酌》中“永结无情游，相期邈云汉”之境界也。

（撰稿人：李新）

崔元翰

名家简介

崔元翰（753—795），名鹏，字以行，博陵（今河北定州）人，唐代诗人。崔元翰因母丧而隐居教书治学，多有著述。他通经史，工诗文，年近五十始举进士。府试、省试皆第一，唐建中二年（781年）状元及第，后登博学宏词科、贤良方正能直言极谏科又皆第一。在历代状元中，是有据可考最早在科举考试中连中“三元”的状元。其弟崔敖、崔备亦与他同取进士科，兄弟三人名列一榜前列，传为佳话。崔元翰是学者型的官僚，历任校书郎、节度从事、太常博士、礼部员外郎、知制诰等职。崔元翰性喜孤独，极少结交，一心于翰墨，好学不倦。他师法班固、蔡邕，尤善对策、奏记及碑志，主张文以载道。新旧《唐书》皆有传。《全唐诗》存诗7首，大多为奉和皇帝的应制之作，其中如五言律绝《雨中对后檐丛竹》、五言排律《奉和圣制三日书怀因以示百寮》，格律严谨，属对精工，堪称唐代台阁文人诗作的范本。

名作赏析

（一）《雨中对后檐丛竹》

雨中对后檐丛竹

含风摇砚水，带雨拂墙衣。

乍似秋江上，渔家半掩扉。

这是一首五言绝句，题材为即景诗，体裁为首句平起入收式的五言律绝。首联点清题面，以天气景况开篇，细致描摹雨

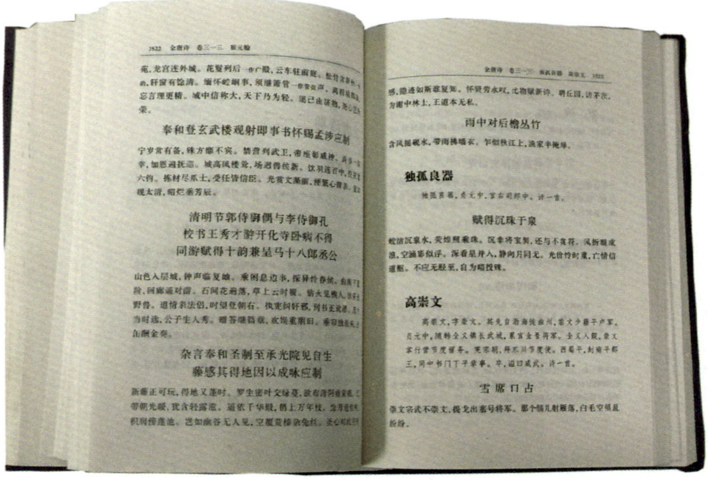

《全唐诗·雨中对后檐丛竹》

中后檐丛竹的风致，虽为写竹，但不带一个“竹”字，却又处处有竹子。“含风摇砚水”，字面写风，但风中有雨，“带雨拂墙衣”，字面写雨，但雨中有风，此为宋代诗话中所谓的“诗互体”，如杜甫之“风含翠筱娟娟净，雨浥红蕖冉冉香”之句。篇末结情，富于联想，作者由面前所对之后檐丛竹，驰骋思绪，竟然想到了秋江之上渔家半掩船扉的动态画面，绝句妙在呈现画面感，虽短小，却令人回味无穷，一唱三叹。同时后两句也属于“流水句”法，又称“十字句”法，一气而下，语意连贯。

（二）《奉和圣制三日书怀因以示百寮》

奉和圣制三日书怀因以示百寮

佳节上元巳，芳时属暮春。

流觞想兰亭，捧剑传金人。

风轻水初绿，日迟花更新。

天文信昭回，皇道颇敷陈。

恭己每从俭，清心常保真。

戒兹游衍乐，书以示群臣。

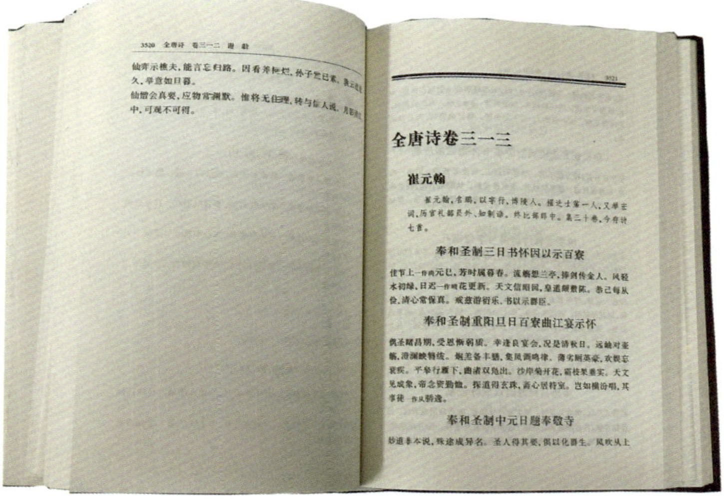

《全唐诗·奉和圣制三日书怀因以示百寮》

这是一首五言排律，题材为应制诗，体裁为首句仄起仄收式的五排。首联以时令开篇，乃三月三日上巳节，按照传统农历的算法，故称为“暮春”（仲春）。三、四句提及王羲之等东晋文人雅士“兰亭雅集”、曲水流觞之故事，可谓用事典。再下“风轻水初绿，日迟花更新”，用笔轻巧，勾勒出祥和安逸的氛围。“天文信昭回，皇道颇敷陈”而下，皆为颂圣之语，为应制诗不得不有之语。应制诗乃应圣上之“制”（旨意）而创作，因题目所限，不易创作出佳作，故此诗前佳后平。

（撰稿人：李新）

崔立之

名家简介

崔立之，生卒年不详，博陵（今河北定州）人，唐代诗人。唐贞元四年（788年），登进士第。唐元和元年（806年），为蓝田丞。邑庭有老槐树四行，南墙有巨竹千杆，崔立之每日吟哦其间。韩愈曾为其作《蓝田县丞厅壁记》，足见其在中唐后期诗坛地位之重要。《全唐诗》存诗3首。

名作赏析

（一）《曲池洁寒流》

曲池洁寒流

闲寻欹岸步，因向曲池看。
透底何澄彻，回流乍屈盘。
稍随高树古，迥与远天寒。
月入镜华转，星临珠影攒。
纤鳞时蔽石，转吹或生澜。
愿假涓微效，来濡拙笔端。

这是一首五言排律，题材为即景诗，体裁为首句平起仄收式的五排。此诗开篇的两句写作者闲来无事便沿着河岸散步，之后往一旁的“曲池”伸头探看。三、四句顺承而下，只见池水透明见底，是何其的澄澈，往返的流动又乍是盘绕曲折。五、六句写池水伴随着旁边高耸的树木，略微地显得古朴，与远方寒冷的天空互相辉映。其后四句写明月仿佛进入了如镜般的水面轮转，星星也降临水面，仿佛一团珠影攒聚在一起。纤小的鱼儿时时躲避在石头后面，环境一有改变，便会激出波澜。篇末

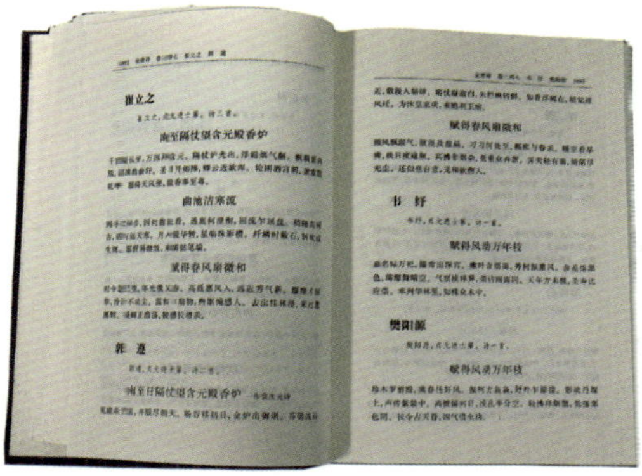

《全唐诗》崔立之诗二首

自语，但愿能借着这些纽微不足道的想法，来沾湿作者拙劣的笔端写诗。全诗用语清澈，境界清寒，为中唐诗坛之代表风气。

（二）《南至隔仗望含元殿香炉》

南至隔仗望含元殿香炉

千官望长至，万国拜含元。

隔仗炉光出，浮霜烟气飜。

飘飘萦内殿，漠漠澹前轩。

圣日开如捧，卿云近欲浑。

轮囷洒宫阙，萧索散乾坤。

愿倚天风便，披香奉至尊。

这是一首五言排律，题材为即景诗，体裁为首句平起仄收式的五排。此诗开篇两句写含元殿华贵、雍容之态，引领全篇。三、四句顺承而下，极写烟气炉火之升腾景象，富有动态美。五、六句由近及远，层次错落，不流于俗套。之后几句作为台阁体，不得不颂圣。然而此诗的难能可贵之处在于不直露地歌功颂德，而是寓情于景，尾联收语简洁，更见功力。

（撰稿人：李新）

崔护

名家简介

崔护（772—846），字殷功，博陵（今河北定州）人，唐代诗人。唐贞元十二年（796年），进士及第。唐大和三年（829年），任京兆尹，同年调任御史大夫、广南节度使，逝于岭南节度使任上。事迹见《唐诗纪事》。其诗风精炼婉丽，语极清新，《全唐诗》存诗6首。

名作赏析

（一）《五月水边柳》

五月水边柳

结根挺涯涘，垂影覆清浅。
睡脸寒未开，懒腰晴更软。
摇空条已重，拂水带方展。
似醉烟景凝，如愁月露泫。
丝长鱼误恐，枝弱禽惊践。
长别几多情，含春任攀搴。

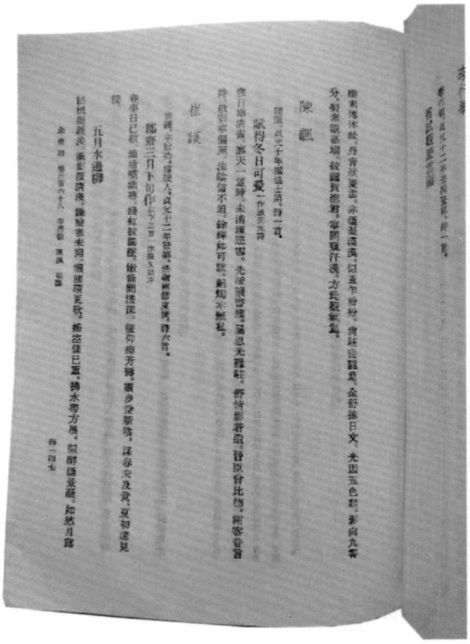
陳諷
賦得冬日可愛
崔護
郡齋三月下旬作
五月水邊柳
結根挺涯涘。垂影覆清淺。睡臉寒未開。懶腰晴更軟。搖空條已重。拂水帶方展。似醉煙景凝。如愁月露
四一四七

《全唐诗·五月水边柳》

这是一首五言古风，题材为咏物诗，押仄声韵中的“上声”韵。此诗开篇两句点清题面，写出五月水边柳树所处的环境，“涯涘”即水边、岸边。三、四句则使用拟人的手法，刻画出柳树的娇羞之态。继而“摇空条已重，拂水带方展。似醉烟景凝，如愁月露泫”，又将柳树枝条的拂动细腻地刻画出来，如见目前。篇末“丝长鱼误恐，枝弱禽惊践。长别几多情，含春任攀搴”，则又自诩高洁。咏物诗的最高境界便是咏物而不拘泥于物，崔护此诗有之。

（二）《题都城南庄》

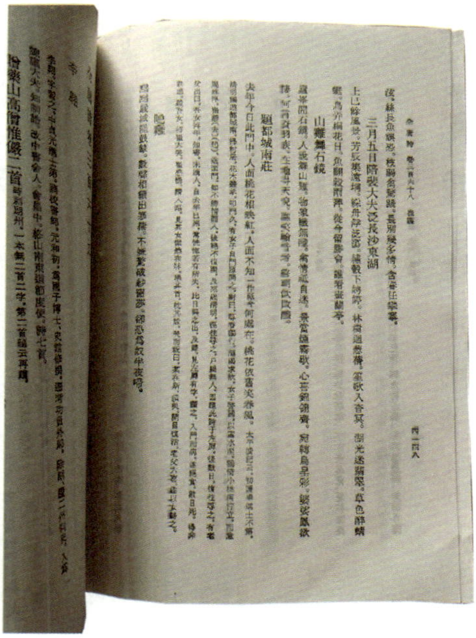
三月五日陪裴大夫泛長沙東湖
山雞舞石鏡
題都城南莊
去年今日此門中，人面桃花相映紅。人面不知何處在，桃花依舊笑春風。

《全唐诗·题都城南庄》

题都城南庄

去年今日此门中，人面桃花相映红。
人面不知何处去，桃花依旧笑春风。

这是一首七言绝句，题材为题壁诗，体裁为首句平起平收式的七言律绝。此诗的前两句作者回忆当年初遇佳人，红颜、桃花相映成美。第三句忽然转笔，展眼直入当下，千里寻故地，旧貌依稀，佳人不再，惆怅万千，无以排遣，令人感慨不已。最后一句写只剩下门前一树桃花仍旧在春风中凝情含笑。此诗在后世诗坛堪称脍炙人口，尤其以“人面不知何处去，桃花依旧笑春风”二句流传甚广。此诗情感真挚，读后画面如现目前，唤起读者心底之共鸣，故而流传深远。后世元杂剧《人面桃花》即是因此诗而成，崔护更是凭此诗而享誉诗坛。

（撰稿人：李新）

卢仝

名家简介

卢仝（约775—835），自号玉川子，祖籍范阳（今河北涿州），唐代诗人，是“初唐四杰”之一卢照邻之孙。早年隐少室山茶仙泉，后迁居洛阳。破屋数间，图书满架，终日苦读，邻僧赠米，刻苦读书，博览经史，工诗精文，不愿仕进。性格狷介，有雄豪气，狷介类孟郊，雄豪之气近韩愈，是“韩孟诗派”的代表诗人之一。唐大和九年（835年），死于甘露之变。卢仝诗风惊奇险怪，人称“卢仝体”，且好茶成癖，著有《茶谱》，被世人尊称为“茶仙”。事迹见《新唐书》。有《玉川子集》，《全唐诗》存诗3卷，清人孙之騄撰有《玉川子诗集注》。

《全唐诗》第六册

名作赏析

（一）《人日立春》

人日立春

春度春归无限春，今朝方始觉成人。
从今克己应犹及，颜与梅花俱自新。

这是一首七言绝句，题材为即事诗，

体裁为首句平起平收式的七言律绝。首句连用三个“春”字起兴，不避重复，正是“韩孟诗派”雄奇怪异之风的艺术呈现。前两句谓春去春回无数，今日立春才开始感到应该修身养性，成就自己的品德。第三句转笔，“克己”为约束自我、修身之意。后两句谓从今日始严于律己以修身应还来得及，希望从此与迎春早梅一样面目全新。全诗清新可人，不用说教，全以形象动人，自为诗家之上乘。

（二）《新月》

新月

仙宫云箔卷，露出玉帘钩。

清光无所赠，相忆凤凰楼。

这是一首五言绝句，题材为咏物诗，体裁为首句平起仄收式的五言律绝。诗中作者调动奇幻之想象，开篇即以借喻出之，“云箔”指云做的帘子，“玉帘钩”即新月。前两句意为新月穿过云层而出。第三句形容清光冷月，映照作者。第四句中的“凤凰楼”系作者早年离开扬州后所建，似为怀念扬州友人。后两句写作者睹物思人，观新月起念旧之情，清新奇僻，独出机杼。

（撰稿人：李新）

贾岛

名家简介

贾岛（779—843），字阆仙，一作浪仙，幽州范阳（今河北涿州）人，唐代诗人，人称“诗奴”。一生历经德宗、顺宗、宪宗、穆宗、敬宗、文宗、武宗七朝，虽穷困潦倒，但始终洁身自好，正直自守，苦研诗律。早年出家为僧，号无本，自号碣石山人，还俗后屡举进士不第。唐文宗时被排挤，唐大和八年（834 年），以诽谤罪被贬为遂州长江县（今四川大英）主簿，故又被称为“贾长江”。唐会昌三年（843 年），由普州司仓参军改任司户参军，未任病逝。贾岛一生穷愁，苦吟作诗，其诗多写荒凉枯寂之境，长于五律，重词句锤炼。与孟郊齐名，共称“郊寒岛瘦”，与姚合并称“姚贾”。事迹见《新唐书》《唐诗纪事》。有《长江集》10 卷，《全唐诗》存诗 4 卷。

名作赏析

（一）《题李凝幽居》

题李凝幽居

闲居少邻并，草径入荒园。
鸟宿池边树，僧敲月下门。
过桥分野色，移石动云根。
暂去还来此，幽期不负言。

这是一首题壁诗，李凝是作者的友人，从全诗语境来看，当为中晚唐隐士之流。此诗的体裁为首句平起仄收式的五言律诗，首联声律为“平平仄平仄，仄仄仄平平”，其中“平平仄平仄”为变格律句，使“平平仄平仄”之正格律句富于动感。

首联点题，“邻并”指邻居，一如王勃《送杜少府之任蜀州》中“天涯若比邻”之“比邻”也，起首岁平，但这正是律诗的本色手法。悠闲之所，邻居寡少，草间一条幽径小路，深入荒原，对其居所朴素的环境描写，正扣合了题目中李凝这一隐者的身份，诚如陶渊明“结庐在人境，而无车马喧”，赞颂隐者情怀，一正一反，殊途同归。

颔联顺承而下，“池边”一作“池中”。夜晚池塘边上，小鸟栖于树上，此为静；月光之下，孤独的诗僧敲门声声，此为动。僧者，即为作者自况，其早年为僧，法号无本。这两句诗以静衬动，得田园诗人陶渊明“犬吠深巷中，鸡鸣桑树颠”个中三昧。相传在京师的时候，作者骑驴吟诗，得“鸟宿池边树，僧敲月下门”之句，初欲作“推”字未决，后又欲改为“敲”字，引手做推敲势，不觉冲撞了京兆尹韩愈的车仗导从。门吏正对作者斥责之时，韩愈急忙上前阻止，并详细询问了其举止无状之因由，作者据实以告。同为诗人的韩愈听后，建议其用“敲”字，也正是看到了“僧敲月下门”动静相衬之妙。

颈联转笔写寻友不值后归途之游踪，移步换景。“分野色”指山野景色被桥分开，“云根”指石头，因为古人认为云触石而生，故有此称。桥分阔野，石如游动，亦足见月下夜景之精确描摹。

尾联以“暂去还来比，幽期不负言”结情，言隐居之约定当履践，绝不失信，呼应题目，隐者、诗僧，相得益彰，收束自然。

全诗纯用白描，草径、荒园、宿鸟、池树、野色、云根……诸般意象，皆移情入境，得清雅闲淡之意趣，通篇浑成，正是五律之上乘境界。这首诗是作者享誉中晚唐诗坛的代表作，而“推敲”的典故，更是由此流传后世。

（二）《剑客》

剑客

十年磨一剑，霜刃未曾试。
今日把示君，谁为不平事？

这是一首五言绝句，题材为咏怀诗，体裁为首句平起仄收式的五言律绝。作者一生执着于锤炼五律、五绝，希冀蟾宫折桂，但始终仕途坎坷。诗的前两句，作者有以剑客自况之味，有科场跃跃欲试之豪情。虽是叙述之口吻，但写不平在其中。诗的后两句为问句，承接前两句，作者自比剑客，世路、仕途多有不平。作者以燕赵诗人之悲壮慷慨之问，将此诗推向高潮，同时唤起底层诗人之共鸣，与左思的《咏史》堪为比肩。

（三）《**戏赠友人**》

戏赠友人

一日不作诗，心源如废井。
笔砚为辘轳，吟咏作縻绠。
朝来重汲引，依旧得清冷。
书赠同怀人，词中多苦辛。

这首诗的题材为赠答诗，因第二句“源”为平声，而第三句“砚”为仄声，故音律失粘，因此体裁为五言古风。由首联可见作者日日作诗之勤奋刻苦。颔联顺承而下，使用比拟中拟物的修辞手法，为作者夫子自道。颈联以汲井自况，“郊寒岛瘦”之诗境已然呈现。尾联则是“嘤其鸣矣，求其友声”，以文墨锤炼之苦，求诸同道之怀抱，可谓直抒胸臆。诗的题目虽曰“戏赠”，但作者真诚地向友人坦露了自己的创作心得。

（撰稿人：李新）

卢携

名家简介

卢携（824—880），字子升，幽州范阳（今河北涿州）人，唐代文学家、诗人。唐大中九年（855年），考中进士，被授予集贤校理，出任佐使府。唐咸通年间，历任右拾遗、殿中侍御史，后转任员外郎中、长安县令、郑州刺史，又被召进朝中，授职谏议大夫。唐乾符元年（874年），以本官被征召充任翰林学士，授职中书舍人，后又升迁户部侍郎、学士承旨。唐乾符四年（877年），以本官任同中书门下平章事，后又升任门下侍郎，兼任兵部尚书、弘文馆大学士。

《全唐诗》第十册

名作赏析

（一）《题司空图壁》

题司空图壁

姓氏司空贵，官班御史卑。

老夫如且在，不用叹屯奇。

题壁诗始于两汉，盛于唐宋。汉代以后，题壁者代不乏人。南北朝时期，题壁诗渐多。唐代，题壁诗骤然大增，开始形成一种风气。这首题壁诗写于作者罢官在东都洛阳时，此时司空图也被左迁为光禄寺主簿，分司东都洛阳。作者对司空图的才华和为人很爱重，常相往来共游。有一次，作者经过司空图的宅第，便在墙壁上写下了这首诗来称赞他。“老夫如且在，不用叹屯奇”两句正表现出作者对司空图的器重。后来，作者重新得到重用，回朝复相，便召司空图为礼部员外郎，并赐“绯鱼袋”。

（二）《临池诀》

临池诀

吴郡张旭言：自智永禅师过江，楷法随渡。永禅师乃羲、献之孙，得其家法，以授虞世南，虞传陆柬之，陆传子彦远，彦远仆之堂舅，以授余。不然，何以知古人之词云尔。携按：永禅师从侄纂及孙涣皆善书，能继世。张怀瓘《书断》称上官仪师法虞公，过于纂矣。张志逊又纂之亚。是则非独专于陆也。王叔明《书后品》又云虞、褚同师于史陵。陵盖隋人也。旭之传法，盖多其人，若韩太傅滉、徐吏部浩、颜鲁公真卿、魏仲犀。又传蒋陆及从侄野奴二人。予所知者，又传清河崔邈，邈传褚长文、韩方明。徐吏部传之皇甫阅。阅以柳宗元员外为入室，刘尚书禹锡为及门者，言柳公常未许为伍。柳传方少卿直温，近代贺拔员外惎、寇司马璋、李中丞戎，与方皆得名者。盖书非口传手授而云能知，未之见也。小子蒙昧，常有心焉。而良师不遇，岁月久矣，天机懵然，因取《翰林隐术》、右军《笔势论》、徐吏部《论书》、《窦臮字格》、《永字八法势论》，删繁选要，以为其篇。《系辞》言智者观其彖辞，思过半矣。倘学者覃思于此，钟繇、羲、献，诚可见其心乎！

第一，用纸笔。

第二，认势。

第三，裹束。

第四，真如立，行如行。

第五，草如走。

第六，上稀。

第七，中匀。

第八，下密。

用笔之法：拓大指，擫中指，敛第二指，拒名指，令掌心虚如握卵，此大要也。凡用笔，以大指节外置笔，今动转自在。然后奔头微拒，奔中中钕，笔拒亦勿令大紧，名指拒中指，小指拒名指，此纲要也。皆不过双苞，自然虚掌实指。“永”字论云：以大指拓头指钩中指。此盖言单苞者。然必须气脉均匀，拳心须虚，虚则转侧圆顺；腕须挺起，粘纸则轻重失准。把笔浅深，在去纸远近，远则浮泛虚薄，近则揾锋体重。用水墨之法，水散而墨在，迹浮而棱敛，有若自然。纸刚则用软笔，策掠按拂，制在一锋。纸柔用硬笔，衮努钩磔，顺成在指。纯刚如以锥画石，纯柔如以泥洗泥，既不圆畅，神格亡矣。画石及壁，同纸刚例，盖相得也。

卢携工书法，于是写下这篇《临池诀》。首叙书法传授源流，自谓得永兴家法，乃取《翰林隐术》、右军《笔势论》、徐吏部《论书》《窦臮字格》《永字八法势论》，删繁选要，以为其篇，为目有八。此文向初学者介绍了书法的渊源，传授了书写毛笔字的动作要领、运笔方法及注意事项，同时指出“盖书非口传手授而云能知，未之见也”，说明在学习书法时，找一位“名师”做指导的重要性。卢携的这篇《临池诀》，对于今人学习书法仍有指导意义。

（撰稿人：郑蓿培）

卢汝弼

名家简介

卢汝弼，生卒年不详，字子谐，幽州范阳（今河北涿州）人，唐代诗人。唐景福元年（892 年），登进士第，后累迁为祠部郎中、知制诰。动乱中跟随唐昭宗从长安迁都洛阳。河东节度使沙陀族李克用奏为节度副使，后唐开国皇帝李存勖亦颇倚重。卒于后唐建国前。《全唐诗》存诗 8 首。

名作赏析

（一）《秋夕寓舍精舍书事》

秋夕寓舍精舍书事

叶满苔阶杵满城，此中多恨恨难平。
疏檐看织蟏蛸网，暗隙愁听蟋蟀声。
醉卧欲抛羁客思，梦归偏动故乡情。
觉来独步长廊下，半夜西风吹月明。

全诗紧扣题目，精心描绘了一幅“秋夕图”，情景交融，意境深邃。首联，作者俯视台阶，青苔暗点，黄叶遍布，满城的杵声破空而来，视听交织，同时触发作者敏感的内心，无尽的伤感阵阵袭来，“多恨”且“恨难平”，又有满城的杵声似乎暗示着作者的忧国忧民之情。颔联，作者在悲伤中抬眼，疏檐孤立，蟏蛸织网。作者侧耳细听，蟋蟀声声，又是一片衰飒，满目凄凉。视觉与听觉渗透交融，把作者的伤感推向深处。颈联，作者内心的情感如潮水般涌来，直抒胸臆，“羁客思”“故乡情”。可思而不得见，有家不能回，只

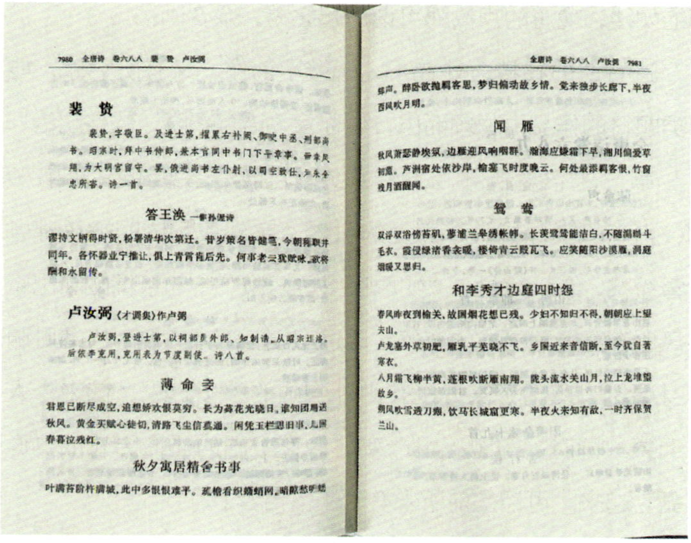
7980 全唐诗 卷六八八 裴贽 卢汝弼

裴贽

裴贽，字敬臣。及进士第，擢累右补阙、御史中丞、刑部尚书。昭宗时，拜中书侍郎，兼本官同中书门下平章事。帝东迁，为大明宫留守。累，俄进尚书左仆射，以司空致仕，为朱全忠所害。诗一首。

答王涣 一作孙偓诗

谬持文柄得时贤，粉署清华次第迁。昔岁策名皆健笔，今朝称职并同年。各怀器业宁推让，俱上青霄肯后先。何事老夫犹赋咏，欲将酬和永留传。

卢汝弼 《才调集》作卢弼

卢汝弼，登进士第，以祠部员外郎、知制诰，从昭宗迁洛。后依李克用，克用表为节度副使。诗八首。

薄命妾

君恩已断尽成空，追想娇欢恨莫穷。长为蕣花光晓日，谁知团扇送秋风。黄金买赋心徒切，清路飞尘信莫通。闲凭玉栏思旧事，几回春暮泣残红。

秋夕寓居精舍书事

叶满苔阶杵满城，此中多恨恨难平。疏檐看织蟏蛸网，暗隙愁听蟋

全唐诗 卷六八八 卢汝弼 7981

蟀声。醉卧欲抛羁客思，梦归偏动故乡情。觉来独步长廊下，半夜西风吹月明。

闻雁

秋风萧瑟静埃氛，边雁迎风响咽群。瀚海应嫌霜下早，湘川偏爱草初熏。芦洲宿处依沙岸，榆塞飞时度晚云。何处最添羁客恨，竹窗残月酒醒闻。

鹭鸶

双浮双浴傍苔矶，蓼浦兰皋绣帐帏。长羡鹭鸶能洁白，不随鸂鶒斗毛衣。霞侵绿渚香衾暖，楼倚青云殿瓦飞。应笑随阳沙漠雁，洞庭烟暖又思归。

和李秀才边庭四时怨

春风昨夜到榆关，故国烟花想已残。少妇不知归不得，朝朝应上望夫山。

卢龙塞外草初肥，雁乳平芜晓不飞。乡国近来音信断，至今犹自著寒衣。

八月霜飞柳半黄，蓬根吹断雁南翔。陇头流水关山月，泣上龙堆望故乡。

朔风吹雪透刀瘢，饮马长城窟更寒。半夜火来知有敌，一时齐保贺兰山。

《全唐诗》卢汝弼诗二首

能“醉卧”“梦归”。乡关之思萦绕于心，挥之不去，欲罢不能。尾联，长廊孤影，西风吹月，画面开阔，意境苍凉。作者万千的感慨随凄凉的画面汩汩而出，孤独之苦、思乡之痛、忧国忧民、世事难料、人生无常的沧桑之感尽在其中，回应了首联的“多恨”。全诗写景抒情逐层深入，烘托出作者客居在外的沉重而复杂的内心世界，可谓笔笔锥心、字字泣血，能引起读者强烈的共鸣，感人至深。

（二）《和李秀才边庭四时怨（其四）》

和李秀才边庭四时怨（其四）

朔风吹雪透刀瘢，饮马长城窟更寒。

半夜火来知有敌，一时齐保贺兰山。

唐代时边塞诗极为流行，并逐渐形成了“边塞诗派”，王昌龄、高适、岑参等唱响了“边塞”唐音，盛极一时。此后，边塞诗

不绝如缕，晚唐的卢汝弼可谓后起之秀，余音回荡。

这首诗的独特之处在于，既继承前作，又有所突破，能在同类题材的作品中脱颖而出，被称为“语意新奇，韵格超绝”。

第一，“语意新奇”。此诗开头两句描写边塞风光，突出“寒”字，当春风吹绿榆关、卢龙的时候，塞外战场依旧朔风肆虐，大雪纷飞，寒水冰封。“朔风吹雪透刀瘢”一句可谓翻新出奇，寒风、寒雪凝聚而成的寒气，透过刀瘢，深入骨髓，直逼脏腑，穿身而过，写出了寒气侵袭由外到内的整个过程，读来令人不寒而栗。同时，一组无惧严寒、保家卫国的热血男儿的群像随即矗立起来，可谓是前所未有，不落俗套。

第二，“韵格超绝”。在恶劣的环境下，戍边战士忍着思乡怀人、天寒地冻，坚守阵地，击退来敌，保家卫国。“一时齐保贺兰山”一句中的“一时”表现了动作之灵敏、战斗之迅速、战士之团结，歌颂了戍边战士不畏艰苦、无惧来敌、坚定乐观、勇敢战斗、争取胜利的英雄精神。这是一首英雄主义赞歌，格调超迈，读来令人精神振奋、情绪高昂。

（撰稿人：王焕荣）

卢延让

名家简介

卢延让，生卒年不详，字子善，幽州范阳（今河北涿州）人，唐代诗人。曾多次参加科举考试，直至唐光化三年（900年）登进士第。郎陵节度使雷满辟为从事，雷满战败，卢延让归附前蜀王建，授水部员外郎，累迁给事中，拜工部侍郎，卒官刑部侍郎。事迹见《唐才子传》。《全唐诗》存诗14首、断句10联，《全唐诗补编》补诗1首、断句4联。

名作赏析

（一）《苦吟》

苦吟

莫话诗中事，诗中难更无。
吟安一个字，撚断数茎须。
险觅天应闷，狂搜海亦枯。
不同文赋易，为著者之乎。

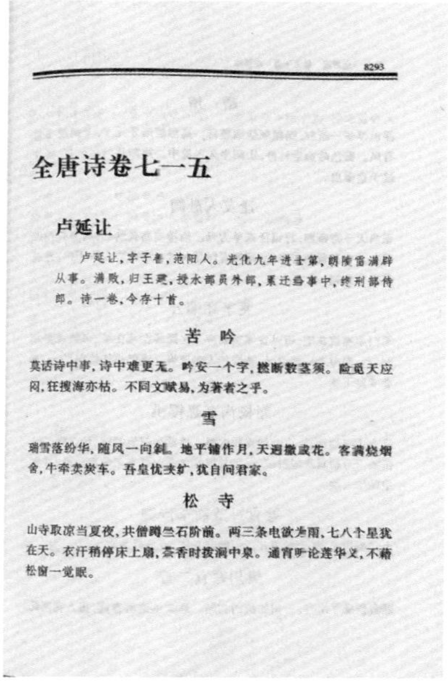

8293

全唐诗卷七一五

卢延让

卢延让，字子善，范阳人。光化九年进士第，朗陵雷满辟从事。满败，归王建，授水部员外郎，累迁给事中，终刑部侍郎。诗一卷，今存十首。

苦　吟

莫话诗中事，诗中难更无。吟安一个字，撚断数茎须。险觅天应闷，狂搜海亦枯。不同文赋易，为著者之乎。

雪

瑞雪落纷华，随风一向斜。地平铺作月，天迥撒成花。客满烧烟舍，牛牵卖炭车。吾皇忧挟纩，犹自问君家。

松　寺

山寺取凉当夏夜，共僧蹲坐石阶前。两三条电欲为雨，七八个星犹在天。衣汗稍停床上扇，茶香时拨涧中泉。通宵听论莲华义，不藉松窗一觉眠。

《全唐诗·苦吟》

这是一首五言律诗。诗中述说了诗歌创作的甘苦，作者有时候为了吟安一个字，常捻断几多髭须。搜险猎奇，搜肠刮肚，使天应闷，使海也枯。作者表示诗歌的创作不同于文赋，弄些个“之乎者也”便能凑够篇幅，充分体现了苦吟派诗人的创作理念和创作追求。“吟安一个字，撚断数茎须”成为诗中名句。

（二）《雪》

雪

瑞雪落纷华，随风一向斜。
地平铺作月，天迥撒成花。
客满烧烟舍，牛牵卖炭车。
吾皇忧挟纩，犹自问君家。

这是一首五言律诗，描写了隆冬大雪，形象逼真。全诗前四句写景，后四句写人事，“地平铺作月，天迥撒成花”中以雪色喻“月”，以雪的形状喻“花”，形象生动。后四句颇似白居易的《卖炭翁》，卖炭翁雪中卖炭，而皇家衣着锦绵犹自惧寒。“挟纩”即把丝绵装入衣衾内，制成绵袍、绵被，表现了皇家条件的优越，与平民百姓形成贫富对比，可谓天壤之别。诗中描写的雪中冷暖，讽刺性十分鲜明。

（撰稿人：孙建虎）

邵雍

名家简介

邵雍（1011—1077），字尧夫，自号安乐先生、伊川翁，后人称百源先生，谥号康节，北宋哲学家、易学家、诗人，其先祖为范阳（今河北涿州）人。邵雍自幼随父迁至共城（今河南辉县），少有志，读书苏门山百源上。北宋仁宗和神宗时期，先后被召授官，皆不赴。创“先天学”，以太极为宇宙本体，有象数之学，儒道易融为一体，有内圣外王之誉。著有《皇极经世》《观物篇》《先天图》《伊川击壤集》等。

《皇极经世书》

《伊川击壤集》

名作赏析

（一）《山村咏怀》

山村咏怀

一去二三里，烟村四五家。
亭台六七座，八九十枝花。

这是一首五言绝句，虽看是一首文字游戏诗，却格律规范。诗的大意是一眼看去有二三里远，轻雾笼罩着四五户人家。亭台的楼阁有六七座，八九十枝的鲜花在绽放。前两句写的是线状的视觉印象，“一去”做水平运动，“二三”虚指数量多，“烟村”写炊烟袅袅呈垂直状态。后两句变换为点状的视觉印象，亭台座座，鲜花朵朵。作者在诗中的每一句都安排了一个量词，即“里”“家”“座”“枝”，新颖又有变化，又在每句中安排了两三个数字，“一”字打头，“二三”“四五”和“六七”嵌于句中，“八九十”又回归句首，把表示数目的汉字按照顺序排列，同小路、烟村、亭台、鲜花编织在一起，像数字游戏，又简洁巧妙，充满情趣和理趣。随着数字和画面的自然排列，像简笔画一样寥寥几笔就构成一幅朴实而又朦胧的山村风景画，体现出美妙的意境。

（二）《乐毅吟》

乐毅吟

乐毅事燕时，其心有深旨。
破齐七十城，迎刃不遗矢。
岂留即墨莒，却与燕有二。
欲使燕遂王，天下自齐始。

岂意志未申，昭王一旦死。
惠王固不知，使人代其位。
强燕自此衰，何复能振起。
自古君与臣，济会非容易。
重惜千万年，英雄为流涕。

这是一首五言古体诗，是以历史人物为题材的咏怀之作。此诗以乐毅为例，借古讽今，揭示了君臣之间信任的重要性。乐毅是战国时期燕国的大将，乐毅伐齐，战功赫赫，他率军连续攻克齐国 72 座城池，齐国仅剩下莒、即墨二城孤军奋战，危如累卵。在这胜利在望的关键时刻，燕国却发生了变故，燕昭王去世，他的儿子燕惠王即位。之后燕惠王中了齐将田单的反间计，怀疑乐毅的忠诚，于是派大将骑劫取而代之，结果燕军中了齐军的火牛阵，骑劫身死，燕军大败，齐国重新收复了所有失地，乐毅伐齐终成泡影。此诗最后感叹“自古君与臣，济会非容易”，表达了作者认为历史上君臣遇合相当难得，十分不易。这正如初唐陈子昂的《登幽州台歌》一样，感慨英雄不遇，流下痛惜伤心的眼泪。此诗借古讽今，虽用语质实，不尚文采，但发人深省，有深刻的警世作用。

（撰稿人：孙建虎）

关汉卿

名家简介

关汉卿，生卒年不详，其名不详，字汉卿，号已斋叟，元代杂剧作家。元代钟嗣成的《录鬼簿》记载关汉卿是“大都（今北京）人”，金末曾做过“太医院尹”；元末明初朱右的《元史补遗》记载关汉卿为“解州（今山西运城）人”；清乾隆年间的《祁州志》记载关汉卿为“祁州（今河北安国）人”。如今，在安国市的伍仁村村东北有关氏陵墓，墓前立碑，正面刻字为“伟大的戏剧家关汉卿之墓”。

关汉卿生平经历大多不详，金亡时，尚为少年，入元时，大概半百之年。他在当时的杂剧创作及演艺圈非常活跃，以丰富的杂剧作品独占鳌头。他精通表演艺术，与众多著名艺人切磋演艺，甚至粉墨登场。关汉卿在戏剧创作与舞台表演方面的贡献推动了当时杂剧的发展。后曾南下杭州，卒于何时何地一概不知。

关于关汉卿的生平虽然所知极为有限，但他的思想性格却十分鲜明。关汉卿是读书人，他的前半生生活在动荡不安之中，民族矛盾、阶级矛盾异常尖锐，读书人仕进之路被堵塞，知识分子的社会地位一落千丈。关汉卿关心底层百姓，主动了解民生疾苦及社会黑暗，表达出对那个时代的强烈不满。在长期困境中的挣扎，培养了关汉卿桀骜不驯、幽默多智的性格，并体现在了他的作品之中，因此他的作品具有深刻的思想性。

关汉卿以非凡的才华创作了大量的杂剧作品。据元代钟嗣成的《录鬼簿》记载，其作品有 60 余部，今存 18 部，但其中个别作品是否为关汉卿所作，学术界尚有争议。最能表现关汉卿所作杂剧的高度思想性与鲜明艺术性的作品主要有：以《窦娥冤》《鲁斋郎》为代表的悲剧；以《救风尘》《望江亭》为代表的喜剧；以《单刀会》《西蜀梦》为代表的历史剧。

除杂剧之外，关汉卿的散曲也非常出色，今存约 49 首（一说 57 首），有描绘都市艺人生活的，也有书写羁旅之情的，还有自抒胸怀的。其中《南吕・一枝花・不伏老》是他的散曲代表作，剧中的名句“我是个蒸不烂、煮不熟、捶不匾、炒不爆、响珰珰一粒铜豌豆”，最能表现关汉卿的个性风采。

名作赏析

关汉卿以如椽大笔，从不同方面深刻地反映了社会现实，不仅具有高度的思想价值，其艺术成就也是非常突出。他自己会写戏、会演戏，他懂得观众的欣赏心理，他的戏剧是名副其

《关汉卿全集》《窦娥冤》

实的场上之戏。

第一，矛盾突出，结构紧凑。四折一楔子，故事的起因、发展、高潮、结局，节奏明快，从不拖泥带水，详略得当，矛盾突出，观众可以集中精力，一气看完。

第二，抓住观众心理，设置悬念。比如《救风尘》中赵盼儿手无寸铁，只身赴狼窝，她能否救出自己的姐妹？又如《望江亭》中谭记儿为救夫君，也是只身假扮鱼婆，她能否斗得过阴险狡诈的杨衙内？这些悬念吊足了观众的胃口。随着事件的起承转合，观众的心理在波澜起伏中尽享戏剧之妙。

第三，本色当行的语言艺术。王国维的《宋元戏曲考》中曾评价：“一空依傍，自铸伟词，而其言曲尽人情，字字本色。”何谓“本色”，首先，关汉卿的语言不仅通俗流畅，表达力、概括性强，而且人物语言性格化。关汉卿还善于在剧中插科打诨，语言时而幽默风趣。其次，关汉卿的语言具有浓郁的地方语言特色。值得注意的是，关汉卿的杂剧中许多语言运用的是保定的方言、俗语、歇后语等，充分体现了保定地区的风土人情。

关汉卿以毕生的精力从事戏剧创作，其杂剧作品不仅数量众多、题材广泛，而且在杂剧体制的完备、结构的布置、语言的运用等方面的贡献，有元一代，无人能及。关汉卿不仅是元代最优秀的杂剧作家，也是中国古代戏剧发展的重要奠定人。元末钟嗣成的《录鬼簿》把他列为“前辈已死名公才人有所编传奇行于世者”的第一人；元末明初的贾仲明也对他给予盛赞：“姓名香四大神州，驱梨园领袖，总编修师首，捻杂剧班头。”

早在100多年前，《窦娥冤》等作品便已被翻译介绍到欧洲。1958年，世界和平理事会提名关汉卿为“世界文化名人”。新中国成立后，关汉卿的戏曲全集和多本研究专著出版。时至今日，不同剧种的《窦娥冤》在舞台上演出；《望江亭》已成为京剧旦角张派的代表作；昆曲《单刀会》最能表现关羽的英雄气概。可以说，关汉卿的戏剧在中国乃至世界的舞台上始终保持着旺盛的生命力。

（一）《窦娥冤》

关汉卿所作杂剧的题材非常丰富，表现了广阔的社会层面及深刻的现实思考，他能够抓住生活的本质，描绘出他所生存的那个千疮百孔的时代，塑造了一个个鲜活的戏剧形象，表达了他对社会现实强烈的批判和对底层人民奋起抗争的赞颂。每部作品都表现了关汉卿关怀社稷、关注民生的儒者情怀，以及敢于担当的责任感、使命感。

《窦娥冤》，全名《感天动地窦娥冤》，全剧写了一个“冤”字，可谓一字千钧。窦娥的“冤”就是一面镜子，映照出那个时代由下而上织就的一张黑网。窦娥3岁丧母，7岁父亲赶考时，把窦娥卖给蔡婆做童养媳以换取盘缠，15岁圆房，不到两年就成了寡妇，这是窦娥之“冤”的“远因”。关汉卿对此虽着墨不多，在“楔子”里一笔带过，但社会的原因可见一斑。科举之路阻塞多年，读书人生活沦落，甫一开科，贫寒之士卖儿卖女也要赶考。接着，关汉卿浓墨重彩地描写了一个制造灾难的社会，这个社会把窦娥一步步逼向绝境。窦娥的婆婆蔡婆讨债，赛卢医赖账行凶，引出流氓地痞张驴儿父子。张驴儿救人之后落井下石，逼迫成亲，窦娥不从。张驴儿投毒蔡婆，没想到却药死了自己的父亲，窦娥不愿“私了”，选择经官，为保护婆婆免遭毒打，窦娥不得已屈打成招，最后法场赴刑。窦娥的命运就是这样一步步被逼到悬崖，这是窦娥之“冤”的“近因”。由此可见，当时的社会高利贷者充斥民间，流氓无赖横行乡里，官府贪赃枉法、草菅人命。在这样一个黑暗现实中，窦娥不是在沉默中死亡，便是在沉默中爆发。窦娥选择了反抗，这是窦娥之“冤”的“爆发”。生死关头，一腔悲愤如火山爆发，且一发不可收拾，窦娥开始指天骂地。善良的窦娥，当她的命运一步步走向深渊之时突然清醒，意识到黑暗不公的社会和清浊不辨的官府才是造成她冤屈的刽子手。所以窦娥不顾一切地骂天骂地骂官府，骂得声声带泪、字字见血，骂得慷慨悲壮、淋漓尽致。继而，窦娥发下三桩誓愿：血溅白练、六月飞雪、亢旱三年。三桩誓愿一一应验，完成了窦娥形象最闪光的一笔，她的冤屈“泣鬼神”，她的反抗“感天地”。最后，那张社会的黑网无情地吞噬了反抗的火花。窦娥冤屈的灵魂仍在悲号，虽说窦娥的父亲为她平反昭雪，但从另一角度来看，却进一步加深了悲剧意义，不禁使人感叹：人间的冤案要借助鬼魂才能平反，这是一个怎样的世界。

关汉卿直面现实，通过《窦娥冤》淋漓尽致地抒发了对现实的揭露与批判，同时也表达了对弱势群体的关怀。

（二）《救风尘》

关汉卿的悲剧惊天动地，他的喜剧则是幽默诙谐，传达出对底层百姓尤其是女性命运的关注。

《救风尘》全剧写了一个“救”字。身为妓女的赵盼儿，对自己的命运十分清楚，从不寄希望于“从良”，因为她看透了那个时代权豪势要及世俗男子的龌龊。但是当自己的姐妹宋引章被纨绔子弟玩弄、欺骗，向自己求救时，她还是义无反顾地出手相救，并下定决心要帮自己的姐妹脱离周舍的魔爪。如何“救”？她虽手无寸铁，但凭着自己的美貌与智慧，三招搞定。一是美貌“冲动”，垂涎美貌的周舍色令智昏；二是假意迷惑，致使周舍深陷其中；三是发誓赌咒，使得周舍确信赵盼儿要嫁给自己，从而答应与宋引章离婚。就这样，赵盼儿最终拿到了周舍与宋引章的“休书”，“智赚”了周舍，救姐妹于虎口狼窝。剧中赵盼儿连珠妙语，荤素搭配，方言、土语、歇后语，拉杂运用，使得整个剧幽默诙谐、明快爽利。

关汉卿的喜剧描写了底层女性悲惨的遭遇，歌颂了底层妓女的聪明才智与奋身自救的乐观坚强精神，充分体现了关汉卿的女性关怀与人文精神。

（三）《单刀会》

《单刀会》是一出历史题材的戏，也是最早的三国戏，全剧写了一个“会”字。关羽应鲁肃邀请过江赴宴，宴会上鲁肃设计，布下圈套，伺机动手，逼迫关羽就范，进而讨还荆州。关羽识破诡计，宴席之上，大义凛然，怒斥阴谋，捍卫“汉家”基业。这出戏塑造的关羽形象最为出色，胸怀大义与文韬武略，临危不惧与大义凛然，英雄气概与献身精神，表现得可谓淋漓尽致，这正是关汉卿的英雄情结。心系社稷、关注民生是关汉卿一生的思想追求。

（撰稿人：王焕荣）

卢挚

名家简介

卢挚（1242—1314），字处道，一字莘老，号疏斋，又号蒿翁，祖籍涿郡（今河北涿州），元代文学家。元至元五年（1268年）进士，曾任廉访使、翰林学士。卢挚官位显达，旧学深厚，文学负有盛名。诗文与刘因、姚燧齐名，世称“刘卢”“姚卢”，与白朴、马致远、珠帘秀均有交往。著有《疏斋集》（已佚）、《文心选诀》《文章宗旨》，散曲今存120首，有写山林逸趣的，有写诗酒生活的，而较多的是“怀古”之作，抒发对故国的怀念。今人辑有《卢书斋集辑存》，《全元散曲》存有小令。

名作赏析

（一）《沉醉东风·对酒》

沉醉东风·对酒

对酒问人生几何，被无情日月消磨。炼成腹内丹，泼煞心头火。葫芦提醉中闲过。万里云山入浩歌，一任旁人笑我。

这首小令的第一句借用了曹操的“对酒当歌，人生几何”，表达出对生命短促的深沉感叹。“被无情日月消磨”是人生感慨，给人以惆怅的感觉。“炼成腹内丹，泼煞心头火”指皈依道家炼丹修道，以扑灭心头之火。“心头火”可以推想是作者对当时社会现实的愤慨，但这里只能借助道教的语言表达内心的痛苦。“葫芦提”

为宋元时的口语，元曲中常用，也作“葫芦蹄”“葫芦题”，意为稀里糊涂。“葫芦提”一句写借酒浇愁，要在稀里糊涂中“闲过”，这仍可理解为是作者对现实的不满和谋求摆脱的方法。最后两句，作者幻想高唱浩歌隐入万里云山，不顾旁人嘲笑，说明他超脱俗世、摆脱羁绊的强烈愿望。全曲多运用口语，通俗明白，化用典故，表现得旷放通脱，但读者仍可以感悟到作者对黑暗现实的不满，表达了作者想要摆脱现实、追求理想的愿望。

（二）《题太白墓》

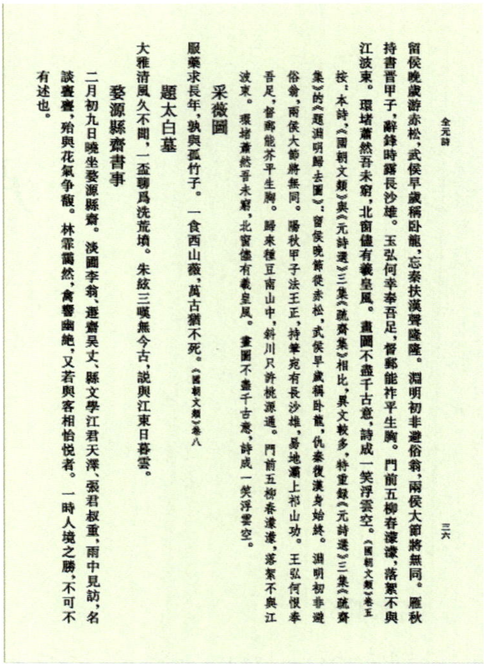
全元詩　三六

留侯晚歲游赤松，武侯早歲稱卧龍，忘秦扶漢聲隆隆。淵明初非避俗翁，兩侯大節將無同。陽秋持書晉甲子，辭鋒時露長沙雄。玉弘何幸奉吾足，督郵能祚平生胸。門前五柳春濛濛，落絮不與江波東。環堵蕭然吾未窮，北窗儘有羲皇風。畫圖不盡千古意，詩成一笑浮雲空。（《國朝文類》卷五）

按："本詩，《國朝文類》與《元詩選》三集《疏齋集》相比，異文較多，特重録《元詩選》三集《疏齋集》的《題淵明歸去圖》："留侯晚節從赤松，武侯早歲稱卧龍，仇秦復漢身始終。淵明初非避俗翁，兩侯大節將無同。陽秋甲子法王正，持筆宛有長沙雄，易地灞上祁山功。王弘何悦奉吾足，督郵能芥平生胸。歸來種豆南山中，斜川只許桃源通。門前五柳春濛濛，落絮不與江波東。環堵蕭然吾未窮，北窗儘有羲皇風。畫圖不盡千古意，詩成一笑浮雲空。

采薇圖

服藥求長年，孰與孤竹子。一食西山薇，萬古猶不死。（《國朝文類》卷八）

題太白墓

大雅清風久不聞，一盃聊爲洗荒墳。朱絃三嘆無今古，説與江東日暮雲。

婺源縣齋書事

二月初九日晚坐婺源縣齋。淡圃李翁、遯齋吳丈、縣文學江君天澤、張君叔重，雨中見訪，名談亹亹，殆與花氣争馥。林霏靄然，禽響幽絶，又若與客相怡悦者。一時人境之勝，不可不有述也。

《全元诗·题太白墓》

题太白墓

大雅清风久不闻，一杯聊为洗荒坟。

朱弦三叹无今古，说与江东日暮云。

这是一首七言绝句，表达了作者对李白的追悼和怀念。此诗的第一句用典，李白在《古风五十九首（其一）》中开首二句：“大雅久不作，吾衰竟谁陈？”这是全诗的纲领，表现了李白政治上的功业欲望和文学上的复古精神。作者以李白的诗句为典，以酒祭奠荒坟，悼念李白。后两句有两处用典，“朱弦三叹”出自《礼记·乐记》：“《清庙》之瑟，朱弦而疏越，一唱而三叹，有遗音者矣。”本指音乐的美妙，这里当指李白诗歌艺术的千古卓绝。“江东日暮云”出自杜甫的《春日忆李白》：“渭北春天树，江东日暮云。”表达了作者对李白的思念。此诗多处用典，却浑然无迹，意境开阔，高古大气，颇有唐诗风骨。

（撰稿人：孙建虎）

刘因

名家简介

刘因（1249—1293），字梦吉，号静修，雄州容城（今属雄安新区）人，元代理学家、诗人。刘因6岁能诗，10岁能文，且文笔不俗。后拜学者砚弥坚为师，深得教益，学业大进。初习经学，感叹“圣人精义，殆不止此”。后潜心研究理学，并设学塾，边研读著述，边教授生徒，名声渐振。因倾慕诸葛亮“静以修身”之说，而名其读书授业之所为静修书院，世人因此称他为静修先生。刘因游历燕蓟，冀中平原、白沟河畔、太行山上都留下了他的足迹。曾游易州之雷溪，自号“雷溪真隐”，并以燕国名人、古迹为题，写了大量诗文。

元至元十九年（1282年），应召入朝，为承德郎、右赞善大夫。不久借口母病辞官归。元至元二十八年（1291年），元世祖忽必烈又召他为集贤学士、嘉议大夫，他以病坚辞不就，认为“不如此则道不尊”。此后刘因一直过着清贫的生活，依靠菲薄的贽礼，孝养继母。元世祖钦佩他的骨气，称他为“不召之臣”。元成宗谕赠翰林学士、资政大夫、上护军，追封容城郡公，谥文靖。明代建刘公祠。

刘因虽为理学家，但其学术风格和观点清新、活泼，别有特点。他的诗文风格高迈，比兴深微，往往有感而发，借古喻今，有较强的现实意义，诗文名冠元初文坛。刘因一生著作甚丰，有《四书精要》30卷、《易系辞说》《丁亥诗集》5卷等被收入《四库全书》。广泛行世的《静修

《静修先生文集》

集》是其所作诗文选集，共 30 卷。

名作赏析

（一）《白沟》

白沟

宝符藏山自可攻，儿孙谁是出群雄。
幽燕不照中天月，丰沛空歌海内风。
赵普元无四方志，澶渊堪笑百年功。
白沟移向江淮去，止罪宣和恐未公。

诗名“白沟”指今河北容城县东面的白沟河。北宋时，宋辽以此为界，故又名界河。

首联开门见山，指出宋太祖曾图谋收取幽燕，但并未见诸行动，而其子孙又不能继承伐燕的遗志，更是一代不如一代。“宝符藏山”一词语出《史记·赵世家》，在此指代作为战略要地的幽燕地区（赵国）。颔联沉痛地指出严重后果，作者用两个地名构成对仗，指出北宋没有收复沦陷的国土，空有统一之志，未成统一之功。颈联举出两个具体事例构成对仗，指出北宋开国功臣赵普本无统一大志，而后来的真宗在战争胜利的情况下，与辽国签下屈辱求和的澶渊之盟。尾联议论作结。金国铁蹄入侵中原，北宋灭亡，靖康南渡，界河南移，由白沟推至江淮。产生这一局面，仅责怪徽宗，有失公允。造成北宋覆灭之祸，未能实现统一，其直接原因就是北宋统治集团的整体软弱无能，一味地妥协退让。

作者回顾了北宋一代的兴亡，批判了北宋开国后对敌退让求和的妥协政策。全诗以议论入诗，但不是抽象的议论，而是运用诗的语言，进行形象描写。不说北宋没有收复燕云十六州，而说“幽燕不照中天月”。不说界河南移，而说“白沟移向江淮去”。诗中运用两个典故，自然贴切，而且由虚转实，引史论今。对北宋之亡不单是进行客观剖析，而且注入了强烈的抒情。作者对北宋的屈辱求和，给予了严正的批判。

（二）《登荆轲山》

登荆轲山

两山巉巉补天色，中有万斛江声哀。
人言此地荆轲馆，尚余废垒山之隈。
太子西来函关开，谁言生儿是祸胎。
笔头断取江山去，已觉全燕如死灰。
马迁尚侠非史才，渊明愤世伤幽怀。
春秋盗例久不举，紫阳老笔生风雷。
遗台古树空崔嵬，平芜落日寒烟堆。
纷纷此世亦良苦，今古燕秦经几回。
忧来径欲浮蓬莱，安得鲁连同一杯。
碣石东头唤羡门，六鳌载我三山来。

此诗前四句描述了荆轲山周边的自然环境，易水河波涛声声宛如哀鸣，两岸山势峭拔险峻，古时的荆轲馆旧址废墟就在这易水河弯曲处的山中。五至八句讲述了燕太子丹质秦结束时，在回国途中险遭嬴政暗害，在函谷关学鸡叫骗守关士兵提前开关，才得以脱险逃回燕国。燕太子丹经此劫难，对秦极其愤恨，从而埋下了刺杀秦王的心愿。九至十二句列举了以司马迁和陶渊明为代表的历代史料、文人墨客对于荆轲事迹的记载和描述，认为均不够客观，都带着记录者自己的主观感情色彩。“春秋盗例”与“紫阳老笔”典出南宋朱熹及其门人用《春秋》之笔法，根据《资治通鉴》撰写的《通鉴纲目》一书，《通鉴纲目》较《资治通鉴》篇幅更短，内容较浅显。在此处代指记录荆轲刺秦事件的修史之笔、写史之人。十三至十六句借描写荆轲山如今萧瑟凄凉的景象，抒发作者慨叹世事更迭、沧海桑田、物是人非的感怀之情。最后四句表达了作者一定程度的宿命论和避世思想，希望到蓬莱仙境逃避现世的无奈和痛苦。“鲁连”又名鲁仲连，是战国时期的一位著名隐士，作者欲与隐士鲁连共饮一杯，是其归隐之意的表达。

这首诗改变了历史上对于荆轲刺秦的赞扬态度，认为荆轲刺秦并没有改变六国被吞并的后果，反而“始速祸焉”，对其提出了委婉的批评。此诗从大的历史时空角度考虑问题，所以荆轲的所谓惊世之举也就显得渺小了很多。作者认为荆轲身死、燕国灭亡，这是靠个人努力不可能改变的历史结局。作者的这种看法正是受到了历史宿命论、循环论的局限和影响，以致不免萌发出了遁世隐居、消极避世的思想。

（撰稿人：赵博雅）

王实甫

名家简介

王实甫，生卒年不详，名德信，祖籍定兴（今河北定兴），元代杂剧作家，生平事迹不详。王实甫与关汉卿、白朴、马致远齐名，其作品全面地继承了唐诗宋词精美的语言艺术，又吸收了元代民间生动活泼的口头语言，创造了文采璀璨的元曲词汇，成为中国戏曲史上“文采派”的杰出代表。著有杂剧 14 部，现存《崔莺莺待月西厢记》《四丞相歌舞丽春堂》《吕蒙正风雪破窑记》等 3 部，其余已经散失。

《西厢记》

名作赏析

三实甫的代表作《崔莺莺诗月西厢记》简称《西厢记》，是元杂剧中最优秀的作品之一，也是中国古代戏曲史上最早且最成功的爱情剧。

《西厢记》的成功是前所未有的，这归功于王实甫在杂剧创作中的大胆突破。

第一，首次成功地描写爱情。西厢故

事由来已久，唐代元稹的《莺莺传》，虽然描写了男女之情，但又充斥着封建糟粕，张生对莺莺“始乱之，终弃之”，竟然认为这是“善补过”。宋代赵令畤的《元微之崔莺莺商调蝶恋花词》将《莺莺传》加以改编，“播之声乐，形之管弦”，将西厢故事进一步传播。金代董解元的《西厢记诸宫调》在西厢故事的改编与流传上更加出色，爱情成分有所增加，反封建特色逐渐突出，但人物形象不够丰满，在爱情描写中夹杂“报恩”意识。王实甫的杂剧《西厢记》在“董西厢”的基础上大胆突破，描写、歌颂崔张爱情，旗帜鲜明地提出“愿天下有情的皆成眷属”，爱情必须自由，婚姻必须自主。这是对封建婚姻制“父母之命”“媒妁之言”的当头棒喝，其进步意义是空前的。《西厢记》推崇的“有情”是“一见钟情”，一个“见”字解开套在所有青年男女身上的封建婚姻枷锁，从未享受过的爱情悸动与生命美好随着“一见”如约而至。书剑飘零的张君瑞与相国之女崔莺莺，身份、地位、家世完全不同，因不同的原因来到普救寺。在没有任何人安排的情况下，纯属机缘巧合地上演了一幕“佛殿回眸”（第一本第一折），王实甫真实而又细腻地描写了“一见回眸”的魅力，张君瑞一见崔莺莺的美貌与风情立刻六神无主。在张君瑞的眼里，崔莺莺无处不动人。神女突降，张君瑞慌了神，顿时手足无措、口不择言，如此的呆萌与癫狂不正是人人向往又可遇不可求的“一见钟情”吗？一见钟情不是单恋、暗恋，王实甫一笔两到，此刻崔莺莺拈花含情，注目凝视。此情此景，聪明的红娘早看出端倪，随即提醒小姐回去，王实甫对崔莺莺则是轻轻一点，崔莺莺那深情留恋的“回顾”，如春光乍泄。此时此刻，四目传情，两心相照。王实甫以微妙的心理与生花的妙笔，写尽了爱情的美妙，令多少人内心涟漪泛起、风光旖旎。《西厢记》中对爱情描写的突破还体现在“闹简”（第三本第二折），王实甫真实细腻地描写了崔莺莺在老夫人强大阻力及自己所受封建教育的重压下，面对张君瑞的书信所表现出来的矛盾和犹豫，内心煎熬与心口不一。可以说，在争取爱情的道路上，崔莺莺比张君瑞更加艰难，与其说她要战胜封建家长，不如说她首先要战胜自己。

第二，矛盾设置的大胆突破。没有矛盾便没有戏剧，元杂剧一般是一本四折，设置一组矛盾，产生、发展、高潮、结局，情节简单，进展明快，矛盾解决，戏剧主旨得以体现。但是《西厢记》的爱情特别复杂，主题尤其重大，不可能简单地解决。王实甫大胆突破，设置了两组矛盾。一组是主要矛盾，即崔莺莺、张君瑞、红娘与老夫人之间的矛盾，这体现的是封建婚姻制与争取婚姻自主之间的矛盾；另一组矛盾是崔莺莺、张君瑞、红娘3个年轻人因性格、身份不同而造成的喜剧性冲突，这组矛盾起到的是润滑油的作用，气氛轻松幽默，既显示出人物的可爱，又缓解了严肃主题的紧张。王实甫一路写来，山重水复，柳暗花明。所有矛盾都是由“佛殿回眸”产生，崔张爱情基于内心强烈的感受，与外在的门第、功名没有任何关系，只要生命存在，爱情就不可能真正消失，它必然会按照自己的逻辑顽强地生长。老夫人严格看管，年轻人却“隔墙和诗”“道场传情”，互吐心声，直到“兵围普救寺”，两组矛盾碰撞。张君瑞搬兵解围并未姻缘成就，老夫人出尔反尔，“棒打鸳鸯”，爱情受阻，张君瑞无奈“墙外弹曲”，崔莺莺痛苦“闺房闹简”，两人痛不欲生。小红娘自告奋勇，牵线搭桥，才有了“西厢酬简”。至此，爱情取得了实质性胜利。但封建家长决不甘心，“拷红”中红娘以聪明智慧，抓住要害，四两拨千斤，平息矛盾。“长亭送别”则是两组矛盾趋于和缓。两组矛盾有时平行发展，有时互相缠绕，有时针锋相对。双线结构，共同推动戏剧情节的发展，波澜起伏，环环相扣。矛盾设置的突破必然带来体制的突破，如此细腻、一波三折、好事多磨的爱情绝不是“一本四折”能够承载的，所以《西厢记》五本二十折的大戏，对元杂剧体制而言亦是大胆创新。

第三，语言风格的开拓。戏剧是语言的艺术，如果说关汉卿是“本色派”，那么王实甫则是“文采派”。《西厢记》的语言雅俗共赏，典丽丰赡，其唱词的雅化与道白的个性化是一种极大的突破。首先表现在诗词化的抒情，其次是个性化的语言非常出色，人物各有其声口。

《西厢记》在中国古代戏剧史上具有深远的影响，历代评论家对其都有高度的赞赏。明代贾仲明直接赞叹：“《西厢记》天下夺魁。”清代李渔的《闲情偶寄》称道：“自由《西厢》而迄于今，四百余载，推《西厢》为填词第一者，不知几千万。”而在所有评论中，尤以清代文学批评家金圣叹的点评影响最大。就创作而言，《西厢记》对后世的影响更为深远。明代汤显祖的《牡丹亭》，明代孟称舜的《娇红记》，以及清代曹雪芹的《红楼梦》，都是吸收了《西厢记》精华的成功之作。

王实甫以大胆的创新精神及高超的创作才情成就了《西厢记》的独特魅力，如同夜空中璀璨的明星，它的光芒穿越千年。时至今日，不仅京剧、越剧大放异彩，而且更多的声腔剧种在舞台上遥相呼应，蔚为大观。

（撰稿人：王焕荣）

王伯成

名家简介

王伯成，生卒年不详。涿州（今河北涿州）人，元代杂剧作家，生平事迹不详。主要作品有杂剧《李太白贬夜郎》，今传本只有曲词和简略科白；《兴刘灭项》，仅存残文；《张骞泛浮槎》，已佚；诸宫调《天宝遗事》，存曲不全。

名作赏析

《李太白贬夜郎》也称《贬夜郎》，是王伯成的代表作之一，也是目前所知的最早以李白为主角的杂剧。剧中结合了李白醉草吓蛮书、骑马朝天子、采石矶捞月等民间传说，塑造的李白形象性格鲜明、恃才狂放、壮志难酬，充满了浪漫气息与悲剧色彩。

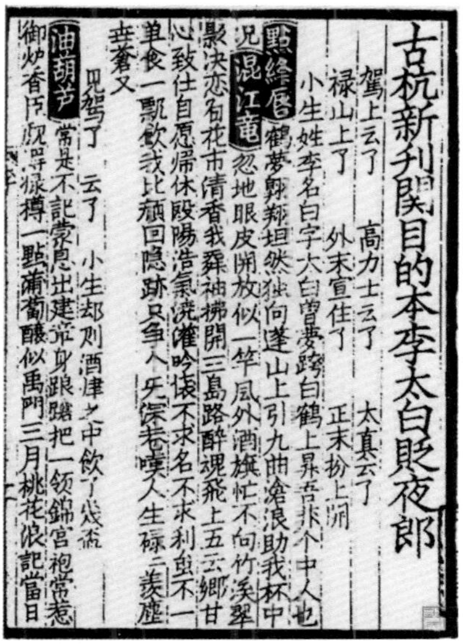

古杭新刊關目的本李太白貶夜郎

駕上云了　高力士云了　太真云了

禄山上了　外末宣住了　正末扮上開

小生姓李名白字太白曾夢跨白鶴上昇吾非个中人也

【點絳唇】鶴夢翱翔坦然獨向蓬山上引九曲滄浪助我杯中況【混江龍】忽地眼皮開放似一竿風外酒旗忙不向竹溪翠影決恋名花市清香我霎袖拂開三島路醉魂飛上五云鄉甘心致仕自愿歸休殿陽浩氣洗灌吟懷不求名不求利與不一單食一瓢飲我比顏回隱跡只爭个天深巷嘆人生祿二羨塵世奢又

見駕了　云了　小生却則酒肆之中飲了幾盃

【油葫芦】常是不記豪息出建章身踉蹌把一領錦宫袍常惹御炉香仍呼綠樽一點蒲萄釀似禹門三月桃花浪記當日

《续修四库全书·李太白贬夜郎》

剧中先写李白宫廷受宠的狂情狂态。李白一上场，酒助豪情，胸胆开张，“鹤梦翱翔，坦然独向，蓬山上。引九曲沧浪，助我杯中况”。接着便是进宫受宠，“御手调羹”桥段，“这酒，曾散漫却云烟浩荡；这酒，曾眇小了风雷势况；这酒，曾混沌了乾坤气象”，“则这一席好酒百十觞，抵多少五陵豪气三千丈”。这些唱词描写了李白浪漫潇洒、狂放不羁的诗人气质。李白才气冲天，“醉草吓蛮书”桥段，洋洋洒洒，挥笔而就，字里行间难掩心中的壮志，“舒开笺无皱，磨得墨有光。就霜毫写出凌烟像，文场中立起定中军帐，就兵床拜起元戎将。那里是樽前误草吓蛮书，便是我醉中纳了风魔状”。“贵妃捧砚”“力士脱靴”“骑马朝天子”等桥段更加强化了李白洒脱不羁的个性。当然，李白绝不只是沉溺杯中，他不仅才华横溢，而且胸怀壮志。表面看，李白嗜酒如命、淡漠功名，其实出将入相、定国安邦才是他的人生梦想。

剧中充分表现李白内心世界的当属李白撞破杨贵妃与安禄山的私情这一桥段。李白醉中清醒，看到宫中的丑恶，预感到朝廷的危机，“你心知腹知，宫中子母，村里夫妻，觑得俺唐明皇颠倒如儿戏”，“则为个肥肌体，把锦帏绣幄幔幕垂帘，做了张盖世界的鸳鸯被。这张纸于官不利，作云屏斜掩，雾帐低垂。那里是遮藏丑事护身符，则是张发露私情乐章集”。这些唱词对杨贵妃和安禄山极尽揭露与嘲讽，表达了李白对丑恶的痛恨及强烈的正义感。李白痛苦无奈，索性假装潇洒，“平驱风月妆诗兴，倒卷江湖此酒杯。偃仰在银河内，折末冠簪颠倒，衫袖淋漓”。其中“倒卷江湖”“偃仰银河”的那种昂头天外、吞吐宇宙的气概，与“冠簪颠倒”“衫袖淋漓”的放诞一结合，李白的形象立刻树立了起来。他不再是恃才傲物、天马行空的诗人，而更像感时伤世、长歌当哭的志士，他对朝政、国运有着深深的关心和忧虑，朝中的丑恶、人生的重创全部借助奇特的想象与夸张迸发出来。头脑清醒加深了内心的痛苦，内心的痛苦加剧了张狂的个性，张狂的个性导致了命运的悲剧。

最后，李白流贬夜郎，痛苦绝望。他来到江边，想到个人的坎坷命运与国家的风雨飘摇，顿生感慨与凄凉，“大唐家朝治里龙蛇不辨，禁帏中共猪狗同眠。河洛间途俗皆现，日月上清浑不辨。把谪仙，盛贬，一年半年，浪淘尽尘埃满面”。面对滔滔江水，“向水底天心，两下里团圆”。醉中赏月，捞月落水。一代诗仙魂断水月，令人跌足扼腕，感慨万千。

《李太白贬夜郎》最突出的成就是塑造了李白的形象，他才华横溢、磊落不羁，不对权势及黑恶势力“摧眉折腰”，是诗人也是志士，更加丰富了元杂剧的舞台人物形象。全剧曲词潇洒流丽，明代朱权誉的《太和正音谱》评为“红鸳戏波”。明代贾仲明曾有挽词赞其曰：“伯成涿鹿俊丰标，么末文词善解嘲。《天宝遗事》诸宫调，世间无，天下少。《贬夜郎》，关目风骚。马致远，忘年友，张仁卿，莫逆交，超群类，一代英豪。”另外，杨贵妃作为早期的舞台形象，虽然以反面人物出现，但她和白朴《梧桐雨》中的杨贵妃，从不同的方面诠释了这个有争议的人物，并对后世戏剧中的杨贵妃形象产生了一定的影响。当然，在明清传奇、国粹京剧的舞台中，杨贵妃的形象逐渐复杂，多呈现为爱与美的特征。

（撰稿人：王焕荣）

王结

名家简介

王结（1275—1336），字仪伯，易州定兴（今河北定兴）人，元代大臣。王结从小就聪颖过人，据说读书时一目十行且过目不忘，曾跟随当时著名大儒、太史董朴学习儒家经典。少年时游学京师，上奏宰相陈述八件时政事，但并未被全部采纳。后经人举荐，担任当时太子（登基后庙号仁宗）的宿卫，并得到太子的欣赏和重用。仁宗登基后，王结历任集贤直学士、中书省参议、参政知事、吏部尚书、翰林院学士、中书省左丞等职。元（后）至元元年（1335年），诏令复入翰林，因正在养病未应诏。元（后）元至元二年（1336年）正月病逝。元（后）至元四年（1338年），元顺帝下诏追赠王结资政大夫、河南江北等处行中书省右丞、护军，追封太原郡公，谥文忠。

王结晚年致力于《易》的研究。主张摒弃隋唐以来的科举取士制度，建议国家办学，由学校“教以经济之业，取以经济之才”，以求通儒实材，为朝廷所用。他还指出知行结合乃为学之要，“知之明，故行之力；行之力，则其知愈明矣”，主知先行后，“苟不先有以知其所以然，未有能行其所当然者也”。其一生言行皆效法古人，著有《文忠集》15卷刊行于世。

名作赏析

（一）《南乡子·秋日旅怀》

南乡子·秋日旅怀

秋气入帘栊，矮榻虚轩睡思浓。梦觉

黄粱初未熟，相逢。都在邯郸逆旅中。 扰扰正愁侬，雨霁西山翠几重。更上层楼闲徙倚，晴空。目送冥飞万里鸿。

这首词是一首旅途抒怀之作，上阕起首的两句描述了一幅秋日小睡初醒，与旧友相逢的生活场景。“梦觉黄粱初未熟”一句借黄粱梦之典，以“未熟”表明睡眠时间短，只是一场小憩。“都在邯郸逆旅中”一句点明了这场邂逅发生的地点。“逆”字说明这次旅行无论是于王结来说，还是于相逢之友来说，都不甚顺利。下阕的“扰扰正愁侬”正与上阕的“逆”字相呼应，纷乱的愁绪正逢秋雨，或是思乡，或是不得志，又恰在“逆旅”之中。本该郁郁寡欢，但词锋一转，雨霁天晴，王结与友人同登高楼，凭栏远眺，晴空万里，秋高气爽，可以望见雨后更加苍翠的西山与万里飞鸿之景，不由得胸怀大畅。秋雨与阴霾散去，心头之郁郁亦一扫而空，遂成此词以抒怀。

（二）《咏黄金台》

咏黄金台

千金鬻骏骨，骐骥争归燕。
昭王国已墟，盛事传千年。
物外有高人，挥手苍崖颠。
笑我好奇服，楚楚自裹缠。
有酒第可饮，且莫分愚贤。

此诗的前四句讲述了战国时燕昭王筑黄金台之典，如今沧桑变幻，曾经强盛一时的燕国早已变为一片废墟，只有当年燕昭王筑黄金台得天下贤才的盛事流传千年。作者慨叹千年前的往事，表现出了要一展抱负的入世之意。五至八句讲述作者在

《全元诗·咏黄金台》

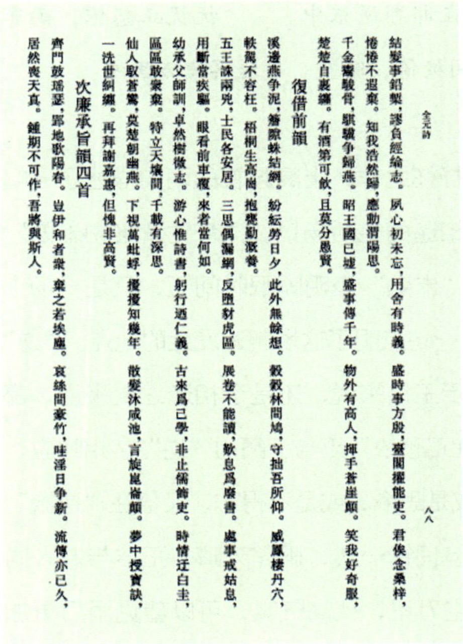

全元詩　　八八

結髮事鉛槧，謬負經綸志。夙心初未忘，用舍有時義。盛時事方殷，臺閣擢能吏。君侯念桑梓，惓惓不遐棄。知我浩然歸，應動渭陽思。

千金蠹駿骨，騏驥争歸燕。昭王國已墟，盛事傳千年。物外有高人，揮手蒼崖顛。笑我好奇服，楚楚自裹纏。有酒第可飲，且莫分愚賢。

復借前韻

溪邊燕争泥，簷隙蛛結網。紛紜勞日夕，此外無餘想。穀穀林間鳩，守拙吾所仰。威鳳棲丹穴，軼駕不容枉。梧桐生高崗，抱甕勤溉養。

五王誅兩兇，士民各安居。三思偶漏網，反墮豺虎區。展卷不能讀，歎息爲廢書。處事戒姑息，用斷當疾驅。眼看前車覆，來者當何如。

幼承父師訓，卓然樹微志。游心惟詩書，躬行迺仁義。古來爲己學，非止儒飾吏。時情迂白圭，區區敢棄棄。特立天壤間，千載有深思。

仙人馭蒼鸞，莫楚朝幽燕。下視萬蚍蜉，擾擾知幾年。散髮沐咸池，言旋崑崙顛。夢中授寶訣，一洗世紛纏。再拜謝嘉惠，但愧非高賢。

次廉承旨韻四首

齊門鼓瑤瑟，郢地歌陽春。豈伊和者衆，棄之若埃塵。哀絲間豪竹，哇淫日争新。流傳亦已久，居然喪天真。鍾期不可作，吾將與斯人。

黄金台旧址偶遇了一位世外的隐士，这位隐士在苍崖之巅对着作者挥手而笑，笑作者看起来是衣冠楚楚、打扮整齐、服色鲜明，可实际上却是作茧自缚，囿于俗务，困于官场，终究不得自由。这在一定程度上表达了作者对于避世生活的向往。最后两句写隐士笑完后对作者发出邀请，表示他的家中有好酒，何不共饮一杯，从而暂时忘记那是非贤愚与忠奸。

王结作为当时的著名儒者、朝中重臣，深受儒家经世济人思想的影响，又身居高位，必然具有积极入世的实践精神，期待着大道匡君、一展抱负，但官场的不得意及世俗的纷扰又使他时常生出对于避世隐居生活的向往。《咏黄金台》一诗正体现了王结这种矛盾的心绪，他将如何选择呢？诗中其实早已给出了答案，“且”字说明他只是暂图一醉，终究还是要回到那浮沉的宦海中去。

（撰稿人：赵博雅）

李好古

名家简介

李好古，生卒年不详，保定（今河北保定）人，元代杂剧作家，生平事迹不详。明代贾仲明的《凌波仙》中写道：“芳名纸上百年图，锦绣胸中万卷书，标题尘外三生簿。《镇凶宅》，赵太祖，《劈华山》，全用功夫。煮海张生故，撰文李好古，暮景桑榆。”据此可知，李好古著有 3 部杂剧，即《沙门岛张生煮海》《巨灵神劈华岳》《赵太祖镇凶宅》。今仅存《沙门岛张生煮海》，《赵太祖镇凶宅》及《巨灵神劈华岳》都已亡佚。

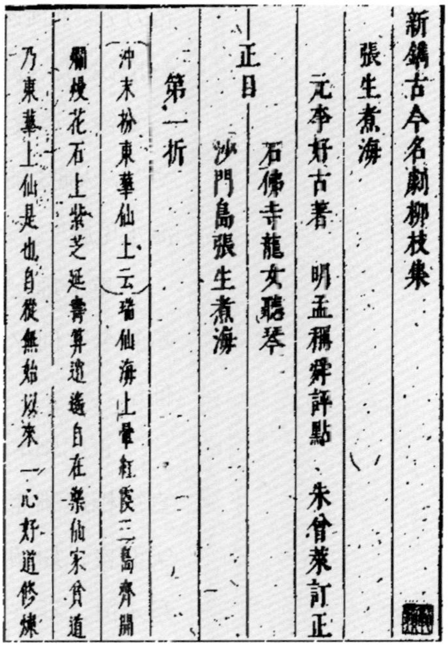

新鐫古今名劇柳枝集

張生煮海

元李好古著　明孟稱舜評點　朱曾莱訂正

石佛寺龍女聽琴

正目　沙門島張生煮海

第一折

冲末扮東華仙上云瑞仙海上暈紅霞三島齊開

爛熳花石上紫芝延壽算逍遙自在衆仙家貧道

乃東華上仙是也自從無始以來一心好道修煉

《新镌古今名剧柳枝集·张生煮海》

名作赏析

《沙门岛张生煮海》简称《张生煮海》，是一部富有浪漫主义特色的神仙道化剧。写的是书生张羽与龙女琼莲的爱情故事，李好古以生花妙笔把这个人神之恋的故事演绎得既如梦如幻，又贴近现实。

首先，这部作品是浪漫主义与现实主义的结合。

海边奇遇，私订终身。全剧一开始就渲染着浓郁的神话色彩，“海东一片晕红霞，三岛齐开烂熳花”，第一折东华仙上场，点出人物前身，男，女主人公原为瑶池会上的金童玉女，因动了思凡之念被罚到人间了结夙愿。金童托生的潮州才子张羽，父母双亡，家境贫寒，饱读诗书而功名未遂。夜晚海边抚琴以遣郁闷，玉女化身的龙女琼莲循声看到儒雅俊逸的张羽，不禁心旌摇动，两人一见钟情，私订终身，并相约八月十五日再见。

煮海求亲，好事多磨。张羽困于现状，怕夜长梦多，竟独自到海边找寻龙女，途中遇到仙姑，得知龙王不同意，张羽痛苦万分。仙姑热心成全，送他三件法宝：一只银锅、一文金钱、一把铁勺。为争取幸福生活，张羽用铁勺舀海水到银锅，放入一文钱，点火开煮。“煎一分，此海水去十丈；煎二分去二十丈”，火越烧越旺，海水越来越少。龙王大惊，怕“煎干了锅儿，海水见底”，不得已答应了婚事。

重上瑶台，终归虚无。当张羽面对娇美之妻与万千之金，不知今夕何夕之时，东华仙又出现了，命二人重上瑶台，同归仙位。

正如剧本开头所言：“金童玉女意投机，才子佳人世罕稀。直待相逢酬宿债，还归正道赴瑶池。”幻想当然美好，但对现实而言，如烟花般美丽的爱情，绽放的同时即归太虚。虚无便是永恒，不免令人感叹唏嘘。

浪漫故事的背后有着极其严酷的现实。元代前期，神仙道化剧相当流行，马致远为神仙道化剧之首。元代剧作家被称为“书会才人”，在元蒙统治之下，民族矛盾尖锐突出，汉族的知识分子处境困窘，功名无望，内心痛苦无法排遣，为了生存，有的置身勾栏，有的求仙学道。而求仙学道其实是躲避现实的精神寄托，李好古想来也不例外。《张生煮海》中的爱情描写固然令人憧憬，但二人结合之时便重返仙界，因情而来，情至即归。踏破铁鞋，苦苦追求，精诚之至，金石为开，虽然最终美满，但顷刻间便羽化登仙，最终不能尽享爱情自由、婚姻自主的人间至情。剧中李好古借张羽之口反复表达了现实的窘迫：“早年父母双亡，也曾饱学诗书，怎奈功名未遂。”张羽对龙女的爱情虽说是一见其貌，“绝世无双”，但他似乎更在意神仙的身份，“有如此富贵，小生愿往”，而且有时还急不可耐，“小生做贵宅女婿，就做了富贵之郎，不知可有人服侍么？”由此看来，张羽身上确有世俗色彩，他想借助爱情成就功名，改变命运。所以，李好古借神话的美好还是暗示了现实的压抑。

其次，本剧的语言极富文采。

唱词的画面感、抒情性与语言的文采性有机结合，烘托渲染了此剧的浪漫色彩与人物特定情感的抒发，其中文采斐然的唱词随处可见。

《张生煮海》整体的语言风格鲜明，画意诗情，典雅丰赡，当属“文采派”。明代朱权的《太和正音谱》对此十分称赞：“李好古之词，如孤松桂月。”这也表明了李好古语言的魅力与影响。

此外，本剧首尾呼应，条理分明，东华仙首尾贯穿，结构紧凑完整，同时还突出了神话色彩。一见钟情、私相传递、家长干预、终成连理也是古代戏剧中爱情描写的重要模式。

（撰稿人：赵博雅）

孙奇逢

名家简介

孙奇逢（1584—1675），字启泰，号钟元，世称夏峰先生，直隶保定府容城（今属雄安新区）人，明末清初理学大家。孙奇逢出身于官宦家庭，少年有志，嗜学成癖。明万历二十八年（1600年），孙奇逢得中举人，但因父母相继去世，孙奇逢回家守孝。守孝期间，孙奇逢结庐而居，不曾参加科举考试。后因这一孝行得到朝廷奖励，受邀前往京城讲学。讲学期间，虽未得官职，但得以与兵部尚书孙承宗及东林党人左光斗、魏大中、周顺昌等相交为友。明天启年间，宦官魏忠贤勾结明熹宗的乳母客氏，把持朝政，迫害东林党人，左光斗、魏大中、周顺昌等人先后被捕入狱。孙奇逢冒险挺身营救，他致书好友孙承宗，让他利用“枢辅”的身份设法搭救。为营救东林党人，孙奇逢四处奔走筹资募捐。虽最终未能将左光斗等人救出，但时人因他的高尚行为，誉其为“范阳三烈士”之一。

明末，孙奇逢率领乡勇抗清。附近县城先后被清兵攻陷，独容城未被攻下。但终因明朝大势已去，容城沦陷，孙奇逢移居易州，隐居五公山（亦名五峰山、五峰寨），结寨自保，追随者甚众。他在五公山一面兴修武备，一面讲学论道。不久，其田园被满人跑马圈地占领，只得举家迁往苏门夏峰（今河南辉县夏峰村），并在此继续讲学直至终老。

清康熙十四年（1675年），孙奇逢卒于夏峰。在临终前的数十日，他已经粒食不进，可仍然整衣危坐，与门人子孙讲论不辍。孙奇逢逝世后，京城内外官吏士绅，以致农夫、商贩、佣工，无论识与不识，无不奔走哭吊，门人弟子千余里皆服心丧。清道光十八年（1838 年），孙奇逢被从祀孔庙。

从明至清，孙奇逢多次被朝廷征召做官，清廷甚至以国子监祭酒之职许之，但他均坚辞不就，被时人称为"孙征君"。

孙奇逢一生专心钻研学问，理学成就突出。治学"以慎独为宗，以体认天理为要，以日用伦常为实际"。主张"人无贤愚"，只要肯学，"必开以性之相近，使自力于庸纾"。这种不论身份地位，一律以诚相待、因材施教、循循善诱的教学方法，在当时广受赞誉。孙奇逢的讲学方式很有特点，他非常反对单方面的灌输式教学，主张集体讨论式的教学方式。据汤斌、耿极编撰的《孙夏峰先生年谱》记载，顺治十八年（1661 年），一位地方官把本县学生召集到百泉书院，之后请孙奇逢讲学，但孙奇逢认为，登坛演讲、聚众而谈是佛教"禅门家数"，因而婉拒，并回信说："病在多讲。孝悌力田，人人俱足，只躬行二字，终身不能尽，多一讲说，便生枝节，枝节生而伪学起矣。"其学问主张不立门户，以继往开来为己任，与黄宗羲、李颙并称为明末清初三大儒。著作有《四书近指》20 卷、《读易大旨》5 卷、《尚书大旨》6 卷、《理学宗传》26 卷、《畿辅人物考》8 卷、《中州人物考》《岁寒居问答》2 卷、《游谱》1 卷、《甲申大难录》《两大案录》等，另有《语录》2 卷、《百泉纪游》《续容城县志》《新安县志》等。后人辑有《夏峰先生集》14 卷。

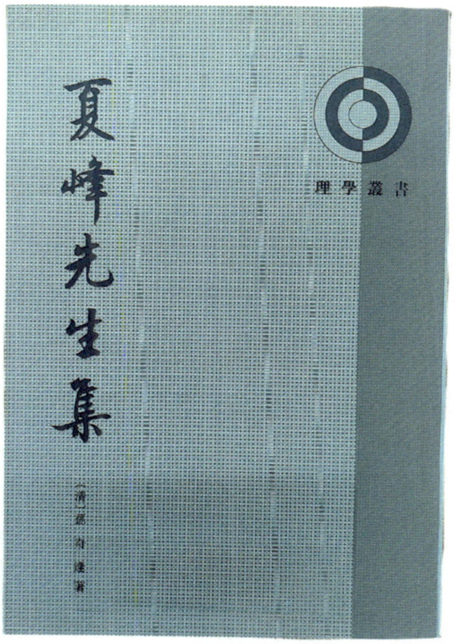

《夏峰先生集》

名作赏析

（一）《芦中人和诗》

芦中人和诗

芦月栖栖青艇横，暝烟初破晚钟声。

芰荷香遍白洋水，烂醉渔歌天海宏。

“芦中人”一词典出“穷士芦”，作者此处自称为“芦中人”，是以穷士自居的自谦称呼。此诗的前两句描述了清冷的月光透过芦苇照在水中的小船上，傍晚的炊烟随着寺庙里的晚钟声袅袅升起的孤寂零落的水乡夜色景象。后两句则描述了作者与友人在菱叶与荷叶飘香的白洋淀湖面上烂醉高歌，天高水阔的场景。

这首绝句诗前两句写景，后两句写人，诗虽短，但诗意却有所转折。环境孤寂凄清，但水上之人却烂醉高歌，心胸开朗，体现了作者在逆境中积极向上、乐观豁达的精神境界。

（二）《示同学》

示同学

学问要从躬上得，文辞璀璨总浮沉。
年来疏漏堪怜我，老去空谈空误人。
万紫千红浑是旧，单枝独叶漫夸新。
洗心藏到无言处，此个功夫谁认真？

“同学”一词在此处是一种文人之间的互相称呼，这一说法是由于当时清政府严禁文人结社，禁用社兄、盟弟等称呼，于是文人之间改称同学。

诗的首联阐明了作者的治学态度，即如果想要学业有成，必须依靠务实的精神和不懈的努力，一味追求辞章华美璀璨而落笔空虚、言之无物，总免不了随波逐流，无法得出自己的见解和成果。颔联作者回忆了自己过去的治学生涯，自谦多年来同学们谅解包容自己在学问上的错误和不足，自己老来讲学，只不过是空谈误人罢了。颈联作者以“万紫千红浑是旧”说自己虽写了不少文章、做了很多学问，但都是前人已有的旧成果，自己具有创新性的研究成果不过是“单枝独叶”，千万不要以“夸新”来对自己过誉。尾联作者再次阐明自己做学问的态度，与首联相呼应，即荡涤心胸，少言务实，以一颗单纯之心，心无旁骛地去求学。作者最后慨叹，如今的文坛人心虚浮，熙熙为利来、攘攘为利往，又有谁会重视这一“功夫”呢？

这首诗体现了作者躬行实践的治学精神，作者认为做学问的，不应是空谈家，而应注重实践，只有以务实的态度来做学问，才能有所成就。

（撰稿人：赵博雅）

王余佑

名家简介

王余佑（1615—1684），字申之，一字介祺，号五公山人，逝世后其门人私谥文节，世称文节先生，祖籍小兴州（今属河北承德），八世祖时徙居直隶新城（今河北高碑店市）。其先祖本姓宓，其八世祖迁居直隶新城后，入赘到了王家，因而改姓王。王余佑后被过继给了自己的伯父为嗣子。

王余佑自幼胸怀大志、聪颖好学，先后师从明末大儒定兴人鹿善继、容城人孙奇逢等著名学者，又与茅元仪、杜越、刁包等人交好，曾得到明末大儒、“东林六君子”之一的左光斗的赏识。

王余佑与生父王延善、兄弟余恪、余岩曾在明末李自成兵乱中起兵，与同样起兵的孙奇逢共同收复了雄县、新城和容城三地。清兵入关后，诸人被迫遣散。其父王延善遭仇家构陷抗清，遂被捕入京。此后王余佑隐居五公山，自号五公山人，耕读侍亲，不求闻达，30余年不入城市。有时登临峰顶，慷慨悲歌，泣数行下。

王余佑出生成长在慷慨悲歌的燕赵之地，幼承庭训，又遭逢明清之交的乱世和国破家亡的变故，所以其为人颇有燕赵侠士之遗风。《五公山人传》载：“究经史，授生徒，教以忠孝，务实学，兼文武。”这说明王余佑的治学思想以务实为根本，兼通文武。《五公山人传》中更盛赞他擅长书法、精通兵法、武艺高强，“其为文，数千言立就。书法遒逸。而感慨激烈之致，一发於诗。与人和易，从容简谅。至论忠

《王余佑诗集》

孝大节，谈兵述往事，目炯炯如电，声若洪钟。或持兵指画，须戟张，蹲身一跃丈许。驰马弯弓矢无虚发。观者莫不震慄色动，啧啧曰：王先生世才也！”

王余佑虽为从小接受儒家传统教育的儒生，但他绝不是一个死板的读书人，他精通天文地理、法律典籍、纺织农业、医卜星象，甚至还懂得外语，知识面十分丰富。有兵法《乾坤大略》、武学著作《太极连环刀法》等传世。

名作赏析

（一）《洛王淀乐驾台》

洛王淀乐驾台

一湾荇藻问风余，旧是文皇驻跸墟。

鞍马曾闻说麦饭，雪风谁忆似巾车。

千年胜迹应怀古，十里清波久化鱼。
此日重来访逸老，倍增感慨立踌躇。

洛王淀乐驾台位于华北明珠白洋淀，为明成祖朱棣所建，用以记录自己在此领兵修筑台田的功绩。

此诗的首联描绘了洛王淀乐驾台所处的自然环境，湖中一弯水草在风中摇曳，这里看似平静，却曾是明成祖旧时驻军的地方。“文皇”多指曹操，这里借曹操之名，暗指明成祖朱棣。颔联作者化用了两个典故，一个是东汉光武帝刘秀在逐鹿天下时，曾在今石家庄正定城南（一说是在衡水市饶阳县，另一说是在邢台市南宫市）被王郎追击，饥寒交迫之际，部将冯异进献麦仁饭。后刘秀称帝，百姓建亭纪念其事，取名“麦饭亭”。作者之所以在此处引用麦饭亭之典，看似是在说刘秀，实则是在暗写朱棣，麦饭亭在一千多年后又“接待”了另外一位皇帝朱棣。明建文二年（1400年），朱棣攻打山东不利，不得不退回北平，途径南宫时在麦饭亭旧址旁驻扎。此后不久，朱棣长驱直入，直捣南京，登上了皇位。而“巾车”之典，讲的是东汉光武帝刘秀于巾车乡（今河南宝丰东）擒获冯异，旋即赦而录用，冯异从此成为刘秀的有力臂助。这一君臣遇合的佳话，与前文冯异向刘秀进献麦仁饭之典相呼应，依旧是在借明写刘秀而暗指朱棣。作者这是在慨叹自己生不逢时，没有像冯异一般遇到朱棣一样的明主。颈联中的“化鱼”二字实际上是“化鱼为龙”的省略语，旧传鲤鱼跳过龙门即化为龙。后以“化鱼”指由平民而做官，社会地位由平庸至显耀。作者站在朱棣修建的乐驾台前，慨叹怀古，叹息那十里清波犹在，却不能送鲤鱼跃过龙门、一举化龙，就像自己不能得遇明主、一展抱负。尾联点明作者为何来此，即寻访一位隐居避世的“逸老”，途中经过此地，心中感怀颇多，在此踌躇良久。

王余佑生活在明亡清立之际，他的父亲和兄长都被清廷处死，国亡家毁，对于清廷的统治不可能没有抵触。只不过天下大局已定，而直隶保定府又为京畿重镇，所以他不可能有太过激的行为和语言。邓之诚在《清诗纪事初编》中说王余佑“诗似谢皋羽、郑所南，文模陈同甫”“然辞旨隐约，不作陵厉指斥之语”，这一评价在此诗中得到了充分的体现。全诗不提朱棣，但其旨却是朱棣。王余佑感怀朱棣，不只是抒发自己未遇名主而不得志之憾，更是叹息大明衰亡，清朝满族入主中原，却再也没有一位似朱棣这样的铁血帝王拯救颓局、力挽狂澜。在此诗中，王余佑的抗清情绪隐约可察，其个人情感已与国家兴亡密切相关，不可分割。

（二）《阔领山衣屡典不售》

阔领山衣屡典不售

无钱呼取典山衣，几次相将未售归。

不是质家嫌百结，先生制度与时违。

“山衣”本指隐居者以山为衣，这里借“山衣”自喻，点明作者的身份为一名不入世、不出仕的隐居者。“阔领”为明制服饰的一种款式，明代的官服与男装基本以圆领为主，称为“盘领衣”，即阔领，这与清朝服装款式的立领有很大区别。这首小诗看起来只是写了一件生活中的小事，即因生活穷困，作者想要典当自己的旧衣来换钱，可惜屡典不售，究其原因，并不是当铺的人嫌弃衣服破旧、补丁很多，而是这件衣服的款式形制不再符合如今的规矩。细查文意，不难发现这首小诗实际上是借生活中的一件小事，表达出作者对明亡清立的怅然若失，抒发了作者对前明的思念之情，以及不会因生活所迫而为清廷效力，甘当一名清贫的隐者山人的气节。

（撰稿人：赵博雅）

王炘

名家简介

王炘（1617—1672），字济似，号晓岩，别号茨庵，直隶雄县(今属雄安新区)人，清代诗人。王炘自幼才华横溢，少年时期即深受孙承宗的器重，并将孙女许配给他。入仕之后历官闽浙，所有公事都谨慎对待，其过人的才能也为人叹服。他曾经跟随前东阁大学士黄景昉出游，结识了陈子龙、吴伟业等著名诗人学者，在学业上受益颇多。明崇祯十七年(1644年)国变之后，王炘举家徙居真州六合（今属江苏南京），闭门专心训课诸子，躬耕为生，闲暇时亦教两女为诗，长女淑昭后成长为清初著名女诗人。王炘一直在江南居住了30余年，晚年才回到雄州故里。

王炘历经国变，虽然家道中落，生活贫困，但是吟诗作赋从未间断，是清初赫赫有名的布衣诗人，与文安纪炅、永年申涵光、巨鹿杨思圣、定州郝浴、清苑郭棻和任丘庞垲并称为“畿辅七名家”。存有诗集《茨庵集诗钞》，有七言诗、五言诗等400余首。作品多寄托兴亡之感，辞藻富丽，古奥典雅，表现出不凡的文学水平。

名作赏析

秋日同诸友登山

弗弗西风秋欲深，乱离此日共浮沉。
孤城远望云栖树，野浦斜看鸟入林。
烽火烟迷山律律，江流声合马骎骎。
新亭孤酌堪流涕，暮雨无端送笛音。

《晚晴簃诗汇·秋日同诸友登山》

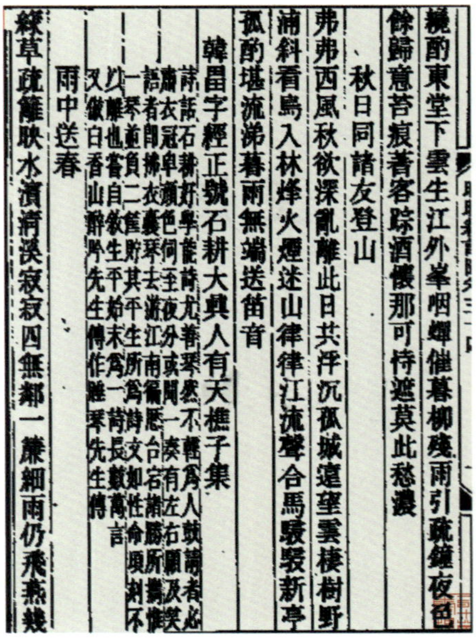
樵酌東堂下雲生江外峯咽蟬催暮柳殘雨引疏鐘夜色
餘歸意苔痕着客踪酒懷那可恃遮莫此愁濃
秋日同諸友登山
弗弗西風秋欲深亂離此日共浮沉孤城還望雲棲樹野
浦斜看鳥入林烽火煙迷山律律江流聲合馬駸駸新亭
孤酌堪流涕暮雨無端送笛音
韓畕字經正號石耕大興人有天樵子集
詩話石耕好學能詩尤善琴然不輕爲人鼓請者必
肅衣冠卑顏色伺至夜分或聞一奏有左右顧及笑
語者輒拂衣囊琴去遊江南徧歷台宕諸勝所攜惟
一琴並負二僮貯其平生所爲詩文如性命須臾不
以離也嘗自敘生平始末爲一詩長數萬言
又徵白香山醉吟先生傳作雖琴先生傳
雨中送春
綠草疏籬耿水濱淸溪寂寂四無鄰一簾細雨仍飛燕幾

这首诗是作者抒发“郁勃之怀，兴亡之感”的典范之作。首联点题，同时奠定了全诗的情感基调。深秋之际，作者在凛冽的秋风中与旧友登山。诸友相聚，登高望远，本应其乐融融。但此时正值离乱，聚会不仅未能澄怀畅意，反而更加深了浮沉之感。中间两联顺承而下，书写登山所见。作者融情于景，用孤城浮云、野浦归鸟、烽火迷烟、江流迅马等众多意象刻画出了广阔肃杀的秋日景象，同时也将自己与友人愤懑悲凉的情绪蕴涵其中，展示了高超的写作技巧。尾联收束，作者巧妙地化用了东晋谢安与过江诸人“新亭对泣”的典故，既是对眼前登高聚会的写实，又与东晋时期被迫偏安一隅的过江诸人在情感上产生了超越时空的共鸣。正所谓“风景不殊，正自有山河之异”，作者将自己的一腔愤懑表达得含蓄而充分。全诗境界开阔，情感充沛，意绪悲凉，恰如前人评价，其诗作确实“格调高古，多河朔幽燕之气”。

（撰稿人：刘艳云）

郭棻

名家简介

郭棻（1622—1690），字芝仙，号快庵、快圃，直隶清苑（今河北清苑）人，清代官吏、学者。郭棻自幼才思敏捷，清顺治元年（1644年）选拔贡生，后中进士，改庶吉士。散馆之后，授翰林院检讨，后升任赞善。顺治皇帝御试词臣，郭棻文辞名列第一。但他个性耿直，慷慨好直言，因此触怒权贵，被降为山西按察司佥事。郭棻遂于山西勉修职业，静以待时。8年后，终因政绩突出，升为大理寺寺副，奉旨修《章皇帝实录》，书成之后，复授编修。清康熙十一年（1672年），郭棻任河南乡试主考官，选拔人才兼重德才，深得民心，不久之后充任经筵讲官，侍直南苑。康熙皇帝颇为欣赏郭棻的才华，曾命其书写唐人早朝诗置于便殿侧，时临观览，并褒奖其："秉事老成，优于学，洵北方才子也。"后擢升其为正詹，充任东宫讲官，免拜赐坐，赏貂裘珊瑚、捻珠等珍贵物品，荣冠一时。

郭棻秉性忠直，为官讲求经世之务，凡礼乐、刑赏、用人、理财等国家大事，莫不探索原委，综核数千百年因革损益之故，曾著《十策》进呈皇帝。郭棻心系民生，在与群臣讨论朝廷大计时经常不畏权贵，据理力争，士大夫纷纷敬服，但他却因此遭到权贵嫉恨而被罢官。罢官之后郭棻以病乞归里，闭户蛰居。听闻这一消息，当地各级地方官员争相拜谒，郭棻均婉言辞谢。乡居期间，他轻财物，好施舍，捐资办校，倡兴教育。清雍正、乾隆年间，

郭棻主修的方志

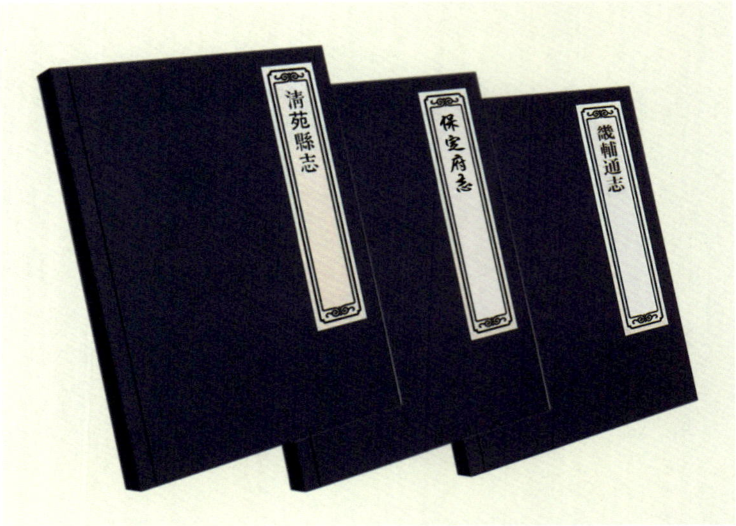

当地科举得中者皆出其门，他也被当地乡民誉为“清苑夫子”。郭棻一生清廉，家产萧然，辞世之际仅以布衾覆敛，卒谥文清。

郭棻善诗文，工书法。其诗文辞藻美赡，多有佳作，文笔与华亭沈荃齐名，人称“南沈北郭”。郭棻书法妙绝，时人能得其寸缣尺楮者，无不如获至宝。论者谓可与赵孟頫、董其昌相颉颃。郭棻一生著述颇丰，家居时先后主修《清苑县志》《保定府志》《畿辅通志》等书，另著有《甲申保定府殉难记》《学源堂文集》19卷、《学源堂诗集》10卷。

名作赏析

刘山人游中州凭寄张上若同馆

轺车忆下午桥庄，痛饮醍醐月正霜。
白发我犹歌偪仄，青山君已定行藏。
滏河春雨骐骣浴，行坞秋烟薜荔香。
满眼干戈凭问讯，金台客老意苍茫。

“张上若”即明末清初河北磁州人张溍。张溍，字上若，清顺治六年（1649年）进士，清顺治九年（1652年）改庶吉士。一生淡于仕宦，居林下为多。家居20年间，不妄交游，与申涵光、殷岳、孙奇逢等人多有诗文唱和。张溍与郭棻曾同时任职翰林院，二人志趣相投，感情深厚。

这首诗是作者忆及与友人同游唐代宰相裴度的午桥庄别墅进而抚今追昔的感怀之作。作者偶然忆起二人当日同游，意气风发，开怀畅饮。而此时，作者尚在仕途奔波，张溍已在滏阳河畔乡居度日。想想曾经的岁月，远隔的故友，再看看眼前自己的满头白发，作者不由沧桑满怀。这首诗情感真切，既有对友人的怀念，又有对世事的感怀。全诗用语老练，对仗工整，构思精巧，颇有大家气象。

（撰稿人：刘艳云）

王淑昭

名家简介

王淑昭（1652—1738），直隶雄县（今属雄安新区）人，清初著名女诗人。王淑昭是王炘的长女，受到家庭环境的熏陶，王淑昭3岁起就喜欢翻检家中藏书。王淑昭的母亲知书达理，发现女儿的兴趣后，试着口授数卷，却发现女儿竟然浏然成诵，不禁大为惊奇。父亲王炘在闲暇之余，虽也教授王淑昭和妹妹作诗，但对女子读书却并不十分支持。因此，王淑昭只能私下用功，趁兄长读书时就在旁边默记，遇到不懂之处也只能请教兄长。王淑昭学习极为刻苦，她博览群书，尤其对史书格外感兴趣，甚至达到能将“二十一史”逐卷默记的程度。正因为能熟谙经史，王淑韶对历代名臣循吏的是非成败及各方地理人情的变化都了然于胸，所以她日后成了丈夫与弟弟在仕途及生活上强有力的辅助。王淑昭13岁时母亲病逝，她便开始承担家庭重任，照料两个弟弟和一个妹妹，同时监督弟弟和妹妹的学业。在她的帮助下，弟弟、妹妹都学有所成。

清康熙十七年（1678年），王淑昭与河间县（今河北河间市）城南大渔庄村都察院左副都御使左敬祖之子左印奇喜结良缘。为了帮助左印奇考取功名，王淑昭一边料理家务，一边辅导丈夫攻读。后左印奇科举成名，曾任广东恩平县令13年，后复补河南涉县令。其间，王淑昭一直都辅佐在侧，帮助丈夫斟酌佐理。

王淑昭的弟弟王企埥在清康熙二十四年（1685年）中了进士，官至江西巡抚，地位显赫。但弟弟对姐姐一直尊敬有加，且十分欣赏姐姐的才华。他多次恳请姐姐入住京师，为其答疑解难。每当王企埥遇难决之事或有重大案件时，王淑昭必为弟弟指点迷津，化解难题。

晚年的王淑昭静默恬淡，以训课儿孙为乐。她对后辈要求严格，希望后辈以公公左敬祖为榜样，承继家风。

王淑昭著有《王太孺人遗稿》，由侄曾孙左元镇录，侄元孙善泰、善溶同校。卷上多为婚前所作，收诗 74 首；卷下多为婚后所作，收诗 78 首。《王太孺人遗稿》中的许多作品都是王淑昭生活经历和修身辅治的真实写照，在当时流传甚广。

名作赏析

春雨书怀五首（其一）

积雨春光淡，初晴柳色深。
花开游女意，雁去旅人心。
世路每如此，生涯何处寻。
幽情寄桃李，不语到于今。

春雨书怀五首（其二）

避乱依江表，逡巡二十年。
客心悲日月，春色发林泉。
野径浮云合，新花粉蝶穿。
枯荣俱有分，安敢怨遥天。

这组诗应作于王淑昭婚前，从诗中的“避乱依江表，逡巡二十年”等句可知，此时她尚与家人居于江南。这组诗从不同角度书写了一位年轻女子在江南如丝春雨中的细腻感受。

第一首诗开篇写了积雨初晴，春光渐逝，柳色渐老。值此花开雁去之际，作为游春的女子，正适于抒发红颜易老、年华易逝的伤春之情。但作者偏偏从这种小女子的情怀中跳脱出来，“世路每如此，生涯何处寻”，这是一位兰心蕙质的女子对生活的独立思考与认识，有淡淡的无奈与伤感，更多的却是一份通透与豁达。作者将这一份不同于古典文学中众多女性的独特感悟寄托于春雨后盛放的桃李，同时也安放到了自己的心中。这样一个细腻又聪慧的女子，不由得让人为她发出一声赞叹。

第二首诗与前作的主题相似。作者随家人远离故土，寄居江南，自有一种漂泊之感。即使时值春日，春色满眼，新花绽放，也依然难解远来为客的悲情。但作者还是以“枯荣俱有分，安敢怨遥天”来化解这份深深的哀愁，看似有些消极，有些逆来顺受，却依然展示了作者对生活的理解，展示了自己的豁达心胸。相较于第一首诗，此诗中的女性气质减弱了，作者关注的对象从个人情绪扩展到了家族的迁徙与社会的变迁，作品的风格也从细腻清新变成了沉郁厚重。通过这两首诗的比较，可以看到作者是一位独特的封建女性，不仅有开阔的眼界、丰富的情感，更有独立的思想与卓越的才华。

（撰稿人：刘艳云）

现当代

齐如山

名家简介

齐如山（1876—1962），又名宗康，字如山，河北高阳人，近现代戏曲理论家、戏剧创作家。

齐如山一生酷爱戏剧，从小就喜欢家乡流行的昆腔、梆子等戏曲。19岁进北京同文馆，攻读德语、法语。毕业后留学欧洲，广泛涉猎欧洲的戏剧。辛亥革命后回国，在担任京师大学堂、北京女子文理学院教授的同时，依据所学中西戏剧理论对京剧艺术进行系统的研究。1913年，齐如山得遇梅兰芳，开始对京剧表演艺术进行具体指导与大胆改革。齐梅合作是京剧史上的佳话，也是京剧事业发展的重要里程碑。大量经典名剧接连问世，无数票友迷醉倾倒，大江南北唱响皮黄，京剧事业如火如荼。1931年起，齐如山与梅兰芳等人开展了一系列活动，主要包括创建北平国剧学会，出版《戏剧丛刊》《国剧画报》，研究、宣传京剧艺术，搜集保存了许多珍贵的戏曲资料，开办国剧传习所，培养了大批京剧人才。齐如山也是京剧海外传播的先驱，20世纪二三十年代梅兰芳出访日本、美国等，离不开齐如山的倡导与助推。1949年，齐如山取道香港到了台湾，依然对京剧艺术痴心不改，笔耕不辍。1962年，87岁的齐如山病逝于台湾。至此，齐如山走完了他传奇的一生，为戏而来，为戏而去。

齐如山是京剧艺术的理论家、改革家。1913年，梅兰芳崭露头角，齐如山开始对他有所关注，并以写信的形式开始就表演艺术与他进行探讨。齐如山发现了传统京

《齐如山国剧论丛》

剧表演的弊端，演员大多是抱着肚子唱，死唱戏、唱死戏，演戏不演人，之后他亲自指导梅兰芳，通过唱、念、做、打，把人物演活，把人物演美。齐如山对梅兰芳的指导长达 20 年，使梅兰芳积累了丰富的理论及表演知识。“有声皆歌，无动不舞”是齐如山对京剧表演艺术之美的诠释，也是齐如山对京剧表演艺术理论的践行。总之，齐如山对京剧进行了全面、系统的改革，不仅是在戏曲理论与表演艺术方面，在服饰化妆、剧本改编与创作等各方面也都做出了重大贡献。齐如山的主要戏曲理论著作有《中国剧之组织》《梅兰芳艺术一斑》《戏剧脚色名词考》《京剧之变迁》《国剧身段谱》《脸谱图解》等，比较系统、全面地介绍研究了京剧表演艺术，学术价值较高。晚年所著《国剧艺术汇考》等，是他毕生研究京剧艺术的结晶，学术价值更高。除戏剧之外，齐如山在社会历史、风土人情、工艺技术等方面也广有涉猎，并著书立说，主要有《中国的科名》《中国的工艺》

《华北农村》等。以上著作均收录于《齐如山全集》。

齐如山还是一位戏剧编创家。他醉心于京剧艺术，酷爱梅兰芳的表演，曾为梅兰芳写了很多出戏，捧出了一位京剧艺术大师。梅兰芳惊为天人的表演与执着于艺术的精神也成就了齐如山，齐梅合作成就了京剧艺术的辉煌。齐如山参与改编、创作了大量剧本，主要包括《嫦娥奔月》《黛玉葬花》《天女散花》《霸王别姬》《太真外传》《凤还巢》等，这些优秀剧目成为梅派经典，至今仍传唱不衰，历久弥新。齐如山还创作过剧本《生死恨》等。

名作赏析

《凤还巢》是京剧梅派的经典剧目之一，此剧根据清宫藏本《循环序》改编，原名《阴阳树》，又名《丑配》，与清代李渔所写的《风筝误》有异曲同工之美。

《凤还巢》写的是两对青年男女的婚恋故事，原本是美美和谐、丑丑相配，改编者却别出心裁，精心制造了种种误会与巧合，移花接木，张冠李戴，但好事多磨，最终皆大欢喜。

美丑错许。明朝末年，兵部侍郎程浦告老还乡，与貌丑的千岁朱焕然游春。路遇故友之子、平民才俊穆居易。程浦生有二女：大女程雪雁为夫人所生，面貌丑陋，举止粗鲁；次女程雪娥为侧室所生，天生美貌，聪明文雅。程浦欲把程雪娥许配给穆居易。不料夫人偏心，欲将程雪雁嫁给穆居易。程浦庆寿，穆居易前来拜寿。当夜，在夫人的暗许之下，程雪雁来至书房私见穆居易。穆居易一见其丑貌，失魂落魄，再见其行为放肆，语言粗鄙，厌恶至极，遂将她推之门外。穆居易误以为程浦骗婚，连夜逃走。

仓皇错配。适逢战乱，程浦奉旨出征。朱千岁早就垂涎程雪娥，便乘虚而入，假冒穆居易之名来程家迎娶程雪娥。夫人贪财偏心，以程雪雁代嫁。洞房中，程雪雁以为所嫁者为才俊，朱千岁以为所娶者为美女。可盖头一掀，二丑相逢，目瞪口呆，互相指责，最后无奈只得将错就错。由于强盗作乱，夫人欲去朱千岁家避难，程雪娥知道朱千岁花心不改，行为不端，不肯随夫人前往。

美美相偕。程涓平定贼寇，接程雪娥至军中。无巧不成书，穆居易也从军帐下。程浦重提婚事，穆居易因误解而坚决不从。众人追问缘由，穆居易只好说出丑女夜入书房等不堪之事。程浦及众人心知肚明，却故意隐瞒，力推婚事，穆居易无法拒绝，只得答应。洞房中，穆居易掀开盖头，只见程雪娥华容绝代，貌若天仙，绝非私入书房的丑陋之人，不由心花开放，手足无措，作揖打躬。程雪娥却因穆居易拒婚，委屈非常。在穆居易的多次谢罪之下，程雪娥才转悲为喜，二人终结连理。最后，朱千岁遭劫落魄，携老夫人、程雪雁投奔程浦，一家团聚。

戏曲演出的成功离不开优秀的剧本，齐如山等改编者注重场上效果，巧妙编排，无巧不成戏，剧情转折跌宕之处，均有“误会”与“巧合”来往穿梭，把观众的注意力紧紧拽住，观众的喜怒哀乐随故事情节的进展而变化。表演上行当齐全，唱做俱佳。程雪娥表演者的唱腔舒展自然、婉转有度，表现出端庄典雅的淑女风范，尤其“本应当随母后镐京避难”是梅派唱腔中广为流传的唱段。彩旦程雪雁及丑角朱千岁的表演也非常精彩，为全剧平添了诙谐幽默和明快风趣，使观众在笑声中获得强烈的美感。

此剧于1929年梅兰芳在北京首演，当即引起轰动。此后，梅派代代薪火相传，日臻完美，至今已炉火纯青。

（撰稿人：王焕荣）

张寒晖

名家简介

张寒晖 (1902—1946)，原名张兰璞，字含晖，河北定州人。我国现代戏剧运动的开拓者之一，人民音乐家、民俗学家、教育家、党的宣传活动家。

1925 年，张寒晖入北京国立艺术学院戏剧系，同年加入中国共产党，1929 年毕业。1930 年，在北平加入中国左翼作家联盟。1934 年，回老家组织抗日救国会，同时从事小说和戏剧创作，为宣传抗日奔走呼号。1935 年赴西安，在东北军中宣传抗日。1936 年秋，在西安省立二中（现陕西师范大学附属中学前身）教书时，创作了抗日救亡歌曲《松花江上》。1937 年 3 月，任东北军一二・一二剧团团长，并随剧团东调到安徽怀远县，后跟随东北军总部转移到淮阴县（今江苏淮阴），直至 1937 年 6 月东北军被遣散。1938 年夏，赴私立东北竞存中学教书。1941 年，根据中共陕西省委的指示调往陕甘宁抗日根据地关中分区。1942 年春到延安，任陕甘宁边区文协秘书长，并参加了延安文艺座谈会。1945 年春，根据陇东民歌《推炒面》的曲调创作出了反映边区大生产运动的《军民大生产》。1946 年 3 月 11 日，张寒晖在延安病逝。

名作赏析

在我国的革命文艺史上，张寒晖是一位有贡献、有影响的优秀文艺工作者，被誉为“人民艺术家”。他一生坚持音乐创作，目前能收集到的作品共有歌曲、戏剧插曲

张寒晖部分作品书影

约60首，其中《松花江上》《去当兵》《游击乐》《军民大生产》等都是广为流传、历久不衰的好歌，激励了一代又一代中华儿女。20世纪60年代，他的《松花江上》《军民大生产》被选入大型音乐舞蹈史诗《东方红》。

（一）《松花江上》

1936年，《松花江上》创作于西安，作词、作曲都是张寒晖。张寒晖在西安省立二中任教时，他目睹了被蒋介石驱赶到"剿共"前线的东北军官兵流亡徘徊街头、有家不得归、有仇不能报的悲惨景象，他深深地受到震撼，创作激情被激发出来，于是决定把骨肉同胞的痛苦用歌声表现出来。由于他见过很多东北流亡同胞，听到他们无论唱什么歌，调子都是悲伤的，有感于此，他把自己熟悉的北方妇女在坟上哭丈夫、哭儿子的旋律变成《松花江上》的基本曲调，形成了《松花江上》以哭诉般的音调表达家仇国恨的风格。西安事变发生后，这首歌曲迅速传遍全国，成为中华民族抗日救亡感召力最强的歌曲之一。《松花江上》无论是在当时还是在今天都有着巨大的影响力，张寒晖也因此被誉为与聂耳、冼星海齐名的"人民艺术家"。

《松花江上》先以倾诉式的叙事和抒情，诉说了家乡的美丽和富饶：“我的家在东北松花江上，那里有森林煤矿，还有那满山遍野的大豆高粱。”之后在悲愤呼号中倾诉了流离家园的悲痛，环回萦绕，反复嗟叹，“我的家在东北松花江上，那里有我的同胞，还有那衰老的爹娘。九一八，九一八，从那个悲惨的时候。九一八，九一八，从那个悲惨的时候。脱离了我的家乡，抛弃那无尽的宝藏。流浪，流浪，整日价在关内流浪！”最后声泪俱下地唱出“哪年，哪月，才能够回到我那可爱的故乡？哪年，哪月，才能够收回那无尽的宝藏？爹娘啊，爹娘啊，什么时候，才能欢聚一堂？”最后的结尾达到高潮，准确地表达了反抗斗争的力量。

《松花江上》揭示出背井离乡的东北同胞的悲惨生活，表达了他们对日本侵略者的无比仇恨和誓死抗争的决心和力量。歌曲采用传统音乐中“顶真”的手法层层推进，最后用一个尾声来推动进入高潮，首尾呼应。歌曲的词曲结合得完美统一，3个层次兼具了倾诉性、叙述性、抒情性的特点。它根据汉语声韵特点处理曲词关系，字与音的强弱、高低关系处理得合理到位又非常自然。歌词有强大的说服力，真切感人，节奏从容，音乐语言流畅深沉。《松花江上》还做到了形式与内容的统一，以深刻的表现力、极强的艺术感染力，成为时代的心声、永恒的旋律。《松花江上》以其独特的艺术魅力在当时发挥了重要的作用，并且影响了几代人。

（二）《军民大生产》

1942年底，中共中央号召解放区军民自力更生，克服困难，开展大生产运动，并提出“发展经济、保障供给”的方针。解放区军民在党中央和毛泽东主席的亲自领导下，在南泥湾等地开展了屯田大生产运动。大生产运动在1943年至1945年达到高潮，成就显著。农业和工商业的产值迅速增长，人民负担大大减轻，军民生活明显改善。1945 年 6 月，张寒晖在随关中八一剧团去甘肃庆阳一带演出后创作了《军民大生产》。

《军民大生产》原名《边区十唱》，曲调来自陇东民歌《推炒面》，张寒晖重新填词。歌曲最初一共有 10 段歌词，朗朗上口，气氛热烈，歌词慷慨激昂，节奏明快，曲调雄壮豪迈，再现了当年的劳动情景，表现了边区人民对新生活的美好向往。歌曲内容通俗易懂，直白地反映了抗日战争时期中国共产党领导抗日根据地军民开展的大生产运动，一问世便受到广大军民的欢迎和喜爱，很快就在当地驻军和群众中传唱开来。之后陆续传到陕甘宁边区，传到延安，传到各抗日根据地，极大地鼓舞了抗日根据地军民的斗志。

《军民大生产》目前有多个版本，其中流传较广的版本为 1964 年大型音乐舞蹈史诗《东方红》改编后的版本。这一版本的歌词由 10 段改成了 5 段，显得更加凝练。

《军民大生产》采用“一领一合”、男女分段齐唱的演唱形式。唱词与衬词交替出现，显得气势强烈，富有鼓动性，旋律鲜活而严整，唱腔豪壮威武，富有激情，展现了热情、乐观、风趣、活跃的劳动气氛。歌曲的曲调是民歌曲调，但经过重新改编，有了新的突破、新的气质，唱词语言生动、风趣，旋律节奏鲜明强烈、富有强大的感召力。不仅唱出了解放区军民开荒大生产运动热情如火的情景，还唱出了人民群众在解放区抗战中做出的伟大历史贡献。

《军民大生产》是一首具有强烈生活气息和时代精神的传世佳作，虽历经时代变迁，至今仍旧广为流传，是现代音乐中的一座丰碑。

（撰稿人：马景文）

冯至

名家简介

冯至（1905—1993），原名冯承植，字君培，河北涿州人，现代诗人、翻译家、学者。

1927年7月，冯至毕业于北京大学德文系。1930年9月，赴德国留学，先后就读于德国海德堡大学、柏林大学。1935年6月，获海德堡大学博士学位。1936年7月，赴同济大学任教。1937年9月，随同济大学内迁。1939年9月，辞去同济大学教职，接受西南联合大学外文系聘请，任德语教授。1946年7月，回到北平，任教于北京大学西语系。

新中国成立后，冯至先后出席了全国第一、第二、第三、第四次文艺工作者代表大会，并被选为全国文联委员、文学工作者协会理事、中国作家协会理事、中国作家协会副主席。1950年起，历任《人民日报·副刊》编委、人民文学出版社副总编、北京大学西语系主任、中国科学院哲学社会科学学部外国文学研究所所长。1954、1978、1983年，当选第一、第五、第六届全国人大代表，并出席全国人民代表大会。1955年6月，当选为首批中国科学院哲学社会科学学部委员。1961年，参加宣传部和教育部组织的全国高等院校文科教材编写工作，任中国语言文学组组长，组织、领导《中国文学史》等34种教材的编写工作。“文化大革命”期间，曾被下放到河南息县劳动。进入新时期，冯至先后被聘为奥地利、联邦德国、瑞典等国科学院院士，曾获得德国最高荣誉——大十字勋章。1993年2月22日，冯至在北京逝世。

冯至是诗人，是作家，同时也是学贯中西的学者，他一生笔耕不辍，为后世留下了洋洋洒洒300余万字的文字作品。作为诗人，鲁迅称赞他为“中国最杰出的抒情诗人”。评论家谢冕说：“20年代以前，冯至先生的诗歌创作对中国新诗的建设做出了他人无法替代的贡献。”“在抒情诗的创作方面，它使冯先生列身于‘五四’以来最优秀的抒情诗人的行列。”由此可见冯至在中国新诗歌史上的地位。作为作家，冯至在20世纪40年代完成了一部出色的具有现代色彩的历史小说——《伍子胥》。作为学者，冯至也是成就斐然。他是20世纪国内对德语文学研究最杰出的学者，德语文学研究论著丰富，翻译和研究德语文学的成果约有100多万字，他翻译最多的是歌德、海涅、里尔克、席勒的诗文，研究最多的是歌德、诺瓦利斯、里尔克、席勒、尼采等人。他由博及深，在博的基础上建构学术高塔。除此之外，冯至还引导了国内对德语文学的研究，对德语文学提出了自己的研究主张，即应当对外国的社会历史、思想渊源和精神气质及科学技术发展有一定程度的了解；不仅要研究作家、作品，还要了解与此关系密切的各种思潮。冯至的《论歌德》补正了恩格斯对歌德晚年的评价，诗人绿原对《论歌德》的评价是：对于这样一位世界文化伟人，在中国具有真知灼见的论著，除了冯先生的《论歌德》，似乎还举不出一本。

《论歌德》

《杜甫传》

作为一位悉中外、通古今的学者，冯至在中国古典文学研究方面的代表性成果是《杜甫传》，它被论者评价为在整体上达到了 20 世纪 50 年代中国学者所能到达的杜甫研究的最高水平。

名作赏析

（一）《十四行集》

20 世纪 20 年代，冯至先是加入了浅草社，之后又与友人创立了沉钟社，发表了《我是一条河》《蛇》等传诵至今的抒情名篇，创作的诗集有《昨日之歌》《北游及其他》。在抗战时期，冯至创作了《十四行集》，其中收录了 27 首诗歌，这是业界公认的冯至诗歌的代表作。

十四行诗原是意大利和法国交界地区的一种民间诗体，十四行诗有一个从民间诗到文人诗的发展过程，十四行诗原是为歌唱而作的抒情诗体，因为要入乐、要歌唱，所以形成了一套严谨的格律，对行数、韵脚等都有所规范。冯至创作的十四行诗，起初并不是自觉的行为，纯粹出于机缘巧合。1942 年，《十四行集》结集出版时，他在自序中写道：“至于我采用了十四行体，并没有想把这种形式移植到中国来的用意，纯然是为了自己的方便。”正是这次偶然的开端，引发了冯至潜在心中已久的“里

冯至部分作品书影

尔克”情结，而一发不可收地陆续写下了27首诗歌，完成了他“生命的沉思”。

冯至创作的十四行体诗歌，是在探索新诗形式革新，致力民族化探索，按照汉语诗歌的特点进行改造，形成了具有汉语特色的十四行诗。冯至的十四行诗有这样一些特点：第一，沿袭了中国传统节奏范式，采用四音步的节奏形式；第二，善于用本色的民族抒情语言来表达诗情。他的诗歌虽然吸收了一定数量的外来语及外来语法，但改变不了其语言固有的民族特性，为中国新诗的发展做出了突出贡献。

就诗歌来说，形式固然重要，但形式一直都是为内容服务的，冯至的诗歌从内容来看，特点非常鲜明。在德语文学中冯至接触最早的诗人便是里尔克，他的博士论文选题最初就是里尔克的诗歌，冯至从里尔克那里受到的影响对他创作《十四行集》有决定性的意义。里尔克对冯至的影响是多方面的，里尔克关于以经验代替情感、感应宇宙光色影等新诗论，关于生存、孤独、死亡等的诗意哲学及里尔克的诗艺，特别是其诗歌的具象美、雕塑美等极大地影响了冯至。

冯至创作《十四行集》时正蛰居于昆明郊外的林中小屋，昆明郊外林地茅屋的岁月使冯至得以自由、充分地与大自然接触，使他学会从普通世俗的物象中提炼出生命的奥妙和历史的真理。冯至受到里尔克的影响，依据自己独特的体验、创造，凝结成了《十四行集》。

生命的奥妙和历史的真理成为冯至诗歌的一个主题。在很大程度上，冯至的十四行诗呈现出了诗人与主体从细小到宏大事物的互动，以宇宙的永恒凸显个体生命的有限，陷入关乎生死和自然循环的思考之中。

冯至的诗歌是对生命的沉思，呈现出鲜明的哲理色彩。冯至的十四行诗从普通意象中生发深刻的哲理，诗人的冥想沉潜于大自然的景观之中，正是诗人对人生经验的深切洞察与沉思，进而把人生经验内化为生命的结晶，支撑着这些诗歌的内在诗质。在冯至的诗歌中，个人的自立与集体的丰盈、存在的孤独与万物之间本质上的聚合，都得到了相应的强调。

我们天天走着一条小路

我们天天走着一条熟路回到我们居住的地方，
但是在这林里面还隐藏许多小路，
又深邃，
又生疏。
走一条生的，
便有些心慌，
怕越走越远，
走入迷途，
但不知不觉从树疏处忽然望见我们住的地方，
像座新的岛屿呈在天边。
我们的身边有多少事物向我们要求新的发现，
不要觉得一切都已熟悉，
到死时抚摸自己的发肤，
生了疑问：这是谁的身体？

这首诗在日常生活中构建了具有超越意蕴的哲理空间，是冯至对他林中漫步时所偶然触发的感悟的忠实记录。作者在带有几分迷途的担忧下走入了一条陌生的小路，回望间，突然在树疏处看到了自己住的地方。作者不禁发出感慨：司空见惯的事物并不一定就是被认识了的事物，于是作者带着重新发现的惊喜去观照常人眼中司空见惯的事物。作者的哲理感悟，是世界对于作者的生命启示。作者不仅是在用眼睛进行洞察，更是用一颗沉思的心灵在觉识。

（二）《**山水**》

评论者认为冯至的散文同其诗歌一样，风格独具，自有风骚。冯至的散文，结集的仅有《山水》和《东欧杂记》两册，其他的散文散见于各个时期的报刊上。《山水》收录了冯至从 1930 年到 1944 年创作的 14 篇散文，其中最能体现冯至对人与自然关系的感悟和思考的篇章也都是林中小屋时期的作品。

20 世纪 40 年代初，冯至已近不惑之年，他的社会阅历愈加丰富，思想日益成熟，超然的艺术观和清高脱俗的人生态度已经形成。身处自然怀抱中的冯至得以短暂地远离战争的硝烟、都市的喧哗，孤独地面对自然，开始思考生命与自然之间更深层的关系。冯至常常以观赏者的姿态，不加雕琢地描摹，从描摹观赏中挖掘生活的哲理，从徜徉湖光山色之中陶冶性情，怀着纯洁的爱观看宇宙间的万事万物及其变化，并把他所把握住的一些从未被人注意到的事物在文字里表现出来。

《在赣江上》（1939 年）反映的虽是战乱流亡中的一场虚惊，但又似乎与战争无关，而是一段颇有戏剧性的夜航，表达乱中有定、动中含稳的哲理，作品质朴、含蓄，沉思玩味方能体会其意蕴。

《一棵老树》（1941 年）中的放牛老人，“掺杂在林场里的鸡、犬、马、牛的中间，早已失却人的骄傲和夸张。他‘生’在这里了；他没有营谋，没有积蓄，如同‘天上的飞鸟’和‘野地里的百合花’”。用一棵老树做意象，放牛老人最后“如同一棵老树，被移到另一个地带，水土不宜，死了”。这是冯至所洞见的人在自然中的本真状态，仿佛“天上的飞鸟”和“野地里的百合花”一样自然自在。

《一个消逝了的山村》（1942 年）叙写了一个历经浩劫，已凋零了 70 多年的山村，“在人类以外”，“不起一些变化，千百年如一日，默默地对着永恒”。恰恰是这默默地荒凉，在人类历史之外的已经踪迹难寻的小山村，与作者的生命有着隐秘的沟通，“在风雨如晦的时刻，我踏着那村里的人们也踏过的土地，觉得彼此相隔虽然将及一世纪，但在生命的深处，却和他们有着意味不尽的关联”，作品意蕴丰厚。

《忆平乐》（1944 年）写了作者亲身经历的一段往事，作品中的裁缝就是一个连姓名都没留下的凡人，事件也是一件微不足道的小事，忠厚的裁缝认真负责，守时守信，一诺千金。写于抗战时期的这篇作品，没有把焦点放在战争上面，但又不免让人思考：中华民族靠什么抗战，靠什么生存？冯至的答案是：负责任。字里行间所透射出的哲理让人深思。

（三）《伍子胥》

诗人批评家唐湜评价 20 世纪 40 年代时的冯至时说：“一个沉思时代的窗帷由他揭开了。”冯至在 1942 年创作的中篇历史小说《伍子胥》是其小说的代表作，也是这种沉思的继续。

伍子胥的事迹较早见于《史记》，司马迁在《史记》中对伍子胥的评价颇高。虽然司马迁对伍子胥破楚时的所为不满，但认为伍子胥是不拘小节的大丈夫，不会白白送死，能忍受屈辱，最终为父亲报仇雪恨，成就不朽之名。

冯至少年时代便很喜欢伍子胥的故事，对司马迁笔下的伍子胥故事应该说非常熟悉，但激起其创作欲望的还是德国诗人里尔克。1926 年，冯至在读到里尔克的散文诗《旗手里尔克的爱与死之歌》后受到触动，萌生了创作的念头。16 年之后，冯至再次受到触动才真正落笔。

冯至笔下的伍子胥故事与司马迁笔下的故事有着较大的差异，人物上有了大幅压缩，原有的近 30 个人物，只剩下了伍子胥等 11 个人物。故事的重点也发生了变化，重点的复仇等内容让位于对子产、季父、渔父、浣衣女、专诸等人的礼赞。显然，冯至对历史人物和故事更多地融入了自己的沉思，使小说同时具备了历史性、现实性和现代性。

冯至的小说虽基本上遵从了历史事实的规定性，复仇故事仍是主线，但以往故事中的掘墓鞭尸、头悬国门等故事则被剔除，增加了《宛秋》《延陵》两段合理想象出来的故事，以表达自己的沉思。冯至作品中伍子胥所处的楚国的腐败，与当时冯至所处的国统区的腐败不免让人产生联想，小说很有些以古喻今、以古讽今的意味。

经历了抗战的流离，冯至写出来的作品与里尔克的作品也大不相同。1942 年，冯至写下的伍子胥故事，在主人公逃亡和复仇的故事线索背后，他更加关注的是人生启悟的思想历程，在伍子胥浪漫而神奇的经历之中蕴含着对生命的哲理的思考，伍子胥的一切所见都化成了他的感悟。冯至把里尔克超越现实的独立精神、克尔凯郭尔的个体意识理论等融入作品，使得小说具有了鲜明的现代色彩。小说中大力宣扬的“决断”，明显具有存在主义的影子，如伍子胥危难时刻的艰难选择促成了伍子胥复仇大业的完成；伍子胥和伍尚危难时刻各自做出了自己的选择，也各自成就了自己不同的人生。

在《伍子胥》的后记中，冯至这样说：“我们常常看见有人拾起一个有分量的东西，一块石片或是一个球，无所谓地向远方一抛，那东西从抛出到落下，在空中便画出一个美丽的弧。”“若是用这个弧表示一个有弹性的人生，一件完美的事的开端与结束，确是一个很恰当的图像。因为一段美的生活，不管为了爱或是为了恨，不管为了生或是为了死，都无异于这样的一个抛掷：在停留中有坚持，在陨落中有克服。”伍子胥的故事被冯至理解为这样的一种抛掷，其产生的那段美丽的“弧”正是象征着“有弹性的人生”的一个“图像”。在这个图像中，隐含着冯至对生命历程的超越。

评论家钱理群曾经这样评价他的文学作品：“《十四行集》《山水》《伍子胥》堪称冯至的‘三绝’，这‘生命的沉思’，提供了不同于他人的另一种战争体验，并且以其艺术的完美、纯净，特立独行于 40 年代，以至整个中国现代文学之林。”

（撰稿人：马景文）

孙犁

名家简介

孙犁（1913—2002），原名孙树勋，河北安平人，现当代著名作家、文学家。

1925 年，孙犁 12 岁时随父亲到保定安国县（今河北安国市）上学。1933 年，毕业于保定育德中学，后曾到北平（今北京市）谋职。1936 年，到白洋淀附近的安新县同口镇任小学教师。白洋淀一带的自然风光和风土人情让他耳目一新，并深深地陶醉其中，这对他后来的文学创作、文学风格乃至“荷花淀派”的形成都产生了重大影响。1937 年抗日战争全面爆发后，孙犁回到家乡协助吕正操将军领导的人民自卫军进行抗日文艺宣传工作。1938 年，在冀中区办的抗战学院任教。1939 年，调至晋察冀边区所在地阜平县工作，先后在晋察冀通讯社、晋察冀边区文联、晋察冀日报社及华北联合大学任编辑和教员，同时开始文学创作。

1944 年，孙犁奔赴延安，在延安鲁迅艺术文学院学习和工作，并陆续发表了著名的《荷花淀》《芦花荡》《村落战》等小说。这些作品描绘了冀中白洋淀水乡的抗日斗争生活，富有浓郁的乡土气息和地域特色，艺术风格清新优美，一经发表便享誉解放区，并引起了文坛的广泛关注。

1945 年抗战胜利后，孙犁回到冀中农村继续进行文学创作。新中国成立后，孙犁在《天津日报》工作，任《文艺周刊》主编，同时仍勤奋笔耕。从 1949 年到 1956 年，他先后创作了短篇小说《吴召儿》《山地回忆》《秋千》和中篇小说

《村歌》《铁木前传》，以及长篇小说《风云初记》等作品。当时，孙犁与赵树理、周立波、柳青等 4 位作家被誉为描写农村生活的“四杆铁笔”。

1958 年，孙犁的短篇小说和散文合集《白洋淀纪事》由中国青年出版社首次出版，后在不同时期由不同出版社又多次出版，影响极其广泛而深远。《白洋淀纪事》共收录了孙犁从 1939 年至 1950 年创作的 54 篇作品，其中包括久负盛名的《荷花淀》《芦花荡》《采蒲台的苇》《山地回忆》等。这些作品以抗日战争时期直至新中国成立初期的冀中平原和冀西山区为背景，用乐观从容的态度描摹了时代的风云变幻，以亲切明快的笔调表现出战争的严酷和生活的艰难，饱含深情地描绘了风土人情和人物的精神风貌。孙犁在《〈孙犁文集〉自序》中说：“我最喜爱我写的抗日小说，因为它们是时代、个人的完美真实的结合，我的这一组作品，是对时代和故乡人民的赞歌。”

《白洋淀纪事》

人民文学出版社在 1999 年发起、评选了“百年百种优秀中国文学图书”活动，《白洋淀纪事》名列其中。

1956 年起，孙犁因病休养了 10 年，后又被“文化大革命”所扰，辍笔近 20 年，直至 1977 年才重返文坛，其文学创作除少量小说外，主要是散文、随笔等。1979 年至 1995 年，先后出版了《晚华集》《秀露集》《澹定集》《尺泽集》《远道集》《老荒集》《陋巷集》《无为集》《如云集》《曲终集》等 10 个作品集(此 10 部作品集为“耕堂文录十种”)，以及《书衣文录》《耕堂杂录》《芸斋琐谈》等多部作品。这些作品满溢着孙犁的创作智慧和富有个性的艺术才能，是现当代文学史上的艺术珍品。

2002 年 7 月 11 日，孙犁逝世，享年 90 岁。孙犁逝世后，河北省保定市安新县人民政府在白洋淀荷花大观园修建了孙犁纪念馆，以表达这片土地上的人民对他的深切怀念和敬仰之情。

2002 年，百花文艺出版社出版了《孙

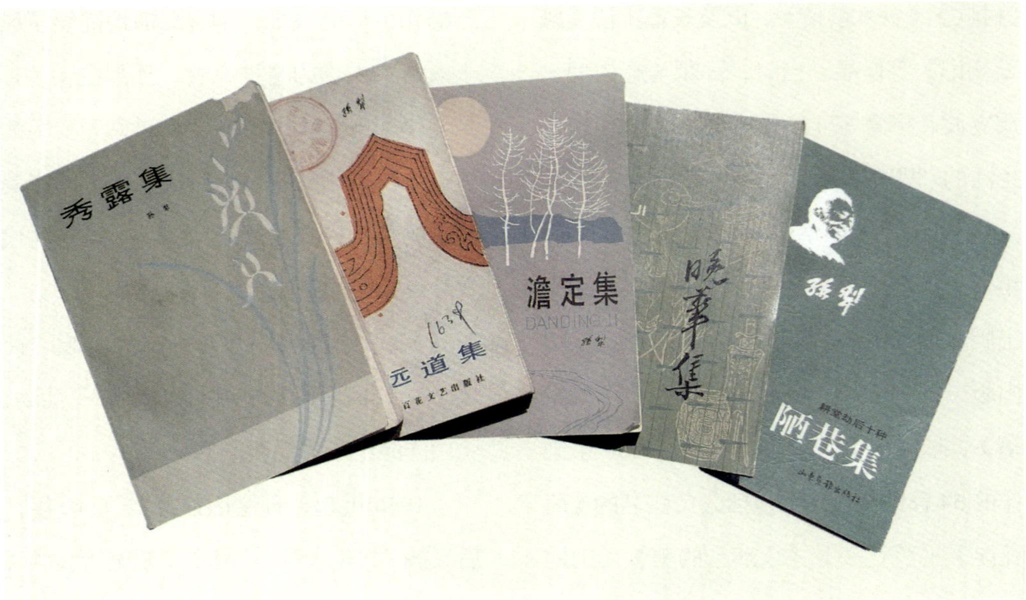

孙犁部分作品书影

犁文集》，共8册，包括《孙犁文集1·小说》《孙犁文集2·小说》《孙犁文集3·散文、诗歌》《孙犁文集4·理论》《孙犁文集5·杂著》《孙犁文集续编1·小说、散文、诗歌、戏剧》《孙犁文集续编2·理论》《孙犁文集续编3·杂著》。2013年，为纪念孙犁诞辰一百周年，百花文艺出版社出版了《孙犁文集》(补订版)，共10册，增补了孙犁最后两部专集和首次披露的大量书信等。

纵览孙犁一生的创作，其前期作品主要描写晋察冀边区，特别是冀中的抗战烽火和农村的风土人情，语言清新自然，朴素淡雅。后期作品则解读生活、透视人生、参悟古今，文笔练达，语言古朴、遒劲。晚年的短文写人、写己，显真情、见人格，思想深邃，文体新颖，艺术达到了炉火纯青的境界，在国内外都产生了极其深远和广泛的影响。另外，作为孙犁文学业绩的重要组成部分，他的文艺活动也影响颇广。孙犁长期从事文学编辑工作，热心扶持青年文学创作者，作为《天津日报》的创

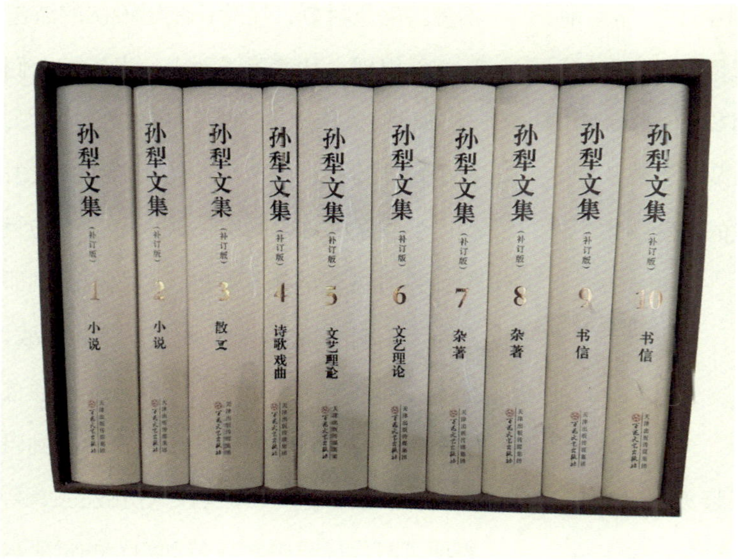

《孙犁文集》（修订版）

始人之一，他以《天津日报·文艺副刊》为阵地，几十年来一直向文坛推荐优秀青年作者，培养了一大批知名作家和业余文学创作骨干，被誉为“我国报刊史上一代编辑典范”。

在中国现当代文学史上，孙犁的小说以其独有的艺术个性与美的特质占据了一个特殊位置，并以他为首形成了一个著名的文学流派——“荷花淀派”，“荷花淀派”这一名称就源自孙犁的短篇名作《荷花淀》。20 世纪 50 年代，孙犁的代表性作品《白洋淀纪事》《风云初记》和《铁木前传》等先后出版，在文学艺术界影响很大，京津冀地区一批青年作者以孙犁为榜样，并在创作实践中体现其风格，逐渐形成了一个流派，文坛称之为“荷花淀派”。他们的作品多取材于冀中平原地区的乡村生活，以诗的意境和散文的笔法描绘自然风光和风土人情，表现自然之美、人情之美、人性之美，具有朴素、明丽、清新、秀美的风格，洋溢着诗情画意，有“诗体小说”之称，其代表作家有刘绍棠、从维熙、韩映山等。这些作家的文学创作也都成就斐然，在当代文学史中占有一席之地。

“真诚善意，明识远见，良知良能，天籁之意”，孙犁对中国革命文学、中国乡土文学的卓越贡献，以及他崇高的文品与人品，将会在一代一代的文脉传承中永驻长存。

名作赏析

（一）《荷花淀》

《荷花淀》是孙犁最脍炙人口的名篇佳作，也是“荷花淀派”的代表性作品。

抗日战争爆发后，孙犁毅然投身抗战，在平汉铁路以西的山里工作时，他听冀中平原来的同志讲述了一个关于白洋淀青年组成抗日雁翎队的故事。这一素材触发了孙犁的“白洋淀情结”，于是1945年在延安，他写就了小说《荷花淀》。

《荷花淀》反映的是河北白洋淀农村地区劳动人民的抗日斗争生活，小苇庄村青年水生和伙伴们要去参军，并在县委报了名。他们怕家里人拖后腿，就公推水生回家做说服工作，水生连夜赶回家辞行。水生嫂虽依依不舍却深明大义，深情叮嘱，夫妻话别。几天后，青年妇女们相约一起划船去看望丈夫，但未能如愿，回家途中却遇到了日本侵略者。她们拼命地把小船划进荷花淀里躲避，日本侵略者则是穷追不舍。危急时刻，在荷花淀里设伏的游击队突然出现，并消灭了敌人，青年妇女们不仅转危为安，还见到了日夜思念的丈夫，更是转惊为喜。青年妇女们在荷花淀伏击战中受到了锻炼，回家后成立了自己的组织，并很快就学会了射击，“敌人围剿那百亩大苇塘的时候，她们配合子弟兵作战，出入在那芦苇的海里”。《荷花淀》通过描写白洋淀的青年妇女们由送夫参军到自觉组织水上游击队，亲身投入抗战的故事，表现了时代风云中农村劳动妇女的觉醒与成长，描绘出她们美好的心灵世界，白洋淀的青年妇女们勤劳淳朴、深明大义、不怕牺牲，温顺中包含着坚忍，娴静下蕴藏着激情。孙犁以其特有的细腻、清隽的文笔，描绘出白洋淀水乡美丽的自然风光和水乡人民美好的人情、人性，展现了夫妻之情、家国之爱，洋溢着乐观主义的革命激情，充满了劳动和战斗的诗意。

在艺术表现上，《荷花淀》可谓别开生面，体现了孙犁小说的鲜明特色，开创了抗日文学“诗意小说”的新境界。小说情节简单但疏密有致，章法活泼又不失严谨，作者着重描绘了话别、寻夫、遇敌、战斗、打扫战场等几个场景，把紧张的战斗和日常生活细节糅合起来，通过人物动作与对话的细节描写展现人物心理，简洁传神又细腻入微。全篇情景交融，意境优美，充满诗情画意，呈现出一幅极富地域特色的白洋淀水乡美好风景、风俗画卷，笔调清新、明快，抒情味浓，呈现出散文诗式小说的独特风格。

小说的开头描写水生嫂月夜编席的场景尤为经典，作者以诗的语言和节奏来描写这一画面，用“雪地”“云彩”比喻水生嫂编成的大片苇席，又抓住薄雾、清风、荷香这样富有水乡气息的景物，寥寥几行就点染出荷花淀的自然风貌，同时把优美的景色与年轻妇女心头萦绕的思念之情交织在一起，呈现出一种柔美、绵长的特别气氛。在描绘夫妻话别的场面时，人物虽话语不多，但情感的波澜就在静默中掀起，在无言中奔涌，作者只用“苇眉划破手”“放在嘴里吮了一下”两个细小的动作就让读者感知到了水生嫂复杂的感情活动，从心弦强烈的震动，到转瞬间的克制与镇定，水生嫂在情与理、家与国之间的思忖与定夺，尽在不言中。

另外，小说以“藕断丝连”形容青年妇女们对丈夫的牵肠挂肚，把“密密层层的大荷叶”、高高挺出的“粉色荷花箭”喻为抗敌的“铜墙铁壁”“监视白洋淀的哨兵”，不仅贴切、自然，还凸显出鲜明的地域特征，信手拈来，趣味天成。

《荷花淀》在单纯的素描里传达出丰富的情味，在有限的时空中开拓出无限的艺术境界，“情与景汇，意与象通”，韵致悠长，意境殊胜。

作为现当代文学中的名篇佳作，从20世纪五六十年代开始，《荷花淀》就被选入了中学语文教材，让一代又一代的青少年们可以领略到孙犁小说的魅力。

1979年，人民美术出版社出版了梁长林、陈文骥绘制的连环画《荷花淀》，图文并茂，形象地呈现出小说的艺术世界。

（二）《风云初记》

《风云初记》是孙犁创作的唯一一部长篇小说，1951年至1953年由人民文学出版社分集出版，1963年作家出版社出齐全本。

小说以冀中平原滹沱河两岸的子午镇和五龙堂为故事发生地，以高、吴、田、蒋四姓五家的关系为叙事线索，集中反映了抗日战争初期的风云变幻，表现出战争背景下、进程中各色人物心理的变化和革命力量的成长，塑造了高四海、芒种、吴春儿、蒋俗儿等具有鲜明个性的人物形象。1927年，五龙堂曾发生了一次农民暴动，暴动的领袖是高四海和他的儿子高庆山，暴动失败后，负伤的高庆山和青年学生高翔一起离开了故乡。七七事变后，日本侵

不同版本的《风云初记》

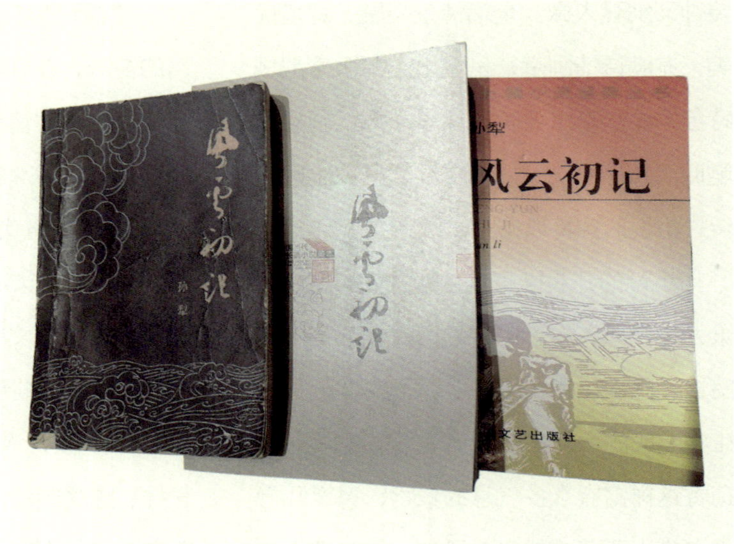

略我国华北的消息传到子午镇和五龙堂，激起了人民群众的抗日热情。此时，高翔、高庆山接受了党的任务，回到了一别10年的家乡，动员群众，组织抗日斗争，子午镇吴家的吴秋分和吴春儿积极响应。吴春儿协助组织妇女救国会，成立妇女自卫队，并召集子午镇的全村妇女赶做军鞋、军袜，支援前线，还手持刀枪保卫家乡和自己，吴春儿成了真正的抗日战士。与此同时，子午镇的地主田大瞎子也在暗中买枪组织民团，大贼高疤则自己拉了一千人当起了团长，并娶了蒋家放荡的女儿蒋俗儿为妻。后来，高翔、高庆山改编了杂牌军，收编了高疤的队伍，成立了人民自卫军队，建立了抗日民主政权。日本侵略者猖獗进攻之时，吴春儿、高四海、芒种等人积极参战，高疤却叛变投敌，田大瞎子因在暗中肆意破坏抗日，后被区政府从严法办。武汉失守后，冀中的抗日战争形势危急，吴春儿支持与她相爱的芒种参加人民自卫军上了前线，她在后方组织民兵保卫麦收、缴纳公粮，并和高四海一起带领子午镇和五龙堂的车队把粮食运往边区。

孙犁曾在《为外文版〈风云初记〉写的序言》中说："当我的家乡遭遇到外敌侵略的时刻，我更清楚地看到了中华民族的高贵品质，更深刻地了解到中国农民勤劳、勇敢的性格。他们是献身给神圣的抗日战争的，他们是机智、乐观的。就是在最困难的时候，在最危险的时候，他们也没有低下头来，他们是充满胜利信心的。"《风云初记》描绘了冀中人民在党的领导下，组织人民武装、支援抗战前线的壮丽画卷，赞颂了人民群众发自内心的保卫家园的朴素爱国情怀，从而揭示出中华民族抗日战争的本质及其胜利的原因所在。

《风云初记》的艺术魅力在于作者选取了一个独具匠心的角度来反映残酷的抗日战争，整部作品没有直接描写战场上的硝烟弥漫、殊死搏杀，而是从冀中平原上最普通的乡村、最普通的庄户人家写起，着力表现中国最普通的农民为支援抗战而参加的劳动与斗争。孙犁以真实细腻又活泼生动的笔触，深情地描绘了乡村自然风物与生活情景，热情讴歌了在斗争中觉醒和成长起来的乡村儿女。小说熔叙事、写景、抒情于一炉，呈现出鲜明的"诗化"特征。可以说，《风云初记》是一部抗日烽烟中田园牧歌式的乡村抒情诗。

茅盾曾这样评价孙犁的创作："他的小说好像不讲究篇章结构，然而绝不枝蔓，他是用谈笑从容的态度来描摹风云变幻的，好处在于虽多风趣而不落轻佻。"《风云初记》正是如此。

新中国成立后，特别是20世纪50年代，战争题材的文学创作空前繁荣兴盛。"歌颂革命战争，并通过描写战争来普及现代革命历史和中共党史，成为50年代公开发表的当代文学创作中最富有生气的部分"，孙犁的《风云初记》等一系列表现华北抗日根据地战斗生活的作品"率先拉开了战争小说的序幕"。

1955年，上海人民美术出版社出版了由颜梅华绘制的连环画《风云初记》，在民间大众中广为流传 。

1983 年，长春电影制片厂把《风云初记》搬上大银幕，引发了小说在新时代的关注。

2019年,《风云初记》入选“新中国70年70部长篇小说典藏”。

（三）**《铁木前传》**

《铁木前传》写于 1956 年，是孙犁创作的一部独具特色的中篇小说，著名作家刘绍棠称其为“中国社会主义文学的一大丰碑”。

《铁木前传》以铁匠傅老刚和木匠黎老东两家两代人的关系变化为线索展开故事。抗日战争爆发前，铁匠傅老刚从山东携家投奔河北的好友黎老东。黎老东是个木匠，拉扯着 6 个儿子艰难度日。傅、黎二人各有所长，困苦中互相帮助，结下了深厚的情谊。恰巧傅家女儿九儿与黎家儿子六儿同岁，二人一起长大，两小无猜，傅老刚和黎老东便互称亲家。日本投降后，傅老刚带着九儿短暂回老家探亲，这时解放区的黎老东一家的生活却发生了巨大变化。生活富裕了，人却变得自私起来，一心只念着自己赚钱的生意经。在与老朋友的交往中也时常表现出“主人”的姿态，这让傅老刚心生不快，两位多年的患难之交就此分道扬镳，九儿和六儿这对儿时的玩伴也渐行渐远。九儿热爱劳动，积极向上，之后还加入了共青团，并参与青年钻井队工作，与广大青年一起为开发水源而忘我地劳动。六儿却被娇惯得懒散懈怠，他不事农活，贪图享乐，与村里的懒人黎大傻、漂亮的年轻媳妇小满儿混在一起，终日游手好闲。黎老东的新车打好后，他不愿加入合作社，而是让六儿跟随富农黎七儿跑单帮。在木匠父子迷恋着自己赶车发财时，铁匠父女则做出了参加合作社的决定。

孙犁将目光转向新中国成立初期的农村，从他十分熟悉的农村生活实际出发，反映农村合作化运动这样的大事件。小说选择了那些重要的历史事件与个体的人生命运交织的瞬间来写，通过铁匠和木匠之间友谊的建立、发展到破裂的变化过程，展现我国的社会生活进程和农业合作化初期农村的阶级关系。同时通过农村各阶层人物精神世界和意识形态的变化，表现现实生活的错综复杂，可谓静水深流，蕴藏丰富。

与孙犁的其他作品相比，《铁木前传》笔触更为深沉，“土地改革以后，50 年代之初，北方农村和农民是个什么样子，活灵活现地保存在《铁木前传》里。这是一部用心血写成的史诗。”小说字里行间渗透着作者对乡土的深沉热爱与眷恋，流露出孙犁式的隽永诗意，风俗画式的描绘衬着抹不去的生活气息与人情味道，成为 20 世纪 50 年代中国文坛的重要收获。

1985 年，杜滋龄改编自孙犁小说的连环画《铁木前传》，以国画形式再现了小说的人物风貌，成为第三届全国连环画创作评奖获奖作品。

孙犁是一位具有浓厚乡土情结的作家，对于广阔的冀中平原、秀美的白洋淀水乡，孙犁情有独钟、着墨最多，他饱含深情地描绘着这一方水土、这一方人，以其抒情灵动的笔触，呈现出这片土地上蕴藏着的美丽情致和美好情怀，成为现当代文学史上一个优美而独特的存在。

（撰稿人：王雅娟）

梁斌

名家简介

梁斌（1914—1996），原名梁维周，笔名雨花、梁文彬，河北蠡县人，现当代著名作家，曾任河北省文联副主席、中国作家协会河北分会主席、河北省政协副主席等职。

1914年，梁斌出生于河北保定蠡县梁庄村，11岁离开家乡就读县立高小，并加入了中国共产主义青年团。1930年，考入省立保定第二师范学校学习，动荡的时局将梁斌推向了斗争的前线——入学之后即加入“反帝大同盟”。之后，他成功领导了驱赶“留美派贪腐校长张陈卿”的斗争。九一八事变后，梁斌表现出了极大的政治热情，积极领导团员深入工厂、农村、码头进行抗日宣传。1932年“七六”护校斗争被血腥镇压后，梁斌不得不离开母校，流亡到北平（今北京市）。梁斌虽因在家养病未能亲历斗争，但是昔日的同学和校友们与敌人展开的殊死搏斗使梁斌受到了血与火的洗礼，令他久久难以忘怀。梁斌曾说：“自入团以来，‘四一二’反革命政变是刺在我心上的第一棵荆棘，二师‘七六惨案’是刺在我心上的第二棵荆棘，‘高蠡暴动’是刺在我心上的第三棵荆棘。自此以后，我下定决心，挥动笔杆做刀枪，同敌人战斗！”由此可见，“七六”护校斗争对梁斌日后的创作起到了非常重要的作用。到北平后，梁斌陆续与原二师的师生取得联系，经老师丁浩川介绍，他加入了北平的中国左翼作家联盟（简称“左联”）。1934年，考入山东省立剧院学习戏剧。1935年返回北平，开始文学创作，并在北平的“左联”刊物《伶仃》上发表了反映河北“高蠡暴动”的小说《夜之交流》。

在抗日战争和解放战争期间，梁斌参加过地下革命斗争、游击活动，并担任过中共蠡县县委领导职务。在斗争极其激烈、生活极其艰苦、工作极其繁重的情况下，梁斌仍坚持创作。1942年，他创作了短篇小说《三个布尔什维克的爸爸》，后又据此扩充成中篇小说《父亲》。《父亲》这部中篇小说约6万字，分为13章，已经具备了《红旗谱》的雏形。此外，梁斌在抗战期间还写出了短篇小说《抗日人家》、五幕剧《千里堤》《五谷丰登》等，这些作品的创作不仅为后来的《红旗谱》积累了素材，而且也已经勾勒出作品中主要人物的基本轮廓。

抗战胜利后，梁斌去到地方工作。1948年随军南下，先在湖北襄樊任地委宣传部部长，参加土改斗争。1952年，任湖北武汉日报社社长。1953年，开始创作多卷本长篇小说《红旗谱》。为完成《红旗谱》的创作，1955年，梁斌调回河北，任河北省文联副主席。1957年12月，《红旗谱》第一部出版，引起了强烈反响。1960年，《红旗谱》的俄文版和越文版分别在苏联和越南出版。1961年6月，英译本由外文出版社出版。7月，由胡苏改编、凌子风导演的电影《红旗谱》上映。《红旗谱》的日文版和朝鲜文版分别在日本和中国的延边出版。1963年，第二部《播火记》出版。1983年，第三部《烽烟图》出版。

1978年梁斌复出后，创作并出版了反映土改运动的长篇小说《翻身记事》。梁斌晚年撰写了大量的散文随笔，在此期间完成并出版了40万字的自传回忆录《一个小说家的自述》，记述了自己参加革命活动、投身文学生涯的经历。

2005年，为纪念梁斌的文学创作成就，人民文学出版社出版了《梁斌文集》，收入了他的4部长篇小说、1部自传、2部专集和部分以往专集没有收录的作品，编为7卷。

此外，梁斌擅长书画，他一生创作了8000多幅书画作品，每幅书画都承载着他作为革命者的理想和寄托。他的书画作品继承传统，开拓新境，技艺独造。他的笔墨所至，大气磅礴，明快空阔，内涵丰富，简洁鲜活，形成了独具魅力的绘画语言和艺术风格。鉴于这些特色和风格，他的画作被业界称为“红色文人画”。

梁斌画作《果实累累》

名作赏析

（一）《红旗谱》

《红旗谱》三部曲生动描摹了我国北方农村从北伐战争、土地革命，到抗日战争时期波澜壮阔的革命历史。第一部《红旗谱》从清朝末年写到抗日战争初期，内容包括“反割头税”运动和“七六”护校运动；第二部《播火记》紧接着写了 1932 年发生在冀中平原上著名的高蠡农民大暴动；第三部《烽烟图》写了七七事变后，民族危机空前严重，抗日战争烽烟初起的时代面貌。3 部大书共 100 多个人物，故事时间跨越近半个世纪，建造了一座农民革命运动史诗的丰碑。其中第一部《红旗谱》在语言风格、篇章结构、叙事手法等方面都呈现出了鲜明的民族特色，显示出了巨大的审美价值和历史意义，至今仍散发出独特的艺术魅力，并体现出崇高的精神境界，成为“红色经典”

《红旗谱》三部曲

的扛鼎之作。

《红旗谱》被誉为反映中国农民革命斗争史诗式作品，小说描写了冀中地区“反割头税”斗争和保定二师的学生爱国运动，反映了北方社会尤其是农村错综复杂的阶级关系，展现了20世纪二三十年代中国共产党领导人民进行革命斗争的历史进程。小说以冀中平原锁井镇为背景，讲述了朱、严两家三代农民同地主冯兰池父子两代的矛盾斗争。老一辈农民朱老巩、严老祥为维护48村百姓的利益，赤膊上阵，拿起铡刀同派人砸钟的恶霸地主冯兰池拼命。最终因势单力薄而失败，朱老巩吐血而死，严老祥也被逼远走他乡。30年后，逃到关东的朱老巩的儿子朱老忠返回家乡，却因“脯红鸟事件”遭到冯兰池报复，其子朱大贵还被抓了壮丁。处于苦闷之中的严家第三代人运涛、江涛，由于受到革命者贾湘农的启发，终于明白“中国农民只有在共产党的领导下，才能更好地团结起来，战胜阶级敌人，解放自己”。

《红旗谱》通过对朱、严两家三代农民形象的塑造，为读者绘制了一幅感人至深的英雄谱系，艺术地概括了中国近现代农民的斗争道路。朱老巩、严老祥是小说塑造的第一代农民形象，他们是中国传统农民的化身，疾恶如仇，遇到不平揭竿而起，赤膊上阵。朱老忠、严志和是第二代农民形象，他们是从自发反抗走向自觉革命的一代农民，他们身上既承袭了父辈身上慷慨赤诚、疾恶如仇的品格，又在历史的推动下接受了中国共产党的领导，这使他们与父辈相比有着更高的思想觉悟，同时失败的命运也得以改变。运涛、江涛等人则是第三代农民形象，在他们身上，既流淌着父辈们反抗精神的血液，又在认识贾湘农之后学习了无产阶级的思想，并加入了有组织的革命，成为革命的中坚力量。这样看来，作者在序幕中浓墨重彩地所描绘的“朱老巩大闹柳树林”的故事就不单是为农民朱、严两家与地主冯家的世代矛盾做铺垫，作者更倾向于把它作为中国农民几千年来反抗斗争及命运的缩影。朱老巩手抡铡刀力护古钟的壮举使他成为一代农民英雄，但又只是一个草莽英雄，他像中国历史上无数揭竿而起的农民一样，虽然惊天动地，但最终只能以失败而告终。所以说，“朱老巩大闹柳树林”对于《红旗谱》的情节而言是第一个故事，而对于几千年来的农民起义英雄来说则是最后一个故事。它形象地说明了即使像朱老巩这样勇敢的农民，如果没有中国共产党的领导，只凭个人的单枪匹马，其结局也只能是一幕惨烈的悲剧。

在艺术表现上，《红旗谱》十分注重民族形式，形成了鲜明的民族风格。首先，在作品的主题和题材上，《红旗谱》真实地描绘了中国北方的农村生活、风土人情，作者写到了自己家乡的风俗习惯，如杀年猪、过除夕、喝胜利酒等，无不具有冀中平原的地方色彩，体现了“燕赵多慷慨悲歌之士”的文化传统。其次，在用中国古典小说的技法来描绘生活、刻画人物上，作者有意借鉴了中国古典小说的技巧，运用章回体的形式，围绕“朱老巩大闹柳树林”“反割头税斗争”“保定二师学潮”三大主要事件，精心编织了“脯红鸟事件”“大贵被抓壮丁”“江涛上学”“济南探监”“料理丧事”等无数的小故事，这些故事层次分明，环环相扣。此外，作品还善于以细节刻画人物，如朱老忠的手抡铡刀、严志和的跺跺脚、朱老明的仰天大笑等，无不传神地刻画出人物的个性。朱老忠的口头禅“出水才见两腿泥”刻画了他不逞一时之勇、深谋远虑的性格，“咱们什么也别扑摸，低着脑袋过日子吧”正是严志和胆小怕事性格的体现。除此之外，作品的民族风格还表现在小说语言的朴实生动、浑厚有力、富于个性化和地域色彩上。作品的叙事简洁流畅，小说开头：“平地一声雷，震动了锁井镇一带四十八村，‘狠心的恶霸冯兰池，他要砸掉这古钟了！’”开门见山，又给读者留下悬念。作品在描写朱老忠在保定车站听到严志和说冯兰池还是那样霸道时写道：“心里那个火球，一下子蹿上天灵盖，脸上腾地红起来。闪开襟怀，把茶碗在桌子上一顿。伸手拍拍头顶，倒背手走来走去。”这是从方言口语中提炼出来的，生动、流畅、有力，并且洋溢着浓郁的泥土气息。

自1957年首次出版至今，长达半个多世纪的时间里，小说《红旗谱》再版印刷30余次，国内外销量高达500多万册，同时它还被改编成了话剧、电影、评剧、京剧、电视剧等。2019年，《红旗谱》入选“新中国70年70部长篇小说典藏”。茅盾评价这部作品时说“从《红旗谱》看来，梁斌有浑厚之气而笔势健举，有浓郁的地方色彩而不求助于方言”；文学理论家王庆生认为它“完成了以阶级矛盾为主线，以农民为主要同盟军的中国民主革命史的文学建构”；复旦大学中文系教授陈思和也对《红旗谱》赞誉有加，他认为“小说语言风格浑厚朴素，在看似有点自由散漫的叙事中，仿佛是无意地点染、绘织出一幅幅乡间的人情风土画卷”。这些评价肯定了《红旗谱》的历史价值和文学意义，作为红色经典的《红旗谱》之所以备受关注，就在于其在革命历史建构和审美建构之间保持了难得的平衡与张力。

（二）《翻身记事》

1972年，梁斌得知文艺界在酝酿创作关于土改运动的作品时非常激动。作为一名经历了战火硝烟的作家，梁斌曾在华北以至华中地区开展的土地改革运动中工作了长达6年的时间。凭借着过往的经历和对写作的执着，经过6年的写作，梁斌的《翻身记事》终于得以出版。

《翻身记事》出版于1978年，是梁斌对于土地问题和农民问题深入思考后的结晶。小说讲述了解放战争初期，华北平原冀中抗日根据地官渡口村的农民在土改工作队和村党支部的领导下，酝酿、筹备和发起土改革命运动的故事。

《翻身记事》对新型农民典型塑造的开掘，标志着作者小说艺术探索的新高度。小说围绕土改工作队发动群众、组织贫农团、开展对地主阶级的斗争等一系列活动，塑造了正面人物土改工作队队长周大钟、村党支部书记王二合、烈属李固大嫂、贫农柏老怀等英雄形象。作者对这些人物的描写真实生动，将他们塑造得气质独特，极具个性。同样是贫雇农，周大钟没有朱老钟那样的刚毅、果敢，而是细致入微，凡事都深思熟虑，以至于让人觉得他有些许的不自信。当他接受上级交代的土改工作时，小说中写道他“慢搭搭”的，“我一个大老粗，斗大的字不识二升，怎么能当土改队长？”但是随着故事情节的发展，周大钟逐渐显现了他坚忍不拔的一面。遇到问题后虽然不是当机立断、足智多谋，但是他会多向上级请教，多向同行学习；当问题复杂又烦琐时，他就会全部记下来，然后一件一件地安排，能够做到有条不紊；当工作没有做深入时，他便会打破砂锅问到底，不为名利而冒进。他的绰号是“周铁牛”，他正像一头刚正不阿的老黄牛，不慌不忙、扎扎实实、谨小慎微地在自己的土地上耕耘。这样的小说主人公，与同时期激情澎湃的鲜明人物形象有着明显的区别，反而显得更加真实，显示了作者现实主义的创作风格。同样体现作者对现实细致观察的人物还有李固大嫂，她的丈夫在抗日战争中英勇牺牲，她作为革命女将面对工作时独当一面，还扛起了家庭的全部重担。小说中写她在黑夜怀念丈夫、回忆往昔美好的时光，将这位泼辣能干的革命者的另外一面展现出来，可见作为女性，她同样也有柔美的一面。此外，还有革命意志极其坚定却又性格略有急躁的村党支书记王二合等人，这些正面人物虽都不完美，但他们在革命特质之外，展现了丰富的人性特征。

小说中的反面人物主要是刘作谦和李福云这些地主，他们在抗战时期就曾企图依附日本侵略者，推翻抗日民主政权实行的减轻穷苦农民负担的政策。抗战胜利后，他们则通过收买个别蜕化变质的村干部，制造村干部们之间的不和，试图操控村级政权，左右土改运动的方向。由于官渡口村处于抗日根据地的中心地带，人民政权基础牢固，这些地主不敢公开对抗，只能暗施黑手，他们派狗腿子贴“蒙头帖子”攻击革命信念坚定的村干部以图制造混乱，暗害土改队员，偷藏、转运财产等。通过这些表现，作者突出了他们阴险狡诈的阶级本质。但是小说对反面人物的描写不拘一格，“文派儿”刘作谦、“守财奴”王健仲、恶霸李福云，他们面对土改浪潮的冲击，有着不同的反应。刘作谦面对土改运动先是悲哀伴随着惊恐，觉得自己大势已去，但是却没有老老实实地接受改造，而是背地里狡诈地用美人计，以女儿大荷花做诱饵，通过女儿拉拢、腐蚀村治保员刘登华等人，削弱运动力量，动摇村政权，进而与土改运动相对抗。王健仲只知“搂财”，平日里非常吝啬。面对土改，他心乱如麻，他没有刘作谦的心计，便考量煽动“杀风”，以杀光吃尽来对抗土改运动。李福云练过武术，财大气粗，曾经在村中八面威风。面对土改，他既不像刘作谦那样的老奸巨猾，也不像王健中那样六神无主，而是凭着自己的武力与勇气，公然阻碍土改工作队的工作。

作者并未将反面人物仅局限于恶霸地主，在土改工作队内部也存在着像副队长李蔚这样混入革命队伍的投机分子。参加官渡口村土改工作队后，他先是坚持说原来的村干部都是“新兴黑暗势力”，之后又认为应该把村里所有的地主、富农、中农一视同仁全部打倒。他趁工作队队长周大钟回县开会之际，擅自召开全村群众大会，导致村里人仰马翻，乱作一团，致使土改工作受阻。作者用现实主义的笔法，真实地再现了土改运动中的曲折和坎坷，表达了作者对于历史深入的思考。作者笔下的这些人物成为土改历史的见证，也成为反映真实人性的见证，作者通过饶有趣味地描写，实现了对20世纪70年代文艺的进一步探索。

同时，《翻身记事》也体现了作者文学创作的平民性和民间立场，在民族形式方面进行了新的探索。小说中组建土改队时，周大钟拉来了李蔚、冯文光、李乔、罗慧、闻小玉，正是一种“五虎将”的模式；民兵班的成员各个都有绰号，如“钻天杨”李二虎、“赛关公”王老疹、“爬山虎”李开泰、“出水龙王”刘黑寸、“梦里金刚”王牛牛、“弹打飞鹰”王演中等，人物别称与外貌、绝技相一致，不难使读者联想到《水浒传》。在保证“阶级斗争”叙述的重要性和紧迫性的前提下，小说的奇特之处在于借鉴了民间叙事资源，用中国传统小说的白描手法，用了相当长的篇幅，以非常地道的语言细致地描述了武侠小说中才会出现的场景，增强了小说的可读性，使小说成为百姓喜闻乐见且带有中国传统文化的作品，显示了作者作为人民作家心系农民群众并与农民群众血肉融合的深挚而淳厚的农民情怀。

时隔30多年后，《翻身记事》于2010年由天津人民出版社再版。在浩如烟海的中国文学史上，梁斌其人其文再次证实了：只有真正深入生活，才能写出为人民喜闻乐见的作品；只有经历过时间的沉淀，才能成为经典。

（撰稿人：聂晶晶）

李英儒

名家简介

李英儒（1914—1989），曾用笔名黎莺、李家侨等，河北保定人，现当代著名小说家。

1914年2月，李英儒出生于河北保定清苑县（今保定市清苑区）李家桥村，7岁入私塾，16岁考入保定志存中学，半工半读完成学业。在此期间，他熟悉了保定这座华北平原上的古城，并开始最初的文学创作。

抗日战争全面爆发后，李英儒积极参与家乡的抗日救亡工作。1938年1月，他来到河间（今河北河间市）县城参加了共产党领导的冀中游击军，在游击军中担任军校教员、宣传队队长，后又在政治部主办的《火星报》任记者、编辑、主编等职。同年8月，李英儒投笔从戎，改做军事工作，接受党组织委派在家乡一带组织抗日武装，并被任命为晋察冀军区北上抗日先遣支队第三团团长，李英儒由一介书生成长为前线指挥员。他率部在大清河北及易县、涞水一带坚持游击斗争，后转战冀中大地，参加了攻打文安和武强县城、解放保定等30多次战役与战斗。1940年起，李英儒担任冀中抗联会秘书长，工作中他与人民群众广泛接触和熟识，并结下了深厚的情谊。艰苦的战斗生活不仅磨炼了他坚强的革命意志，也为他后来的创作活动奠定了坚实的生活与思想基础。

李英儒能文能武，戎马生活之余勤奋笔耕，将战斗和工作经历写成文章。从1940年开始，他先后创作短篇小说《夜摸城》《新队长》《苏金钟》、报告文学《夜袭安平城》、散文《儿童节的欢愉》《子弟兵打进文安城》、歌词《孩儿离不开娘》《抗日阵营如铁似钢》等作品，分别刊登在《文艺习作》《冀中导报》和《歌与剧》上。1941年，中共冀中区党委发起“冀中一日”写作运动，李英儒负责《冀中一日》的初审并主编第四卷《战斗的人民》，他充分利用文化阵地积极做抗日宣传，在编辑的过程中他详细了解到当时冀中人民各方面的斗争生活，这也成为他文学创作的源泉和宝藏。

1942年上半年，李英儒光荣地加入了中国共产党，实现了人生的重大转折。在抗日战争最艰苦的时期，他奉命深入古城保定，开辟了一条由冀中通往山区抗日根据地的安全交通线，同时不断扩大党的地下组织，并在此基础上成立了保定地下工作站，他本人担任站长和党总支书记。李英儒完成建立交通线的任务后，又根据上级指示把内线工作的重点转移到对伪军的争取教育上，以配合党的军事斗争。由于斗争环境极其危险，为了安全且方便地开展工作，他以在保定第二师范教书作为掩护，深入偏僻小巷，广交各界朋友，在日伪军中进行分化瓦解工作，并组织工人、市民和学生与日伪军进行了各种形式的斗争，他的长篇小说《野火春风斗古城》中的很多素材即来源于这一段地下工作的经历。

1946年，李英儒在华北军区、华北局任职。新中国成立后，李英儒曾任中国人民解放军总后勤部文化部干部、宣传部副部长等职，回到部队文化岗位，他工作的同时笔耕不辍，一直进行着业余文学创作。

1954年，李英儒根据自己新中国成立前的革命经历创作了小说《战斗在滹沱河上》，作品描写了滹沱河两岸抗日军民同日本侵略者浴血奋战的历程。1942年5

《战斗在滹沱河上》

月，日本侵略者在滹沱河一带展开了残酷的“大扫荡”，妄图消灭抗日队伍的有生力量，沿河村落的人民在极其困难和艰险的环境中，不怕牺牲，誓死坚守抗日根据地，终于迎来了胜利。《战斗在滹沱河上》是李英儒的长篇小说处女作，小说出版后受到读者和评论家的一致好评，被誉为新中国成立初期优秀长篇小说之一。

1955年至1958年，李英儒基于自己抗战时期在古城保定开展地下工作的亲身体验和对敌斗争经历，构思并创作完成了长篇小说《野火春风斗古城》。《野火春风斗古城》是李英儒的第二部长篇小说，它的问世标志着李英儒创作上的成熟，小说出版后在社会上引起了强烈反响，赢得极高赞誉，著名作家、教育家叶圣陶在《读〈野火春风斗古城〉》一文中如此写道：“我一口气读完这部《野火春风斗古城》，觉得‘内容说明’的末了一句‘这是一部激动人心的优秀作品’并非过誉。”美学家、文艺理论家胡经之称赞它：“确是一九五八年出现的优秀长篇小说之一。它真实地描写了叫人‘感奋起来’的地下斗争事件和英雄人物形象。李英儒同志为我们人民革命斗争的英雄画廊里，挂上了珍贵的一幅。”

1960年日本访华团访问期间，著名作家野间宏得知李英儒在抗日战争时期指挥战斗及长期从事地下工作的神奇经历时，他十分激动地同李英儒携手拥抱，并由衷地赞叹：正因为英儒先生有着如此辉煌、多彩的阅历，积累了丰富的文学素材，付诸创作，才能写出《野火春风斗古城》等一些动人魂魄的小说、散文和报告文学。

1961年，李英儒出任中国人民解放军总政治部文化部创作组组长，从事专业创作，开始写作长篇小说《还我河山》和短篇小说《政治委员》《九功桥边》等。“文化大革命”期间，李英儒遭受迫害，被监禁达8年之久，但他始终未对党的事业丧失信心，他曾在端阳节作诗自勉：“碧空乌云吞月光，骤忆今夜是端阳。人生有路须前进，大夫何须跃楚江。”在被囚禁的3000多个日日夜夜里，李英儒以顽强的斗志和非凡的毅力，把牙膏皮制成笔，以紫药水当墨水，利用《资本论》字里行间的缝隙处写就了两部近百万字的长篇巨著《女游击队长》和《上一代人》，彰显出一个革命者的钢铁意志和慷慨悲歌的燕赵风骨。

1979年，李英儒出任八一电影制片厂顾问兼《八一电影》杂志主编，他先后整理出版了《女游击队长》和《上一代人》两部长篇小说。《女游击队长》以八路军

《女游击队长》

女战士凌雪晴为主人公，围绕她从一个穷苦孩子成长为游击队队长的人生历程，刻画性格，表现主题。小说塑造了一位可亲又可敬、纯朴而谦逊的新女性形象，并通过她对敌、对己、对工作、对名利等问题的处理，以及对美好理想的不懈追求，揭示出革命青年应有的人生态度，内容深邃，文笔细腻。《上一代人》以解放战争和土地改革为背景，描写了1947年在晋冀交界的一个山村中农民与地主、还乡团之间的斗争，故事情节紧张曲折，人物性格特色鲜明，生动再现了上一代人的战斗风貌。1981年，李英儒又有《还我河山》《李英儒短篇小说集》等作品出版。1983年离休后，李英儒先后创作出长篇小说《燕赵群雄》《女儿家》《虎穴伉俪》《魂断秦城》《暗香浮月夜》等作品，并和女儿合作撰写了《平津战役》《恨江》两部长篇小说。《燕赵群雄》是李英儒继《野火春风斗古城》之后，又推出的一部反映抗日战争的长篇力作。小说以冀中平原为背景，描写了一批青年学生投笔从戎的故事，真实地反映了燕赵大地上的优秀儿女反抗日本侵略者的坚定决心和火热生活，再现了贺龙领导的八路军和当地军民团结战斗的动人情景。全书场面壮阔，情节生动，人物丰富，生活气息浓郁，颇值一读。《女儿家》是李英儒又一部抗战题材小说，作品展现了京南一带抗日根据地人民的斗争生活，着力描绘了善良、朴质的少女佟过江等几个不同性格的人物及其起伏跌宕的人生故事，真实可感又极富传奇色彩，是一部锐意之作。

李英儒人如其名，他是英武的军人，也是儒雅的作家，作为一名文武双全的革命战士，“发端实际、匠心安排”是其文学创作的鲜明特征，他的小说多以“传奇”的形式描写革命斗争，充满革命激情与崇高理想，故事情节引人入胜，雅俗共赏，

李英儒部分作品书影

很受读者的欢迎与喜爱。

名作赏析

长篇小说《野火春风斗古城》是李英儒的代表作，小说最先发表在杂志《收获》1958年第六期上，同年12月由作家出版社出版。1960年，作者对小说又进行了修改，于1962年由人民文学出版社再版。

《野火春风斗古城》是一部描写抗日战争时期中共地下工作者生活和斗争的长篇小说，故事的发生地是敌伪占领下的省城（即古城保定）。1942年底至1943年初是中国抗战最艰难的时期，中共地下党组织遭受了重大的损失。为了与古城的地下党取得联系，游击队政委杨晓冬进入古城，在地下交通员金环、银环姐妹及拉黄包车的工人韩燕来等人的配合下，与多田、吴赞东、高大成、范大昌等敌伪势力展开了巧妙的周旋，并计划争取伪团长关敬陶起义。但由于叛徒高自萍的出卖，金环被捕，为帮关敬陶脱责，她拔簪刺杀多田，英勇就义。此后，杨晓冬和他的母亲也相继被捕，杨母为免除儿子的后顾之忧，粉碎敌人妄图以母子之情动摇儿子革命意志的企图，毅然跳楼而死。杨晓冬被营救出狱后与银环一起开展工作，终于成功策反了关敬陶，使其带领部队起义上山抗日。在出生入死的对敌斗争中，杨晓冬与银环真诚相爱，他将母亲留下的红心戒指送给了银环，接着便又去迎接新的战斗。

小说反映了抗日战争中我党隐蔽战线上对敌斗争的紧张与激烈、惊险与复杂，在亲情、友情、爱情、家国情、民族情的反复交织中，歌颂在斗争中成长起来的人民英雄，讴歌坚强不屈、同仇敌忾、不怕牺牲的伟大民族精神，突出地表现了我党同人民群众血肉相连的关系和鱼水之情。

《野火春风斗古城》成功地塑造了我党在对敌地下斗争中的英雄群像，在中国当代小说中独具风采。

杨晓冬是小说的主人公，也是作者着力刻画的我党地下工作者的英雄典型。

《野火春风斗古城》

他信仰坚定、智勇双全，是一个极富斗争智慧和才能的领导者，也是一个冷静、机敏、胆大心细的行动者。小说从不同的层面描绘了杨晓冬的形象，使其呈现出特别的光彩。一方面，在斗争中凸显他的英雄品格。杨晓冬面对艰难凶险的斗争环境始终充满积极乐观的精神，保持着旺盛的革命活力。在被捕后，面对敌人恐吓的子弹，他面不改色、正气凛然，使敌人不知所措；他把敌人劝降的“鸿门宴”当作革命的宣讲台，无情地揭露了敌人的阴谋，令敌人狼狈不堪。随着斗争的不断发展，杨晓冬的英雄形象愈显清晰与高大。另一方面，小说还充分表现了他与人民群众的密切联系。杨晓冬是英雄，但他并不是“超人”，作为共产党员，他从人民群众中汲取智慧与力量，始终关注他们的命运，并为之奋斗。他启发并引领韩燕来走上革命道路，他披肝沥胆激发周伯伯的阶级觉悟，当地下工作遇到困难时，他又随时随地都会得到人民群众的帮助与掩护，体现出党在开展地下工作时的深厚群众基础，彰显出党的事业和抗日民族战争的正义性。同时，小说更注重展现杨晓冬丰富而高尚的内心世界，使英雄的形象更加真实、饱满。杨晓冬是一个有血有肉、充满感情的人，他的内心饱含着对革命的爱、对人民的爱，也充盈着深厚的母子之爱、诚挚的男女之爱、深切的同志之爱、深沉的家乡家园之爱。杨晓冬深爱着多年受苦的母亲，对不能在膝下尽孝深感愧疚，但他深知他的工作不是狭隘的个人行为；他也不是不懂爱情，他对银环的爱是真挚的、细腻的，充满了温暖的力量，但是他深知自己的生命与青春、家庭亲情与儿女私情都要服从于更崇高的目标，心中的大爱促使他鼓励母亲与自己一起战斗，帮助银环在对敌斗争中坚强成长，杨晓冬在个人感情上的取舍与抉择映现出的是一个革命者无私的精神境界。

金环、银环两姐妹性格迥异，却有着同样的革命情怀。姐姐金环是一个斗争经验丰富的地下交通员，她性情刚烈、泼辣，处事机警、老练，说话直爽、利索，被捕后她舍身刺敌，英勇就义，是忠贞的党的女儿；妹妹银环是一个成长中的革命者形象，她性格沉静、纯真、温柔，受姐姐的影响参加革命，在复杂的对敌环境中，她最初显得有些脆弱、稚嫩，且经验不足，但一次次艰险斗争的磨砺使她坚强、成熟起来，逐渐成为一名出色的地下工作者。姐姐是妹妹革命的引路人，妹妹是姐姐革命的继任者，姐妹俩的形象正是战争年代共产党人前赴后继、不惧牺牲的英勇精神的写照。

杨晓冬的母亲、韩燕来和小燕兄妹是小说塑造的人民群众的代表人物，他们是普通的农村老百姓，心怀最朴素的正义感和爱国情怀，积极投身于危险的对敌斗争之中，与地下党游击队一起组成了抗日的坚强堡垒。杨老太太的形象最为生动感人，作为一个母亲，她深切地爱着自己的儿子，时刻为他牵肠挂肚。她不仅关心儿子的革命工作，也关心儿子的生活，尤其是儿子的“终身大事”，想着为儿子物色媳妇。作为一个革命的母亲，她刚强、无私、深明大义，把自己半生孀居辛苦拉扯长大的独生儿子交给了革命、交给了人民。她不仅支持儿子的事业，还亲自为党组织传递消息和宣传品，儿子被捕后她毅然选择跳楼而死，以刚烈之举激励儿子宁死不屈、同敌人斗争到底，宁为玉碎不为瓦全，表现出一个革命母亲的崇高情操，感人至深。

《野火春风斗古城》以“野火”比喻敌人的凶焰，以“春风”比喻革命力量，艺术地再现了我党地下工作的艰巨、复杂与惊险，小说故事情节生动、曲折，波澜起伏又张弛有度，颇具传奇色彩。小说一开始描写杨晓冬受命深夜潜入虎穴，金环和梁队长冒着极大的风险巧妙地接应同志入城，随即就把读者带进了险象环生的故事中来。接着杨晓冬和银环策反伪团长、金环拔簪刺多田、杨老太太毅然赴死、银环夜闯“宴乐园”、武工队奇袭敌伪司令部等一幕幕紧张激烈的斗争场面连续不断地展现在读者面前，真是一波未平，一波又起，环环相扣，前后照映，一步步将故事推向高潮。读者的注意力紧紧地被引人入胜的故事所吸引，犹如亲临亲历，同作者神游于抗战时期的古城，仿佛与作者一起参加了惊心动魄的斗争，真是令人兴奋、紧张、激动、畅快。

小说的描写十分生动逼真，作者善于描绘人物和生活的细节，真实、朴素又感动人心。比如作品中写到杨晓冬深夜潜回家中看望母亲，杨老太太初见儿子时摸火柴点灯：“第一根用力过猛，擦断了；第二根燃着后没有去点灯，先借着光看了看儿子，回头找灯盏又找错了地方；第三根火柴才点亮了灯……”多么真实细腻的笔触，把一位慈母突然见到久别的儿子时那种惊喜、激动、急切的心情刻画得惟妙惟肖，读来让人觉得又心酸又亲切。

《野火春风斗古城》这部富于传奇色彩的红色文学经典，自1958年问世以来，已经被译成日、俄、英等多国文字，在国内更是被改编成多种艺术形式，在人民群众中流传甚广。

早在1963年，八一电影制片厂就拍摄了同名电影《野火春风斗古城》，由严寄洲执导，著名演员王心刚、王晓棠主演，电影一经上映便风靡全国。

1995年、2005年，小说又被两度翻拍成同名电视剧。1995年抗战胜利50周年之际，李英儒的女儿李小龙将小说原著改编为20集电视剧《野火春风斗古城》，还原了红色经典，再现了英雄风貌。2005年，新老影星联袂出演了电视剧《野火春风斗古城》，使这部英雄传奇再一次在人们心中激荡。

《野火春风斗古城》还被搬上了戏剧舞台。1959年，中国评剧院把这部小说改编为同名评剧《野火春风斗古城》，由马派艺术创始人马泰联合众多评剧名家主演，使小说深入了戏迷心中。2010 年，中国戏剧梅花奖获得者马惠民又复排评剧《野火春风斗古城》，作为向纪念世界反法西斯战争胜利 65 周年的献礼大剧登上舞台。

2005 年，总政歌剧团将《野火春风斗古城》改编为现代民族歌剧，以新的视角演绎经典名作，又一次把观众的思绪带回到那个可歌可泣的年代，展现了革命情怀，振奋了民族精神，凸显了这部红色经典在新时代的思想引领作用，使这部文学名著在歌剧舞台上大放异彩。

评书《野火春风斗古城》1963 年由评书表演艺术家袁阔成录制而成，共 80 回，以有声的形式讲述文学经典，使得《野火春风斗古城》这部抗日传奇回响在千家万户。

连环画《野火春风斗古城》最精彩的有两个版本，一个是 1959 年至 1961 年陈云华和赵隆义合作绘制的冀美版 5 册《野火春风斗古城》；一个是 1964 年李天心绘制的津美版 5 册《野火春风斗古城》，2005 年又添补了第六册，补全了故事内容。两套连环画虽然绘画风格不同，但 3 位画家在创作《野火春风斗古城》连环画时都曾到保定采风，力求画面符合 20 世纪 40 年代保定的社会风情，形象地再现小说中的人物、故事及时代风貌。

《野火春风斗古城》的多元化存在样态及由此带来的广泛传播，不仅是因为小说的艺术魅力，更在于它的精神内核。作为抗战题材的代表之作，它早已深入人心，将永远被人民铭记。

2019 年，《野火春风斗古城》入选“新中国 70 年 70 部长篇小说典藏”。

李英儒以艺术之笔再现了亲历的对敌斗争，讴歌了共产党人崇高的革命情怀和英雄主义精神。长篇小说《野火春风斗古城》在现当代文学史上留下了浓墨重彩的一笔，感染并激励着一代又一代的中国人，不愧为红色文学的经典之作。

（撰稿人：王雅娟）

刘流

名家简介

刘流（1914—1977），原名刘其庚，曾用化名刘壮飞、刘大山、刘鑫等，现当代作家，河北河间县（今河北河间市）尊祖庄后念祖村人。刘流的祖上是读书人，后因父辈参加了义和团运动而被抄家，从此家道中落，一蹶不振，到刘流十几岁时已沦为贫民。由于家境不好，刘流只跟着祖父在私塾读过三年书，后来在亲友的资助下在烟台上了一年中学。刘流聪明好学，喜欢读书，无论是四大名著，还是民间流传的唱本、戏词、鼓词、评书，他都找来看，他还爱看野台戏、听大棚书，这些积累都为他后来走上文学道路奠定了基础。九一八事变后，刘流到东北参加了抗日义勇军，积极从事抗日救亡活动。1937年夏，刘流参加了中共地下党领导的北平第二监狱劫狱行动，救出了一批被关押的共产党人和进步人士，并创建了一支抗日队伍，后发展为八路军晋察冀军区第五支队，刘流任侦察科科长。据刘流的女儿刘丽华回忆，刘流1938年加入中国共产党时，难以抑制自己兴奋的心情，写下了充满激情的诗句：“我是法西斯血爪下的亡命徒，在暴风雨的夜里，投入了布尔什维克的怀抱；我的梦醒了！眼也亮了！穿透云雾的阳光，已在招呼着我前进。我已知道：我为什么要生存，什么是真理。我为它——真理——作了决定：永远地学习！永远地斗争！”

为了进行抗日宣传，刘流开始进行文艺创作、编写节目，他自己也经常参加表演。1939年，刘流先后到晋察冀军区抗敌剧社做演员，在军区政治部做侦察参谋，后来又相继担任过晋察冀军政学校的区队长、军区政治部的军事教官、军区白求恩学校的军事教员和政治教员、大队长等职务。在丰富的革命生涯中，刘流的政治水平和文化水平都得到了提高。1942年，刘流第二次到晋察冀边区的抗敌剧社任职，参加了京剧《史可法》《苏州城》《李自成》《蔺相如》的改编和导演工作，也作为演员出演了一些话剧。这一年，毛泽东主席《在延安文艺座谈会上的讲话》发表，刘流认真学习了毛泽东主席的文艺思想，阅读了一些中外文学名著，创作了《民兵李长发》《大练兵》等小说和鼓词，并在《子弟兵报》上发表。1944年，晋察冀边区第二届群英大会在保定阜平史家寨村召开，刘流参与了大会的组织工作，接触了很多英雄、劳模，被战斗英雄们的事迹所鼓舞，使他产生了用长篇小说的形式歌颂这些英雄们的想法，这也是他创作《烈火金钢》的原初动力。

1945年，刘流到张家口工作。其间，他除了随戏剧改革工作组到各剧社做团结改造旧艺人等工作外，还编演了《日寇离张记》《欢庆中秋节》《戒毒强国》等现代戏。1946年6月解放战争开始，刘流随党组织撤出张家口转战到地方。小说《锻炼》、叙事诗《哑巴大娘的话》、大型话剧《血尸案》等作品便创作于这一时期。

新中国成立后，刘流到保定工作，先后担任保定市文学艺术联合会的秘书和创作部部长、保定市文化馆主任、中共河北省委宣传部文艺处干事、《戏剧战线》编辑部主任等职。工作、生活稳定下来了，刘流便开始废寝忘食地构思撰写《烈火金钢》。1958年，长篇小说《烈火金钢》由中国青年出版社出版，受到读者的欢迎和好评。1959年后，刘流又以自己的亲身经历为素材创作了长篇评书《红芽》。1964年下半年，《红芽》第一部在河北省文联主办的《河北文学》杂志上连载，受到广泛好评。可惜的是“文化大革命”开始后，《红芽》的部分底稿遗失，刘流受到“文革”的冲击也不能继续创作，以致这部书最终也没能完成定稿。“文化大革命”期间，刘流从1968年10月起从保定到石家庄参加“学习班”，翌年进“五七干校”。1969年冬，在河北隆尧县唐庄干校时，他与梁斌、田间、刘真等作家被定为“黑帮”，被强制劳动，当时刘流的身体就已经非常差了。据刘流的女儿刘丽华回忆，在干校改造期间，繁重的体力劳动使刘流本来就病弱的身体更加不支，以致后来发展到尿血、肺气肿。1973 年底，干校不得不放他回家治疗、养病。由于重疾多年且无力彻治，终致肺气肿引发心脏病。1977 年春节前，刘流因病去世。

《烈火金钢》

名作赏析

长篇章回评书体小说《烈火金钢》以 1942 年日本侵略者在冀中进行“大扫荡”和冀中军民反“扫荡”为背景，真实地反映了一群有勇有谋、意志坚定的游击队队员，在中国共产党的领导下所进行的艰苦卓绝、惊心动魄的抗日斗争，展现了冀中人民英勇顽强的斗争精神和英雄气概。

故事从八路军排长史更新为掩护主力部队转移，浴血奋战，全排战士壮烈牺牲，自己身负重伤讲起。史更新被小李庄村的赵大爷搭救后，同区干部齐英、村干部孙定邦、八路军班长丁尚武等人组成了新的战斗集体，同敌人展开了顽强的斗争。消息很快传到了小李庄村的汉奸恶霸地主何大拿的耳中，何大拿当即将情报汇报给了驻在桥头镇的日军。日军派毛利队长包围了小李庄村，并任命何大拿为维持会会长，强令青壮年修建炮楼和公路，还将几十名妇女押往桥头镇的据点。面对强敌，史更新临危不惧，他在县大队侦察员肖飞的配合下，组织力量偷袭敌营，救出被抓走的妇女，之后又重建了区、村抗日组织。另外，他还加强了对伪军及其家属的思想工作，策动伪军弃暗投明。最后，他们配合主力部队积极反攻，终于将敌人全部歼灭。

《烈火金钢》是章回评书体小说，其最主要的特点就是结构上讲究故事的完整性、连贯性和戏剧性，有头有尾，环环相扣；人物塑造上注重行动性，让人物在自己的语言和行动中鲜活起来；加之语言生活化，笔调幽默轻快，有人民群众喜闻乐见的“评书”的特点。因此，小说一出版便很受广大群众的喜爱。尤其是小说中那些富有传奇色彩的、惊险曲折的抗日故事用有声书的方式加以传播，更加强了作品的生动性和感染力。

小说共分30回，每一回都有一个揭示主要内容的回目，并且延续了中国章回体小说以对偶句做回目的传统；每一回的结尾都有结束语，或总结内容，或做评议；正文前做《西江月》一首作为“楔子”点题，引领全书；正文中保持讲说的痕迹，甚至保留了说书人的角色和口吻，仿佛说书人正在面对着听众讲述；为了更加吸引读者，小说往往采用卖关子、吊胃口、设悬念的手法，最明显的就是常在情节关键处设置问题。作者就是用这样的手法引领着读者一个故事一个故事地往下看，就像连环扣，一环扣一环。可以说《烈火金钢》是同时期小说中，从叙事特征上看起来最像中国传统叙事的一部小说，其章回评书体的形式、其通俗性使它葆有了中国式小说的特性与魅力，这是它获得成功的一个重要因素。

小说一经发表便轰动一时。不久，又在中央人民广播电台长篇小说连播节目中播出。据记载，当时凡是有收音机或大喇叭的地方，老百姓们都在听《烈火金钢》。仅20世纪五六十年代，小说就已印行上百万册。进入新时期，小说已累计发行近300万册，还有各种连环画出版。1991年建党70周年时，《烈火金钢》被拍成了电影，何群导演，申军谊、宋春丽、葛优、梁天、剧雪等众多实力派演员出演，该片当年荣获广电部优秀影片奖。2003年，《烈火金钢》又被拍成了电视连续剧。此外，著名评书表演艺术家单田芳、袁阔成等人还以有声书的形式进行传播。一时间，“肖飞进城买药”“史更新出生入死”“丁尚武耍大刀”等精彩故事情节广为传颂，在革命的烈火中锤炼成钢的英雄人物——八路军排长史更新、侦察员肖飞、骑兵班班长丁尚武、县委书记田耕、女区长金月波、卫生员林丽、区干部齐英、村干部孙定邦、民兵队队长李金魁等，他们个个充满革命激情，视死如归，又性格各异，生动形象，因而深入人心。即便是小说中的那些反面人物也被描写得活灵活现，“猪头小队长”“毛驴太君”“何大拿”“解老转”，这些外号代表的人物形象也是人尽皆知。

《烈火金钢》是刘流在保定生活期间创作的，他就是要让更多的生活在和平年代的人们知道“曾经有那样一场残酷的战争，有那样英雄的人民，那样伟大的党”。从小就喜欢评书、鼓词、唱词等民间传统说唱艺术的刘流自然懂得，这些老百姓喜闻乐见的艺术形式更容易为大众所接受，会有更好的传播效果。而且刘流当时在保定文化宫工作，经常接触各类文艺工作者，他发现那些评书演员说的都是旧本子老故事，于是他便把刚完成的《烈火金钢》小说初稿改成了章回评书体。这一体裁借鉴了中国古典章回小说的形式，又有“说书本子”的表达特点，便于说唱，读来颇觉入耳入口，让人倍感亲切。因此当部分精彩章节在中青社创办的《红旗飘飘》大型丛刊先期发表后，颇受读者好评。小说定稿后，编者征求刘流的意见：小说标题是“烈火金刚”还是“烈火金钢”？刘流说：“我写的是在抗日烽火中所锻炼出来的‘金’和‘钢’，是顶天立地的史更新、丁尚武、孙定邦，他们不是庙里的金刚。”于是，1958 年，小说《烈火金钢》由中国青年出版社出版发行。刘流计划撰写的是多卷本《烈火金钢》，许多人物和情节本计划在第二部中展开，可遗憾的是刘流没能完成这一宏伟计划。但这部用革命现实主义与浪漫主义相结合的手法、用传统小说的章回体裁、用评书式的语言表达方式创作的传奇小说，已成为现当代小说创作中的红色经典。

（撰稿人：王佳玲）

袁静 孔厥

名家简介

袁静（1914—1999），原名袁行规、袁行庄，祖籍江苏武进（今江苏常州武进区），现当代作家。袁家在江苏武进是个名门世家，从袁静的祖父起迁居北平（今北京市）。袁静的祖父做过总兵，死于战乱。祖母被封为“一品夫人”，能诗会画。父亲做过县知事，后来做过银行行长。母亲是大家闺秀，也是书画俱佳。在这样的家庭中长大的袁静，从小便接受了良好的教育，6 岁就跟随家里请的私塾先生学习。家里有许多藏书，袁静识字多些了，就开始偷读《红楼梦》《西游记》《水浒传》等中国古典文学名著，幼时的这些经历可以算得上是袁静日后走上文学道路的启蒙。袁静从小脾气就很倔，很有个性，她认定正确的事，就一定要坚持下去。因此，当袁静进入中学学习，她有机会接触到中共地下党创办的进步刊物，并被深深吸引后，她就沿着革命的道路一直走了下去。中学毕业后，袁静曾就读于北平中法大学、冯庸大学和国立北平艺术专科学校。1930 年加入中国共产主义青年团，同年参加了在北平举行的纪念“五一”示威游行。1932 年，袁静随赵梅生辗转至张家口，加入了冯玉祥的抗日同盟军。抗日同盟军受阻失败后，二人返回北平，在中共北方局特委领导下活动。1934 年，袁静、赵梅生曾被捕入狱。狱中他们一直坚持与敌人周旋、斗争，直到被袁静的家人设法营救出狱。狱中的生活磨炼了袁静，1935 年，袁静光荣地加入了中国共产党，同年成为北平艺专“一二·九”学生运动的领导者之一。七七事变后，袁静不顾生命危险带领艺专的学生上街募捐。北平被日军占领后，袁静不愿随全家到四川后方避难，于是她找到组织，表示愿意听从安排去保定工作。不料，在安排赵梅生去南京养病时，保定就沦陷了。袁静只得去南京参加了抗日救亡宣传活动。不久，南京又失陷。袁静便随大姐到了武汉，在八路军驻武汉办事处找到董必武，后在董必武的安排下开展统战工作和抗日宣传工作。后来，她1938年到洛阳，1939年到陕西，1940年到延安。

初到延安的袁静如出笼的小鸟，热情高涨，很快被安排进入延安陕北公学学习，毕业后被分配到赵梅生任副校长的庆阳陇东中学从事语文教学工作。1944年，赵梅生蒙冤被隔离审查，不久染病去世。袁静也一度被关押，后调入陕甘宁边区文协创作组从事专业创作。其间，她曾参加秧歌队，编写了秧歌剧《减租》。1945年，袁静以真实事件为原型，创作了秦腔剧本《刘巧儿告状》，演出后立刻在陕甘宁边区引起了轰动。随着陕北说书艺人韩起祥改编的《刘巧团圆》的传唱，更增加了《刘巧儿告状》的知名度。20世纪50年代，为配合《婚姻法》的颁布，北京评剧院将秦腔《刘巧儿告状》改编为评剧《刘巧儿》，由评剧表演艺术家新凤霞主演，演出后反响强烈。1957年，长春电影制片厂又把评剧《刘巧儿》搬上了大屏幕。新凤霞老师甜美的扮相、精彩的唱腔，为这部反对封建婚姻的主题宣传片锦上添花，影响颇广，直到今天仍被奉为经典。

1947年，袁静到冀中工作。在此期间，袁静与孔厥一起创作了中篇小说《血尸案》和歌剧《兰花花》等。1949年，袁静加入中国作家协会，同年与孔厥合作完成长篇小说《新儿女英雄传》。1950年，调入中央电影局剧本创作所任编剧。1951年，袁静赴朝访问，同年与孔厥合作创作了中篇小说《生死缘》（原名《中朝儿女》）。1954年，袁静任中国作家协会驻会作家，先后创作了电影剧本和长篇小说《淮上人家》。1957年，袁静调往中国作家协会天津分会，曾任天津市文联和中国作协天津分会副主席等职。除“文化大革命”期间不得不一度搁笔外，袁静常有新作发表，长篇小说《伏虎记》是她20世纪80年代的主要作品。1981年后，袁静主要从事儿童文学创作，先后有中篇小说《李大虎和小刺猬》《小黑马的故事》《芳芳和汤姆》、长篇小说《红色交通线》《伏虎记》，以及科普童话集《众英雄和小捣蛋》等作品出版。《芳芳和汤姆》《众英雄和小捣蛋》曾获天津市鲁迅文艺优秀作品奖；《小黑马的故事》曾获全国第二届少儿文艺创作一等奖。

孔厥（1914—1966），原名郑志万，字云鹏，后改名郑挚，笔名沈毅、孔厥，江苏吴县（今江苏苏州）人，现当代作家。孔厥6岁半入私塾，次年秋入小学，考试成绩常列第一。孔厥自幼喜好文学，他于1929年初在上海商务印书馆发行的《少年》杂志（月刊）上发表了作品《镜儿捉贼记》，并获奖。从那时起，他便立志从事文艺。同年秋，孔厥考入吴县县立中学，因家庭经济困难，次年夏辍学。后经熟人介绍在商务印书馆苏州分馆当学徒，曾重返吴县县立中学，可因不满旧的教育制度大闹学潮而被开除，并被当地公安局拘留近3个月。1932年，考入免缴膳宿费的江苏省立测量专科学校。1935年毕业后，在吴江（今江苏苏州吴江区）、宜兴（今江苏宜兴市）等县的测量队当技术员。其间，他与人合办了一个小型报纸《大众报》和文艺月刊《微波》，并成立了一个涟漪文艺社。1937年，孔厥在江苏宜兴与曹辛之等人共同创办了文艺周刊《平话》。1938年秋，任宜兴《抗战日报》编辑，同年参加上海文化界战地服务团。1938年夏，去到延安，进入鲁迅艺术学院文学系学习。不久，他创作的短篇小说《老会长》得到了何其芳、李广田的称赞，被推荐到《七月》发表。

1939年至1945年，孔厥先后任鲁迅艺术学院文学系研究员及助教。1940年，加入中国共产党，后在中华全国文艺界抗敌协会延安分会创作组任专业作家。孔厥在延安时期的生活是非常充实丰富的，他不仅写书、编辑刊物，还曾到边区保安部队所属的剧团工作，还曾到延安川口区几个乡做副乡长，这些生活阅历为他日后的创作积累了丰富的素材，而他在延安时期的创作也大多与此经历有关。其间，他创作了小说《调查》《收枪》《病了的郝二虎》《受苦人》《父子俩》《一个女人的翻身故事》等，并多数发表于《解放日报》上，后结集《受苦人》。孔厥的作品塑造了许多农民和农民出身的士兵的“新人”形象，真实地反映了边区的农村生活，颇受读者欢迎。1947年，孔厥随党中央转移到冀中工作，与袁静一起创作了中篇小说《血尸案》、歌剧《兰花花》、章回体长篇小说《新儿女英雄传》等。1949年后，他先后在《人民日报》副刊部、中国人民大学等单位任职，曾被选为中国作家协会全国委员会委员，北京市第一、第二届人民代表大会代表及中苏友好协会理事、中国作家协会第一届理事。1951年，因中央电影局要将《新儿女英雄传》拍成电影，孔厥被调到中央电影局剧本创作所任编剧。同年曾赴朝鲜访问。1952年，因生活上的错误遭受批评，被开除党籍，1955年，被中国作家协会开除会籍，同时被判刑5年。1957年获假释，之后一直在家写作。1963年，经周扬介绍到农村读物出版社工作（试用）。1964年，文艺整风运动开始，孔厥受到迫害，被迫中止写作，到农场“劳动改造”。“文化大革命”初期，孔厥留下遗书，于1966年7月30日投水自尽。

1980年，国家将孔厥1964年的冤屈予以昭雪。1980年8月，人民文学出版社出版了孔厥的《新儿女英雄续传》，该书续写了《新儿女英雄传》中的主要人物牛大水和杨小梅夫妻化名牛刚和杨英的战斗故事。1982年1月，《孔厥短篇小说选》由人民文学出版社出版，选编了孔厥的16篇短篇小说，其中《农民会长》《一个非党布尔塞维克》《受苦人》等11部小说创作于1938年至1943年间，《小阿飞日记》《两女子》《荷花女》《热情奏鸣曲》《青春交响曲》等5部为遗作。除《热情奏鸣曲》为手稿外，其他4部均在《当代》《十月》《钟山》等刊物上发表过。

名作赏析

《新儿女英雄传》是以河北保定的白洋淀为背景，根据淀边安新县（今属雄安新区）许多干部的英雄事迹创作而成的红色经典长篇小说。作品全面再现了抗日战争中，敌后人民游击队艰难发展、不断壮大的光辉历程，生动地表现了冀中人民在中国共产党的领导下紧紧依靠人民群众，与敌人展开机智顽强、英勇悲壮的斗争，终于把敌人埋葬在水乡的烟波和苇塘之中的动人事迹。故事的主要人物有黑老蔡、牛大水、刘双喜、杨小梅等，他们过去都是普通的农民，大部分是文盲或半文盲。在中国共产党的教育和培养下，在抗日战争中慢慢学会打仗，在工作中增长才干，在艰苦生活中锻炼革命毅力和勇气，最后成为保家卫国的英雄好汉。

小说命名为《新儿女英雄传》是借用古典小说《儿女英雄传》的题目加了个“新”字，“新”就新在以古典小说的章回体结构、传奇性色彩浓厚、故事性强等形式表现了新时代新儿女的现实生活。小说既描写了紧张激烈的抗日斗争，同时又穿插了牛大水与杨小梅曲折坎坷的爱情故事。尤其是杨小梅的经历可谓一波三折。她与牛大水可以说是青梅竹马、两情相悦，但却不得不接受母亲的安排，嫁给了富农子弟、流

《新儿女英雄传》

氓张金龙，受尽张家母子的打骂折磨。虽然她逃出来后通过到县农民干部培训班学习，逐渐成长为一名革命干部、共产党员，却仍没能摆脱婚姻的不幸。直到张金龙劣性不改，将他们的孩子折磨致死，杨小梅才终于下决心离婚。在之后的革命斗争中，杨小梅曾落入敌人手中，与组织失去了联系，历尽艰险，却也在斗争中迅速成长，和牛大水的爱情也最终开花结果。这样曲折的故事使作品跌宕起伏、引人入胜。同时，作品里的农民英雄都是一步步在中国共产党的领导、指引下成长起来的，他们不仅有传奇的抗战经历，而且是党的政策的体现者，且自觉接受党的领导，他们演绎的传奇故事，成为日后塑造英雄形象最常见的模式，即“革命英雄传奇”模式。

小说以华北明珠白洋淀为背景，字里行间充满了鲜明的水乡地域特色和浓郁的生活气息。打鱼采莲不用说了，白洋淀人民的抗日战争也常常在绿苇红荷中进行，打鱼船可以代步，打野鸭的“大抬杆儿”可以打敌人，等敌人入瓮的间隙都可以来一场“游泳比赛”。甚至大淀口镇战役中，杨小梅等人的诱敌深入都似“误入藕花深处”……惊险、激烈、酣畅淋漓间增添了诗意，又充满生活气息。这样的战争描写是独特的，是能给人带来不一样的审美感受的。

此外，小说在语言上也体现了鲜明的地方色彩。小说在不少章节的开头或中间穿插了抗战期间流传在白洋淀地区的民歌、民谣、谚语等，通俗质朴，读来倍感亲切。特别是书中实实在在的村镇名称、俯拾皆是的“保定话”，时时刻刻都让人感觉到小说写的就是保定人、保定事。

小说能呈现出真实、鲜明的地方色彩得力于作者认真严谨的创作态度，更得力于作者对毛泽东主席《在延安文艺座谈会上的讲话》精神的领悟与践行。为积累创作素材，1948 年，袁静、孔厥二人到保定安新白洋淀走访。之后，二人又来到保定市进行创作。小说于 1949 年 5 月 25 日至 7 月 12 日由《人民日报》文艺版连载发表。1949 年 10 月，由海燕书店出版发行。书前有郭沫若和谢觉哉分别作的序。其中，郭沫若热情地赞扬道："这的确是一部成功的作品，大可以和旧的《儿女英雄传》，甚至《水浒传》和《三国志》之类争取大众的读者了。"在创作手法上，郭沫若说道："本书的作者也是忠实于毛主席的指示而获得了成功的。人物的刻画，事件的叙述，都踏实自然，而运用人民大众的语言也非常纯熟。"谢觉哉称赞道："孔厥、袁静两同志为写这，在冀中待了两年，熟悉了战斗的故事，了解了人民的情意，学会了人民的语言。他俩的写作是严肃而努力的，因而他俩的作品是成功的。"之后，《新儿女英雄传》多次再版，并被译成多国文字，还被改编为电影、电视连续剧。著名评书表演艺术家杨田荣、单田芳都曾以评书的形式进行过演播。还多个出版社出版发行的各种连环画也广为流传，成为连环画中不可多得的红色经典之一。

（撰稿人：王佳玲）

杨沫

名家简介

杨沫（1914—1995），原名杨成业，抗日战争后期开始使用笔名杨沫，原籍湖南省湘阴县（今湖南汨罗），现当代作家，全国人大代表，曾任中国文联委员、全国作协理事、北京市文联主席等职。

杨沫出生在一个书香之家，父亲杨震华毕业于京师大学堂商科，是中国第一所私立大学的校长。杨沫的家里藏书很多，她自幼痴迷武侠小说，还跟着镖师学过武功。由于父母不和，杨沫从小便缺少家庭关怀。14 岁读完高小一年级后，她考进了北京温泉女子中学，之后开始广泛涉猎古今中外的文学名著。她读的第一本新小说是郭沫若的《落叶》，读的最多的作品是郁达夫、张资平等创造社的小说，还有冰心、庐隐等女作家的作品，还读过厨川白村、小林多喜二、芥川龙之介等日本作家的作品。1931 年，父亲破产，家道败落，杨沫失学。之后她反抗母亲的包办婚姻，离家出走，四处奔波，寻找工作，当过小学教员，当过家庭教师和书店店员。

1931 年，杨沫为了谋生来到河北香河县，曾在香河小学短暂教书。1934 年，她到河北定县（今河北定州市）铁路员工子弟小学教书，这大概算是杨沫与保定的第一次亲密接触，这段短暂的从教经历后来被她写入了小说《青春之歌》。抗日战争爆发后，杨沫长期生活战斗在河北地区，她与保定的频繁接触，源自 1937 年她来到冀中十分区，按照“老鬼”（本名马波，现当代作家，杨沫的儿子）《我的母亲杨沫》中所记，杨沫当时主要负责妇女工作、宣传工作，工作地点位于保定、天津、北京的交界处。“老鬼”比较清晰地描述了杨沫在河北霸县（今河北霸州市）、曲阳、雄县（今属雄安新区）、容城（今属雄安新区）、新城（今河北高碑店市）等地的所经所历、所见所闻。杨沫当时和乡亲们吃住在一起，并且说着一口流利的雄县口音的方言。冀中的斗争非常残酷，随时都有生命危险，身边的同志接二连三地牺牲，这都给杨沫留下了刻骨铭心的记忆。其间，她写过不少怀念内容的散文，如《忆“哥哥”许晴》《一只小怀表》《再上雨花台》《烈士与爱情》等。冀中地区血与火的抗日生活，成为杨沫后来创作《青春之歌》的重要动力和源泉。在保定的时光是杨沫冀中抗日生活中很重要的一部分，正因如此，在“老鬼”参观坐落于保定学院的保定作家群文学馆时，主动提出愿意将母亲杨沫的生活与创作经历放入保定作家群的行列中。

杨沫的文学创作开始于1934年，20岁的她在《黑白》月刊上发表了处女作——散文《热南山地居民生活素描》。此后，杨沫以小慧为笔名，向上海的《中流》《大晚报》副刊投稿，相继发表了4部短篇小说。其中，《怒涛》写的是知识青年美真割舍小家庭的爱，为大众的幸福，牺牲个人感情投身火热生活的故事。主人公美真既有作者自己生活的影子，也是后来《青春之歌》中主角林道静的雏形。新中国成立后，杨沫创作颇丰。1950年，出版中篇小说《苇塘纪事》。1951年，开始创作《青春之歌》，于1958年出版。20世纪80年代起，又相继发表了《东方欲晓》《不是日记的日记》《杨沫散文选》《自白——我的日记》《芳菲之歌》《英华之歌》《红红的山丹花》《站在八十年代的地球上》等作品。1994年，《杨沫文集》出版，该文集由杨沫亲自整理，收录了她的大部分作品，共计300万字。

名作赏析

《青春之歌》是杨沫的代表作之一，于1958年由作家出版社首次出版，在当时近一年半的时间里就售出了130万册，成为当时长篇小说中仅次于《林海雪原》的畅销书。1960年，人民文学出版社出版了修订本，之后又多次再版，畅销不衰。1959年，根据小说改编的电影被搬上银幕，成为“建国十周年”的“献礼片”之一而受到欢迎。后来，《青春之歌》又相继被改编成京剧、评剧、话剧、歌剧等，还被翻译成多国文字在十几个国家发行，影响

《青春之歌》

广泛。

小说以九一八事变到“一二·九”运动这一段爱国学生运动高涨的年代为背景，以学生运动为主线，以主人公林道静的人生道路为线索展开。

《青春之歌》的主要贡献在于，它是20世纪五六十年代最重要的一部描写知识分子的小说。“五四”新文学时期，主人公形象主要有两类，一类是麻木狡猾的农民，另一类是苦闷彷徨的知识分子。前一类形象在20世纪50年代得到了延续，只不过农民的精神品格有所变化，从麻木狡猾转而成为农民革命者形象。后一类形象在20世纪50年代就比较少见，当时盛行一时的是革命历史题材小说，很少有表现知识分子精神世界和生活经历的作品，而《青春之歌》就是那一时期少有的关注知识分子的小说。

小说带有自传性质，可以看到作者20世纪30年代个人经历的影子，但又融合了一定的虚构创作，这种叙事模式在当时的革命历史小说中很常见。小说探讨了中国现代知识分子寻找道路的历程，这种探讨主要从“成长”和“选择”两个方面展开。

“成长”体现为林道静的个人成长。林道静一开始是一个小资产阶级知识分子，她从封建家庭走出来，变成一个拥抱社会、热心革命的进步青年，至少经历了3个阶段。早期，她屈服于父母，后因难以忍受而开始反抗，逃婚离家，她由原来的忍气吞声变成毅然追求自由，这是林道静的第一次成长。北戴河之行，投奔表哥不成，她试图跳海求死，后与余永泽相遇相爱。她经历了从希望到无助，由绝望再到重拾希望的过程。她从不问世事的学生，成长为一个教学生爱国的老师，这是林道静的第二次成长。北平（今北京市）期间，林道静与卢嘉川接触，开始学习革命思想，参加学生运动，独自发传单，参加革命运动，她从家庭妇女变成了进步青年，这是林道静的第三次成长。

“选择”则体现为不同的知识青年走上了不同的人生道路。小说否定了平庸自私的反动学生戴愉，否定了只做学问不问政治的余永泽，否定了安于享受、只想靠着美貌依附男人的白莉萍，而唯独肯定了自主抗争走向革命的林道静。林道静在接触了卢嘉川等共产党人后，找到了自己的方向，选择了唯一正确的道路，成了一名无产阶级革命战士。林道静从“小我”走向“大我”，从个人英雄式的幻想走向了轰轰烈烈的革命事业，她的个体生命融入了革命事业之中，生命价值得到了真正实现。

小说的主题线索很特殊，它在探讨知识分子道路的同时，也探讨了女性命运问题。小说通过把革命和爱情两条主线交织在一起，把女性寻找革命道路的过程和寻找爱情的主题结合在了一起，爱情的选择其实就是命运的选择、人生道路的选择。胡局长、余永泽这些人林道静都经历过，但她最终都放弃了，后来爱上了卢嘉川、江华。胡局长是有钱的，余永泽是有学问的，而跟地下党员卢嘉川、江华在一起没有任何实际的好处，只有危险，但她不顾利害，毅然选择。她恋爱的第一标准是革命，她不是为了个人的私利，而是为了长久的人民的幸福。林道静经历了重重考验，但她对待爱情与对待革命的态度是一样的，是终生不悔的。林道静的爱情、婚姻遭遇，隐含着复杂的女性问题，隐含着作者对于女性独立和解放的思考。

《青春之歌》的艺术成就是比较突出的。首先，作品背景宏大，将个人的成长历程与轰轰烈烈的革命运动相结合，将主人公的人生轨迹与20世纪30年代的社会现实紧密相连，使得特定时期的社会政治风云构成了人物生活道路选择的决定性因素。其次，把人物放入尖锐的斗争中，知识分子的形象比起同时期的小说更加丰满。尤其是林道静，几乎成为那个时代从小资产阶级知识分子到革命知识分子的形象代表。再次，小说中许多场景的描述，能够充分表现出特定时代、地域的气氛和特征。

（撰稿人：张蓓）

傅铎

名家简介

傅铎 (1917—2005)，河北博野人，现当代著名剧作家。

1917 年 4 月，傅铎出生于河北保定蠡县刘陀营村(抗战后期划归博野县)。他 7 岁入学，15 岁考入蠡县简易师范，后因家庭经济困难不得不退学回乡务农。4 年的农村生活，不仅使他学会了各种农活，更让他亲身体味了乡间的人情世故、农民的喜怒哀乐，熟悉了农村的各色人物，对他们的举手投足、性情心理、说话方式都烂熟于心，这为傅铎日后的演出和创作农村题材的戏剧打下了坚实的生活基础。

1938 年，傅铎参加革命，从事抗日救亡的革命戏剧活动，历任冀中新世纪剧社戏剧队队长，冀中军区火线剧社戏剧队队长、社长。1940 年，傅铎开始发表作品。1945 年抗战胜利前夕，他创作的著名歌剧《王秀鸾》已经风靡敌后，与《白毛女》齐名，被誉为解放区“四大歌剧”之一。

解放战争期间，傅铎在从事革命戏剧演出的同时，继续进行剧本创作。1945 年，他创作了反映国民党士兵弃暗投明奔往解放区的独幕话剧《逃出阎王殿》。1947 年至 1949 年，傅铎担任冀中军区火线剧社副社长、社长期间，配合当时的革命运动先后创作了以民兵参战、保卫家乡为内容的独幕话剧《村落战》，以军民关系为内容的河北梆子剧《骨肉亲》，以土改运动为内容的多场歌剧《大王庄》等剧作。

新中国成立后，傅铎历任解放军总政治部文化部创作室创作员、文艺处处长、文工团副团长、话剧团团长等职，与此同时，他仍旧笔耕不辍。1950年，傅铎创作了四幕话剧《冲破黎明前的黑暗》，该剧是他戏剧创作上的又一个重要突破，也是新中国成立初期最早出现的一批优秀剧本之一。

抗美援朝时期，傅铎先后5次赴朝慰问。在战火纷飞的朝鲜战场上，他与战士们同吃同住，并亲自登上上甘岭阵地体验生活，进一步采访、记录上甘岭的英雄事迹。1953年回国后，他创作了反映上甘岭战役的五幕话剧《地下长城》。此后，傅铎又独立或与他人合作先后完成了反映社会主义建设风貌的独幕话剧《阳关大道》，以海防斗争为题材的五幕话剧《海防前线》，反映城市街道居民兴办家属工厂的多幕话剧《幸福桥》，描写平型关战役的七幕话剧《首战平型关》，表现雷锋先进事迹的七幕话剧《雷锋》，反映越南人民抗美斗争的五幕话剧《南方来信》等。

“文化大革命”期间，傅铎受到冲击和迫害，被罢官。1975年，他回到总政治部文工团，继续担任文二团副团长兼话剧团团长。1981年，调至八一电影制片厂任政治委员。

傅铎是一位跨越现、当代的戏剧作家，

《傅铎剧作选》

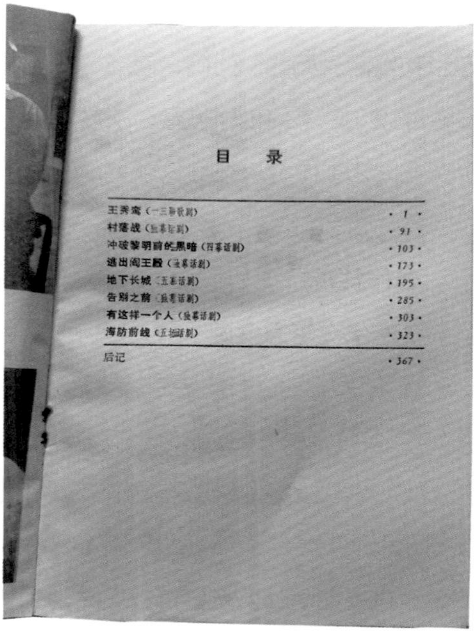

目录

《傅铎剧作选》目录

为我国的革命戏剧事业发展做出过杰出贡献，他一生创作了 40 多个剧目，主要收录在《傅铎剧作选》和《傅铎剧作选续集》之中。1986 年，解放军文艺出版社完成了“中国当代文学研究资料丛书”中《傅铎研究专集》的出版工作。

傅铎不仅是一名剧作家，更是一位戏剧演出的宣传者、组织者和领导者。在投身革命戏剧活动的几十年间，他响应时代召唤，关注社会焦点，及时传达来自实践的声音，傅铎曾说：“如果说我的剧作是遵命文学，我就是遵照于整个革命工作需要的命。”“恭恭敬敬做人民大众的一头牛，这是一个革命文艺工作者肩负的光荣使命，也是我这个文艺新兵所追求的生活理想和生活目标。”的确，傅铎一直走着一条健康又坚实的创作道路，始终不负一个革命文艺工作者的神圣职责。

名作赏析

（一）《王秀鸾》

《王秀鸾》是一部十三幕大型歌剧，创作于 1945 年，歌剧剧本《王秀鸾》曾获 1945 年冀中区党委文艺创作奖，由冀中军区火线剧社首演后立即传遍了冀中解放区。1949 年，作为全国第一届文代会献演节目震撼了来自全国尤其是国统区的文艺界代表。

作品表现的是抗日战争时期冀中抗日根据地一个农村家庭的生活与变化。主人公王秀鸾是一个普通的农村妇女，在家中过着当时农村媳妇们常过的挨打受气的日子。面对生活中的困难，公公出外经商，丈夫消极抱怨，当家的婆婆专横无理、好吃爱赌，输光了钱就变卖东西、典当土地。到了无法维持生活时，丈夫和婆婆先后弃家出走。王秀鸾独自抚养幼子，无依无靠，度日无粮。所幸之后在人民政府和妇救会的支持和帮助下，她自力更生，经过春种、夏锄的辛勤劳动，终于重整家业，并成为边区的劳动英雄。后来，当上了八路军的丈夫回家探望，失业的公公也带着流落异乡的婆婆回来，一家人重新团聚。在王秀鸾的感召下，落后的婆婆也表示：“明年不当个英雄，也得当个模范！”

作品在耕田、担粪、锄草、拉犁、浇园、纺纱等平凡而具体的场面中展示劳动的艰辛与愉快，体现劳动者的人性与道德的光辉，反映了解放区人民的精神面貌和社会风气的巨大变化，唱响了一曲健康向上的新社会环境中劳动与生活的赞歌。

《王秀鸾》这部戏和王秀鸾这个人物代表着“新时代、新社会、新的生活方式与新的文化体系”。王秀鸾是一个劳动英雄也是一个贤惠媳妇，通过这一形象，作品既表现了解放区妇女地位的提高，又弘扬了中华民族的传统美德。作为一个普通劳动妇女，王秀鸾贤惠、善良、勤劳、坚强，吃苦耐劳，任劳任怨，同时她又是一个抗日积极分子，做军鞋、送文件，积极劳动，支援前线。经历了生活的艰难和战火的洗礼，因为受到中国共产党的领导，有了劳动的自觉因而努力生产，改善了生活，提高了地位。她由一个普通劳动妇女成长为一个劳动英雄，在乡村中起了模范作用，在社会上有着极大的影响力和教育意义，是“新时代、新社会、新生活方式”的一面旗帜。可以说，《王秀鸾》中的人物形象塑造，代表着解放区文学女性人物塑造的一种新模式，她们既操持家务又下地劳动，同时还积极参加到革命工作中来，成为全能妇女。这样的新农村妇女形象把妇女解放和阶级解放、民族解放紧密地联系在一起，使作品人物有了厚度，使作品思想有了深度。

《王秀鸾》作为解放区民族新歌剧的代表作之一，吸收了中国民间戏曲的调式与唱法，保留了秧歌剧载歌载舞的特点，又借鉴了西洋歌剧的结构方式与表现手段，形成了一种富有时代感和鲜明民族特色的新戏剧形式。《王秀鸾》格调朴实、明朗，文笔生动、幽默，台词皆来自于群众生活、群众语言，既有“耪地”“浇水”“收秋”这样的劳动用语，也有“一天价”“当牌”“一屁股沿子饥荒”这样的方言土语，还有“量吃买烧”“有仨花俩”“八十斤面蒸了个寿桃——废物点心”这样的俗语、歇后语，听起来亲切、风趣、接地气，浓郁的乡土气息和鲜活的生活情味扑面而来，极富表现力、吸引力和感染力。

1946 年，孙犁在看完冀中军区火线剧社公演的《王秀鸾》后评价说：“这剧本把农民的生活、感情和田园的劳作写得这样完美无缺、紧张动人，它使观众心胸宽阔，力量生发。”20 世纪 40 年代，《王秀鸾》与《白毛女》《赤叶河》《刘胡兰》一起被称为解放区“四大歌剧”。

《王秀鸾》的成功得益于作者丰厚的生活积累，在家乡时的生活使他熟悉了农村中各种各样人物的性格、思想、行为、语言。1944 年，作者参加了晋察冀边区召开的群英会，3 个农村妇女的事迹使他深受感动。于是他便抓住这 3 个典型人物进行反复深入地采访，“一次一次地谈，一遍一遍地问。刨根问底挖掘她们内心深处的思想、感情、忧愁、欢乐”。经过多方思考，作者决定以其中一个人物的事迹为主线，把另外两个人物的有关事迹移植过来塑造一个综合的典型，同时结合自己的农村生活积累又添加了几个人物，加强了作品的主题深度和戏剧矛盾，一出精彩的戏剧便这样诞生了。

1950 年，歌剧《王秀鸾》由著名连环画艺术大师刘继卣以 108 幅连环画的形式呈现给了读者。《王秀鸾》表现出来的提倡增产节约，赞扬勤俭持家，抨击懒汉、二流子及各种道德败坏行为的积极主题，在我国社会主义建设初期引起广泛关注。

（二）**《冲破黎明前的黑暗》**

《冲破黎明前的黑暗》是傅铎 1950 年创作的一部四幕话剧，曾入选《世界反法西斯文学书系·中国卷》和《中国解放区文学书系·戏剧卷》，是我国描写抗日战争的话剧代表作品之一。话剧剧本《冲破黎明前的黑暗》曾获 1956 年全国话剧汇演剧本二等奖。1956 年，《冲破黎明前的黑暗》被改编为同名电影，是八一电影制片厂拍摄的第一部故事片。

《冲破黎明前的黑暗》是一部以冀中人民反“五一大扫荡”为背景描写敌后人民战争的力作。1942 年，华北日军向冀中地区进行合围“扫荡”，抗日根据地遭到重大损失。八路军某游击队奉命坚持斗争，在掩护主力部队转移后，遭到敌人夹击。排长阎志刚身受重伤，在寻找党组织的途中被军属李大娘救下，李大娘与儿媳凤霞对阎志刚悉心照料。之后，阎志刚与党组织取得了联系，党组织命令阎志刚继续留在村里养伤，并协助村里开展抗日工作。冀中人民发明的地道战，让狂妄的敌人吃尽了苦头，军民齐心合力消灭了敌人密布的岗楼，粉碎了敌人“铁壁合围”的计划，不仅扩大了抗日根据地，还壮大了武装力量，最终冲破异常残酷的“黎明前的黑暗”，迎来了大反攻。

作品生动又具体地展现出了一幅敌后全民抗战的真实图画，尤其突出地表现了人民军队和群众生死与共、血肉相连的鱼水关系，“军民团结如一人，试看天下谁能敌”，在作品中得到了充分的证明。

这部作品的情节不仅引人入胜，而且感人至深，吸引观众的同时又极具教育意义。同时，剧中的人物语言鲜活生动，作者十分熟悉冀中人民的生活，他从生活中汲取来的群众词汇，既通俗又形象，还非常贴合人物的身份、性格和思想感情，使人物形象活灵活现。

作品主要取材于晋察冀边区第二届群英大会上的几位拥军模范老大娘和几位战斗英雄的故事。1950 年首演后，作者又对其做了较大的修改。1953 年重演，主要演员绝大部分是参加过抗日战争的老演员，而且多是冀中人，他们的表演非常富有感染力，受到各界人士的一致好评。

傅铎在《傅铎剧作选》的后记中说道：“我是河北人，生在河北，长在河北，参加革命工作后一直战斗在河北，是在河北这块土地上土生土长的，与河北有着很深的情感。我写的剧本大多是反映河北人民斗争的。”其主要代表作《王秀鸾》《冲破黎明前的黑暗》等都是以冀中抗战生活为题材的，这些作品可以和同时期最优秀的剧作比肩而立，使傅铎的戏剧创作在我国现当代文学史上占有一席之地。

（撰稿人：王雅娟）

邢野

名家简介

邢野（1918—2004），天津人，现当代著名作家。新中国成立后，历任察哈尔省文联主席兼党组书记、中央文学研究所副所长、中国作家协会对外联络委员会副主任、河北省文联副主席等职。

1918 年，邢野出生于天津城郊，曾就读于天津第三十小学。1933 年至 1937 年，邢野在天津市第一中学学习。他非常热爱戏

邢野部分作品书影

剧，少年时便广泛阅读莫里哀、梅里美、莎士比亚的戏剧。1937 年，天津沦陷，邢野流亡到大后方。1938 年，邢野参加了革命。1939 年，入陕北公学，并参加了陕北公学剧团，开始创作作品。1939 年 5 月，陕北公学与中国人民抗日军政大学、鲁迅艺术学院、安吴堡战时青年训练班、延安工人学校组成了华北联合大学。1939 年 7 月，华北联合大学决定从陕北公学剧团和鲁迅艺术学院抽调部分学员组成华北联大文工团，并开赴晋察冀边区。邢野被分在戏剧组，由此开始了他编剧、导剧、演剧的生涯。之后，邢野在晋察冀边区任冲锋剧社社长，组织进行抗日宣传活动。

1940 年至 1949 年，邢野独创或与战友合作创作了不少剧作，有秧歌剧《反扫荡》《过新年》《两个英雄》、话剧《粮食》《村长》、独幕剧《出发之前》《开会》《无孔不入》《东庄之夜》《典型报告》《塞北红旗》《父子俩》、歌剧《大生产》《不上地主当》《天下第一军》、梆子剧《无人区》等，他的长诗《大山传》和短诗集《鼓声》中的多数作品都是这个时期创作的。他还写了一些歌词，有《国民党一团糟》《上有青天》《翻身谣》《水流千遭归大海》《县选歌》《军民对口唱》《八·一五》《野战兵团歌》《前进，人民解放军》《歌唱古北口》等。

1950 年，时任文学研究所所务委员的邢野创作了多幕话剧《游击队长》，丁玲在看过邢野的话剧剧本后，将他介绍至文化部电影局创作所。之后不久，邢野便将《游击队长》改编成了电影《平原游击队》。1955 年，电影《平原游击队》上映后，邢野又被调至中国作家协会对外联络委员会任副主任。

邢野还创作了多幕话剧《青年侦查员》，与和谷岩、孙福田合著了小说《狼牙山五壮士》，与诗人田间合联合创作了多幕歌剧《石不烂》。此外，邢野还创作了儿童话剧《儿童团》、中篇小说《儿童团长》，并且将歌曲《王二小放牛郎》改编成了儿童诗剧《王二小放牛郎》和儿童读物《王二小的故事》等。

名作赏析

（一）《游击队长》

1950 年，邢野创作了多幕话剧剧本《游击队长》，后改编为电影文学剧本《平原游击队》。剧本描写了抗战时期八路军游击队和冀中人民在中国共产党的领导下，与日本侵略者进行的英勇斗争。剧本的主要内容是 1943 年秋，游击队队长李向阳接到了牵制日军驻守县城的松井部队的任务，他与敌人机智、巧妙地周旋，最终克敌制胜。在人物形象的塑造上，游击队队长李向阳和日军中队队长松井这两个人物形象生动、个性鲜明，一正一反形成强烈对比，具有很强的矛盾冲突性。剧本中的情节紧张曲折、跌宕起伏，敌我斗争惊险激烈，险象环生，结构安排也见出匠心，丝丝入扣，真实而不荒诞，惊险而又符合逻辑，具有很强的故事演绎性。

作者通过典型环境的描写，将主人公置于超常的环境下，来表现人物的传奇色彩。在敌人严密封锁的县城，李向阳三进三出，炸毁军火列车，攻打敌军守卫，烧毁敌人粮食，打死汉奸，这样地神出鬼没仿佛古代文学作品中的江湖侠者，让读者难以忘怀。同时，作者通过富于动作性的情节来表现人物的英雄性格，塑造人物的英雄形象。李向阳第二次回到村庄看到村民被敌人杀害后，他难以抑制心中的悲痛，流下了伤心的泪水，并在心中深深地埋下了仇恨。这种人物情感的渲染和刻画使李向阳的英雄形象个性鲜明，有着极强的艺术感染力。传奇的经历和英雄人物的描写，使李向阳既有中国古典文学中草莽英雄的影子，又有当代革命战士的典型特征。

同时，作者还成功塑造了日军中队队长松井这一生动的人物形象。虽然松井是敌人，但是对他的描写真实可靠，重点表现了松井这个人物特质中狡诈、费尽心机和不择手段的一面，而不是将他简单地定义为愚蠢、惨无人道。首先是李向阳将乡亲们与粮食转入地道后，松井掘地搜索。为了将松井引出李庄，李向阳派人焚烧了李庄附近的炮楼，以转移敌人视线。但狡猾的松井并没有上当，他看出这是李向阳的调虎离山之计，故而不肯离开，并命人继续挖掘，最终果然发现了一处地道口。紧接着在得知李向阳又炸毁了军火列车后，松井将计就计，带领部队刚离开李庄后又杀了一个回马枪。在与李向阳的较量中，松井起初的慌乱、筹谋后的镇静和即将失败时的绝望，都被作者精细地刻画了出来。作者通过一系列动作描写将松井贪婪、阴险、狡诈的人物复杂性塑造出来，突破了把敌人简化和弱化的做法，这在当时的创作中具有重要意义。

作者对李向阳和松井之间矛盾冲突的描写，形成了小说美学的艺术张力，一方面细致具体地刻画了人物形象，让正、反人物形象内涵丰富生动，一方面铺排了故事情节的曲折性和传奇性。这两者作为美的张力纠合起来，就艺术地宣示了一个真理：作为正义的人民抗日战争，尽管敌强我弱，艰苦卓绝，艰难曲折，但最终必然走向胜利；作为非正义的日本侵略者，尽管武器精良，军队训练有素，既有尚武精神，也不缺乏勇谋，但就是因为非正义、不道义，与中日两国人民的根本利益冲突，因而逃脱不了最终失败的命运。

1955年，《平原游击队》被拍摄成电影，曾获1957年文化部颁发的“1949年至1955优秀影片”三等奖，并入选中国电影百年百部经典影片。即便在今天看来，《平原游击队》仍称得上是一部精心雕琢的优秀作品。影片的成功得益于演员的精彩表演，以及对服装、道具、场景气氛等的精心设计，使拍摄出来的电影逼真而有质感。可不得不说的是，邢野优秀的剧本创作是影片成功的基础和保证。

（二）《狼牙山五壮士》

《狼牙山五壮士》为孙福田、邢野、和谷岩三人合著，作品以小说的形式，艺术地呈现了狼牙山五壮士英勇抗日的故事，使这一用生命和鲜血谱写出的壮丽诗篇更加广为传唱。

1941年8月，日本华北方面军调集大量兵力，对晋察冀边区所属的北岳、平西抗日根据地进行“大扫荡”。9月24日拂晓，日伪军3500余人在河北易县狼牙山地区实施“清剿”。当时该地区驻有八路军晋察冀军区所属第一军分区机关部队和涞源、易县、徐水、满城四县的党政机关及群众数万人。第一军分区一团七连奉命掩护机关、部队和群众转移。七连依托山区地形，运用地雷阵和麻雀战来打击迷惑敌人，以拖延时间。当七连战士顺利完成掩护任务准备撤离时，留下马宝玉等5人继续扼守狼牙山，阻击敌人。

五壮士坚决果断，凭借地形优势，奋勇抵抗，击退了日伪军的多次进攻。他们边打边撤，不久来到了一个岔路口，其中的一个岔路是主力部队和群众转移的方向，如果敌人紧追不舍，有可能很快就会发现主力部队和大批群众。为了不暴露主力部队和群众转移的方向，五壮士决定吸引敌人到其他地方。班长马宝玉经过片刻思索便果断决定：“宁可牺牲自己，也要把敌人引向绝路！”于是，5位战士沿着崎岖的小路向棋盘坨攀去。而日伪军认为咬住了八路军的主力部队，随即跟踪追击。5位战士面对危险，拼命阻击，打光子弹后就用石块当武器，与敌人战斗至黄昏。面对步步紧逼的敌人，他们毁掉枪支，宁死不屈，义无反顾地跳下悬崖。马宝玉、胡德林、胡福才壮烈殉国，葛振林、宋学义被山腰的树枝挂住，身负重伤，后被老乡救起，幸免于难。

《狼牙山五壮士》将那段激昂的历

史，以及曾经战斗生活在那段历史中的人民，经过艺术的升华，凝结为中华民族历久弥新的集体记忆，并以其坚忍、昂扬的人民性、革命性、斗争性，生动诠释了革命文艺的本质特征，鲜明地展现了中华民族精神谱系中所特有的精神品格。五壮士所表现出的心有大我、精忠报国的爱国情怀，不畏强暴、自强不息的英雄气概，无坚不摧、坚忍不拔的必胜信念，大义凛然、视死如归的民族气节，深植于每一代中华儿女的心理、思维、情感和观念之中，经过长时间的积淀，早已凝结成中国精神的内核，像一面永远飘扬的旗帜，引领着代代中华儿女的成长。

（撰稿人：聂晶晶）

康濯

名家简介

康濯（1920—1991），原名毛季常，曾用笔名水生、敏丁、沙里，湘阴县（今湖南汨罗）人，现当代作家。曾任中国作家协会书记处书记、湖南省文联主席等职。

康濯的职业生涯与办报办刊、文学组织工作密不可分。受到父亲的影响，康濯从小就对文艺产生了浓厚的兴趣。小学时，他曾给《通俗报》和《小朋友》等杂志投稿，并发表过几首小诗。中学时，他在校办刊物和《通俗报》上发表过诗歌、散文和小说。1937 年，康濯与《湘阴民报》联系，在报纸上增办了一个文艺副刊，发表文艺性散文、杂文，点评时事，讽刺当局。他还在中共地下党组织主办的《观察日报》上发表过多篇宣传抗日的文章。抗日战争期间，康濯主持编辑了《乡村文化》《文化导报》等小型刊物和群众性文艺丛书。抗战胜利后，康濯担任《工人日报》《时代青年》的主编，并任《长城》的编委。1948 年，康濯与赵树理一起参与编辑解放区作品选集“人民文艺丛书“，并任《华北文艺》的编辑。新中国成立后，曾担任中国作家协会创作员。1954 年，任《文艺报》常务编委。1984 年，兼任《中篇小说选刊》顾问、优秀中篇小说评委主任。

康濯曾在河北战斗生活过十几年。1939 年，他随鲁迅艺术学院的部分教职学员到达晋察冀边区做宣传工作，在阜平、平山等县的农村和农民同吃同住，一起参加减租、反霸、土改等运动。1944 年，康濯负责文救会工作，积极开展群众文化活动，在阜平、平山一带建立了大批乡村剧团、秧歌队、合唱团、民校，培养了不少文艺骨干。这里的群众文化工作曾一度成为晋察冀边区的典范。抗战胜利后，他仍在晋察冀边区工作，曾任区委副书记、土改工作和青年团负责人。1957 年，康濯下乡到保定农村。1958 年，担任河北省文联副主席，兼中共保定地委宣传部副部长，还曾兼任中共徐水县委书记处书记。在河北乡下搞人民公社运动时，康濯写了一些反映徐水县办人民公社的作品和论述文艺“大跃进”的论文。

《春种秋收》

康濯的创作生涯长达 50 多年，共创作有 33 部作品，计 300 多万字。抗战期间，他创作了一系列反映晋察冀边区人民抗日斗争的短篇小说，主要有《腊梅花》《灾难的明天》《抽地》等。抗战胜利后，在繁忙的工作之余，康濯依然坚持创作，曾发表《初春》《我的两家房东》《春种秋收》《明暗约》等短篇小说，尤其以《我的两家房东》最有影响。“文化大革命”结束后，康濯创作了反映民族性格与社会现实的《洞庭湖神话》《十一年一聚》、短篇小说《亲家》《买牛记》、长篇小说《水滴石穿》《东方红》《黑石坡煤窑演义》等。其中，《水滴石穿》先后被译成多国文字，

《买牛记》

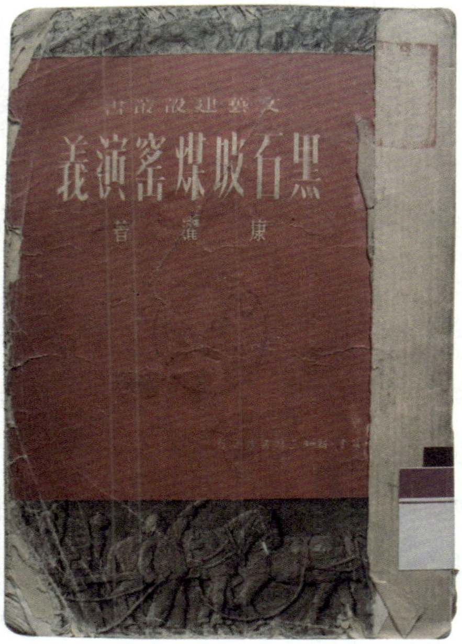

《黑石坡煤窑演义》

在国外产生了一定影响，而《黑石坡煤窑演义》则是我国第一部描写煤矿工人生活的长篇小说。康濯以创作农村题材小说闻名，同时也兼写散文、文论、儿童文学等，曾有散文集《往事·今朝》、论文集《创作漫步》出版。在培养扶植文学新人方面，康濯也花费了毕生的精力。

名作赏析

（一）《我的两家房东》

《我的两家房东》写于1945年，1946年5月定稿于张家口。这部短篇小说被认为是与赵树理的《小二黑结婚》、孙犁的《荷花淀》同等重要的反映农村新生活的名篇，郭沫若赞誉这部作品“可以说已达到完善的地步”。

小说以1940年晋察冀边区开展民主运动为背景，描写了青年男女的恋爱婚姻故事。小说一开始写在农村工作的干部老康，要从下庄搬到上庄去，只得告别旧房东去寻找新房东。搬到上庄后，老康负责在村里讲政治课，逐条解释《双十纲领》。随着《双十纲领》的广泛宣传，打破了新房东陈永年家的平静。陈永年的大女儿婚姻不幸，丈夫外遇，公婆狠毒，她无法生活，不得不回到娘家。二女儿金凤虽然没有出嫁，但早已订婚，对方是个不三不四的二流子，金凤对这桩包办婚姻也不乐意。在听了《双十纲领》后，一家人醒悟，打破了原有的旧观念。故事的最后，金凤和姐姐各如所愿，分别办理了退婚和离婚手续，金凤和意中人拴柱美满结合。

这部作品反映了农民在旧社会的框子里发生的新变化——妇女被解放，婚姻观念被解放，人的个性也在解放。封建婚姻已经失去了统治地位，“自由恋爱”的新式观念浸润到农民社会中来，农村青年人开始追求新的标准、新的道德、新的爱情观念。小说中塑造的人物性格鲜明，而且更可贵的是写出了人物的变化，保守本分的陈永年，忧郁痛苦的金凤姐姐，在思想、性格、命运等方面都发生了积极的变化，揭示了社会解放和人的解放的关系。

作品虽写的是普通农民、平常的生活琐事，但是细致而不烦琐，平淡而不刻板。作者善于以普通的言语动作，表现人物细腻的内心活动和感情变化，如拴柱和金凤的恋爱关系，写得若隐若现，通过见面时羞涩的对话和微妙的神态，表现了人物初恋的心理。作者还善于制造戏剧性的悬念，从平凡的故事中推波助澜。如每当拴柱找机会来接触金凤，金凤姐姐就会发出不出声的叹息，究竟她有什么样的心事呢？老康讲政治课，金凤一家人对纲领格外关心，但究竟关心纲领的什么内容呢？作者都没有立刻交代。故事的疑团越来越多，读者的好奇心也越来越重。这样的戏剧性悬念使得故事曲折动人，也使人物更加有感情、有个性。

《我的两家房东》创作于张家口，具有鲜明的河北地方色彩。“搁浅”“顶事”“闹下个这”“人没人相没相的，不务庄稼活，好寻个人拉个胡话”“脑筋活泛着点”“说叨说叨”等，这些都是保定和张家口交界一带的农村使用的方言俚语。从作品口语化、地域化的语言中，读者可以感受到作品清新质朴的风格，也可以感受到独特的地域风情和当地的生活风貌。

（二）《水滴石穿》

长篇小说《水滴石穿》最初发表于1959年《收获》的创刊号，1981年由人民文学出版社出版发行单行本。作品以河北、山西交界地带的农村为背景，围绕中年妇女申玉枝在带头走合作化道路的过程中，在恋爱婚姻、入党问题上遭遇重重阻力，主人公与周围封建势力进行斗争，并取得了胜利，最后申玉枝被批准入党，同时又和张永德正大光明地登记结婚。

作品结构严谨，语言生动，情节感人，富有地方色彩。尤其可贵的是作品对农民

《水滴石穿》

的性格和内心世界的描写做了新的探索，表现了人的解放的重要和艰难，这一点主要体现在申玉枝这个形象的塑造上。主人公申玉枝是一个优秀的农业合作社社长，21岁时在村干部的帮助下办起了互助组，之后互助组越来越壮大，又办起了农业社，还要发展林业、兴办水利、扩大羊群。但是申玉枝的入党问题一直受到阻挠，因为身为寡妇的申玉枝正在和张永德谈恋爱，这招来了周围人的种种议论。村里人秉持顽固的封建观念，认为寡妇就不能想男人，更不能再嫁。村支书张德升也把谈恋爱和入党问题联系在一起，提出即使要谈恋爱，也要先缓一缓，等入了党再说。对此，申玉枝并不同意，她认为不应该把入党的事和谈恋爱的事扯在一起，谈恋爱是正大光明的，不需要避什么闲话。当申玉枝大胆地跟张永德提出结婚时，张永德怕对不起申玉枝的前夫，于是表现出了犹疑，此时申玉枝说："咱们只有什么都不怕，敢斗争，敢争着过好日子，那才真叫对得起娃爹啊！"申玉枝是勇敢泼辣的，她的斗争也是清醒深刻的。在她看来，一个人对于入党的政治追求与一个人对婚姻、对幸福的追求并不是对立的。她重视对于自己命运的把握，对于自己恋爱婚姻的自主，鲜明地表现出了一种人的觉醒和解放。这种解放是生活的解放，也是精神的解放；是个人的解放，也是社会的解放。虽然解放的过程是曲折艰难的，但作者通过大团圆的结局表达了希望和信心。

（撰稿人：张蓓）

冯志

名家简介

冯志（1923—1968），原名冯禄祥，直隶省静海县（今天津静海区）人，现当代作家，曾为《河北日报》记者，河北人民广播电台编辑、记者、文艺部副主任，1962年加入中国作家协会。

冯志出生在一个贫农家庭，自幼父母双亡，只在本村小学上过4年学，11岁便辍学务农。15岁时，冯志离开子牙河畔的贫苦家乡，参加了八路军，先后担任冀中第九军分区政治部警卫员、班长、排长、剧社社员、文工队队长。在当警卫员期间，他得到了领导的关心和爱护，开始读书学文化，写心得、写日记。这段经历让冯志受益匪浅，为他日后的创作打下了坚实的基础。

抗日战争时期，冯志参加了敌后武工队，他亲身经历了残酷而复杂的战斗生活。1942年，日军开始疯狂地“大扫荡”。为此，冀中军分区成立了武工队，在敌后开展斗争。武工队的作战范围在保定外围，包括清苑、蠡县、高阳、博野、徐水等地。这是一支精锐部队，虽身处恶劣的环境，但一直顽强不屈地积极开展工作。冯志作为第一小队队长，他作战勇猛，带领队员们拔炮楼、杀敌人、除汉奸，运用各种方式打击敌军，被老百姓誉为“敌后神八路”。在战斗中，冯志多次负伤，他的左锁骨曾被敌人挑断，左手食指被扎残，头部、胸部都曾中过弹。由于屡立战功，冯志被评为模范党员，并荣获“五一”一等奖章。敌后武工队的日日夜夜在冯志心中留下了难以磨灭的记忆，他一直想把这段经历记录下来。

抗战胜利后，冯志被调到冀中第三纵队前线剧社，写作成为他新的战斗“阵地”。前线剧社是当时部队的一支轻骑兵，战斗时，他们在前线做宣传鼓劲；战斗后，他们举行演出慰问庆功。在剧社期间，冯志经常深入部队了解新人新事，搜集第一手材料写成稿件后给《前线报》投稿。最初的写作并不顺利，经常遭遇退稿。但他毫不气馁，坚持练笔，终于有一篇特写《英雄连长王志杰》引起了编辑的关注，经过4次修改，这篇特写发表了。从此，冯志逐渐找到了写作的窍门，接连创作了报告文学《神枪手谢大水》、通讯《团结模范高永来》，还有小剧本、诗歌、歌词、快板等，这些作品都与火热的战斗生活紧密相关。其间，冯志还创作了几部短篇小说，有《护送》《打集》《化装》等，这些都是以敌后武工队为题材进行的创作，后来都成了《敌后武工队》的重要章节。

1947年，冯志进入华北联合大学中文系学习深造。后进入新华社河北分社、河北人民广播电台担任编辑、记者工作。保定曾经是敌后武工队战斗过的地方，重新回到这里，冯志想完成一个长久以来的心愿，即把敌后武工队的经历写成一部长篇小说。当时冯志的工作很忙，他白天要开会、采访，只能利用业余时间进行创作。无论晚上下班多晚，他都给自己定下铁律——天天动笔。创作生活是艰苦的，创作条件是简陋的，但他不知疲倦，有时甚至通宵达旦地创作。中间为了搜集资料，他还多次回到故地，访问调查当年的人和事。1956年，冯志历经5年完成了《敌后武工队》的初稿。之后又经过两年的打磨修改，《敌后武工队》终于在1958年11月正式出版。

从1958年到“文化大革命”以前，冯志相继创作了《前线文工队》《地下

《保定外围神八路》

游击队》《成长曲》等3部长篇小说的初稿，但遗憾的是还没有来得及修改和出版，文稿就在“文化大革命”中遗失了一部分。除此以外，冯志还著有中篇小说《山桃》《忆往昔笑谈纸老虎》《保定外围神八路》等。

名作赏析

1958年，《敌后武工队》由解放军文艺出版社出版发行，这是一部表现冀中军民抗日斗争故事的优秀长篇小说，小说出版后引起了巨大的反响，《读书》《文艺报》《解放军文艺》《文艺书籍评论丛刊》等报刊发表了多篇评论。小说出版后，又陆续出现了评书、话剧、连环画、电影、电视剧等多种形式的改编，流传并影响至今。

小说描述的是一支短小精干的武装工作队深入敌后，开辟抗日战场，打击日本侵略者的故事。作品成功地塑造了一批以武工队队长魏强为代表的抗日英雄形象。故事从武工队炮轰中间镇侯扒皮开始，接着写孤胆英雄刘太生智斗松田、贾正智杀侯扒皮、武工队奇袭南关火车站、巧夺黄庄、火烧梁家桥，直到魏强等人智擒松田、刘魁胜为止，故事情节起伏跌宕。作者将

《敌后武工队》

《敌后武工队》连环画

最惊险和最富传奇色彩的战斗画面展现给读者，读来引人入胜，扣人心弦。

《敌后武工队》是一部特殊的革命历史叙事作品。新中国成立后的十几年间是革命历史题材创作的繁荣期，战争题材的文学创作达到了空前的繁荣，抗日战争、解放战争成为众多作家竞相反映的热门题材，由此产生了一大批革命历史叙事创作。而《敌后武工队》的特殊之处在于，它对革命历史题材的类型做了补充。以往的革命历史题材大多表现的是正面战场，而这部作品反映的是特殊的“敌后的敌后”的斗争生活，也就是从侧面展现了尖锐复杂的斗争环境。

“敌后的敌后”就是敌占区。在这里，敌人不仅兵力强大，控制着交通线，而且有一套严密、完整的组织机构。对于抗日斗争来说，异常艰险，且条件极为不利，难度很大。小说通过很多生动的细节，展现了武工队斗争生活的特征。如武工队队员们睡觉时都要保持警觉，常常是“鞋没脱、装没卸”，稍有响动，“就怀抱枪背靠墙坐起来”。不仅如此，他们对待生活的细节也格外小心，不敢有丝毫麻痹大意。如不把抽剩下的烟蒂扔在屋里，钢笔水不能滴在桌上或甩到墙上，大便纸不能留下，因为这些东西老百姓是不用的，一旦被敌人发现，都可能被怀疑。武工队队员不仅要细致地防范敌人，还要细致地侦察敌情。如从狗吠、枪声、足迹、装束等细枝末节去摸清敌人的行动规律，然后决定下一步如何行动，是正面打击，是临时躲避，还是赶紧转移。如武工队队员刘太生送信这一情节，刘太生正是根据对方的衣着，判断他是便衣特务，由于高度的警惕，使得他在这场斗争中取得了胜利。小说中这些细节深刻而生动，不仅反映了武工队队员的警惕性和细心，也展现了“敌后的敌后”斗争环境的尖锐和复杂。

《敌后武工队》是一部典型的革命传奇小说，既表现革命题材，又包含传统小说因素。内容浅显易懂，比较适合大众读者的文化水平和欣赏需求。虽然没有提供更为深刻的思想内容，但小说情节迂回曲折，人物故事离奇生动，引人入胜。小说中武工队所进行的一连串惊险战斗都是富于传奇性的。魏强和他率领的小队多次深入虎穴之中，抓汉奸，捉特务，劫囚车，救同志，拿炮楼，打车站，最后还活捉了保定城内的头号特务头子日本宪兵队队长松田。这种叙事方式打破了战争文化规范下过于刻板的审美模式，将小说情节变得神奇化，人物草莽化，战争场景灵活化，大大加强了作品的可读性和趣味性。

小说《敌后武工队》全心全意地赞美革命，用无产阶级革命战士的标准塑造英雄，塑造了许多正面英雄形象。如沉着老练的队长杨子会，勇敢机智的小队长魏强，胆大心细的队员刘太生，掌握大局、运筹帷幄的县委书记许立群，胸怀开阔、足智多谋的村干部李老玉和黄金文，坚贞不屈的堡垒户赵河套老夫妇，忠心耿耿的情报员郭小秃子等。这种塑造方式对于记录革命历史，对于弘扬精神正气无疑起到了重要作用。

（撰稿人：张蓓）

李克

名家简介

李克（1923—2000），原名李连欣，河北蠡县人，现当代作家。1923 年，李克出生在河北保定蠡县悟儿头村一个贫苦的农民家庭，幼时因家境贫寒，曾给地主打短工维持生活，仅读过两年私塾。抗日战争全面爆发后，李克积极投身到革命工作之中。1939 年 8 月，加入中国共产党。11 月，进入冀中抗日民族革命中学、晋察冀边区第十中学学习，并任二队军事干事。1942 年 5 月 1 日，日本侵略者对冀中平原实施了“五一大扫荡”，所到之处烧杀淫掠，无恶不作，惨无人道地制造无人区，给中国人民带来了深重的灾难。在这种残酷的环境里，中国共产党带领冀中人民奋起反抗，依靠广大人民的智慧和力量同日本侵略者及其汉奸、走狗进行了艰苦的斗争。时任区教育助理员、县文联主任的李克与区小队和群众一起挖地道，一起滚爬在地道里和敌人打地道战，因此他非常熟悉抗日战争时期的生活。李克目睹了日本侵略者的残暴，也将战士和群众团结一心、英勇杀敌、不畏牺牲的英雄形象和抗战精神深深地铭刻在了自己的心中，这一切都成为他后来创作“抗战三部曲”的坚实基础。李克后来回忆说：“在这块古老的土地上，和人民生活在一起、战斗在一起，人民培育了我、养育了我，也是我后来走上创作道路的奠基。”1945 年至 1947 年，李克在华北联合大学文学系学习期间，正式参军并加入了冀中军区火线剧社，开始从事文艺宣传工作。

1949 年 10 月，李克转业到北京市文化处任戏曲科科长、戏曲编导委员会副主任，主要从事戏剧活动。1955 年，历任北京市文联创作委员会委员、办公室主任及创作研究部副部长等职。1972 年后，在北京市文联从事专业创作，同时兼任中国民间文艺家协会北京分会副主席等职。1991 年 7 月，被全国艺术科学规划领导小组、中国民间文艺家协会、中国民间文学集成全国编委会评为先进工作者。

1953 年，李克加入中国作家协会后，先后创作了著名的长篇小说“抗战三部曲”，即《地道战》（与李微含合著）、《水上传奇》《燕山枪声》。“抗战三部曲”以抗战时期冀中、冀北广大军民在中国共产党的领导下，与日本侵略者及其汉奸、走狗进行斗争为题材，具体涉及冀中平原地道战、白洋淀水上斗争，还有在燕山山区展开的斗争。其间，李克还创作了《珍珠湖》《炸桥》《桥头的眼睛》等中篇小说，以及《沉舟记》《雪山送粮》《铁柱和永生》《抉择》等短篇小说。此外，他还创作了长篇唱词《英雄夫妻》、长诗《重新拿起我的枪》、散文《毛主席来过之后》《悠悠彩霞飘五洲》《奶牛的主人》、多幕剧剧本《白洋淀的春天》（与罗扬合著）等作品。同时，李克还主持编纂了《中国民间文学故事集成·北京卷》、主编出版了“北京民间文学丛书”《中国长城故事集》《颐和园传说》《香山传说》《八达岭传说》等。

名作赏析

（一）《地道战》

长篇小说《地道战》是李克“抗战三部曲”的第一部，小说取材于抗日战争时期冀中人民在中国共产党的领导下，依靠自己的智慧和力量，创造了闻名世界的平原地道战，并利用地道这种作战方式打击日本侵略者及其汉奸、走狗的英勇事迹。

小说讲述了在抗日斗争中成长起来的民兵队队长王振海和妇救会主任白燕，带领人民群众一起积极拓展地道，并将地道的作用由防御隐蔽发展到主动打击敌人的故事。自 1942 年开始，日本侵略者集结了大量的兵力，并配以飞机、大炮、坦克等先进武器向冀中平原发起了疯狂的“大扫荡”，妄图将冀中平原变成他们的“确保区”，计划从这里掠得人力、物力，从而支撑在其他战场发动更大规模的侵略和进攻。所到之处，日本侵略者均实行了“三光”政策，烧杀抢掠，无恶不作，制造了很多无人区，可以说是“到处响着枪声，到处发生着惨案”。在这次“大扫荡”中，敌人集结主要兵力，运用所谓的“梅花式扫荡战术”，在冀中平原布下天罗地网，企图将冀中八路军主力部队一网打尽。在这种情况下，八路军为了保存有生力量，将大部队暂时转移到山里，只留下地方部队继续坚持对敌斗争。可是在这毫无遮挡且一望无垠的平原上，面对敌人的疯狂“扫荡”和一天比一天恶劣的斗争环境，究竟该如何坚持开展斗争呢？关键时刻，区里的领导带来了党的指示——广泛开展地道战。可地道战开展的初期并不顺利，日本侵略者的“扫荡”一次比一次凶残，再加上伪军、地主的破坏和叛徒的出卖，都给地道战的开展带来了很大的困难和阻碍。尽管如此，在党的坚强领导下，区委书记老马、民兵队队长王振海和妇救会主任白燕等人广泛发动群众，带领民兵和人民群众与敌人斗智斗勇，积极拓展地道，终于实现了户与户、村与村的相连，以及人、地、天的“三通”，他们利用地道给敌人布下了天罗地网，巧妙灵活地与敌人作战，护青苗、抢粮食，常常神出鬼没地袭击敌人。不仅重创了来犯之敌，惩处了刘起应、张八等汉奸叛徒，还粉碎了敌人两次血洗赵庄的计划，为配合大部队的继续作战做好了准备。地道战正如插入敌人心脏的一把尖刀，它的胜利奏响了冀中抗日的最强音。小说再现了中国共产党领导的敌后人民武装抗击日本侵略者及其汉奸、走狗的英勇事迹，反映了人民战争的伟大力量，歌颂了人民的智慧和伟大的创造力。

小说在叙事上呈现出“十七年”革命历史小说创作的突出特点。

首先，在人物塑造上，小说刻画了共产党员、战斗英雄、游击队队员等正面人物和日本侵略者、叛徒汉奸、维持会会员等反面人物。其中在表现正面人物时，他们的特点多是出身贫苦、足智多谋、英勇善战，为了人民的利益可以牺牲一切，在外貌描写上也多是高大威武、健美英俊。如民兵队队长王振海，他勇敢善战、机智果敢、不畏牺牲，小说中还着力表现了王振海对党和人民的热爱与忠诚；对妇救会主任白燕的出场描写也是充满了赞美：“这个姑娘挺聪明，从小就像个男孩子，别看年纪轻，在工作上有办法，讲起话来也是当当的。”；区委书记老马的形象则是充满智慧，他的话总能让人找到目标，受到激励；抗日群众张老印“都四十多岁的人啦，劲头儿比青年人还足”。而对于反派人物的特点描写则与正面人物形成了鲜明的对比，他们的性格大多凶狠残暴、愚蠢贪婪，对于他们的外貌和举止的描写也多是嘲讽的笔调。如描写日本军官日野“哇啦哇啦”地讲话，气得他瞪着“圆彪彪的红眼珠”；日军战败时，“有的滚下马来，有的倒在地上，一声一声地惨叫着”，“那个狼狈劲儿真够瞧的，有拖拉着枪的，也有丢了枪只顾逃命的，也有的像稀泥似的，歪在地下吓得不敢动了”；地主黄云亭的形象是整天“晃着他那肥大的脑袋”；汉奸张八的外貌则是带有明显的生理缺陷，“头上害过秃疮，落了一脑袋的小疮疤”，所以人家都叫他“满天星”。

其次，小说在情节设置上具有中国古代英雄传奇的色彩。其突出的特征就是重故事、重情节，追求故事情节的曲折、险奇、生动。《地道战》艺术地呈现了“五一大扫荡”时期，冀中平原的抗日军民在中国共产党的领导下，通过利用地道与日本侵略者及其汉奸、走狗开展艰苦卓绝斗争的“历险”图景。小说的叙事结构是以地道战的发展为线索，串联起不同的历险小故事，如护青苗、抢夺粮食、雪地伏击、振海负伤、白燕遇险、粉碎敌军“血洗赵庄”的计划等，最后汇合为地道战的伟大胜利。为了增加跌宕起伏的奇险效果，小说中特意设置“悬念”与“巧合”来增加故事情节的引人入胜与完整性。如白燕的两次被捕都是与敌人的突然遭遇，而两次脱险也充满了巧合。尤其是第二次的历险更是显得离奇、巧合，扣人心弦。正在玉田村开会的白燕突然听闻五儿庄的地道被敌人破坏得很严重，于是她决定前往五儿庄查看情况，可没想到的是在途中穿越高粱地时竟与汉奸黄云亭和张瑞祺带领的一队伪军遭遇。白燕虽奋起反抗，但终因寡不敌众被黄云亭等人抓住并带回了日军的岗楼。在守备森严且布防严密的岗楼里，深陷绝境的白燕已经抱定了必死的信念，“她咬着牙，拿定了主意，死也不向敌人屈服，反正豁出这一条命啦！”可就在这危险关头，两个月前被区委书记老马秘密安排在敌军岗楼负责做饭的抗日群众张老印出现了，他恰巧被敌人分配在关押白燕的岗楼里。于是他趁着黄云亭等人借着庆祝生日喝得酒意正酣时救出了白燕。最后在白燕的部署下，他们二人又合作炸毁了敌军的岗楼，还抓获了黄云亭和张瑞祺等大量伪军汉奸。这些充满悬念、峰回路转的情节设置不仅深深地吸引了读者，还有力地表现了抗战英雄们大智大勇的革命气概和坚贞不屈的革命品格。

李克从 1946 年开始断断续续地创作《地道战》，新中国成立后转业至北京市文联，他利用业余时间和李微含合作完成了整部小说。小说最初在《新民报》（现在的《北京日报》）上连载，并在北京人民广播电台连续播出，社会反响很大，广受人民群众的喜爱。1953 年，小说《地道战》由上海文艺出版社出版发行，印数达 70 多万册。1957 年，作家刘振业根据小说《地道战》改编创作了少儿连环画《地道战》，由人民美术出版社出版发行。1966 年元旦，由任旭东执导，朱广龙主演，八一电影制片厂出品的电影《地道战》在全国上映。一时间，“地道战”成为妇孺皆知的名词。这部电影虽然不是根据小说《地道战》改编的，而是导演任旭东根据在冀中高平村等地的实地采访创作而成，但是这两种不同形式的艺术作品都从各自的角度，艺术且真实地诉说了地道战的故事，它们珠联璧合地塑造了抗战英雄的典型形象，歌颂了冀中人民的智慧和力量，展现了在中国共产党领导下的人民战争的伟大胜利，彰显了伟大的抗战精神。作品中蕴含着的红色文化和精神力量，值得我们永远学习和传承。目前，位于保定清苑区冉庄村的冉庄地道战遗址正是对这段红色历史的见证。

（二）《水上传奇》

《水上传奇》是李克又一部以冀中抗日战争为题材的长篇小说，于 1988 年由农村读物出版社出版发行。在抗日战争最残酷的年代，李克曾在白洋淀打过一年游击，因此积累了丰富的生活素材，这部小说就是根据他的这段经历写成的。

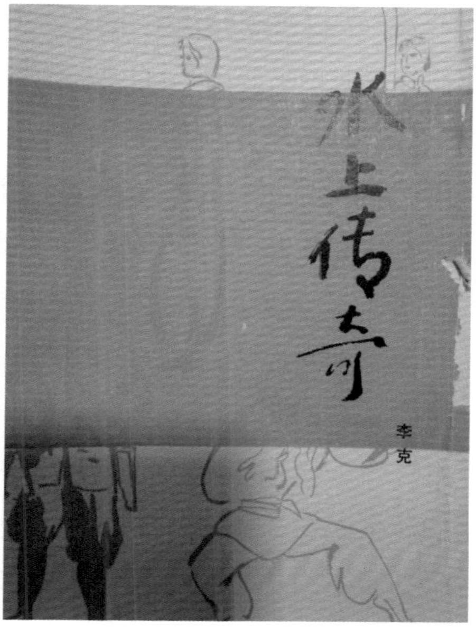

《水上传奇》

小说以冀中银河淀上，贫苦渔家之子赵铁山、渔霸黄云梦之女黄影影的爱情故事和成长历程，以及他们同日军、叛徒、汉奸做斗争的经过为主线展开叙事。小说中将爱情与阶级身份、革命理想、民族抗战结合在一起进行描述，赵、黄两家有两代世仇，赵铁山的祖父和父亲为了贫苦渔家的生存曾两度砸了黄家的渔行，因此均被黄家杀害。可背负着世仇且有着不同阶级身份的一对青年男女却萌动了朦胧的爱情，他们的爱情注定要经历艰难的抉择。抗战全面爆发后，赵铁山率先走上了抗日的道路，参加了八路军游击队。之后黄影影在赵铁山的鼓励下，冲破封建家庭的牢笼，成为区妇委会干部。3年后，两人再次相遇时已经成为战友，但是因为黄影影的出身和两家的仇怨，二人的心结依然存在，而这时对于两人来说更为迫切的是要面对日趋残酷的斗争形势。1942年的“五一大扫荡”，使得银河淀水区受到了毁灭性的破坏，水上渔村岗楼林立，敌人的汽艇满淀肆虐，斗争环境十分残酷。在这极端困难的形势下，游击队队长赵铁山、区妇委会干部黄影影、区委书记高智全带领人民群众同敌人进行了不屈不挠的斗争。他们同敌人斗智斗勇，在水里、芦苇荡里抓住一切机会打击敌人，取得了多次胜利。与此同时，伴随着斗争形势发展起来的还有赵铁山和黄影影的爱情，共同的理想让两人的心连得更加紧密，心结也随之解开，两人在抗日的道路上携手共进。后来，由于黄云梦公开投敌当了伪河防队队长，他与日伪军和叛徒常保生进一步勾结，使银河淀水区再度遭到重大损失。面对更为严峻的斗争形势，银河淀的抗日军民并没有退缩，他们团结一致，紧密配合，开始了大规模的反“扫荡”斗争。最后，在八路军的统一指挥下，水上游击队、荷叶军和人民群众紧密配合，经过水上一战，一举消灭了日军和伪军，击毙了日本军官丘木，处决了汉奸阎黑狼、黄云梦和叛徒常保生。可黄影影在阻击亲生父亲黄云梦的战斗中被黄云梦打成重伤，在生命的最后时刻，黄影影的爱情和理想都得到了升华。黄影影并未离去，她和赵铁山的爱情也没有结束，因为那条象征着两人爱情的金心项链还在闪闪发光，陪伴着赵铁山投入了新的战斗。这段水上传奇不仅诉说了一段动人的爱情故事，更见证了一对青年男女在血与火的斗争中的成长，歌颂了白洋淀人民英勇无畏的斗争精神。

小说在艺术上基本延续了《地道战》的叙事风格和传奇色彩，比如在人物的塑造上，仍然是刻画了性格特点具有鲜明对比的两派人物，有赵铁山、黄影影、高智全、芦莲芳、李二虎等英雄人物形象，也有常保生、阎黑狼、黄云梦、丘木等叛徒、汉奸和日本侵略者形象。所不同的是，《水上传奇》呈现出作者对艺术自觉追求的足迹，比如他开始将笔端深入人物的内心世界，通过细致入微的心理描写，展现出人物思想的矛盾、变化及丰富复杂的内心情感，让人物形象更加立体、丰满。小说中对赵铁山和黄影影再度重逢时两人的心理描写是非常细腻的，一别三年，再次见到赵铁山的黄影影“目光躲闪，说话也不冷不热”，“她心头压块巨石，可又不能对他说什么，只有暗中保护他，让他在今后她的行动中来理解她”，这段心理描写将黄影影当时压抑的心情和矛盾的思想全都表现了出来。黄影影因为家庭背景的问题受到怀疑，正在接受组织的审查，难以证明的清白、战友们的猜疑和不能摆脱的出身让黄影影备感压力。面对此时归来的赵铁山，黄影影的思想也是矛盾的。一方面，离别多年的心上人再次归来，她是期盼和愉悦的，而且对于赵铁山重返水乡，她心里也是“抱着很大的希望”，希望他能带领游击队摆脱当下的困境，“狠狠地打击敌人，鼓舞起乡亲们更高的抗日情绪”。可另一方面，黄影影有感于自己当下的处境，担心会连累了赵铁山，再加上多年的分别，她也不能确定赵铁山是否会完全相信自己，因此她不敢向赵铁山吐露真情，哪怕有一时的误会，也只能沉默不语，希望能用以后的行动向他证明自己。而再次面对黄影影，赵铁山的心情也是复杂的。他刚刚回来便从徐大嫂那里得知了黄影影的处境，可一时间又不知该如何帮助黄影影证明清白。两人一见面，赵铁山就感到“她的性格变了”，“赵铁山心里明白，影影是个天真活泼的闺女，见了面总是说不完的话，按照正常的情况，和自己心上人一别三年多，刚刚相逢，她会把他抱起来，又说又笑的”。从对赵铁山的这段心理描写可以看出，此时这个沉默寡言的黄影影曾经也是一个活泼开朗、爱说爱笑的小姑娘，面对这种变化，赵铁山是心痛的，他也看得出黄影影是在故意隐瞒着自己的处境，“赵铁山猜透此时黄影影复杂的心情，不能这样沉默下去”。于是，他试图用话语打破这沉默，但是却使两人又陷入了沉默的回忆当中。接下来，赵铁山再次试图“使她被创伤的心灵宽慰起来”，于是将自己从徐大嫂那里得知的情况还有自己的信任都告诉了黄影影。结果黄影影为了不连累赵铁山，仍然坚持“离远一点好”，一时间令赵铁山顿感不知所措，“在两颗纯洁的心灵上罩上了阴影”。从两人相逢的整个过程中赵铁山心理的细微变化，读者可以感受到赵铁山对黄影影深厚的感情，以及赵铁山重情重义的纯洁品质。此外，小说还多次运用插叙的手法，如小说中多次插入黄影影和赵铁山对往事的回忆，还有芦大爷对“义旗”来历的讲述等，这既对未交代的故事情节进行了补充，解开了读者的悬念，也使小说中人物形象的内涵更加丰富。

（撰稿人：刘洁琳）

徐光耀

名家简介

徐光耀，1925 年生人，原名徐振玉，笔名越风，河北雄县（今属雄安新区）人，现当代著名作家、电影剧作家。徐光耀 4 岁丧母，自幼跟随父亲和姐姐长大，儿时的徐光耀最大的精神享受便是农闲时聆听父亲讲述英雄侠义的故事，徐光耀曾在新式学堂读到初小四年级，后又被送到私塾，但只读了几个月，就因七七事变爆发，私塾关门而终止。

1938 年春，八路军某部进驻徐光耀的家乡河北保定雄县段岗村，当时有一个班的战士被安排到徐光耀的家中，战士们的言谈举止和精神风貌深深触动了 13 岁的徐光耀。部队走后不久，徐光耀就坚决要求参加八路军，最终在徐光耀的坚持下，他如愿成为八路军第一二〇师三五九旅的一名战士。同年冬，徐光耀加入了中国共产党，也由此正式开启了他的戎马生涯。徐光耀曾先后担任勤务员、锄奸科文书、干事。1940 年 7 月，徐光耀被提拔为正排级的技术书记，根据熊坤静在《“战地作家”徐光耀与〈小兵张嘎〉》一文中的记述，当时的徐光耀被选送参加了冀中军区举办的锄奸干部培训班。那时的冀中军区已转移到北岳山区，去参加培训的徐光耀一行人历经艰难万险才穿越了敌占区，最终到达冀中军区。后来，徐光耀根据这段出生入死的经历，创作了小说《望日莲》。1942 年，日军“五一大扫荡”之初，战斗形势极为紧张，徐光耀所属的冀中六分区司令部和主力部队突出重围，转移到了山区。此时的徐光耀正奉命在县区游击队检查工作，因战局突变，无法再去追赶进山的分区机关，在临时指挥部的安排下，徐光耀被分配到宁晋县游击大队任特派员。在之后的1000多个日日夜夜里，他始终与这支抗日游击队和宁晋人民生活战斗在一起。其间，他参加过大大小小近百次战斗，因而宁晋县也被徐光耀称为自己的“第二故乡”。正是这段经历，为徐光耀之后创作《平原烈火》《小兵张嘎》《少小灾星》等作品提供了丰厚的生活基础。徐光耀曾回忆说：“我对在敌人眼皮底下进行军事斗争的环境和斗争方式都非常熟悉，生活储存非常丰富。我所写的东西，不是靠采访、访问完成的，而是我亲身经历的时代，我对那种斗争环境和斗争方式太熟悉了。”

抗日的烽火不仅见证了一名战士的成长，还成就了一位作家的诞生。抗日战争期间，徐光耀开始撰写战地通讯、歌词、快板等，他不断给《火线报》《冀中导报》和《团结报》投稿，也正是在此时，徐光耀的笔名越风开始出现在这些报刊上。1944年7月，徐光耀被调到冀中六分区司令部任军事报道参谋。1945年3月，调入政治部宣传科任摄影记者，旋即调入前线剧社。在此期间，他创作了很多战地通讯。1947年1月，徐光耀获准进入华北联合大学文学系插班学习8个月，这为他之后的文学创作奠定了良好的基础。同年，徐光耀的第一部短篇小说《周玉章》发表在《冀中导报》副刊上，他也由此正式走上了创作之路。1948年回到部队，任兵团报纸记者、编辑。1949年6月，徐光耀所在的部队进驻天津，和平的环境为他的写作提供了有利条件。趁部队干部集中整训之机，徐光耀创作完成了他的第一部长篇小说《平原烈火》，并于1950年由三联书店出版发行。随后，徐光耀进入丁玲任所长的中央文学研究所学习深造。学习期间正值抗美援朝战争爆发，徐光耀主动向丁玲申请入朝，并于1952年4月奔赴朝鲜开始了8个多月的战地采访。在朝鲜战场上，徐光耀始终和战士们一起战斗在最前线，单是在三八线的战壕里就待了7个月。志愿军战士们保家卫国、英勇奋战的感人精神深深地打动了徐光耀，回国后，他陆续完成了歌颂志愿军战士的《刘敬礼》《辛文立》等朝鲜战场散记。1953年初，徐光耀从中央文学研究所毕业，同年加入中国作家协会。随后，徐光耀带军职以作家身份回到故乡参加初级农业合作化运动。1957年，在反右运动中，受所谓的丁玲、陈企霞案件的影响，被打成“右派”。1958年，徐光耀于苦闷中完成了中篇小说

《小兵张嘎》及同名电影文学剧本的创作。9月，徐光耀被下放到保定农场进行劳动改造。一年后，徐光耀被安排到保定市文联工作。1979年，徐光耀的“右派”问题得到平反。3月底至5月中旬，徐光耀作为河北作家代表前往南疆自卫反击战的前线进行采访。归来后，他创作了电影文学剧本《新兵马强》。1979年9月，徐光耀担任保定市文联主任。1981年，调至河北省文联。1983年后，曾任中国作协理事、河北分会副主席，河北省文联主席、党组书记等职，其主要作品全部收入《徐光耀文集》。

徐光耀的文学创作涉及小说、散文、诗歌、电影文学剧本、文学理论与批评等多种文体，其中抗战题材小说最具代表性。代表作品有长篇小说《平原烈火》、中篇小说和电影文学剧本《小兵张嘎》，新时期出版的小说有《望日莲》《四百生灵》《少小灾星》和电影文学剧本《新兵马强》《乡亲们哪》等。20世纪90年代后，徐光耀的创作逐渐从小说领域转向散文，有回忆性散文集《昨夜西风凋碧树》，另有散文集《忘不死的河》。2015年7月，共计400万字的《徐光耀日记》正式出版发行。

名作赏析

（一）《平原烈火》

《平原烈火》是徐光耀的第一部长篇小说，也是新中国成立初期出版的“第一部以亲历者的体验和独特视角来表现冀中抗日游击战的长篇小说”。1949年7月至11月，徐光耀完成了小说初稿的创作，在时任全国文联副秘书长、《文艺报》副主编陈企霞的帮助下，于1950年6月由三联书店出版发行。此书作为新中国文学的最初收获被列入“文艺建设丛书”，受到广泛欢迎，当年就再版了4次。

小说讲述了在冀中抗日根据地，中国共产党领导的一支抗日游击队——宁晋县游击大队，面对日本侵略者发动的“五一大扫荡”，从顽强突围、分散隐蔽到发展壮大、有力打击敌人的艰难战斗历程。

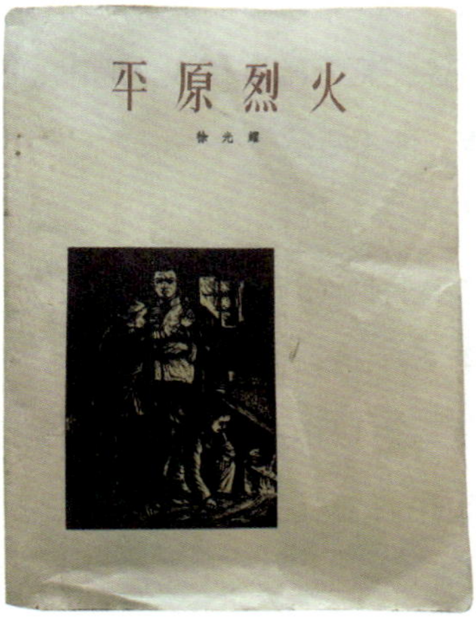

《平原烈火》

1942年5月，日本侵略者对冀中抗日根据地展开了疯狂的“大扫荡”，敌人对冀中军民形了成包围之势。面对残酷的斗争环境，冀中军民在中国共产党的领导下奋起反抗。宁晋县游击大队在队长钱万里的率领下，粉碎了敌人妄图“清剿”的阴谋，并在中队长周铁汉的配合下成功突围，顺利转移到马庄。之后他们逐渐走出畏惧和失败的阴影，变消极躲避为主动出击，这支队伍在抗日的血雨腥风中逐渐成长壮大，再次点燃了平原大地上的熊熊抗日烈火。小说呈现出一幅冀中军民奋勇抗战的群像，歌颂了燕赵儿女不畏强敌、英勇抗争的革命英雄主义精神。

《平原烈火》在艺术上最大的特色是真实，小说从实际生活出发，遵循着现实主义创作原则，无论是人物塑造、情节故事、环境描写，还是心理情绪、细节刻画，都带有“抗战生活原生态意义上的真实性与鲜活”，也因此带给读者巨大的感染力和震撼力。徐光耀在谈到《平原烈火》的创作时曾说：“我好像重回战场，跟众多的战友们一起，牺牲了的和没有牺牲的在一起，重新再经历一次。《平原烈火》与其说是小说，还不如说是报告文学。除了人名、地名是虚构的之外，别的也用不着虚构。战争就那么残酷，那么多人，那么多事，血与火，生与死，全挤在一起。我只是筛选，只是归纳。”

真实的生活、真挚的情感，再加上较少的雕琢，使整部小说宛如璞玉，焕发着一种天然、质朴的美。

（二）**《小兵张嘎》**

铁凝在《河北日报》文艺评论专栏《徐光耀文学创作大家谈》一文中说：“如果说，《平原烈火》的广受关注是徐光耀在文学上的初试锋芒，那么，奠定了作为作家的徐光耀的作品，则是一代代的孩子们耳熟能详的《小兵张嘎》。”

《小兵张嘎》一经问世便引起轰动，特别是1963年同名电影的上映更是掀起了全国性的热潮。据统计，这部小说至今的发行量已达到千万册，电影也是久映不衰。1980年，小说和电影均获全国少年儿童文艺创作一等奖。《小兵张嘎》之所以取得这样的成功，最大的原因就在于它为中国当代文学的人物画廊贡献了“嘎子”这个经典的文学形象。“嘎子”的形象深入人心，广受欢迎，感染和激励了无数的读者和观众，而这部小说和电影亦成为几代中国人记忆中的红色经典。

小说成功地塑造了“嘎子”这个可爱又可敬的抗战小英雄形象。“嘎子”是徐光耀“理想中最好的孩子”，他一改中国

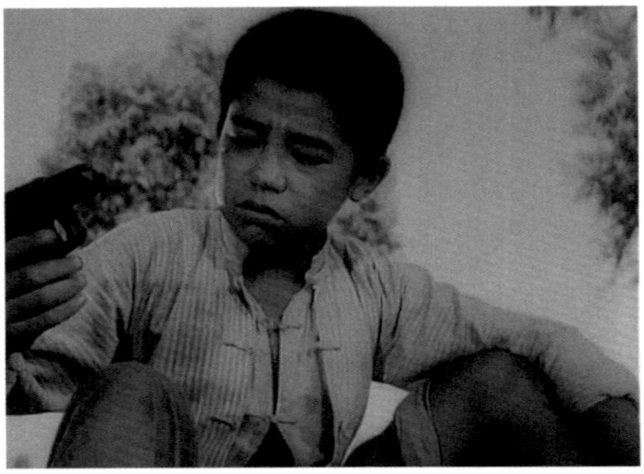

电影《小兵张嘎》剧照

传统观念中以“老实”“听话”作为衡量儿童好坏的标准，将一个活泼灵动、有血有肉的“嘎小子”带给人们，让人们感受到生命的鲜活和力量，令人耳目一新，心生爱意。徐光耀曾说：“张嘎的思想和品德，我是紧紧抓住并通过‘嘎’这一个性来表现的。”“嘎”在河北方言里的意思是调皮捣蛋，词义里带着喜爱的意味，“嘎子”的“嘎”是一种生命的本真，“嘎子”淘气顽皮，无拘无束，他打架摔跤，耍赖咬人，堵烟囱报复，在老鸹窝里藏枪，这种“嘎劲儿”无不透露着这个年龄的孩子该有的本色，调皮捣蛋却又不失天真可爱。“嘎”还是一种生命的朝气，体现着新生力量特有的魄力，13 岁的“嘎子”时时让我们感受到蓬勃的生机和生命的力量。他敢想敢干，初生牛犊不怕虎，敢于用假木枪下了汉奸的真枪、敢于和敌人正面交锋、敢于承担重要任务，他机智灵活，富于独创，紧急关头能够想出把鞭炮绑在狗尾巴上诱敌的方法。“嘎”更是一种生命的激情，是在残酷的战争年代里生命爆发出的昂扬向上、乐观不屈的倔强，“小嘎子是那么欢乐，那么心神陶醉，什么也不愁，什么也不怕”。因为“嘎子”的诞生，徐光耀被誉为“小兵张嘎之父”，这个称号不仅体现了徐光耀为“嘎子”倾注的心血和情感，更是呈现出他们一脉相承的红色基因和英雄精神，这也正是“嘎子”的可敬之处。

“雄县这片土地很了不起……其实那时候‘壮士一去兮不复还’的地方就在我老家这块儿。”徐光耀曾经这样深情地称赞他的故乡。而生于斯长于斯的徐光耀传承了这一方水土的雄浑气脉，也因此将他情有独钟的“嘎子”根植于这片英雄的土地。无论是“小兵张嘎之父”徐光耀的故乡雄县，还是“嘎子”生活的安新白洋淀，它们都是古已有之的燕赵旧地，更是抗战时期的红色热土，被这片大地抚育的“嘎子”自然秉承了众多英雄祖先和无数革命先辈的精神内核，“有着一脉相承的人格魅力”。

“嘎子”这个极具魅力的人物形象自诞生起便吸引了无数人的关注，而关于“嘎子”原型的讨论也是各持已见、五花八门。针对这种现象，徐光耀曾表示，这正说明了“嘎子”形象的深入人心，大家都很喜欢，愿意和自己家乡的人和事联系上。但他也明确说明：“嘎子”没有具体原型，自然也不是他本人。“嘎子”是集中了众多抗日军民的形象而创作出的艺术人物，“嘎子”来源于生活。比如“树上藏枪”这一故事情节，是他听说深县（今河北深州市）有一个叫李志强的，担心组织上没收他缴获的手枪，就藏在了树上。又比如“堵烟筒”这一故事情节，是他和雄县一家合作社社长李民聊天时，李民说他小时候特别淘，大年三十儿晚上人们煮饺子的时候，他就爬到屋顶挨家挨户把烟筒都堵上了。“摔跤”“咬人”等故事情节则是他从一本书上看来的，这些“嘎人”的“嘎事”在他脑子里存着，也在本子上记着。徐光耀曾回忆说：“于是我把生平的所见所闻，所知所得的嘎人嘎事，尽力搜寻，桌上放张纸，想起一点记一点，忆起一条记一条，大嘎子、小嘎子，新嘎子、老嘎子，尽都蹦蹦跳跳，奔涌而至。由于我不喜欢自己的老实刻板，从幼年便把嘎子当作楷模，注意多，观察多，交往多，‘嘎相’储藏也相对较多。尤其抗日时那些嘎不溜丢的小八路们，竟伴着硝烟战火，笑眯眯地争先赶来。不多几天，那具有情节功能的嘎人嘎事，竟拉成一个长长的单子。我把单子从头细看，加以去粗取精、编排调整，一个嘎眉嘎眼的嘎子形象，便站在眼前了。”

可就是这样一个鲜活明动、乐观勇敢的“嘎子”，却诞生在徐光耀人生最灰暗、最低谷的时期。1957 年，因受丁玲、陈企霞案件的牵连，徐光耀被打成“右派”，受到开除党籍、开除军籍、剥夺军衔、降职降薪及下放劳改的处分。一时间，入党从军多年的徐光耀觉得无法接受，几乎到了崩溃的边缘，他陷入了深深的苦闷之中。而就在这时，徐光耀的脑海里浮现出当年的战友、老乡、华北联大文学系的同学，以及很多个嘎里嘎气的小八路，尤其是《平原烈火》中那个着墨不多，叫作“瞪眼虎”的小八路。于是他决定开始创作，当他的创作思路一打开，就一发而不可收，《小兵张嘎》便应运而生。徐光耀说，这些抗战烽火中的人物给予他信心和力量，烦恼和痛苦也随之烟消云散，他还多次提到《小兵张嘎》是他的救命恩人，铁凝曾就此感慨道：“他用他的笔让嘎子活了，而被他创造的嘎子也让他活了下去。他们在一个非常时刻相互成全了彼此。”

《小兵张嘎》完稿于 1958 年 6 月，于 1961 年在《河北文学》上发表，社会反响良好。1962 年初，《小兵张嘎》单行本由中国少年儿童出版社隆重推出，同时被《北京晚报》连载。1963 年，北京电影制片厂根据徐光耀《小兵张嘎》电影文学剧本拍摄的同名电影在全国上映，引起很大轰动。同年底，《小兵张嘎》由上海人民美术出版社改编为同名连环画出版发行，后又多次再版。进入 21 世纪，随着同名电视剧、动画片的相继播出，再次掀起《小兵张嘎》的热潮。坐落在雄安新区白洋淀文化苑内的嘎子村，更是让我们看到了“嘎子”形象的深远影响。

（三）**《少小灾星》**

徐光耀曾说他自己最喜欢的作品是《小兵张嘎》，然后是《昨夜西风凋碧树》，其实还有一个作品他也下了很大的功夫，但是名声不太响亮，这就是《少小灾星》，是《小兵张嘎》的姊妹篇。关于这部小说的创作，徐光耀曾说：“特别是艺术上，下的功夫比较大，提炼出的生活精华也在里头，但因为是个悲剧，不大令人喜欢，但我私心里很喜欢这个作品。”

《少小灾星》原名《冷暖灾星》，最初在 1989 年《长城》的第三期上发表。1991 年，中国少年儿童出版社出版发行单行本时改名为《少小灾星》。1993 年，《少小灾星》被改编为电影文学剧本《乡亲们哪》，同年被搬上荧屏。小说塑造了 3 个勇敢坚强、不畏艰险的小八路形象，即巴大坎、轴子、苗秀，主要讲述了这 3 个小八路流浪逃亡的遭际。1942 年“五一大扫荡”时期，面对敌人的疯狂进攻，八路军为了保存有生力量，针对“年小体弱缺乏战斗力的”同志，实行“分散隐蔽”的政策，3 个小八路因此走上了流浪逃亡的道路。他们一面忍饥挨饿追赶部队，一面还要躲避日本侵略者的“围剿”。这一路，他们饱尝了艰辛，却也收获了成长；他们感受到了战争的残酷，也体会到了乡亲们给予的温情。他们辗转于纪昌庄、二龙堂，又漂流到零菱巷，他们就像 3 个小灾星，无论走到哪里都会给当地的群众带去灾难。在这段逃亡的路程中，他们被朴实善良的乡亲们感动着，即便有些群众心理上有矛盾，但也都不顾生命危险关照掩护着他们。

小说在艺术上的突出特点是采用了“流浪式”的叙述方式，把散点透视笔法融进小说艺术中。这种叙述方式巧妙地将 3 个小八路在流浪的路途中在不同时间、地点遇到的不同的人物和事件组织起来，对此王长华在其主编的《河北文学通史》中评价道：这种艺术手法“显得灵活新颖，而且与内容（3 个小八路的疏散、流浪）相一致”。小说在生动的情节和浪漫的气息中，还成功塑造了多福叔、三三制大叔、狗替儿哥、狗替儿嫂等多个个性鲜明的平民英雄形象，他们与3个小八路军战士组成了一幅军民鱼水情深的长卷。这些平民英雄形象不仅给小说带来了清新的气息，而且深深地震撼着人们的心灵。徐光耀曾说："真正伟大的英雄是人民，是包括老百姓在内的千万群众。也只有这个无限广大的人民群众，才能更全面地体现我们峥嵘千古的民族精神。"

（四）《昨夜西风凋碧树》

《昨夜西风凋碧树》是徐光耀晚年的回忆性散文集。从河北省文联主席岗位上退下来的徐光耀在鹿泉市境内的太行山边买了一处废弃的民房，一到夏天，他就骑车进山过起田园隐逸的生活，而这部沉甸甸的《昨夜西风凋碧树》就是在他的山间"别墅"，被称之为"闷炉"的地方完成的。时年75岁的徐光耀，饱含着对党和人民的无限深情，用真诚和正直的笔触在散文集《昨夜西风凋碧树》中记录了自己从13岁参军入党到"文革"结束这几十年的人生经历，表达了徐光耀对历史的反思和人生的思考。散文集收入的文章翔实地记述了他的亲历亲见，其内容多是写他的战士、作家、创作、"右派"的经历，写他的婚姻和爱情，写他人生的悲剧和喜剧。徐光耀的散文颇具徐光耀式的"嘎性"特征，正如他笔下的"嘎子"——"刚毅勇敢、机智忠诚"，这是一位文人的"耿直"，也是一名老共产党员的忠诚。文章以讲故事的形式将不同的人物和事件串联起来，用一种轻松、幽默的表达方式言说着人生的苦涩和沉重，既蕴含了丰厚的思想内涵，又呈现出浓郁的艺术色彩。

《昨夜西风凋碧树》于2001年由北京十月文艺出版社出版发行，曾获第二届"鲁迅文学奖"。铁凝在《河北日报》文艺评论专栏《徐光耀文学创作大家谈》一文中曾这样评价这部散文集："这部作品书写的是历史，内在的精神却是指向未来的。徐光耀怀着对于民族未来的责任感和使命感，超越一己之恩怨，思考社会发展，探索文化心理。在这部作品里，我读出了一位作家的真诚、从容与睿智，读出了其历经坎坷而不改其志的追求，读出了其充满人格魅力的叙述与沉甸甸的理性思考。而促使他做出这些思考和表达的，是他对祖国和人民的深沉的热爱。"徐光耀的散文里有种化不开的情结，有对历史的反思和对未来的思考，这使读者不仅可以了解不应忘却的过去，而且还感受着他透视历史的现实关怀，这也正是徐光耀散文散发出的深远意义。

（撰稿人：刘洁琳）

阎肃

名家简介

阎肃（1930—2016），原名阎志扬，河北保定人，现当代著名剧作家、词作家。

1930年，阎肃出生于河北保定，他家境殷实，父母都是天主教徒。父亲早年从军，曾加入北伐军任军官，后弃武经商。母亲善良、智慧，与阎肃的父亲是同乡。抗战全面爆发后，阎肃随家人逃难至武汉，后又辗转到了重庆，战争的炮火让阎肃一家人失去了所有的家当，不得不借住在市郊的一所教会修道院里，阎肃则被安排在修道院里读书。在那里，他接受了最早的艺术培训——唱诗班。阎肃是唱诗班的成员，每逢教会举行戏剧演出，阎肃一般都会登台，而且表演得有模有样。阎肃的学业也非常出众，不仅跟随他的中文老师打下了坚实的诗词功底，而且还学会了英文、拉丁文，考试也总是第一名。正因如此，他经常得到上钟楼敲晨钟的荣誉，当时修道院甚至准备推荐他到高级修道院学习，作为未来的大主教进行培养。

后来，阎肃考取了重庆南开中学，也由此进入了一片新的天地。诗朗诵、说相声、打快板、演话剧、唱京剧，多才多艺的阎肃成了学校的一名文艺骨干，也就是在那时，他开始接触到进步思想，醉心于进步书籍，并且积极参加各种进步学生活动。1949年，考入重庆大学工商管理专业。进入大学后，阎肃很快就秘密加入了中国共产党领导的外围组织，接受了共产主义思想的洗礼，树立了崭新的信仰，并积极投身到中国共产党领导的爱国学生运动当中。1950年，受党组织委派，阎肃放弃学业进入中国共产主义青年团西南工委青年艺术工作队，正式开始了他的文艺生涯。在此期间，阎肃参加了土改宣传、参与了抗美援朝的战地慰问演出，他的创作和表演天分得到充分展现。1953年，阎肃光荣地加入了中国共产党。同年，调到西南军区文工团，从此正式穿上了军装。1955年，阎肃调入空政文工团，正式改名为“阎肃”。任职中国人民解放军空军政治部歌舞团编导室一级编剧，专业技术一级，文职特级，享受政府特殊津贴。

早期的阎肃以做演员为主，创作只是他的业余爱好。1958年，阎肃的歌词处女作《我的银燕是祖国造》在上海的歌词刊物《满江红》上发表，这让阎肃备受鼓舞，创作热情高涨。同年，他创作出了人生的第一部歌剧《刘四姐》，演出后大获成功，而阎肃也因此成为空政文工团创作员，专门从事创作工作。1959年春节后，阎肃在空军航空兵某部锻炼时又写下了广为传唱的歌曲《我爱祖国的蓝天》。1964年，歌剧《江姐》公演时引起轰动，阎肃一剧成名。1986年，阎肃加入中国作家协会。同年，阎肃在沈阳军区空军瓦房店场站采风时创作了《军营男子汉》。1998年，阎肃前往抗洪一线，参与组织了《我们万众一心》《携手筑长城》《同舟共济重建家园》等大型抗洪赈灾义演募捐晚会。2008年，当阎肃通过电视看到了空降兵的15位勇士冒着生命危险从5000米高空跳伞营救灾区人民的事迹报道后，连夜创作了歌曲《云霄天兵》。

阎肃常说：我这一生最爱穿的是军装，最爱写的是军歌。盘点其一生创作的1000多部作品，其中三分之二都是军旅题材。与此同时，他还参与策划了《祖国颂》《回归颂》《长征颂》《复兴之路》等100多场重大文艺活动。阎肃被誉为文艺战线的一面旗帜，他60多年来始终保持着永攀艺术高峰的工作态度，80多岁时依然奋斗在文艺工作的第一线。2016年2月12日，阎肃因病在北京逝世，享年86岁。

阎肃的一生始终践行着一名人民歌者的初心，刘云山同志曾赞誉他“无论是创作实践，还是为人做事，都是一片丹心、一腔热血、一身正气”。正如他当选“感动中国2015年度人物”时颁奖词中所说：“铁马秋风，战地黄花，楼船夜雪，边关冷月，这是一个战士的风花雪月。唱红岩，唱蓝天，你一生都在唱，你的心一直和人民相连。是一滴水，你要把自己溶入大海；是一树梅，你要让自己开在悬崖。一个兵，一条路，一颗心，一面旗。”

阎肃的一生创作颇丰，形式也非常多样，代表作品有歌曲《我爱祖国的蓝天》《敢问路在何方》《故乡是北京》《雾里看花》《前门情思大碗茶》《唱脸谱》《北京的桥》、歌剧《江姐》《党的女儿》《刘四姐》、京剧《红岩》《红色娘子军》《红灯照》《年年有余》等。

名作赏析

（一）《江姐》

“红岩上红梅开，千里冰霜脚下踩，三九严寒何所惧，一片丹心向阳开……”这首脍炙人口的经典歌曲《红梅赞》就是出自歌剧《江姐》。1962 年，阎肃根据著名作家罗广斌、杨益言的小说《红岩》，将江姐的故事改编成歌剧《江姐》。他利用探亲假，连续写作 18 天完成了歌剧《江姐》的初稿。阎肃的创作得到了时任空军司令员刘亚楼上将的高度重视，他指示：“要精雕细刻，一炮打响。”在刘亚楼将军的支持下，阎肃和几名工作人员带着剧本曾几度奔赴四川，拜访小说《红岩》的作者罗广斌和杨益言，走访川东许多活着的地下党员和江姐原型江竹筠烈士的亲属、战友，并专程在江姐被关押的渣滓洞集中营的牢房里体验生活。经过数十稿的修改，以及两年多的打磨、排练，歌剧《江姐》于 1964 年 9 月在北京儿童剧场迎来首次公演，并获得一致好评，旋即引起轰动，一年内连演 200 多场，观众无不热泪盈眶，拍手称道。

歌剧《江姐》取材于小说《红岩》，主要讲述了中共地下党员江竹筠烈士的英勇事迹。新中国成立前夕，中国人民解放军进入全面战略反攻阶段。地下党员江姐带着中共四川省委的秘密任务，去往川北抗日根据地发展华蓥山游击队。然而就在奔赴川北抗日根据地的途中，她意外地发现自己的丈夫——华蓥山游击队政委彭松涛被敌人杀害了，凶残的敌人还将彭松涛的头颅悬挂在城墙上。面对这突如其来的打击，江姐悲由心生，痛如刀绞。可是此时，在江姐的周围都是敌人，为了不引起他们的怀疑，她强忍悲痛，带着丈夫未完成的使命，直奔华蓥山，将所有的悲痛都化为革命斗争的力量。刚刚到达抗日根据地，江姐便投入了革命工作之中。她联合当地的游击队队员一起积极地发动群众，组织领导了多次战斗，他们同敌人抢水夺粮，伺机埋伏，偷袭敌人，阻截军火，使敌人闻风丧胆，有力地配合了大部队的作战。后来，江姐因叛徒甫志高的出卖被捕入狱。面对敌人的酷刑、恐吓和利诱，江姐不为所动，始终坚守着共产党员的革命气节。可是就在即将迎来黎明曙光的时候，气急败坏的敌人为了报复战争的失败，决定要将狱中的一部分革命同志秘密杀害，这其中就包括江姐。江姐为了掩护正在准备越狱的革命同志，她毫无畏惧，大义凛然地走向了刑场。山城解放了，用烈士鲜血染成的五星红旗在新中国的上空迎风飘扬。

歌剧成功塑造了“江姐”这个经典的艺术形象，通过对江姐承担的不同社会身份的建构与表现，呈现出人物形象所承载的坚贞不屈的红岩精神。首先，身为地下工作者的江姐，有着丰富的斗争经验和女性特有的敏锐洞察力。江姐的第一次出场就尽显了她的细腻和机智。当江姐在码头看到甫志高的装扮，他衣着非常讲究，可是却扛着一个大箱子，与他乔装的身份非常不符合，这样很容易引起敌人的注意，于是江姐立即提醒他这样的行为很危险，非常容易暴露。其次，身为革命战士的江姐，有着英雄人物的大气与豪气，展现着革命英雄的坚毅和无畏。江姐在到达抗日根据地后，和当地的游击队队员一起带领着人民群众开展了抢水抢粮、阻截敌人军火等战斗，有力地打击了敌人并配合了大部队的作战，此时的江姐表现出了一名革命女性的足智多谋、英勇果敢。在被捕之后，面对敌人的各种酷刑和威逼利诱，江姐无所畏惧、坚贞不屈，充分表现着对党的忠诚和对革命的决心。特别是江姐在走向刑场时，这是整部歌剧最浓墨重彩之处，也将歌剧的情感推向高潮。江姐的大义凛然、英勇就义，展现着一名共产党员坚定的革命信念和高尚的革命理想。剧中的江姐是地下工作者、是革命战士，但同时她还是一个妻子、一位母亲，从普通女性的身份来表现江姐的革命精神，更显得真实和伟大。身为妻子，当她面对丈夫的牺牲，特别是看到丈夫的头颅被敌人挂在城墙上时，那种悲痛欲绝而又痛苦无助的内心感受，让我们看到了一个妻子面对丈夫牺牲时无限悲愤的真实心境，可想到现实的斗争环境和还没有完成的革命使命，她坚强地抑制住自己的泪水和悲痛，并且竟反问自己：“我怎能在这里痛苦悲伤。”这时的江姐是多么的坚强和刚毅，她承受着一个普通女人难以承受的痛苦，只因为她不只是一个妻子，更是一名共产党员。身为母亲的江姐在剧中出现的并不多，可正是这个出场不多的身份却更加令人动容。江姐在牺牲前想到了自己的孩子，要“告诉他胜利得不容易”，“告诉他当好革命的接班人”，这两句“告诉”，一方面让我们感受到了一位普通母亲在面对死亡时，对孩子的万般牵挂和不舍，另一方面通过江姐对孩子的嘱咐和期望，也更为真切地突显了江姐这位革命英雄的坚定信念和崇高精神。

此外，剧中创作的著名唱段《红梅赞》《革命到底志如钢》《青松林内红旗扬》《五洲人民齐欢笑》《春蚕到死丝不断》《绣红旗》等，朗朗上口，过耳不忘，至今仍广为流传。

《红梅赞》是歌剧《江姐》的主题曲，也是革命者凌霜傲雪、慷慨牺牲的壮歌。梅花是一种不惧严寒之花，一直以来，文学作品中多用它来象征一种坚韧不拔、自强不息的精神品质，在民间，它还被寄寓了传春报喜之意。在《红梅赞》中，正是借用不畏严寒的红梅来象征江姐的精神气质，展现了江姐英勇无畏、积极乐观的革命精神。红梅的傲雪，正如像江姐一样不畏牺牲的革命英雄用自己的牺牲终将换来革命的最终胜利，严冬已过，革命将迎来明媚的春天。“红岩上红梅开，千里冰霜脚下踩，三九严寒何所惧，一片丹心向阳开”，把江姐比作红梅，在敌人的严刑逼迫下，依然不屈不挠，无所畏惧，一片赤诚向着党。“红梅花儿开，朵朵放光彩，昂首怒放花万朵，香飘云天外，唤醒百花齐开放，高歌欢庆新春来”，则是把千万革命战士比作朵朵红梅，他们为了革命事业奉献着自己的生命和力量，绽放出耀眼的光芒，最终红梅唤醒百花齐放，取得革命的胜利，迎接新中国春天的到来。梅花除了品性特点之外，寓意中还有迎春报喜之说，所以引用红梅寓意这部歌剧的精神再合适不过。

半个多世纪以来，歌剧《江姐》唱遍大江南北，被誉为“中国歌剧里的里程碑”，如此受欢迎的程度，足以说明歌剧《江姐》旺盛的生命力和永恒的艺术魅力。

（二）《党的女儿》

1991 年 7 月，总政歌剧团为庆祝建党 70 周年，由阎肃担纲创作了民族歌剧《党的女儿》，这部歌剧一经问世，盛况空前，成为中国民族歌剧史上又一部红色经典。

歌剧《党的女儿》取材 1958 年上映的由田华主演的电影《党的女儿》（改编自王愿坚创作的小说《党费》），描写的是 1935 年红军北上抗日，江西苏区杜鹃坡处于白色恐怖的笼罩之中，共产党员田玉梅死里逃生后，坚持带领群众与敌人进行斗争，为了保护乡亲与游击队送盐而被敌人抓住，最后慷慨就义的故事。歌剧中着重刻画了田玉梅这个英雄的女共产党员形象。她无畏生死，信念坚定。在刑场上，田玉梅在老支书的掩护下死里逃生，但她没有被敌人的凶残所吓倒，反而下定决心要和敌人抗争到底，“血里火里又还魂”，“我要和你们拼一拼”。对待叛徒马家辉，她充满了鄙视和愤慨，她以大无畏的精神与叛徒斗智斗勇，用自己的一片诚心化解了七叔公对她的误解，也唤醒了马家辉的妻子桂英，最终揭露了叛徒的真面目，保护了游击队的安全。身为共产党员的田玉梅在生活中也是一位母亲，对于女儿，她同样有着母亲对子女最无私、最诚挚的爱。田玉梅被捕后，唱段《孩子啊，我的小心肝》和《孩子啊，妈妈对不起你》都充分表现出母亲对孩子最深沉的爱和最不舍的牵挂。但当这两种身份发生冲突时，田玉梅的选择则更彰显了她身为一名共产党员的伟大、无私和忠诚。田玉梅深爱着自己的孩子，这毋庸置疑，可当她误会自己的女儿偷吃了自己给游击队准备的食物时，她严厉地批评了孩子。在那样一个缺衣少食的年代，她把仅有的粮食留给革命战友，哪怕是女儿也不能偷吃，这其中虽然有母亲对于孩子的严格要求，可更多的是饱含了一名共产党员的忠诚。尤其是在歌剧的最后，在激烈的斗争中，枪声引来了敌人，为了掩护藏在屋里的革命战友，她毅然挺身而出，献出了自己的生命，也留下了幼小的女儿，这无疑是整部歌剧中最令人动容之处，也正是千百万个如田玉梅这样的英雄，牺牲了儿女情长，铸就了崇高伟大。田玉梅走了，可她不朽的精神染红了满山盛开的红杜鹃。

歌剧《党的女儿》在艺术上具有很强的感染力，尤其是剧中人物形象的鲜活生动和演唱形式的丰富多彩。同时，歌剧还坚持立足本民族的音乐形式，具有浓郁的地域色彩和民族特色。正如研究者杨柳松在他的《民族歌剧的演唱技法及艺术形象塑造——以〈党的女儿〉为例》一文中所说：“整个歌剧在舞台表现上，凸显出了民族风味，同时又能够充分表达出充实的人物情感，整个故事的发展脉络清晰。”

大型民族歌剧《党的女儿》公演后，曾获得国家领导人的高度评价，并且凭借其深刻的思想内涵和独特的艺术魅力荣获了全国“文华大奖”。

（三）《我爱祖国的蓝天》

2014 年 10 月 15 日，在习近平总书记主持召开的文艺工作座谈会上，阎肃充满激情地说：“我们也有风花雪月，但那风是‘铁马秋风’、花是‘战地黄花’、雪是‘楼船夜雪’、月是‘边关冷月’。就是这种肝胆、这种魂魄教会我跟着走、往前行，我愿意为兵服务一辈子！，”在阎肃的军旅生涯中，他始终贴近基层，服务官兵，机场、阵地、海岛、高原、边防哨所等这些空军所有类型的基层单位几乎都留下过他的足迹，而这也为阎肃的创作带来了素材、带来了激情。阎肃创作出了一大批脍炙人口、感人至深的军旅歌曲，还帮助100多个军师旅团部队创作了队歌。而这首广为传唱的歌曲《我爱祖国的蓝天》就是1959年阎肃在空军航空兵某部锻炼时写下的。雨哥在《我和我的阎肃爸爸》一书中回忆道："爸爸常常一个人，躺在草地上注视着广阔的蓝天和壮丽的云霞，一种莫名的感觉，直冲胸臆。"于是，《我爱祖国的蓝天》的歌词就在阎肃的笔下生成了。

这是一首歌颂我国当代空军飞行员的军歌，展现了我军飞行员昂扬向上的精神面貌，表达了飞行员们热爱祖国、热爱蓝天，誓死捍卫祖国领空的豪情壮志。阎肃在歌词中把抽象的"爱国"化为形象生动、具体可感的动态画，"晴空""阳光""白云""朝霞""红日""长虹"，几个简单的词语就把祖国壮美的蓝天展现在人们眼前，气宇轩昂，雄姿英发，如"雄鹰"般的共和国飞行员乘着"东风"翱翔，踏着"白云铺路"，俯瞰"锦绣河山"，迎着"春雷战鼓"，披着"红日出战"，穿过"长虹搭起的彩门凯旋"，这又是怎样的一种浪漫和豪情。正如研究者张俊英

《阎肃歌词歌曲精选》

在他的《普通一兵写下最动听的蓝天恋歌——〈我爱祖国的蓝天〉歌词评论》中所说："短短几行歌词，生动地歌颂了飞行员的英姿与潇洒、信念与豪情。"

歌曲《我爱祖国的蓝天》自诞生之日起就深受广大官兵，尤其是空军官兵的喜爱，在广大人民群众中也广为流传。直到今天，这首歌依旧魅力不减，历久弥新。《我爱祖国的蓝天》曾在1964年获空军文艺作品一等奖，并在中国人民解放军第三届文艺会演中获优秀作品奖。2019年6月，《我爱祖国的蓝天》入选中宣部组织遴选出的"庆祝中华人民共和国成立70周年优秀歌曲100首"。

（撰稿人：刘洁琳）

韩映山

名家简介

韩映山（1933—1998），又名韩祖盼，笔名映山红，河北高阳人，是文学大师孙犁的弟子，“荷花淀派”骨干作家，曾任保定市文联主席、保定市作家协会主席。

1933 年，韩映山出生在河北保定高阳县城北街的一个中农家庭里。七七事变后，他随全家从高阳县城迁居到了教台村村外的祖母家，并在此度过了他的童年和少年时代。教台村是白洋淀边一个两面临水的小村庄，于是白洋淀的一方水土就成了他之后文学创作中的原乡。

韩映山的母亲在他小时候常给他讲故事、念诗词，可以说是他最初的启蒙老师。韩映山 7 岁时上了小学，并参加了抗日儿童团。在上小学的时候，他就很爱好文艺，十一二岁时就读了《水浒传》《红楼梦》《西游记》《镜花缘》等古典文学名著，其中他最喜欢的就是《红楼梦》。后来，在他三姐送给他的一本名叫《现代文学作品选》的书中，他接触到了鲁迅、郭沫若、茅盾、巴金、叶圣陶、丁玲、冰心等现代作家的文学作品，他特别喜欢鲁迅描写水乡的小说，觉得鲁迅笔下的水乡与家乡白洋淀非常相似。就是从那时候起，他喜欢上了读书，也热爱上了文学。

1950 年 9 月，小学毕业后的韩映山考入保定市第一中学，开始大量阅读中外文学名著，解放区作家孙犁、赵树理、周立波、马烽等人的作品让他觉得十分的亲切，尤其是孙犁的作品更让他爱不释手。于是他萌生了当个作家的愿望，他曾说：

“我在青少年时期,曾做过许多美好的梦，总想当一个叫人喜爱的作家。”于是他便开始了业余写作。1952年，17岁的韩映山开始向孙犁主编的《天津日报·文艺周刊》投稿，之后他的短篇小说《鸭子》被发表。在孙犁的鼓励和帮助下，他开始走上了正式的文学创作之路。

初中毕业后，韩映山没能继续升学，只得回到故乡劳动。他曾参加村子里的合作化运动，也曾当过一阵见习会计，可他并没有因此而中断写作，而是利用劳动之余和晚上的时间继续坚持创作。不久之后，他终于有了可喜的收获。1954年，韩映山的短篇小说《弯弯的河堤》被选入华北人民出版社出版发行的小说选集。1955年10月，《水乡散记》由上海新文艺出版社出版发行，一年内竟然重印了5次，韩映山自此成了小有名气的青年作家。

1956年6月，韩映山被调到当时的河北省省会保定，在河北省文联任《蜜蜂》月刊小说编辑。1959年，河北省文联随省会迁至天津，他任《河北文学》编辑部编辑。1960年初，他由河北省文联调入天津市文联《新港》文学月刊编辑部担任小说组组长。1964年春，因患上慢性肝炎到天津柳林疗养院养病。养病期间，他与孙犁有频繁的书信往来。1968年至1972年，韩映山被下放到杨柳青104干校，在天津钢厂做翻砂工，后又被安排到天津市冶金局、105中学等。

1972年8月，韩映山搬迁回保定，调入保定市群众艺术馆文学创作组《莲池》月刊社任编辑。1978年,《莲池》更名为《小说创作》，他担任编辑部总编。1979年，加入中国作家协会。1983年10月，韩映山加入中国共产党。1985年5月，保定市文联恢复编制，韩映山出任保定市文联主席。在此期间，保定的文学创作活动异常活跃，涌现出了以铁凝为代表的一批文学新秀。7月，他还出任了保定市文联主办的《大千世界》文摘报总编。当年，在全国发行的《大千世界》因其信息广博、雅俗共赏，深受全国广大读者的好评，单期印数最高曾达320万份，并得到《人民日报》《工人日报》的好评。

为了表彰韩映山对繁荣文学创作做出的贡献，1987年10月，中国作家协会授予其“繁荣文学事业突出贡献奖”，并获中国新闻出版总署暨中国出版工作者协会联合颁发的荣誉证书，表彰他“长期从事出版工作，为社会主义出版事业做出了积极贡献”。保定市委、市政府授予他“市级专业技术拔尖人才奖”。1990年，他的中篇小说《春秋情》荣获“中国作家协会河北分会 1987—1990 年度文学创作奖”。1991 年，保定市文联授予他“1987—1989 年度文学创作一等奖”。1992 年 10 月，被国务院授予“文化艺术突出贡献奖”，并终身享受政府特殊津贴。

1998 年 6 月 12 日，韩映山因患突发脑溢血救治无效辞世，享年 66 岁。

《韩映山文集》的出版说明中写道：“韩映山是中国现当代文学史上重要文学流派‘荷花淀派’的重要作家，他始终立足白洋淀的水乡世界，坚持现实主义创作方法，反映时代生活；他的作品质朴清新，风格明显，是当代河北文坛的重要作家。”

韩映山自发表处女作《鸭子》起，笔

《串枝红》

《韩映山文集》

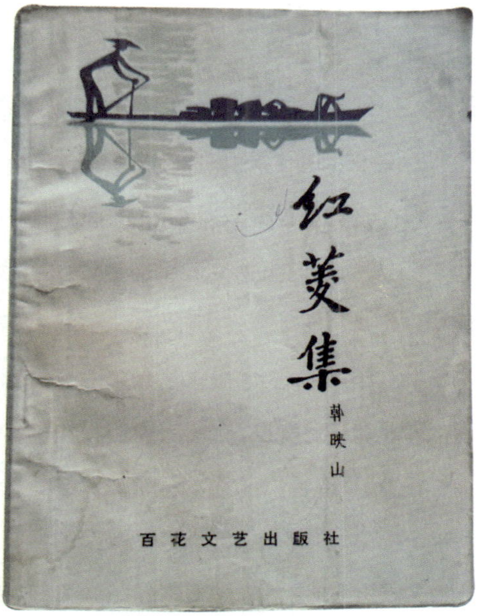

《红菱集》

耕不辍，一生创作共计300余万字，其主要文学作品有《水乡散记》《作画》《一天云锦》《绿苇丛中》《紫苇集》《绿荷集》《串枝红》《满淀荷花香》《红菱集》《明镜塘》《孙犁的人品和作品》《韩映山文集》等。

名作赏析

（一）《水乡散记》

《水乡散记》是韩映山的第一部短篇小说集，1955年10月由新文艺出版社出版发行，收入了《鸭子》《苑苇和小芝》《高洗子》《弯弯的河堤》《瓜园》《两条道路》《冰上雪花飘》《船》《水乡散记》等9篇小说。

韩映山的处女作《鸭子》于1952年发表在孙犁主编的《天津日报·文艺周刊》上。小说主要讲了放鸭子的青年中秋有一只小船，这只小船是父亲临死前遗给他的“捞家宝”，他记住了父亲的遗言好好珍重小船，总是小心地使用，不让小船磕着碰着，每年还精心地刷一次油。一天大水来临，他竟不顾旁人劝阻，毅然将自己的小船沉没，堵住了溃堤。雨渐渐停了，为了减少损失，他又去追赶淀里自家的两只鸭子。就在这时，县农场养的100多只鸭子眼看就要被大水冲跑，他立刻不顾自家的鸭子，用尽平生的水性与大水搏斗，终于把公家的鸭子赶了回来。

小说通过放鸭子青年中秋为了集体利益不惜牺牲个人利益的故事，表现出了水乡人民纯净高尚的思想和大公无私的情怀，在水乡特有的优美风景中书写出了水乡人民淳朴美好的人性。小说的笔调清新自然，散发出白洋淀水乡泥土的芬芳，“淀边有一只飘在水里的小船，油光漆亮。中秋提了锚，登上小船，小船轻轻一歪。他点了一篙，小船翘着头离开岸。”这些充满诗意的描绘，颇得孙犁作品之神韵，给主编孙犁留下了深刻的印象。

这篇处女作发表之后，在孙犁的指导和帮助下，韩映山的创作一发而不可收。与此同时，他还努力向其他青年作家学习，他曾说刘绍棠的《大青骡子》对他启发很大，让他知道了一个作者要写自己熟悉的生活才容易写好。对于从小生长在白洋淀边的韩映山来说，打草、掏鱼、放鸭、摇船……这些无疑就是他最熟悉的生活，他紧跟时代，把这些最熟悉的生活融入笔端，《高洗子》《瓜园》《弯弯的河堤》等相继发表在《文艺周刊》和《河北文艺》上，最终促成了《水乡散记》的集成。

《水乡散记》中的小说带有鲜明的时代特点，反映出当时农村社会较为广泛的社会生活，有劳动生产，有抢险救灾，有对劳动者淳朴人性与优秀思想品质的赞美，也有对封建思想、资本主义思想的批判，表现出了农民思想的不断进步，以及青年学生在学习和生产中的锻炼成长等。其中的同名小说《水乡散记》一篇写于1954年，从“我”的视角写了一位被大伙称作“公德老”的老人，他勤劳能干，公而忘私，一心扑在集体的事务上。村子遭受了水灾搞生产自救，他冲在前头，打鱼撒网，日夜操劳。当发放赈济棉衣时，他又让别人先领，把温暖留给他人。小说的叙述笔调平和舒缓，人物刻画自然真切，新中国成立初期水乡人民朴素的思想感情与作者笔下静静的淀水、清朗的月光交融到了一起，情景交融，动人心弦。

《水乡散记》奠定了韩映山文学创作的基调。作为“荷花淀派”的重要成员，他致力于挖掘和表现生活中的美，9篇小说中的景象都是美的，那里淀塘广阔，芦苇幽绿，菱荷茂盛，鱼儿肥大，还有那里的鱼鹰、浮萍、笮草、小船，无不散发出特有的白洋淀水乡气息。那里的人民是美的，如小说中的老豪、秋高老头，也如荷荷、兰芝、小珍、春雨、小珂、高洗子、白子哥等，他们无不透着白洋淀人的品德与性情，勤劳善良，积极乐观，朴实可爱，追求进步，先公后私。“纯美风景”的描绘与“淳朴人性”的书写构筑出韩映山小说中的乡土诗意，呈现出“荷花淀派”特有的清新俊逸、活脱朴素、柔美明丽之气。

（二）《明镜塘》

长篇小说《明镜塘》于1985年写起，1992年改写，1993年1月由香港天马图书有限公司出版发行。

小说的故事起始于新中国成立前的土改时期。明镜塘村的梅万冬、伍老明和柳登枝都是从革命战争年代走出来的农村干部。新中国成立前夕，伍老明的妻子被还乡团刺死，留下了一个未满周岁的孩子苇

《明镜塘》

根，伍老明无奈，只好把孩子送到柳登枝家。柳登枝的老婆王小梳是孩子的亲姨，恰好也有个正吃奶的孩子水花，伍老明想托她把孩子奶个一年半载，可奸猾无德、心口不一的王小梳不出5天就把孩子赶出了家门。梅万冬和他的妻子荷叶妈毅然收留了苇根，并将他养育成人。苇根与荷叶同吃荷叶妈的奶水长大，两人产生了深厚的情谊。在之后的合作化、“大跃进”、公社化、三年困难时期，伍老明一心为民，坚定地走社会主义道路，但在风云变幻的时代风潮中他看不清是非曲直，盲目地一直紧跟形势，事事听从上级的安排，被荣誉迷住心窍而陷入了困惑、迷惘、不安之中。曾经出卖过革命同志的柳登枝混迹于干部队伍中，他善于见风使舵、投机钻营、趁灰拨火、上纲上线，在一阵又一阵的政治运动中攀附上级，协同其他政治投机分子把明镜塘村搅得民不聊生。对党忠诚、一心为民的梅万冬与柳登枝等人展开了针锋相对的斗争，他刚直不阿、敢讲真话，却因屡次对抗极左路线而受到党纪处分。苇根成人后回到了伍老明家，王小梳撺掇自己好吃懒做、蛮横刁钻的表姐大宝嫁给了伍老明，成了苇根的后妈。伍老明掌权时，王小梳、大宝沆瀣一气，想方设法让水花与苇根订了婚。“文化大革命”的政治风暴来临，柳登枝伙同反革命分子趁势夺权，将伍老明打成走资派，这时伍老明才彻底看穿了柳登枝一伙人的真面目。梅万冬也受到严刑拷打，他久病的妻子荷花妈气急而亡。柳登枝、王小梳为了攀附新权贵，又将水花嫁给了百局长的儿子百闹儿。荷叶在老革命贺大爷的指点下走上了寻求真理之路，途中巧遇了被诬陷而从部队复员的苇根，两人商议后表示要一起代表明镜塘村的群众去找国务院，把揭露反动派罪行的控告信交给周总理。小说的尾声，1989年的明镜塘村发生了巨大的变化，伍老明盼望人民过上好日子的梦想终于变成了现实，苇根和荷叶结了婚，他们都成了明镜塘村的建设者和接班人。柳登枝虽然被开除了党籍，但却办起了工厂成了百万元户。而梅万冬的墓碑峥然屹立在梅林之侧，引发人们无尽的哀思。

小说以土改为引子，以改革开放后的1989年做尾声，以梅万冬、伍老明和柳登枝3个农村干部及其家庭成员的人物命运及爱情纠葛为主线，描绘了白洋淀畔明镜塘村的干部和群众在合作化、“大跃进”、公社化、三年困难时期，直至“文化大革命”期间错综复杂的矛盾和斗争。小说真实地反映了我国北方农村40余年的历史变革，歌颂了在曲折的社会主义建设曲折路途中的真善美，鞭挞了假恶丑，表现出对社会主义道路和共产主义理想的坚定信念。小说的时间跨度大，场面众多，情节跌宕起伏，但却张弛有度，有条不紊，显示出作者深厚的艺术功力。作者在历次风潮的发展变幻进程中展开情节，在尖锐复杂的矛盾冲突中塑造人物，特别是将梅万冬、伍老明和柳登枝 3 个农村干部形象相互对比映照，使得这 3 个主要人物形象异常鲜明突出。其他如王小梳、大宝、苇根、荷叶、傻小、汪油篓等人物也被塑造得血肉丰满、生动形象。

小说仍然保留着"荷花淀派"一贯的创作气息，比如小说在紧张尖锐的事件冲突中不时会穿插自然景象的描绘，让明镜塘村清新美丽的自然景象映照出错综复杂的矛盾和斗争，映照出人们的悲欢离合，也映照出人性的真伪善恶。有了明镜塘村美丽自然山水的映照，加之作者一贯的朴质流畅的笔调，小说便在冷峻沉实中多了一分清新明丽之气。此外，小说极具生活的实感和浓郁的地域特色，不论是人名、地名、生活习俗，还是方言口语都呈现出白洋淀水乡特有的气息。同时可以看出，这部凝聚作者多年心血的长篇小说，其生活视野较前期作品更加阔大，思想内涵更加深厚，艺术格调更趋浑厚与严峻，标志着韩映山在思想和艺术上的突破和创新。

（三）《孙犁的人品和作品》

散文集《孙犁的人品和作品》于 1995 年 1 月由大众文艺出版社出版发行，共收入了韩映山的 86 篇散文。这 86 篇散文涉及了孙犁从家庭生活、文学创作到文坛交游的方方面面，有记录孙犁工作学习的，有回溯孙犁日常生活的，有评述孙犁各类创作的，有谈论孙犁故土亲友的，全方位、多角度地记录了韩映山对孙犁的人品和作品的深刻印象。

在孙犁的四大弟子中，韩映山无疑是受孙犁影响和熏陶最深厚的一位，他师承孙犁"诗化小说"之风，自始至终保持了"荷花淀派"的独到风格，他也是与孙犁接触最多、联系最频、情谊最重的一位。他们的友谊开始于 1952 年。那年，尚在保定同仁中学读书，年仅 17 岁的韩映山向《天津日报·文艺周刊》投稿，主编孙犁一下子就记住了这位文学青年。次年，孙犁来到保定红星剧场讲学，同学们纷纷找孙犁签名，孙犁就问同学们：韩映山来了吗？于是就有了两个人生命中的第一次握手。之后就开始了他们一生中频繁的往来，或见面谈天论道，或通信研学切磋，他们是师生更是知音。据统计，从 1964 年开始，直至 1995 年孙犁生病住进天津市总医院停止写作，孙犁写给韩映山的信竟多达二三百封。他们近半个世纪的师生情谊如高山流水，深厚而悠远。

可以说，正是如此深挚的师徒情谊成就了这本文集。在《孙犁的人品和作品》的后记中，韩映山说：“从我青少年时期，从我爱好文学开始，是孙犁同志把我引上了文学之途的，这是我没齿难忘的。”“不愿因自己之不肖，将我对他的所见所闻，与我同其泯灭也。趁着孙犁健在的时候，记下有关他的一些事迹，并能让他亲自过目审视，以免出现谬误和虚造之嫌。”从 1985 年夏天开始，韩映山就陆陆续续地写了一些孙犁的印象记。而散文集《孙犁的人品和作品》的出版，无疑是对孙犁与韩映山终生情谊的最好纪念。

文集中，作者对孙犁其文的品评公允而独到，对孙犁其人其事的记述细致而入微。孙犁曾诚恳地建议要把他性格上的缺点也写进去，最好是多记些无关紧要的小事，韩映山虽然没有写“他性格上的缺点”，但也没有“添油加醋”，他“抱着淳朴的写作态度，如实地把孙犁的处事为人的个性，表现出来”。正如韩映山所看到的：孙犁并不是圣贤，也不是完人，但他是一个真正的作家，一个真实的人，他的人和文是一致的。通观这部文集，其内容丰富，情感真切，笔调平实，既是一篇篇自然亲切的散文，也为我们更加深入地了解孙犁提供了大量鲜活生动的第一手资料。

（撰稿人：闫玮）

陈冲

名家简介

陈冲（1937—2017），祖籍辽宁海城，生于天津，人生足迹遍及重庆、上海、北京、保定、石家庄等地，其中在河北保定生活、工作长达30年。他是河北省作家协会专业作家、中国作家协会会员、一级作家，历任河北省作家协会第二、第三、第四届理事及第三、第四届副主席。

1937年，陈冲生于天津。1939年，随全家迁往山海关。1942年，进入当地小学学习。1943年，举家逃离日本占领的沦陷区，历经近一年时间才辗转到达重庆。抗战胜利的第二年，陈冲的父亲参加了中国共产党的地下工作，陈冲随父亲回到天津，入私立慈惠小学读书。1948年，考入天津南开附中。同年，举家又迁往上海，陈冲进入圣芳济中学虹口分校读初中。陈冲“幼喜文，颇聪慧，而性殊顽劣，思多不羁，语辄乖张”。在小学、中学读书期间，他便受到几位语文老师的影响，对文学产生了浓厚的兴趣。此后他大量阅读中外文学作品，尤其喜欢武侠小说和美国西部片，从10多岁起他就开始模仿着这些作品编写武侠故事。

1951年，陈冲初中毕业后参加了中国人民解放军，在解放军第六后勤学校学习财务会计。1952年10月，毕业后在部队从事会计工作，这段经历使他对军队和军队后勤工作有了一定的了解。1953年，抗美援朝战争取得胜利，16岁的陈冲完成了他的第一部小说《胜利的保障》，这部约3万字的小说表现的正是抗美援朝前线中国人民志愿军的后勤保障工作。小说虽然未能发表，但得到了《解放军文艺》《河北文艺》编辑的重视。

1954 年，陈冲复员回到上海，进入电力部流动性的列车电站从事会计工作。两年后，调至上级机关电力部列车电业局任局长秘书。1956 年 9 月，电力部列车电业局从北京迁到保定，陈冲便成了保定列车电站基地的工会干事。从此，开启了陈冲在保定生活、工作的生涯，也开启了他正式文学创作的生涯。1956 年，他开始写诗歌，之后又写起了小说、散文。至 1958 年，陈冲在河北各地的报刊上发表小说、散文等 共 20 余篇。正当他的创作渐入佳境之时，1958 年，他被错划为“右派”，下放到保定地区的涞水、安新等地劳动。1965 年，陈冲重返保定，被安排到一家集体所有制的小厂当工人，直到 1979 年平反之后才回到了国有大企业工作。在此期间，陈冲被迫辍笔近 20 年。

拨乱反正后的新时期，陈冲迎来了他文学创作的丰产期。1984 年，中短篇小说集《无反馈快速跟踪》出版，强烈的改革意识、成功的人物塑造和对新时期改革的深入思考，使他的改革文学备受瞩目，他也成为保定作家群的中坚力量。

1984 年，他被调到河北省文联从事专业创作。相继发表或出版了中篇小说《金三角最新消息》《陈冲短篇小说集》、中短篇小说集《会计今年四十七》、长篇小说《铁马冰河入梦来》《粉红色的车间》等。这些作品多是关注城市工业的题材，揭示了改革进程中出现的尖锐问题，客观地书写了改革的必要性和艰巨性，成功地塑造了工业战线上的改革者形象。自此，陈冲成为城市工业改革题材小说的代表作家。

20 世纪 90 年代前后，随着时代的迅猛发展和改革的日趋深入，陈冲对社会现实和改革开放有了更为深刻的思考和认识，他的创作进入了一个新时期。虽然改

《粉红色的车间》

革仍然是其题材的主干，但反映的社会生活面更加开阔，视角也由外而内，从社会现实的表象深入历史和精神层面，作品中多了一些凝重的历史感和对人的生存状态的深度反思，相继出版或发表了长篇三部曲《后浪》之第一部《腥风血雨》、中篇三部曲《变色》之《不自然的黑色》、长篇小说《送你下地狱》等作品。进入21世纪后，长篇小说《风往哪边吹》《车到山前》等作品再次彰显出了他的创作实力。2014年，他在《人民文学》发表了中篇小说《紫花翎》，被视为他多年之后回归写作的标志性文本，也被认作是他创作的新高峰。

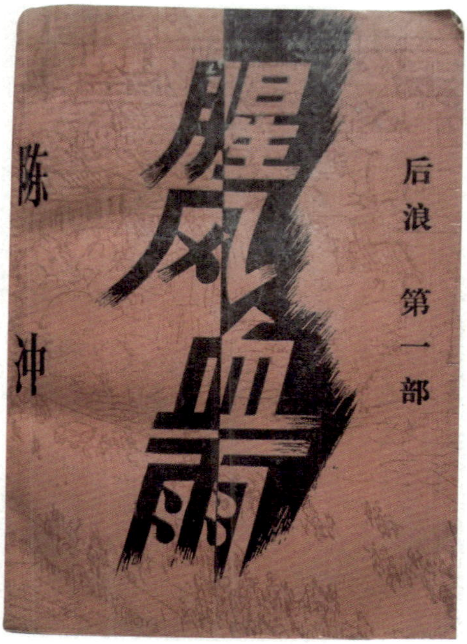

《腥风血雨》

2017年6月4日，陈冲因病去世，享年81岁。

陈冲的一生创作颇丰，在当代文坛享有广泛赞誉，他的作品曾多次获奖。其中，《小厂来了个大学生》曾获1984年全国第七届优秀短篇小说奖，《不出经验的城市》曾获1988年中国潮二等奖，《厂长今年二十六》曾获河北省新人新作奖、《当代》文学奖，《铁马冰河入梦来》《会计今年四十七》曾获河北省文艺振兴奖，《无反馈快速跟踪》《不自然的黑色》曾获《十月》文学奖，《路灯下》《淡淡的是永恒》曾获《人民文学》奖，《会计今

《送你下地狱》

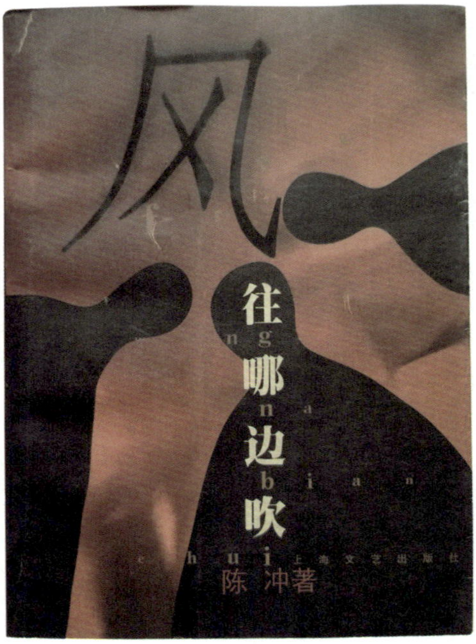

《风往哪边吹》

《车到山前》

年四十七》曾获《小说界》文学奖，电视连续剧剧本《少年英雄王二小》（与他人合著）曾获第十七届金鹰奖最佳儿童电视剧奖。

名作赏析

（一）《小厂来了个大学生》

短篇小说《小厂来了个大学生》刊载于1984年《人民文学》第四期。

小说主要讲了一个大学毕业生杜萌的改革理想最终碰壁的故事。杜萌是一个工科大学企业管理专业的毕业生，他有理想、有抱负，立志到基层去施展手脚，有所作为。他放弃了留在大城市的机会，被分配到永红服装厂工作，在当时强调专业知识、重视学历的大气候下，女厂长路明艳为了给自己挣名，摆出一副重视人才、重视科学、重视管理的姿态。可身为市劳动模范的她是缝纫工出身，文化水平低，性情精明强悍，根本就不尊重知识和技术，也不打算重用像杜萌这样的专业人才。杜萌进厂月余，发现这个工厂管理混乱，整个厂子的运行完全是在一种小生产的、宗法式的管理机制下维持着，随时都可能出问题。杜萌在对工厂的历史与现状进行了深入的调查研究之后，极其认真地写了一份调查报告，通过大量具体事实指出工厂潜伏的危机，以科学理论为依据，陈述科学管理的种种设想，可是路明艳对此却置之不理。不久，厂子果然发生了事故，路明艳反倒因为杜萌的报告正中其要害而将杜萌退回了局里。正当杜萌心中不平、痛心疾首时，缝纫女工诸葛云裳给了他精神上的鼓励。杜萌终于敲开了局长办公室的门，他为自己据理力争，而局长的态度终于让他看到了未来的希望。

小说通过讲述大学毕业生杜萌的改革理想最终碰壁的故事，揭示出了新时代改革进程的艰难坎坷，表达了改革者对未来的坚定信念。在这篇小说里，立志改革的大学生杜萌的形象与带有浓厚小生产意识和家长制作风的厂长路明艳形成了鲜明的对比。两者之间的激烈冲突带有鲜明的时代感和普遍性，它正是对改革初期进程中必然出现的尖锐问题的形象描述。改革是一场革命，对于各级企业来说，在生产、经营、管理等各个链条上，势必引发新与旧、现代与传统的激烈冲突和震颤。具有强烈改革意识的大学生杜萌，虽然有理想，有先进的知识和理念，但势必遭际根深蒂固的小农意识和传统历史惰力的牵绊与阻挠。改革任重而道远，初出茅庐的大学生杜萌必然要经受失败与挫折的考验。

这部小说是新时期改革文学大潮中的一篇优秀之作，曾获得全国第七届优秀短篇小说奖，这主要得益于作者丰富的人生阅历、多年的企业工作经验和敏锐捕捉时代创作素材的能力。1979 年陈冲平反之后，从保定的一家集体所有制小厂回到了国有大企业工作，辍笔多年的他焕发出新的创作生机。在拨乱反正、厉行改革的历史大潮前，他特别关注城市工业题材，关注时代的改革发展。陈冲重返文坛后的小说以强烈的改革意识赢得了文坛的瞩目。陈冲从青少年时代起，他的经历就异常丰富，足迹遍布祖国的天南地北，丰厚的人生经历和在企业工作的观察体验，使他对大小企业的生产、经营、管理等情况非常熟悉，对工人的思想、生活、情感也非常了解，这些都给他的文学创作提供了丰富的一线素材。所以在这部小说中，不论是矛盾冲突的设置，还是场景的描绘、人物形象的塑造等，作者都驾轻就熟、游刃有余。这部小说成功塑造出了改革开放初期典型环境下的典型人物，特别是女厂长路明艳的形象最为突出，她单纯朴实，吃苦耐劳，视厂为家，但在她身上同时又存在着专横、狡黠、狭隘、自以为是的缺点，这个形象被刻画得有血有肉、栩栩如生、鲜明丰满。此外，小说在场景描绘上真切自然，细节描写也生动精彩。尽管这部小说在人物描绘、情节设置等方面有些概念化的弊病，但整体上仍具有相当大的艺术魅力。

（二）《铁马冰河入梦来》

长篇小说《铁马冰河入梦来》于1986年11月由人民文学出版社出版发行。

《铁马冰河入梦来》的故事是从一次不同寻常的会议开始的。1982年5月，列电召开了“列电史”上的最后一次厂长会议，宣布了解散机动电力局的决定，这是局长郭振山精心谋划的结果。面临着列电不改革就生存不下去的形势，郭振山无力改革，又惧怕丢掉官帽，他为自己找好了后路，然后无视列电和列电人的前途命运，不惜违反正规程序最终促成了列电的解散。这引起了列电新老厂长们的怨愤和忧虑，但也只能无奈地执行上级的决定。第五列车发电厂厂长朱凯对此决定表示质疑，他多方向上级反映情况，此事也受到宋副局长的女儿宋晞的关注与支持。宋晞是一名从名校毕业的大学生，她曾在地震中受过朱凯的救助，后被朱凯的人格魅力所折服而深深地爱上了他。可朱凯感情经历坎坷，他的第一任妻子死于唐山地震，第二任妻子因当年电厂在漠河错误的场地选址，不幸遭遇狼群而殉职，所以朱凯因为年龄和心理等因素一直不肯接纳宋晞的爱。不出朱凯等人的预料，列电解散后的后续问题异常糟糕和复杂，朱凯临危受命被任命为机动电力局调整办公室主任。原列电三十九厂的老厂长向上级反映，解散后的原本厂职工并入当地轧钢厂后遭遇不公正待遇，朱凯前去协商解决，却遭到轧钢厂领导的百般刁难。朱凯深感解散机动电力局的草率决定带给列电人的惨痛后果，他为已经散摊子的列电各厂的现状和未来深深地担忧着。这时，已经创办私立公司的原列电三十三厂杨厂长表示可以收购列车发电厂。朱凯内心很复杂，他在想，这会不会是列电的一条新出路呢？铁马冰河入梦来，改革的浪潮已经席卷中国大

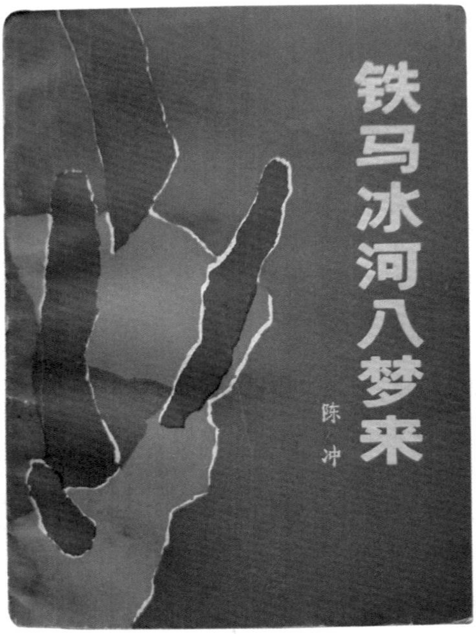

《铁马冰河入梦来》

地，在偏远、艰苦的北方伊敏河畔，两座大型矿井已经建成，急需列车发电厂的支持，已宣布解散的机动电力局陷入更深的窘境。实践终于证明，在改革大潮前，畏难退缩，仓促解散机动电力局的决定是错误的。同时，列电人也看到了列电的希望和未来。朱凯毅然主动请缨，带领他的第五列车发电厂从河南奔向了更为遥远和艰苦的伊敏河，而宋晞也来到了这里，他们将一起迎接未来的挑战。

在20世纪80年代的改革浪潮中，作者敏锐地嗅到了时代的气息，他紧跟时代步伐，创作出了一系列有着鲜明时代特色的改革小说，成为新时期改革文学的代表作家。作者曾有多年在企业工作、生活的经验和体验，从1954年复员进入电力部流动性的列车电站工作起，他曾历任列车电站会计、列车电业司秘书、保定列车电站基地工会干事等职，而像列电这样具有几十年发展历史的国有大企业，该如何在改革进程中求得生存和发展成为一个尖锐的社会问题。作为曾经的列电人，作者和他的列电企业不可避免地被卷入了改革的浪潮中，因而这部反映列电改革的长篇力作《铁马冰河入梦来》不是闭门造车生搬硬套出来的，也不是天马行空想象出来的，而是一切都来源于现实、来源于时代、来源于生活，体现出鲜明的时代性和强烈的现实性。

作者作为改革大潮的亲历者，这部改革小说写得真实而深入，它没有仅仅停留在对改革的呼唤或者给改革者们摇旗呐喊等表层语义上，而是能够深入改革的内里，让读者深入而真切地体悟改革进程中的艰难与困惑，从而引发对改革和一系列复杂问题的深度思考。20世纪80年代初期，中国刚刚踏上改革的历史轨道，而对于像列电这样的国有大型老企业来说，改革势在必行。小说中局长郭振山解散列电的3项依据并不是完全的主观臆断，随着许多新建大型机组和各地大电网陆续建成，整个电力供求关系趋于平衡，列电似乎已无存在的必要，并且列电已开始亏损，也不符合国家的能源政策，这一切正说明了改革的必要性。然而当厂长们雄心勃勃地想要掀起一场企业改革之际，局长郭振山等人却打起了自己的小算盘，他们置列电的前途命运于不顾，置广大的列电人对列电深厚的感情于不顾，将新中国成立之初就建成的一个具有30多年历史和优良革命传统的国有大企业草草解散，以致引发后续那么多严重的后果。小说通过对郭振山形象的刻画，说明了在改革大潮前，像郭振山这样私字当头、官僚作风严重、惧怕改革也无力改革的企业官僚，就只能把有着辉煌历史和优良作风的国有大企业引向绝路。

小说故事发生的年代正值改革初期，而改革又是一项十分艰巨而复杂的工程，这需要改革者有勇于改革的勇气和敢于探索的精神，还需要改革者有披荆斩棘的魄力和锐意改革的能力。列电优秀厂长的代表朱凯就是这样的一个改革者，他与郭振山的形象形成了鲜明对比。他年富力强，有着列电人强烈的责任心和对列电的深厚感情，他与两任妻子在异常艰难困苦的条件下艰苦奋斗，无私奉献，两任妻子甚至为列电事业牺牲了宝贵的生命。他们才是列电人的代表，他们的精神才是列电人的精神。在列电宣布解散之前，朱凯早已和其他厂长们酝酿着列电必将面临的改革。虽然对于改革他有太多的困惑，但他勇于改革，敢于探索，对列电的未来充满信念。在列电宣告解散之后，朱凯更是竭尽全力，希望能够扭转局面，重振列电的雄风。原列电三十三厂杨厂长试图用他的私营企业吞并列电这样的国有企业，这给朱凯带来了许多的思索，这条道路是不是列电应有的归宿？列电到底应该向何处去？这是朱凯的困惑，也是改革初期探索阶段所有改革者的困惑。但是朱凯的内心始终非常明确，列电需要改革，改革也需要具有优良传统和作风的列电人。列电虽然已经宣告解散，但列电的精魂还在，“铁马冰河入梦来”，他将带领着特别能战斗的列电第五厂员工接受改革浪潮的洗礼，他对未来充满希冀，也充满改革必胜的坚定信念。

小说从朱凯的工作和爱情生活两条线索铺开，成功地塑造了一个勇于改革、迎难而上的改革者形象。此外，郭振山、宋晞、焦阳、郝厂长、尹缇、甘志清等人物也都描写得个性鲜明、血肉丰满。小说的场面、人物众多，但是小说却能够通过巧妙的章节结构和多重叙事手段将故事叙述得有条不紊、张弛有度、引人入胜。小说的第一章通过最后一次厂长会议让全书中的重要人物悉数亮相，又通过郭振山的锦囊妙计设置悬念，之后的章节不时夹杂着对往事的追叙、回忆，使得小说结构环环相扣，情节跌宕起伏。由于作者曾经的工作经历，他对列电有着深厚的感情，对那里的工作和生活有着切实的感受，因而小说的描写内在、细腻、真切，富于感情又极具生活实感。

（撰稿人：闫玮）

申跃中

名家简介

申跃中，1937年生人，河北保定人。他是保定市文联创作员、中国作家协会会员、一级作家，历任河北省作家协会主席团委员，河北省第五、第六、第七届政协委员。

1937年，申跃中出生于河北保定徐水县（今保定市徐水区）南关村。那时抗日战争刚刚全面爆发，申跃中就在战火纷飞的年代度过了他的童年、少年时期。日本侵略者的暴虐、冀中人民不屈不挠的抗日斗争都给他留下了深刻的记忆，也激发了他痛恨侵略者、爱国爱家的思想感情。家乡解放的那年，他正读小学。1952年，申跃中以优异的成绩考入了县立一中，可因为不愿给父母增加经济负担，他仅去了100天就自行退了学。之后，他考进了保定一家公私合营的机械修造厂做钳工，但因看不惯师傅的旧思想和旧做派而毅然辞职。此后，他辗转来到西北机械厂，怎奈求职无果，只得回到家乡下地务农。申跃中对文学产生浓厚兴趣就是在此期间。小时候他受会说评书的邻居申振玉的影响，喜欢上了听评书、看小说。回家务农后，申振玉经常鼓励他多看书，要他做个有本事、有文化的人，还把自家的藏书借给他看。申跃中就在劳动之余利用一切可以利用的时间看书学习，并逐渐对文学产生了浓厚的兴趣。而直接将申跃中引上创作之路的是他的姑父。申跃中的姑父是一位美术工作者，看到申跃中喜欢读书又喜爱文艺，就启发他去当一名农民作家，去写自己最熟悉的农村生活。有一次，他在姑父家读到了肖殷写的《与习作者谈写作》后，便萌生了当一名作家的愿望。

从1954年起，申跃中就经常将村里发生的事情写成通讯报告给报刊投稿。终于，他的处女作相声剧《算工分和不吃亏》在杂志《俱乐部》1956年的第三期上发表了。之后，《大年初二》《清晨》《夜话龙王庙》《一盏抗旱的灯下》《多穗高粱杆》《社长的头发》等作品相继发表。《社长的头发》还被译成英文在英文版的《中国文学》上发表。申跃中的作品关注于农村社会中的人与事，带着地道浓郁的乡土气息，引发了文坛的关注。康濯、韩映山、茅盾等人都曾对他的小说创作给予了充分的肯定。

1959年3月，申跃中进入河北省文化学院举办的文学讲习班学习深造。通过3年系统的学习，他开阔了思路，理论和创作水平都有了很大的提高。他运用学到的知识及在老师的指导下进行写作实践，创作了《小六和小八》《电机井上》《在第一线》《"基础"思想》等作品。1962年，《社长的头发》作为"河北青年文丛"之一由百花文艺出版社出版发行。这一年，申跃中回到家乡继续务农，他陷入对时代的困惑与思考中。从返乡到"文革"，他

《大年初二》

《社长的头发》

仅创作了《饲养员的婚事》《纠纷》《父子之间》《决心牌》等几篇作品。1971 年，申跃中作为农民作家被选为首批保定地区文艺创作组成员。1973 年，他发表了独自创作的短篇小说《全面委员》，却遭受了质疑和不公正的批判。1974 年，《雁翎队的故事》（与他人合著）由河北人民出版社出版发行。

直至粉碎“四人帮”后的文学新时期，申跃中的创作才真正步入正轨，1982 年，人民文学出版社出版发行了他的长篇小说《挂红灯》，标志着他的创作取得了突破性进展。

1980 年，申跃中进入中央文学讲习所学习。这次学习使他找到了创作的突破口，他开始以更大的勇气、更深刻的笔触去解剖社会、解剖人物灵魂，《怕与盼》《脊骨》《新阶段》《生死恋》《打赌》《宴席上下》《赵扔货与白花儿》等一系列优秀作品应运而生。其中，短篇小说《生死恋》曾获 1983 年河北省四化建设文艺奖，中篇小说《宴席上下》曾获河北省第三届文艺振兴奖。

1997 年，凝聚申跃中多年心血完成的长篇小说《蓝火头》在《长城》第一、第二期刊载。1999 年，由花山文艺出版社出版发行。这部作品被认作是“新时期以来，正面表现我国农业合作化以来，农村几十年历史沧桑的少有的力作”，曾获 1998 年河北省第七届文艺振兴奖。

进入 21 世纪后，作为有着丰富生活积累、深厚创作功底的老一辈农民作家，申跃中仍然笔耕不辍、宝刀不老。2013 年 7 月，申跃中与张小鑫夫妇合著的长篇小说《中和人家》由作家出版社出版发行。这部反映抗战时期北方农村生活的现实主义力作，笔力老道圆熟，标志着申跃中的创作迈向了新的高峰。

名作赏析

（一）《挂红灯》

《挂红灯》

长篇小说《挂红灯》1979 年发表于《十月》，1982 年由人民文学出版社出版发行。

小说故事发生于 1976 年的 2 月至 10 月间。在保定附近沙河沿上的大张庄村，大队副支书孙惠来和公社代理书记高生为了给自己步步向上搭台阶，不辞辛苦地为县委常委兼纪委主任武世昌的婚事跑前跑后。善于整人弄权的武世昌人称“武县委”，是县里的大人物，已经 40 多岁的他在老婆生病期间就与大张庄村朱青、朱红年仅 20 多岁的妹妹朱丽花好上了。武世昌老婆的丧事刚办完，武世昌就迫不及待地要和朱丽花结婚，他在大张庄村高挂红灯，大摆筵席，并且给村支部书记张老硬下了请柬，意图就此拉帮结派，占据大张庄村这块“阵地”。秉性刚正的张老硬是从战争年代走过来的好干部，他深知一时得势的武世昌是共产党的败类，因此在武世昌大摆筵宴之日搅了筵席，还把武世昌等人的无耻行径向县委做了报告，这彻底激怒了武世昌一伙。自此，武世昌依托攀附权贵的朱家兄弟和手下的得力鹰犬高生，拉拢善于见风使舵、两边倒的孙惠来，利用不务正业、耍钱赌博的落后农民“大腥油”等人在大张庄村兴风作浪，他们用尽各种阴谋诡计想把张老硬打倒，暗地里还利用财帛勾连人心，徇私舞弊，挣“明白钱”。在清明前后天安门政治事件等复杂的斗争形势下，县委王书记和张老硬始终立场坚定，他们看清了武世昌一伙篡党夺权的真面目。张老硬带领张天凤、见喜、大庆、大群等干部群众同他们展开了针锋相对的斗争。武世昌尘嚣日上，武装夺权，占领了县委大院，他派高生等武斗分子把张老硬抓走，投入了他们私设的监狱。张老硬被抓走后，高生和孙惠来步步高升，挣足了“明白钱”的朱青、朱红也回村掌了权，他们把大张庄村搞得乌烟瘴气，经济生产也遭受了重大损失。造反派的反动行径激起了广大人民群众的强烈怨愤，高生被大王庄村的群众“活捉”，武世昌等人被迫释放了张老硬。9 月 9 日，毛泽东主席的逝世带给全国人民以巨大的悲痛，张老硬继续带领全村干部群众同黑恶势力做斗争。最终，“四人帮”被打倒，大张庄人民终于扬眉吐气，众人在大队部门前再次挂起了一对醒目的大红灯笼。武世昌等篡党夺权的“四人帮”爪牙也终于得到了应有的下场。

这部长篇小说及时地、艺术地再现了 1976 年广大人民群众与“四人帮”势力进行斗争的那段惊心动魄的历史。小说从“四人帮”爪牙到保定附近沙河沿上的大张庄村“挂红灯”开始，以大张庄人民为庆祝粉碎“四人帮”第二次“挂红灯”结束，通过对大张庄村农民在特定历史环境中的生活、斗争与命运的描写，表达了张老硬等干部群众对篡党夺权的“四人帮”及其爪牙的无比痛恨和对中国共产党的忠诚热爱，歌颂了人民群众不屈不挠反抗恶势力的大无畏革命乐观主义精神。

小说成功地塑造了张老硬等一系列具有鲜明个性的艺术形象。张老硬性格中最突出的特点就是“硬”，他秉性刚正，“倔头犟脑，脖子后头有拧筋”。他硬就硬在一心为民，坚定地走社会主义道路，他带领全村群众大搞生产，拉沙盖碱，植树造林，因此深得人心。他站得直，行得正，外甥大万挣了昧心钱他大发雷霆，不徇私情。他不信邪，不怕压，敢于同徇私舞弊、篡党夺权的“四人帮”爪牙进行针锋相对的斗争。面对武世昌向群众示威而大摆的喜宴，他毫不畏惧地进行当场批判，还向县委进行了报告，狠狠地打击了武世昌一伙的嚣张气焰。在之后的斗争中，他始终凭着那股子不动摇、不妥协的“硬劲儿”，赢得了全村干部群众的信赖和支持，最终取得了斗争的胜利。

小说还成功地塑造了一批反面人物形象，如武世昌、高山、孙惠来、“大腥油”等人的形象都十分鲜明，其中孙惠来的形象尤为突出。孙惠来性格中最突出的特点就是“圆”，他办事圆滑，背后卖好，被人们叫作“真会来”。他“两条道儿来回跑，三条道儿走中间”，奉行革命的折中主义和红色中间路线，实质上是毫无党性，私字当头，利益为先。他为自己步步向上而费尽心思地观风向、找靠山，最终公然抛弃“中间路线”的遮羞布，成为武世昌一伙的得力干将。他“有投机商的精明、市侩的狡猾、政客的奸诈，堪称文学作品中最早出现的在政治斗争中投机钻营的‘运动员’典型”。

小说富有浓郁的地方特色和扑面而来的生活气息，笔调质朴幽默，语言明快自然。这部优秀而应时的作品在 1979 年发表后引起了广泛的关注，在中央人民广播电台黄金时段连播后在全国都引起了轰动。

（二）《**蓝火头**》

长篇小说《蓝火头》的故事起始于 20 世纪 50 年代。1957 年，反右大辩论开始，城里极左的反右风很快刮到了大清河畔的一个村庄——小西庄村。在极左路线下，新换的村支书杨得贵为了当先进，不顾全村人的饥饱主动交了过头粮，这让村里的人们遭受到切实的肚腹之饥。在别有用心

《蓝火头》

的驻乡区干部郭风林的指派下，杨得贵又对富裕中农胡老彩进行了严刑批斗，眼看要出人命，外号“蓝火头”的村民杨老三拼死救下了胡老彩。极左的反右斗争让老党员杨老金、杨老银等农民对现实形势产生困惑，杨老金托杨大生向地委干部李进步写信反映情况。李进步与杨老金有着深厚的革命情谊，他曾为小西庄村一带的解放做出过很大贡献，是真正的共产党的好干部。之后，李进步亲自来到小西庄村处理问题，并批判了杨得贵、郭风林的极左作风。之后，“大跃进”、公社化、“反右倾”运动接踵而至，不切实际的“大跃进”和各种政治运动使农民在精神上陷入更深的苦闷和困惑之中，李进步也因为反对“三面红旗”等受到不公正待遇。小西庄村的人们陷入了大饥荒，物质上遭受到了巨大的损失，他们辛苦栽种的玉米青苗被革了命，家里仅有的盆盆罐罐也被共了产。杨大生与胡老彩的侄女二凤相爱，一心指望用来盖房的十几棵树也被锯掉充了公，杨大生只能眼睁睁地看着二凤被娘家人逼迫嫁到了遥远的青海。刚刚挺过三年困难时期，紧跟着1963年一场特大洪水又使小西庄村百姓的生活雪上加霜。还没等小西庄村百姓的生活恢复到洪灾以前的水平，就又经历了10年的“文化大革命”，小西庄村的村民对美好生活的憧憬统统在此起彼伏的枪声、炮声中，在一次次的文斗、武斗里化为了泡影。李进步被打成了黑帮，受到严重迫害，杨老三因为贫穷只能靠偷粪维持一家人的生计，他的大儿子大群与相爱的女人喜爱也被棒打鸳鸯，历经了人世间的悲欢离合，杨老金也因对现实绝望上吊而亡……小西庄村的人们陷入了更大的深渊。三四年之后，历史的车轮迈进了改革开放的20世纪80年代，就在实行承包责任制的第二年夏天，小西庄村的农民终于迎来了丰收年，杨老三等农民第一次在城里人跟前儿挺直了腰杆，可多年来的折腾让杨老三的心里仍像是坐着没底的轿子。

小说将20世纪50年代中期到80年代初期的中国政治风云变幻投射到冀中平原的一个小村庄里，描绘了冀中平原大清河畔的农村社会近30年的历史变迁。通过杨老三、杨老金、杨老银、杨大生、二凤、二秋、春来、胡老彩、喜爱、大群、二群等小西庄村农民的生活遭际，让读者真切地看到了在这片黄土地上一幕幕痛心的悲剧和闹剧。小说中那些沉重的书写，无不表现出作者对农民命运的深切关注和强烈同情。作者曾不止一次地慨叹：农村是根，农民伟大，而伟大的农民在现实生活中实在是太苦了。徐光耀在本书的序言中这样评价道："农民多么好！写得多么好啊！非常真实，非常感人，特别是生活，真真是丰厚异常，能给人多少东西！……胜于读任何历史教科书。"小说就在对这些农民的生产生活、爱情婚姻、政治斗争等的现实描绘中，在类似编年史流年记事的客观回溯中，通过笔下农民的直觉感悟，达成了对那段曲折历程的深入反思。

小说对主人公"蓝火头"杨老三的形象塑造无疑是最着力的。蓝火头本指砖窑中烧出的火色最好的砖，而小说中的杨老三高大黧黑，吃苦耐劳，结实能干，被人们赞叹为好火色，是当之无愧的蓝火头。杨老三在新中国成立前扛过枪，新中国成立后又甘当一个普通的农民，在新中国的社会主义建设中，他紧紧跟着党走，积极投身于生产劳动和建设，渴望过上富足安康的好日子。但从20世纪50年代中期起，一次次的政治运动、一个个的天灾人祸、一幕幕的家庭和个人悲剧，让他对党和政府的政策和现实形势产生了疑虑和困惑，甚至曾对社会主义的信念产生了怀疑。运动一个比一个大，可农民的日子为啥越过越艰难？为啥还是吃不饱肚子、穿不上衣裳、娶不上媳妇、盖不起新房？但杨老三在近30年的岁月蹉跎中，却始终保持了中国传统农民诚实本分、勤劳善良、坚忍顽强的本色。在1957年的反右大辩论中，虽然他并不明确大辩论的确切含义，也不懂得这个运动的真正目的，但是当他看到被煽动起来的人们在辩论会上居然捆人打人时，他"两眼直冒火星"，"一个箭步跨上前去"，脊背被绳子勒得鲜血直淌，奋力将人拼命救出。在"大跃进"时，他无端地被罚去拉本应5个人拉的大车，他硬是拼了全身的力气挺了过去。为了养家糊口，他不得不到城里"偷"粪换个几块钱，但当他捡到一只价值几百元的手表时却毫不动心，反倒因拾金不昧挨了打。客观地说，杨老三不是朱老忠式的英雄，他只是普通百姓中的一员，因而他的形象才最具普遍性和典型性。虽然他们对那个时代充满了困惑甚至怀疑，但他们依然正直、人道，尽力维护着做人的尊严、良心和朴素的是非观念。可以说，正是像杨老三这样的农民构成了中国农民的脊梁，他们心里一直明白：那些像杨得贵、郭风林一样倒行逆施的“黑老鸹”们是共产党的冒牌货，而像杨老金、李进步这样大公无私、一心为民、对党无比忠诚的老党员和好干部才是共产党的正肋。在小说的尾声，虽然杨老三的心里仍像坐着没底的轿子，但作品余音袅袅，这余音里有像杨老三一样的千千万万的农民对美好富裕生活的希冀，也预示了我们的党和国家在经历了如此艰难曲折的探索后，必将引领农民走向繁荣富强的新征程。

小说表现出作者一贯的从生活出发、直面现实的现实主义特色。作者对农村的生活异常熟悉，对农民的思想有着深入的了解，特别是作者亲身经历了那段历史，小说中的许多的人物、场景、故事都是从真实生活中提炼出来的，因而整部小说的描绘显得十分真切自然，富于生活的实感。人物语言亦是鲜活生动，地域特色鲜明。

（三）《中和人家》

《中和人家》是申跃中和张小鑫夫妇历时 10 余年精心创作完成的一部 40 多万字的长篇小说，最初连载于 2011 年《中国作家》第一、第二期。2013 年 7 月，由作家出版社出版发行。

小说主要讲的是冀中平原一个以“致中和”为家族理想的殷实人家的家族故事。主人公福儿（大名杨福生）出生在冀中平原的一个地主家庭，他的奶奶早年守寡，拉扯着两个儿子创下家业，家境殷实。老大杨老善在家里不大管事，老二杨老清则精明能干，是个“肉算子”，成了杨家的当家人。可杨老清年过 50 仍膝下无子，杨老善的儿子福儿就成了杨家的独苗。福儿善良聪慧，和邻家的小凤两小无猜，可杨家为了早点延续香火，在福儿 10 岁时就给他娶了一房童养媳英儿，日后若英儿生子，自然就接续了杨老善一房的香火。杨老清为了自己也能后继有人，就按照当地“一门两不绝”的习俗，在次年福儿 11 岁时又为他娶了一房媳妇玉儿，这样玉儿若能生子，就能接续杨老清一房的香火。按照习俗，两个媳妇同样都有妻子的名分，二人平起平坐。但这种名分、地位上绝对平等的一夫两妻制，不可避免地使两个妻子成了冤家对头，而陷入极端痛苦和无休止的争斗之中，乃至闹到了分家的地步，双方公婆也纷纷“参战”，杨家再无安宁之日。直到抗日战争爆发，在中国共产党的领导下，英儿、玉儿也同广大妇女一样被组织起来学文化，她们渐渐懂得了男女平等、婚姻自由的道理。一直深爱着福儿的小凤也加入了抗日救亡的队伍，后来壮烈牺牲。之后福儿也投身抗日，加入了中国共产党，还成了抗日根据地的一名干部。在党的队伍里他认识到了一夫两妻的愚昧落后，终于在党的教育帮助下，下定决心打破这既不合理也不合法的婚姻关系。玉儿也终于不再苟安，她离家出走参加了八路军，彻底挣脱了“一门两不绝”的婚姻束缚。福儿与玉儿离了婚，终于成了丈夫唯一妻子的英儿对玉儿充满了感恩之情。小说的结尾欢畅而和谐，福儿与英儿喜得贵子，杨老清续弦生子，玉儿成长为一名坚强的八路军女战士，也找到了自己感情的归宿。

小说描绘了一个家族因传统的“一门两不绝”婚姻而引发的爱恨纠葛，反映了这个家族中的农家儿女在封建传统裹挟与时代洪流冲击下的痛苦、矛盾和挣扎，表现了在外敌入侵、民族危亡的局势下，中国传统农民最终摆脱封建思想和习俗投身抗日洪流的历程。小说从一个独特的角度切入了传统的家庭婚姻题材，写出了河北保定地区特有的风土人情和文化风貌，写出了合乎传统的旧礼俗、旧文化给人带来的巨大伤害，也写出了一个文化意义上的民族习俗的瓦解。同时，小说又把这一切融入波澜壮阔的民族解放战争的时代洪流中，堪称是一部风格独到的文化反思小说。

《中和人家》中的“中和”一词出自儒家经典著作《中庸》：“喜怒哀乐之未发谓之中，发而皆中节谓之和。致中和，天地位焉，万物育焉。”杨家大院里的杨老清，为了摆脱无后不孝的罪名，协同家族家长们按照封建习俗给10多岁的福儿接连娶了两个妻子，建立起“一门两不绝”的家庭体制，并谨遵“致中和”的立家之本，希望靠着“一门两不绝”成就一个和和睦睦的“中和人家”，顺顺当当地兴家立业。无疑，杨家门楣上的“致中和”三字昭示着杨家“不偏不倚、中中正正、和和睦睦”的家风，也诫勉着杨家老小均应以“致中和”为目标来处理各种家庭关系。然而掩藏在这块牌匾下的，却是一夫二妻带来的身心遭受巨大摧残和折磨。两个妻子英儿和玉儿的婚姻生活充满了不尽的争风吃醋、明争暗斗，而福儿的苦闷更加无法言说，他企图挣脱这些束缚，甚至搬到牲口棚去睡觉。显然，“一门两不绝”造成的一夫二妻的关系是痛苦的，不仅造成福儿、英儿、玉儿 3 个人的人生悲剧，也带来了整个杨家的动荡和不安，这显然与杨家所追求的“致中和”的家族理想背道而驰。小说中，合乎传统、顺应礼俗、堂而皇之的一夫多妻制的反人性一面得以形象地彰显。小说借“表象”与“实相”的强烈对冲，达成了对根深蒂固的中国传统宗族观念、家庭伦理、乡风民俗的深入反思。

《中和人家》透过杨家的荣辱兴衰和“一门两不绝”体制的最终崩溃，让读者看到了中国传统民族文化的时代变迁，也揭示出了这个“一门两不绝”的家族最终崩溃的根本动因。福儿的抵触逃避无济于事，两个妻子的激烈争斗反而使她们陷入更大的深渊。随着抗日战争的爆发，在时代浪潮的冲击和新思想的洗礼下，福儿和两个妻子才终于争取到人格的独立，从畸形的婚姻中获得了解放。他们毅然从小家庭中走了出来，融入了时代的洪流。小说中的这些描绘和大团圆的结局似乎都在传达着：只有在中国共产党的领导下，人们才能获得真正的人身解放和思想解放，才能建立起名副其实的“中和之家”。

《中和人家》仍然沿袭了作者一贯的严谨的现实主义创作路径，是又一部反映北方农村生活的现实主义题材的精品力作。小说时间跨度大，人物关系复杂，叙事特征明显，通过沉绵有序的叙事和纯熟细腻的笔触，反映了冀中农村的经济状况、社会风貌、风俗民情，这些都源于作者丰富的生活阅历和对农村生活的独到体验。小说注重细节描写，不论是风物风俗、人物刻画、场面器具都描写得细致入微。小说也十分注重心理刻画，将人物的心理冲突和悲剧命运生动形象地呈现出来。最为突出的是，小说中饱含了大量的冀中元素，描绘出了河北保定地区特有的风土人情、文化风貌。小说的语言生动鲜活，人物对话完全使用河北保定地区的地方口语，方言、俗语、民谣运用自如，充满着浓郁的乡土气息。

（撰稿人：闫玮）

苏叔阳

名家简介

苏叔阳（1938—2019），河北保定人，现当代著名剧作家、作家、诗人、文学家，国家一级编剧、中国戏剧家协会会员、中国书法家协会会员。曾任中国文联全国委员会委员、中国作家协会理事、中国作家协会影视文学委员会副主任、中国电影家协会副主席、中国电影文学学会副会长、中国夏衍电影学会副会长、北京侦探推理文艺协会会长、田汉基金会理事长、中国对外文化交流协会常务理事、中国国际交流协会理事、中国现代文学馆艺术总监。

苏叔阳出生于知识分子家庭，自幼接受传统文化教育。后来，父母婚姻破裂，家庭失和，母亲含辛茹苦地将他抚养成人，苏叔阳在《早该说的一些话——祭先父》一文中曾讲到这段经历。生活虽然艰苦，但他挺直脊梁，坚守尊严。“骨子里有一种浪漫主义和理想主义”，让他自幼对舞台充满感情。苏叔阳的小学和中学分别在保师附校和保定市第二中学就读，其间，他尝试创作了不少小戏，并与同学们一起演出，他还开始阅读斯坦尼斯拉夫斯基的《演员的自我修养》，这些稚嫩的创作、粗略的阅读为苏叔阳之后的话剧创作埋下了种子。1956 年，苏叔阳考入中国人民大学党史系，此后他开始有机会去北京人民艺术院看剧，并参加学校的各种文艺演出。其间，他还和同学陈昌本合写了一部城市建设人民公社的戏，名叫《公社花开大院红》。1960 年，苏叔阳大学毕业后留校任教。1962 年 4 月至 1978 年 9 月，他先后在河北北京师范学院（今河北师范学院）和北京中医学院（今北京中医药大学）任教。1974年，借调至北京电影制片厂。1978年，苏叔阳发表了话剧剧本《丹心谱》，这是苏叔阳真正的成名作。同年，该剧由北京人民艺术剧院首演并获得了极大成功。1978年，苏叔阳正式调到北京电影制片厂任编剧。之后，他便不断有佳作问世。话剧《左邻右舍》《家庭大事》由北京人民艺术剧院首演，《灵魂的审判》《幸福回旋曲》《恭贺新禧》《太平湖》先后由中央戏剧学院、北京电影制片厂、中国青年艺术剧院、北京人民艺术剧院首演，并引发了强烈反响。20世纪80年代是苏叔阳文学创作的高峰阶段。1994年后，苏叔阳一边与癌症抗争，一边开始了新的创作。他接受中宣部的邀请，开始撰写《中国读本》，此书以12万字的篇幅叙述了中国的五千年历史，以小见大，举重若轻。该书以15种文字的形式出版，共发行了1500多万册，被誉为中国图书“走出去”的范例。2008年，创作了《西藏读本》。2013年，主编了《中国美德读本》。在这个阶段，苏叔阳主要致力于传播中国优秀传统文化。

苏叔阳还创作了多部影视剧本，主要有《春雨潇潇》《盛开的月季花》《夕照街》《一叶小舟》《我的爸爸我的妈妈》《假脸》《苏禄国王与中国皇帝》《开采太阳》《新龙门客栈》《未完成的交响乐》《周恩来——伟大的朋友》《李知凡太太》《国歌》等。他的第一篇小说是短篇小说《刚刚的眼睛》，另有中短篇小说集《婚礼集》《假面舞会》《老舍之死》等。1984年，苏叔阳发表了长篇小说《故土》，之后还陆续发表了传记文学《大地的儿子——周恩来的故事》、散文集《我们的母亲叫中国》及诗集、文艺评论集和大量歌词、曲艺等。此外，他的散文《理想的风筝》被选入小学语文教材，其多部作品被翻译成英、德、法、俄、日、西班牙等多国语言，广泛流传。

苏叔阳的《丹心谱》曾获文化部“庆祝中华人民共和国成立30周年献礼演出”创作一等奖，《左邻右舍》曾获中国剧协优秀剧本奖，《生死之间》曾获全国优秀短篇小说奖,《故土》曾获首届人民文学奖，《大地的儿子——周恩来的故事》曾获首届国家图书奖，《我们的母亲叫中国》曾获“五个一工程”奖、中国作协第九届儿童文学奖、第十二届中国图书奖，并入选“百年百部中国儿童文学经典书系”，《中国读本》曾获“五个一工程”奖、国家图书奖等。电影文学剧本《春雨潇潇》《夕

苏叔阳部分作品书影

照街》等18部作品曾先后多次获金鸡奖、华表奖、“五个一工程”奖、夏衍电影文学奖。苏叔阳个人获国务院“有特殊贡献专家”终身津贴，获联合国艺术贡献特别奖，曾被授予“中国百年优秀电影艺术家”“国家有突出贡献话剧艺术家”“大国非遗工匠文化大使”等称号。

苏叔阳非常关心保定的发展，曾亲笔签写“愿故乡河水长流、青山常绿、人长寿”，并为保定关汉卿大剧院题写院名。2019年7月16日，苏叔阳在北京病逝，享年81岁。

名作赏析

（一）《丹心谱》

《丹心谱》发表于1978年，是一部五幕话剧。故事时间是1975年至1976年的特定历史阶段，主要讲述了发生在新华医院围绕研制“03”新药而展开的激烈的路线斗争、政治较量。该剧被誉为“新时期文学的发轫点”“第一批突破禁区的剧作之一”。

话剧开篇是1975年1月第四届全国人民代表大会闭幕的日

《苏叔阳文选》

子，大家汇聚在方凌轩家中，准备迎接参会回来的方凌轩，进而引出主要人物和戏剧冲突。庄济生是方凌轩的女婿、医院党委委员，在国民经济遭受严重破坏、市场供应十分紧缺的情况下，他仍能轻而易举地买到活鱼和鲜姜，并要亲自下厨做菜。他动员妻子方静淑去劝告方凌轩，要他看清形势，明哲保身，放弃“03”新药的研发。可研发“03”新药是周恩来总理的嘱托，为的是救治更多的冠心病患者，更好地造福人民。在“03”新药的研发过程中，以方凌轩为代表的研发团队遭到了“四人帮”的阻挠和打压，卫生部部长即是其帮凶。庄济生明知其中内幕，但他是个极端自私、见风使舵的“风派人物”。他为了自己的政治前途，一方面劝说方凌轩放弃“03”新药的研发实验，另一方面暗中贴大字报引发矛盾，故意制造科研事故，他背叛亲人、出卖灵魂。丁文中是著名中医，阅历深厚，有敏锐的洞察力。他幽默、风趣、潇洒不羁，对丑恶势力嬉笑怒骂、敢于斗争。他最早看透了庄济生无原则、见风使舵的两面派本质。丁文中虽与方凌轩在新药研发上有不同看法，但专业上的矛盾丝毫不影响他们深厚的友谊。可“四人帮”的某些人物认为有机可乘，便让记者梁晨采访丁文中，并劝他写批判方凌轩的文章，试图阻止新药的研发。丁文中用打太极的方式迂回化解，暗中联络，大力支持了新药的临床试验。关键时刻，他以性命作保，替方凌轩保存了记录有周恩来总理指示的小红本。

方凌轩是新华医院的老中医、共产党员、人大代表。幼年的成长经历使他立志学医，要用专业救治人民、报效国家。1942 年，方凌轩结识并为周恩来总理治过病。周恩来总理是方凌轩精神上的引路明灯，使他坚决地走入革命行列。而现在，周恩来总理在病中依然关心新药的研发，这给了新药研发小组莫大的鼓励。方凌轩理解周恩来总理为人民的一片丹心，因此，他刻苦勤勉、兢兢业业、不惧艰难地探索中西医结合理论，加快了“03”新药的研发进程。为顺利出版医案，他不惜卖掉了自己珍藏的明版《本草纲目》。当卫生部部长让他尽早公布科研成果时，他以退为进，在全国会议上，怒斥并揭穿其妄图窃取科研成果的丑恶目的。在认清庄济生的面目后，他鼓励女儿与出卖灵魂者彻底决裂。方凌轩的身上体现出了高级知识分子的忧患意识，以及顽强拼搏、淡泊名利、一心奉献、坚强不屈的革命精神和在大是大非面前的高风亮节。剧中还塑造了诸多勇敢、有担当的青年知识分子形象，如幽默风趣、年轻有为、实事求是、有原则、有担当的好干部李光；泼辣、勇敢、正义的记者梁晨；有理想、有追求的舞蹈演员吴丽芳；看似呆板却见解深刻、踏实努力的年轻医生郑松年；慈祥善良、支持丈夫、深明大义的方凌轩夫人吴愫心；一腔正义的实验员曹亚萍；不惧风险、敢于反抗、亲自试吃新药的退休老工人赵国柱等，他们都让人感动，并共同谱写了“丹心谱”。

（二）《左邻右舍》

《左邻右舍》是一部三幕话剧，分别以 1976 年、1977 年、1978 年的国庆节为背景，描述了北京某个居民大院里发生的故事。作者曾明确表示，写《左邻右舍》是从老舍的《茶馆》中偷着学艺，这是对自己师承关系的确认，也指出了该剧构思和结构上的特点。

第一幕整体氛围比较压抑，同时又有一些躁动。贫困妇女钱大婶靠糊纸盒子勉强度日；中学教师贾川教洪人杰的女儿洪欣数学方程式；李振民的儿子李桦因为要盖小房与院子里的小伙子争吵；工厂车间主任洪人杰买来了物美价廉的供应带鱼在炫耀；李振民曾是工厂领导，因反击右倾翻案风被撤职，被迫将正屋让给了洪人杰；北京的古建筑如牌楼、亭子等在“破四旧”

的运动中被拆毁，老画匠赵春失业；工厂秩序混乱，发不出工资；过节时商店无商品供应，但广播中仍在强调过节不忘革命；学生哄抢贾川的望远镜，学校贴老师的大字报；钱大婶失去微薄的收入来源，因为其子钱国良被诬陷为反革命而被捕；一向以革命者自居、顺风顺水、在斗争中捞到好处的洪人杰也遇到了生活中的难题，妻子生病，自己被扣上攻击样板戏、污蔑江青的帽子。这部话剧整体上没有具体、强烈的戏剧冲突，写的都是日常点滴、生活琐事，但却反映了“文革”结束之前的现实及对人们生活和心理的影响。

第二幕充满了欣欣向荣的气息。商店里的商品供应充足；老画匠赵春有了用武之地；李振民重回工厂当了书记，大搞车间改革；刘秀开始照顾钱大婶。但也出现了不和谐因素，如洪人杰反对车间改革；受“文革”影响，贾川比较压抑，依然战战兢兢，不敢追求自己的幸福。

第三幕中生活虽依然存在困难，但展现了必然向前、向好的发展态势。洪人杰当上了市供销组组长，对李振民的改革进行抵制，但最终被李振民的魄力所震撼；洪人杰的女儿与流氓勾结被抓劳教三年，妻子患病住进医院，此时邻居们伸出援手，洪人杰最终被感动；钱国良从监狱出来，成为车间改革的主力；贾川和医生吴萍终成眷属；李振民失踪多年、以为已经去世的妻子周静平反归来。这一幕整体氛围昂扬向上。

这部话剧采用横切面手法，以点带面地表现了特殊时期的生活。同时，话剧巧妙地设置了一个相对起串联作用的人物洪人杰，通过他表现了社会政治氛围和日常生活的变化，也展现了作者对精神世界改造问题的思考。

（三）《**太平湖**》

《太平湖》又名《无泪的长歌》，是纪念老舍先生的一部话剧。这部话剧采用上下阕的形式，故事发生的时间都是 1986 年 8 月 24 日，即老舍逝世 20 周年之日。故事发生的地点都是太平湖，只不过太平湖的周围换成了高楼大厦和喧嚣的街市，太平湖也早已变成了地铁仓库。一群记者在此处偶遇了老舍的儿子舒乙，舒乙陷入沉思，引发对父亲的回忆，此处舒乙的行动是戏剧的外层结构。在舒乙的回忆中，老舍出场，此处老舍的故事是戏剧的内层结构。时间集中在 1966 年 8 月 24 日，被红卫兵殴打的老舍独自来到太平湖，他邂逅了一位老者。在交谈中，老舍介绍了自己的身世，回忆了自己的母亲，总结了自己的创作。之后，两人对世道进行了一番评论，老者还宽慰了受伤的老舍。后来，老舍碰见了批判自己的“革命理论家”，他批判《龙须沟》为修正主义，对老舍上纲上线、捏造反革命的罪名，老舍据理力争。然后，“革命理论家”消失，老舍又遇到一个小姑娘，她一心想参加“革命”，但却始终被排挤，老舍安慰了受委屈的小姑娘后，愤怒不平地投湖自杀，以表自己的呐喊和抗争。

下阕的外在形式是舒乙的回忆，核心主人公依然是老舍，此外还有老舍作品中的一系列人物，如虎妞、祁天佑、王利发、程疯子等。他们所在的另一个世界与现实世界形成巨大的反差，令他们感到恐怖。他们要去寻找“革命理论家”，让他改正错误，但却发现之前受委屈的小姑娘已经变成疯狂的革命小将。老舍彻底地批评“革命理论家”，使他的灵魂受到谴责，并呼吁人们去拯救和建设被破坏的文明，坚信历史自会对是非对错做出公正的评判。就这样，话剧的内外层相互呼应，形成了双线结构。这部话剧基本按照三一律的规范安排结构，时间和地点相对集中，回溯过去与如今的追思纪念双线并行，两相对照，将 20 年集中于一天，拓展了戏剧的时空范围，也更好地体现出了老舍的困惑和不屈的抗争精神，表达了作者对老舍的敬重和怀念之情。上下阕的结构形式也有效地将写景、叙事、忆史、抒情、咏志熔于一炉。

（撰稿人：苏虹）

赵新

名家简介

赵新，1939 年生人，河北阜平人，中国作家协会会员、一级作家，曾被评为“河北省劳动模范”，享受政府特殊津贴。

1939 年，赵新出生于河北保定阜平县凹里村的一个贫苦农民家庭，父亲是给人做长工的。1959 年 8 月，赵新在师范学校毕业后参加工作，在家乡任中学语文教师。同年，他参加了河北北京师范学院（今河北师范大学）的中文系函授学习，4 年后毕业。20 世纪 60 年代初期，赵新开始学习文学创作，并从 1964 年起发表作品。他的第一篇作品是在天津《新港》文学月刊发表的小说《分家记》。1964 年至 1966 年的两年时间里，他先后在《新港》《河北文学》《少年文艺》《人民文学》《火花》《萌芽》等报刊发表了小说 10 余篇。因为在创作上崭露头角，引起了文艺界的注意。作为保定地区的代表，赵新参加了 1965 年 11 月在北京召开的全国青年业余文学创作积极分子大会。1965 年 8 月，调到阜平县文化馆工作，负责编办《阜平文艺》。1970 年 10 月，调中共阜平县委宣传部工作，担任通讯干事。1971 年 4 月，调保定地区文化局工作，任创作组创作员。1979 年，调保定地区文学艺术界联合会工作，先后任《花山》（后改为《荷花淀》）文学杂志编辑、副主编、主编。1982 年，加入中国作家协会。1983 年至 1994 年，担任保定地区文联副主席。1994 年 12 月至 1999 年 7 月，任保定市文联副主席、保定市作家协会主席。

党的十一届三中全会以后，赵新的创作便一发而不可收，呈现出非常活跃的态势。仅1978年之后的10年间，他就曾先后在河北、山西、内蒙古、辽宁、吉林、黑龙江、北京、上海、江苏、河南、四川、陕西、甘肃、青海、山东等地的文学报刊及国家级报刊上发表小说、报告文学、散文200多篇，共约200万字。

21世纪以来，赵新的文学创作又出现了一种新的局面。他以一种超越年龄的姿态，活跃于当代小小说创作领域。小小说这种朝阳文体的兴盛给赵新带来了新的创作激情，使之在小说创作领域重新焕发了青春。

赵新生在农村、长在农村，从未脱离过和农村的联系，具有浓郁的乡土情结。他的作品大多写农村的故事，写农民的喜怒哀乐、酸甜苦辣。其文笔简朴厚重，语言平易质朴、生动鲜活，富有冀西农村语言中特有的机智与幽默，飘逸着浓郁的生活气息。人物形象传神鲜明、呼之欲出。在创作中，他成功地继承了中国传统小说重节奏、重情节、重人物、重悬念的优长；情节变化起伏跌宕，故事发展丝丝入扣。寓情感于故事情节之中，寓教于嬉笑怒骂之外，深受广大农民的欢迎，曾被誉为农村基层党组织的“上级文件”。马烽先生为他的小说集《庄稼观点》欣然作序，然后很高兴地说，赵新是河北的“山药蛋派”。许来渠则认为，“大红枣派”更能体现出其作品的乡土韵味。

赵新的主要作品有长篇小说《张王李赵》《婚姻小事》、中短篇小说集《庄稼观点》《河东河西》《被开除的村庄》《二八月，乱穿衣》、小小说集《赵新小小说100篇》《鸡不叫，天也明》《拉着小车散步》《一个老百姓》等，其中有的被译到国外，有的被改编成影视作品。

赵新的作品多次在省内外获奖，短篇小说《理发》《一日三餐》《水到渠成》分别曾获《中国作家》《山西文学》《河北文学》优秀短篇小说奖；中篇小说《二八月，乱穿衣》曾获《莽原》优秀中篇小说奖；《鸡不叫，天也明》曾获冰心儿童图书奖；《县长欠我一支烟》《两家人和两只狗》《名人》《一招鲜，吃遍天》《二乘以三得八》《我家住在杏树坂》《打不通的电话》《和我一模一样》《您做了件好事》《打喷嚏和打呼噜》等曾获第五届小小说金麻雀奖。2013年，赵新曾获由《百花园》《小小说选刊》《小小说出版》等杂志联合颁发的中国小小说创作“终身成就奖”。

赵新部分作品书影

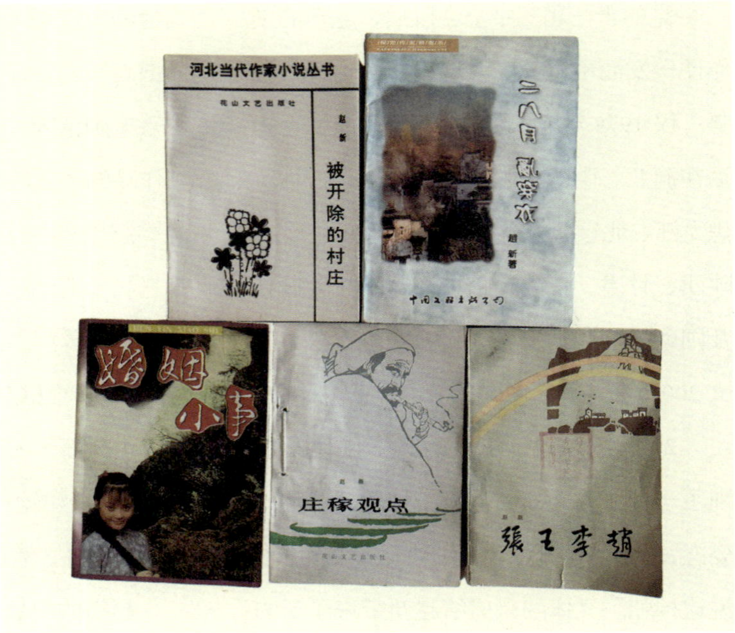

名作赏析

（一）《张王李赵》

长篇小说《张王李赵》于 1983 年 3 月由山西人民出版社出版发行。小说故事发生在 1975 年，主要讲述了发生在太行山地区河西店村的荒谬故事。

小说共 35 章，外加开篇的一个引子。引子部分介绍了偏僻、贫苦的小山村里的“四大能人”，即“吃家”张老茂、“骂家”李三姐、“聊家”王老顺、“干家”赵来贵。1975 年春天里的一件偶然“小事”把“四大能人”联系在了一起。读过一点书、有点小才气的“聊家”王老顺闲暇时写的几句“诗”，正巧被在此地下乡蹲点的县委宣传部干事刘长河发现。一心想出政绩往上爬的刘长河认为这是大老粗登上上层建筑领域闹革命，是新鲜事物。因此，他做主将王老顺的 5 首诗分别署上王老顺、刘长河、王老顺女儿王桃儿、李三姐的女儿李秀妹、张老茂的儿子张狗儿的名字投稿，自己还配合着写了一篇通讯，以引起媒体和上级领导的关注。果然，这个“偶然”事件引起了地委宣传部副部长白方的注意，他兴奋地给地委写了《让小靳庄的经验在我区开花结果》的报告，并要求让自己到河西店村抓点。在32年前的抗日战争中，赵来贵夫妇曾冒着生命危险收留、保护、照顾过生病的白方，赵大娘为此还留下了病根儿。当年的救命之恩白方铭记在心，对赵来贵夫妇非常感激。此次白方和地委宣传干事周武来河西店村开展工作正好被安排住在了赵来贵家准备为儿子结婚用的新房里。赵来贵夫妇对儿子赵大亮和王桃儿的婚事非常满意，掰着手指头数日子，盼望喜期的到来。但是白方在刘长河的鼓动下，没有做深入的调查研究就坚持政治运动第一的观点，要在河西店村通过赛诗的形式掀起学习小靳庄的高潮。而且要一切为政治服务、为赛诗让路，否则就是政治立场问题。在他的动员下，赵来贵不得不推迟了儿子的婚期。张老茂、张狗儿、李三姐、王桃儿四人因大胆、泼辣自私、无耻而成为主力，不仅得到了好处还出尽了风头，引起了群众的不满。为了显示试点成绩，白方决定选派一新一老两对夫妻参赛。之后白方和刘长河采用欺骗的方法，让张老茂和李三姐假扮老夫妻，而生性风流的寡妇李三姐在宾馆竟和张老茂假戏真做。新夫妇则是王桃儿和张狗儿。原本善良、勤劳的王桃儿在赛诗过程中变得浅薄、虚荣、好逸恶劳，甚至想借此机会去报社、去大城市，为了所谓的好前途，她抛弃了赵大亮而和张狗儿结婚。这一变故让伤心的赵大娘旧病复发，差点死去。白方自觉有愧，亲自为赵大亮保媒，来相亲的姑娘巧红非常漂亮、懂事，深得大家喜欢，但她提出要600元现金，说是给父母准备两幅棺材的钱。街坊邻居得知后急忙凑钱交给了巧红。谁知巧红曾用名于叶玉，专门用婚姻诈骗钱财，曾让李福才家破人亡。得知内幕后，赵大娘受打击去世。去接亲的赵大亮得知真相，借酒浇愁，不幸发生车祸，身受重伤。亲见哥哥惨状，又逢母亲过世，赵二亮又气又急，吐血倒地。办完老伴丧事的赵来贵来医院看望两个儿子，发现李三姐的女儿李秀妹善良懂事，且深爱着赵大亮，而活泼正直的芝儿则非常关心赵二亮。白方带队赛诗回来后才得知发生的变故，他来不及送挽联，就在周武送的挽联上加上了自己的名字，但却被雨点冲成模糊一片。赵来贵和李福才相约去北京告状，周武果断而勇敢地写好报告——《此路不通——从河西店抓点的实践看学习小靳庄的沉痛教训》呈报地委、省委、中央。

小说在叙事上比较讲究，以学习小靳庄运动为线索，串联起张老茂、王老顺、李三姐、赵来贵等几户人家，同时穿插了几对青年男女的爱情和婚姻诈骗，真切而广泛地反映“文革”后期农村的生活状况和精神风貌，批判了大动乱年景和极左思潮给实干的农民带来的灾难。

小说塑造了形形色色、鲜活生动的人物形象，整体可分为落后和先进两种类型，但也有所谓的中间人物。而且不管是正面人物还是反面人物，每个人都有独特个性，并没有脸谱化处理。小说中的白方虽没有太大的官威，但依然有些老党员的架势。他关心群众生活，但却激进而有些幼稚，往往事与愿违；他是好人，但有私心，是个丰满且复杂的形象。周武面对运动中的过激行为多次劝阻，多次暗中帮助和支持正义的百姓。他实事求是，注重调查，心系百姓，感情真诚，有正义感，有责任心和担当，必将成长为优秀的管理者，是作者塑造的正面青年干部形象。

小说的语言整体通俗流畅，自然生动，而且融冀西农村方言、俗语于其中，有浓郁的地方色彩，既质朴劲道，又诙谐幽默。

（二）《二八月，乱穿衣》

中短篇小说集《二八月，乱穿衣》收录了作者1994年至1998年间所发表的作品，包括22部短篇小说和2部中篇小说。该小说集作为保定作家群书系之一，1999年2月由中国文联出版公司出版发行。评论者王连才、张同俭分别指出这本小说集是农村生活的真实写照，是当代农村生活的清明上河图；评论者张忠则重点指出小说集中的“山味儿”，山代表着界限、裂痕，山里和山外代表着两种不同的文化类型，而且它们在道德伦理层面的价值取向不同，山还是某种拒绝与坚守，正如赵新本人始终坚守着诗与艺术的某种源初和本真。

同名中篇小说《二八月，乱穿衣》以市文联作家梁尚的视角，以第一人称手法讲述了回老家过年的见闻和感受，串联起发生在杨柳寨的故事。小说共12节，开篇写“我”带全家回老家过年，希望借此教育正在上高中、不愿回农村的女儿志立和儿子志亮，并让他们体会老家淳朴的风俗人情和浓郁的年味儿。车一进村，遇到的第一个乡亲是追赶汽车的喜瑞。喜瑞没什么文化，但好吹牛，爱咋呼，说省长和县长都是他的小学同学，他也曾利用这层关系为村里搞到过一批化肥。他头脑灵活，意识到能在农村坐小汽车的必然是重要人物，因此专门追小汽车，偶然机会竟借此当上了村长。但是他也并非一无是处，在“二根筋”欺负梁志老汉时他也曾主持过公道。“我”到亲侄子梁大利的理发店去理发，侄子竟然要收“我”的钱，说是店里有声明“先交款后理发，金钱面前人人平等”。梁大利生性暴躁，爱打架、招惹是非，为此曾被抓进公安局，当年是“我”找关系并交了500元钱才把他保释出来，但梁大利却自有一番道理：理发是买卖，如果沾亲带故就都不收钱，自己还吃什么？从商品经济角度来看，占用了时间，享受了服务，就该给报酬。叔叔到家里是亲人，到理发店则是顾客。至于当年的500元钱，应该记在他父亲的账上，和他没关系。“我”去看望梁志大哥。他正直、无畏，当年参加革命打过仗，腿受伤变瘸，但他仍然不顾别人的嘲笑去“抓赌”，希望村里可以风清气正。“二根筋”因写对联嘲讽梁志，二人大打出手，没想到梁大利出面打了“二根筋”竟了结了此事。女儿志立的同学刘英儿，19岁就嫁给了大自己很多岁的有钱人张策，并有了孩子，她自感生活如意，而且把曾经的努力读书、理想追求都视为幼稚、可笑和无用。为了丰富村里的文化生活，“我”将村里悄悄卖票、小范围娱乐的演出队组织起来，并应邀到外村演出，却因利益分配问题，“二根筋”与梁大利等人发生了争吵。梁志为了凑钱给村里的演出队买化妆品，他低价把“我”送给他的高级烟酒卖给了梁大利。为帮助未到结婚年龄的小伙儿梁长青摆脱父亲梁祥安排的婚事，梁志将此事告到乡政府。梁祥为了报复梁志，砸了他的店铺。梁长青善良、有正义感，不仅送还了梁志200元钱，还悄悄向派出所报案，父亲梁祥被抓到公安局交罚款。新婚当天，梁长青在梁志的帮助下，坐上进城的张策的车逃婚而走。

小说不仅故事精彩，而且语言也非常鲜活、醇熟，富于地域色彩和浓郁的乡土气息，读来亲切、熟悉、质朴、生动，同时又不乏诙谐幽默和犀利深刻，体现了语言的生活化和作者对表达艺术的驾轻就熟。另外，小说的题目也是别具匠心。“二八月”是气候交替、乍暖还寒、乍寒还暖的季节，因此会“乱穿衣”，实际是指代一种无序、失衡、混乱的现象，但这种“乱象”在新鲜、越轨中似乎又有某种程度的合理性。小说表现了农村千姿百态的众生相和五彩斑斓的生活场景，展示了在社会转型、商品经济发展过程中产生的思想冲突和价值困惑。

（三）**《鸡不叫，天也明》**

《鸡不叫，天也明》是赵新的小小说

集，2009年5月由江西高校出版社出版发行，是中国小小说50强之一的青少年素质读本，内收61篇小小说。

同名小小说《鸡不叫，天也明》讲述了这样的一个故事。一个村子里没有了公鸡，因为公鸡都被卖掉换了钱。因此早晨再也没有那高亢嘹亮、像号角一样令人精神振奋的啼叫，也没有了自然的和谐和往日有条不紊的劳作。二倔老汉感觉很寂寞、很空虚、很茫然，生活变得没有滋味。全村仅剩他家还有一只公鸡没有卖掉，可这只公鸡已经因为没有同伴而变得畏首畏尾，没有了公鸡的血性，二倔老汉为此很难受。二倔老汉的妻子最终经不住鸡贩子给的高价和“鸡不叫，天也明”的劝说，背着老汉卖掉了这只公鸡，二倔老汉发现后心疼得落泪。第二天一早，二倔老汉找到鸡贩子家，赎回了这只公鸡，回家后细心呵护。但两天后，公鸡竟脱胎换骨，变成了一只实实在在、不折不扣的母鸡。

小小说《鸡不叫，天也明》语言亲切、质朴，与人物个性贴合紧密。小小说在创作方法上也没有炫技，正像生活本身一样质朴、自然，但仍然不动声色地在现实主义基础上融入了现代主义技巧。小小说结尾公鸡变母鸡的情节显然带有一些魔幻现实主义的色彩，也有一定的象征意义，同时似乎又可以将这篇小说看作是一篇寓言故事。“鸡不叫，天也明”是当时多数人的一种态度，不管二倔老汉同意不同意、喜欢不喜欢，都无关紧要。但二倔老汉认为，虽然“鸡不叫，天也明”，但明得感觉不一样，明得心情不一样，明得不是滋味，明得差了成色。这句话似乎是一句点睛之笔，写出了一种感觉、一种心情、一种生活态度、一种意境，是对过去的某种生活方式逝去的一种留恋，是对当今某种现象的无奈和不满。这种无奈、不满甚至是气愤，很难说出具体指的是什么，也许是指人在巨大恐惧和孤独之下人性的异化和扭曲；也许是对当今流行的某种阴盛阳衰现象的感慨；也许是在商业化、金钱化的喧嚣生活中呼唤静谧、和谐、美好的田园生活。总之，这篇小小说质朴、平易、通俗，但却意蕴丰富、蕴藉、深邃，小小说的结尾颇让人玩味，余味无穷。

（撰稿人：苏虹）

周渺

名家简介

周渺（1939—1994），原名周淼，河北保定人，一级作家、中国作家协会会员、中国民间文艺家协会会员、中国大众文学学会会员，曾任中国大众文学学会理事、中国作家协会河北分会理事、河北省作家协会理事、保定市作家协会主席。

因家庭贫困，周渺的童年和少年时期一直生活在农村外祖母家。1953 年至 1959 年，就读于保定市第一中学。1959 年至 1964 年，就读于南开大学中文系，毕业后分配至天津作协《新港》文学杂志社担任编辑。1970 年，调回家乡保定，曾在保定市电机厂当锻工，在市直机关党委当干事。1979 年，调至保定市文联，先做文学辅导工作，后任编辑、《小说创作》主编、保定市文联副主席。1979 年，加入中国作家协会河北分会。1990 年，加入中国作家协会。

周渺从初中便开始练习写作。1957 年，读高中的周渺在保定市文联主办的《群众文艺》上发表了小说《姥姥家》，之后又在保定市的多家报刊上发表了多篇小说和散文。这一时期的写作练习为他日后的文学创作打下了良好的基础。读大学时，周渺先后在《天津日报》的《文艺周刊》、《河北日报》的《布谷》、《大公报》的《群众文艺》、《天津晚报》的《向阳花》、《新港》等报刊上发表小说、散文数十篇。其中发表于 1960 年的《将相和》被收入了 1962 年出版的《河北青年短篇小说选》。

“文化大革命”期间，周渺辍笔近

10年。党的十一届三中全会后，周渺从1978年开始业余创作，先后在《人民日报》《求是》《北京晚报》《工人日报》《上海文学》《北京文学》《新港》《奔流》《河北文学》《长城》及保定当地的几十家报刊上发表了中篇小说、短篇小说、小小说、散文共百余篇。其中《庄户干部》被《中国文学》译成英文、法文刊载；《山水情》由《小说月报》转载，并在中央人民广播电台播放；《难忘的第一次采访》由《小说选刊》转载，并在《作品与争鸣》上作为佳作推荐，后在中央人民广播电台播放；短篇小说《脉脉此情谁诉》、中篇小说《匆匆春又归去》等均由《作品与争鸣》转载讨论。

1988年11月，散文集《葫芦巷春秋》由百花文艺出版社出版发行。1989年，《脉脉此情谁诉》由中国文联出版社出版发行。这两本书合计50多万字，收录了周渺的大部分创作。之后又出版了中篇小说集《十年恋情》，展示了20世纪60年代青年男女的爱情画卷。

名作赏析

（一）《葫芦巷春秋》

《葫芦巷春秋》是1988年由百花文艺出版社出版发行的散文集，以同名短篇小说《葫芦巷春秋》命名，同时收录了《难忘的第一次采访》《山水情》《庄户人家》等作品。

《葫芦巷春秋》《梦里寻她千百度》

短篇小说《葫芦巷春秋》以农村一条不起眼的小巷——葫芦巷为故事舞台，以何老圣、黑牡丹、蔫大头、寡妇为主要人物，讲述了几年间巷子的风土人情与生活变迁。小巷本是一条畅通的农村官道，黑牡丹仗着她的姐夫在公社当书记，擅自向外扩展院墙，把院墙垒在了官道上。面对黑牡丹的行径，寡妇敢怒不敢言，蔫大头隔岸观火，只有正直的何老圣敢于直言，将官司打到了村大队。但大队书记高四是一个见风使舵、和稀泥的人，劝何老圣睁一只眼闭一只眼。何老圣不服，仗着胆子告到公社，结果竟被扣了他全家一季的返销粮。几年后，蔫大头翻盖临巷的土坯南房，也动起了扩院墙占小巷的主意。他先是钉木桩插篱笆试探小巷人的态度，后在众怒中不得不拔桩拆篱。可蔫大头并不死心，伴随着端正党风运动的开展，黑牡丹的姐夫被免职，蔫大头觉得机会来了，于是他揣着两瓶酒贿赂了大队书记高四，从而明目张胆地垒起了院墙。随着蔫大头的兄弟成为继任公社书记，他更加趾高气扬。失势的黑牡丹和胆小的寡妇明哲保身，依然只有何老圣出面阻拦，主持正义。他想起为民请命的先贤，于是将蔫大头侵占官道的事情传遍了村集市。舆论的力量不可阻挡，人民群众的正义呼声亦不可阻挡，蔫大头已垒好的和没垒成的院墙一律被拆除，让出了官道，小说以“人情薄如纸，王法重如山”为结局，让读者为之振奋。

（二）《山水情》

《山水情》是一篇散文体小说，以诗意的笔触描绘了柔美的山水和善美的彩彤。彩彤是一个美丽的农村姑娘，和人称“果木神”的爹爹学会了栽培果树的全套技术，被乡亲们称为“果木仙”。然而彩彤到了谈婚论嫁的年龄，却没人敢登门提亲。因为彩彤的大姐找的是县干部，后来成了林业局局长，二姐凭着卫生学校的文凭跟县医院的大夫体体面面地结了婚。那么彩彤呢？乡亲们认为彩彤自然也要找个“商品粮”，彩彤的姐姐们也这样认为，所以一直为妹妹张罗着找一个城里人。可是彩彤却有自己的主意，她相中了领头修桥的小伙子勤发，她看重的是人品和技术，而不是城里的户口和“商品粮”，因为她坚信：“如今的农村，不是早先那农村！如今的深山老峪，更不是早先那深山老峪！好光景这是才开头，往后的道儿就靠自己走！”小说没有激烈的矛盾冲突，姐姐们面对彩彤的选择虽有遗憾，可也并未阻拦，爹娘面对女儿的选择，也是送上铃枣树、红果树作为陪嫁。《山水情》描写出了山山水水情意长的美好人情。

（撰稿人：马晶晶）

谈歌

名家简介

谈歌，1954年生人，原名谭同占，现当代作家、记者，中国作家协会会员，曾任河北省作家协会副主席。

谈歌祖籍河北顺平，出生地是位于张家口的河北龙烟铁矿，这是个百年老矿，谈歌在此出生并在矿上生活了10年。1960年，谈歌入龙烟铁矿西二区小学就读。1964年，随父亲从矿上搬到宣化，转学到宣化钢铁公司第一炼铁厂工人子弟小学，即铁厂小学。此时他本应上四年级，但谈歌的母亲怕他跟不上学习进度，于是让他就读了三年级。在铁厂小学，谈歌很贪玩，经常逃学、采桑养蚕，还和小伙伴们偷过当地驻军种的蔬菜、水果等，并因此被学校警告。后来，谈歌又转学到米市街小学就读六年级。1968年夏，谈歌入宣化第四中学学习。这段儿时和青少年时期的经历，谈歌在自传性散文集《我是如何长大的》中有生动细致的描绘。

1970年3月，谈歌参加工作。先是在河北宣化钢铁公司工作，后被调到保定冶金部地球物理勘查院。1981年，他参加了河北省文联举办的第二届文学讲习班。1984年，考入河北师范大学中文系。1986年毕业后，在《冶金报》《冶金地质报》任记者。1994年，被河北省文学院聘为专业作家。同年，他参加了河北省青年作家代表大会。1996年，加入中国作家协会，后任河北省作家协会副主席。1998年和2002年，谈歌分别参加了鲁迅文学院研究生班和鲁迅文学院第一届高级研讨班，并相继参加了1996年、2001年、2006年、2019年召开的中国作家协会第五、第六、第七、第九次全国作家代表大会。1998年开始，谈歌受聘担任河北大学、辽宁大学等多所高校的客座教授。1999年，他到涿州市挂职政府副市长。参加工作以来，谈歌经历丰富，先后做过锅炉工人、车间主任、地质队队长、机关秘书、宣传干部、报社记者、专业作家、学者教授，后又挂职做政府干部。丰富的工作经历开阔了谈歌的视野，夯实了他的文化底蕴，使他更加注目于现实，更加关注社会焦点和热点，同时还锻炼了他的洞察力和敏锐的判断力。这些经历也潜移默化地成为他重要的创作素材。

1977年，谈歌开始业余文学创作。1978年，在《保定文艺》上发表了组诗《踏遍青山》，这是谈歌正式创作的开始。1978年至1989年的10多年间，他广泛尝试，多方探索，在《保定文艺》《荷花淀》《莲池》《保定日报》《冶金报》《河北日报》《工人日报》《个旧文艺》《北京晚报》《北京文学》《四川文学》《广州文艺》《作品》《天津文学》等几十种报刊上发表了中短篇小说、散文、话剧共300余篇，以及诗歌百余首。其间，比较优秀的作品有话剧《欢迎检查团》、小说《拜年》《四十岁的大学生》《总工程师和卖大碗茶的儿子》《水浒知识智力竞赛侧记》《桥》《假如你第一次扛枪打兔子》《你有多少聚M烯我都要》等。

从1990年起，谈歌专注于小说创作。20世纪90年代中期，《大厂》《天下荒年》等系列小说的发表，使谈歌获得了广泛的知名度，与何申、关仁山合称为河北“三驾马车”，在文坛上掀起了一股“现实主义冲击波”。1996年，《大厂》在《人民文学》第一期上刊发，随即引起轰动。不久后，谈歌又陆续在《小说月报》《人民文学》《中国作家》《当代》《十月》《收获》《中短篇小说选刊》等著名文学刊物上接连发表了作品。因此，同行都称1996年为“谈歌年”。另有《年底》《绝品》《天下荒年》《野民岭》《单刀赴会》《天香酱菜》等多篇小说多次被《新华文摘》《小说月报》《小说选刊》《中篇小说选刊》《作品与争鸣》《作家文摘》等报刊转载，使谈歌一举成名，享誉全国。

之后，谈歌的创作全面开花，不仅作品数量多，而且题材种类多样，尤以小说最为著名。主要包括继续关注企业和工人现实生活，关注社会热点问题的小说，如《城市激情》《城市守望》等；调侃诙谐、幽默讽刺类小说，如《那一阵我正活的没滋味》《我曾让你傻半天》《厕殇》等；以古城保定为中心，写保定民间奇人轶事的笔记小说，这类小说文化气息浓郁，也被称为“文化小说”，结集为《绝唱》《人间笔记》《人间笔记2》《天下大事》等；有都市小说，如《都市豪门》等；有历史题材小说，如《家园笔记》《票儿》《大舞台》等；还有专门写历史人物白玉堂的悬疑推理系列长篇小说《黑天白日》《局中局》《案中案》《曲之杀》《血黄金》《血弥途》等。《当代》杂志主编汪兆骞曾评价谈歌：“他有好几种笔法，好几种路数，能写各式各样的小说，如同武林大师精通十八般武艺。”

迄今为止，谈歌共发表长篇小说20多部，中短篇小说千余部，另有《一吐为快》《杂谈水浒人物》《灯下闲读》等系列杂感散文，共计1500余万字。谈歌有多部文学作品被改编成了影视作品，如《大厂》被中国电视剧制作中心改编成电视连续剧，被西安电影制片厂改编成了电影《好汉不回头》；《年底》《年初》被辽宁电视台改编成电视连续剧《选择》；《大忙年》《雪崩》《城市热风》等9部作品被中国电影合作制片公司改编成电视连续剧《震荡》；《绝人》《名流》分别被改编成电影《夏日情怀》《小镇名流》；《城市票友》《老乐的执迷不悟》分别被改编成同名电影；《野民岭》被长春电影制片厂改编成电影《沉默的山无言的河》；《山间》被峨眉电影制片厂改编成同名电影；《票儿》被改编成电视连续剧《江湖正道》。此外，《城市票友》《穆桂英挂帅》《绝品》《秦琼卖马》等作品分别被编入大学教材或中学教辅教材。小小说《桥》被收入部编版六年级语文教材，在全国范围产生了广泛影响。另有部分作品被译成法、日、英等文字介绍到国外。

谈歌曾多次获中短篇小说重要奖项。《笔记三题》曾获《天津文学》1994年至1995年小说奖；《大厂》曾获《人民文学》1996年特别奖、《小说选刊》奖、《小说月报》“百花奖”；《笔记小说二题》曾获《中国作家》1996年小说奖；《燕赵笔记》《老张》《天香酱菜》均曾获《小说月报》“百花奖”；《天下荒年》《张子和》曾获《北京文学》奖；《城市热风》曾获《十月》1997年文艺奖；《官司》曾获《东海》1996年铜奖；《山草谣》曾获《东海》1998年铜奖；《升国旗奏国歌》曾获“梁斌文学奖”、《中篇小说选刊》奖；《城市警察》曾获《啄木鸟》奖、公安部“金盾文学奖”；《当局者迷》曾获公安部“侦探推理大赛奖”；《年底》《核磁共振》

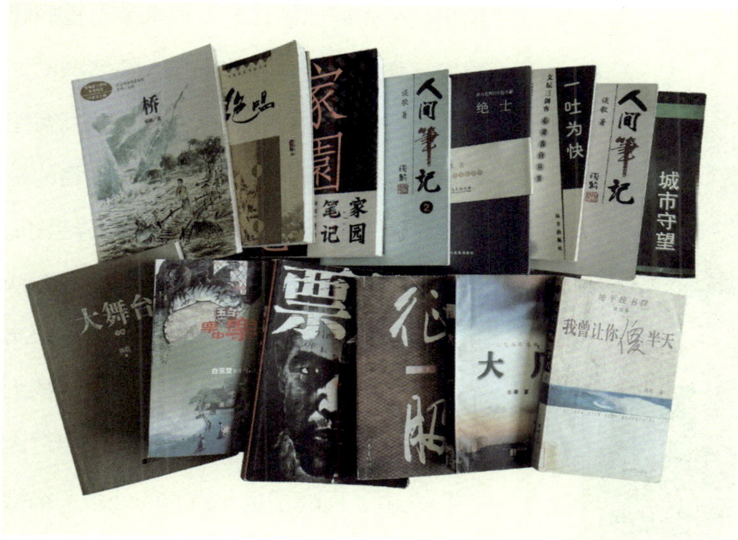

谈歌部分作品书影

曾获“河北省文艺振兴奖”。

名作赏析

（一）《桥》

小小说《桥》是谈歌最经典的短篇小说之一，1988 年发表于《保定日报》，1989 年转发于《北京晚报》，1990 年被《小小说选刊》转载，曾获全国小小说奖。2008 年，《桥》被选入人教版五年级语文教材，后又被收入部编版六年级语文教材。

《桥》写了一位普通的老共产党员面对狂奔而来的洪水时，他沉着冷静地组织村民有序过桥，并拉回了试图挤在前面的儿子，最终众人都成功过桥，唯有父子二人牺牲在了洪水之中。老共产党员用自己的血肉之躯为村民们筑起了一座不朽的生命之桥。小说以简洁和富于个性化的语言，生动具体地展现了这位老共产党员的高风亮节，赞颂了其高贵的精神品格，产生了震撼心灵的效果。作者在不足 600 字的篇幅里制造的悬念、塑造的共产党人形象，以及给予读者的启示，都是许多长篇大论

《桥》

所不及的。主题的鲜明、时代精神的彰显、格调的庄严、细节的精准、人物形象的饱满、叙述语言的简洁及强烈的画面感等，巧妙地融为一体，作者在有限的篇幅中辗转腾挪、从容不迫，体现了艺术的炉火纯青。

（二）《大厂》

小说《大厂》最早发表于《人民文学》，《小说选刊》《新华文摘》《作家文摘》等报刊之后纷纷转载。小说中的国有企业大厂经营困难，步履维艰；前任许厂长贪污被抓，大厂债台高筑，外欠的账要不回来，来讨债的则是赖着不走，扬言要“常驻沙家浜”；为拿下大客户的订单，大厂领导无奈答应派人陪客户“嫖娼”，结果被公安局抓捕；老劳模章荣患重病硬撑着不肯花钱住院；普通工人情绪躁动，无心生产；技术骨干总工袁家杰被高薪挖墙脚，正在艰难选择；更加雪上加霜的是厂里把唯一的门面、一辆高级轿车弄丢了；小说同时还穿插了书记贺玉梅与丈夫谢跃进的夫妻矛盾……作品把方方面面的“窝心事”，把国家、社会、企业、家庭的大大小小的矛盾冲突，层层展开，集中于“大厂”之中。反映了企业当时的处境，描绘了社会热点问题，作品具有高度的现实关怀。同时，小说塑造了粗犷豪爽、焦灼迷茫又不放弃奋斗的工人群像。无论是挣扎奋斗的吕建国等人，还是公而忘私的章荣、韩书记等人，抑或是小李、魏东久等原本被批评，但关键时刻良心未泯，舍生取义的人，他们都表现出了悲壮的、崇高的道德理想。小说中的环境描写并不多，但都可谓是点睛之笔，尤其结尾部分的“吕建国站在厂门口，突然发现厂门口的树一夜之间已经绿绿的了，恼人的春寒大概就要过去了”，颇具象征意味。

（三）《家园笔记》

《家园笔记》是谈歌最有影响力的长篇小说之一，1999 年 9 月由人民文学出版社出版发行，之后又陆续出版了不同版本。2020 年 9 月，出版了绘画评点版，由中国工人出版社出版发行，著名作家蒋子龙评点。在这部小说中，作者采用了第一人称的叙述手法，叙述了“我”父母两大家族的百年史。小说年代跨越大，几乎贯穿了整个20世纪，从清末到民国，从抗日战争到解放战争，以及新中国成立之后的历次重大事件，由家族命运串联起历史风云，读起来非常厚重。小说由1973年“我”在河南当兵认老乡的经历写起。“我”和老乡刘师长都是野民岭人，由刘师长请客这一情节，引出野民岭的风俗历史，并引出小说的主要故事和人物。民国时期，野民岭地区偶现狗头金——天然黄金、国宝，该地的古、李、韩三大家族为侵占狗头金和预想中的金矿开采权而展开利益争夺，三方明争暗斗，手段血腥且残忍。但当日本侵略者的铁蹄践踏中国国土时，他们的强悍与义气转化为抗击侵略、保家卫国的民族大义，其忠勇、智慧、操守和气节，在民族反抗和斗争的史册中闪耀着崇高瑰丽的光辉。小说中的故事悲壮凝重，情节惊心动魄，人物彪悍非凡、威风凛凛，正是野民岭这个特殊地域的精神、性格的外化。同时，小说中强烈的今昔对比、借古鉴今的态度深深地打动了读者，广大读者被小说中的民族尊严、爱国精神、英雄气节所震撼，也对金钱至上、麻木不仁等精神贫弱的表现给予了批判和讽刺，读者能够从中感受到崇高的精神洗礼。

小说在结构方面有所创新，每一章先交代出场人物，是为了帮助读者理清人物关系。另外，小说创造性地设置了单独的“插话”和“本章人物补遗”。“插话”相当于“闲话”，忙里偷闲，插入与主要人物密切相关的逸闻趣事，以增趣味。同时还可以适当地打断叙事节奏，让读者停下来品一口茶，思索一番，休息一下，然后再欣然继续。而“补遗”部分则是对该章主要人物的“前世今生”做一个详细的梳理和交代，人物跌宕起伏的命运和结局怎样，让读者一一了然。这种处理方式与本书人物众多、关系错综复杂、时间跨度长有很大的关系。这部小说是根据十几年来对“我”的父亲和母亲家族的历史与传说的采访笔记而写成，“保存下这些不该丢的东西”是《家园笔记》命名的由来，也充分体现了作者对纪实性的追求。

（四）《票儿》

《票儿》是谈歌2009年创作的一部长篇小说。“票儿”是被土匪绑架的一个眉清目秀的男孩，因父亲不去“赎回”孩子，男孩便被土匪头子张才明收养，故取名为票儿。小说重点展现了票儿跌宕起伏、充满传奇色彩的一生。他有多重身份，文

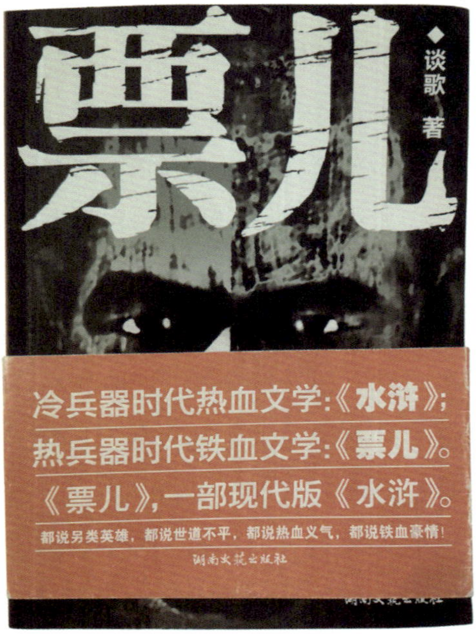

《票儿》

质彬彬但有一身好功夫的天马山寨十二太保；威震匪帮、勇武机智、仁义洒脱、桀骜不驯的江湖枭雄；反“扫荡”的“鬼头刀”，日本侵略者的头号“克星”；国民党的军团长；共产党员、新中国的局长、共和国的功臣和烈士。小说人物的成功塑造，得益于作者的构思和结构安排。作者采用“两山对峙”法，在塑造票儿形象的同时，还塑造了同样智勇双全、美貌绝世、豪气冲天的女匪首肖桂英。他俩是旗鼓相当的对手，又惺惺相惜，并肩作战，共同抗日，同时还夹杂了阴差阳错、扯不断的儿女情长。采用“烘云托月”的手法，通过肖桂英更衬托凸显出票儿的魅力。小说中所谓的次要人物也异常精彩，如武功绝顶、神龙见首不见尾的“神秘人物”；身为日军翻译，在关键时刻舍身救票儿的张之际。还有众多有情义、有骨气的小人物，如冒死雪夜送羊救票儿的部队于饥寒交迫之中的甘二河；宁做灰飞不做浮尘、大义赴死的肖桂英的保姆等人。小说将传奇的人物命运与历史密切结合，在使小说极具可读性的同时，彰显了历史的厚重，使小说有一种雄浑悲壮之气。

（五）《大舞台》

小说《大舞台》出版于2015年，是一部150万字的皇皇巨著。小说从抗战前夕一直写到新中国成立以后，时间跨度长，内容涉及特工、间谍等隐秘战线。小说分四大部分，即缘起、抗战、内战、暗战。故事以资深魔术大师梅三娘为线索人物，以她的“梅记杂戏社”为核心阵地。小说不仅塑造了身怀绝技、重情重义、信仰坚定的共产党员梅三娘，同时也展现了她与女儿梅立春、梅天凤、梅可心在中国共产党的领导下，用智慧、忠诚和勇敢与日本侵略者展开的英勇斗争。小说中还有另外一位核心人物赵元初，更有充满传奇色彩的徐飞扬、马凯旋、唐行一、萧家广等人，此外还有以付浩声、钱如雪为代表的戏曲

《大舞台》

艺人。可以说《大舞台》塑造了一批身怀绝技、个性突出、性格复杂、有血有肉的特工人员和抗日英雄群像。他们身份地位迥异，甚至分属不同阵营，然而他们都是义勇的爱国者，保家卫国是他们的共同追求。因此在抗战的大旗下，他们或壮烈地舍生取义，或机智地与敌周旋。除民族矛盾外，小说还展示了国共冲突。作者曾特意在小说题目下面加了一个副题——“特工风云十三年”，集中展示了国民党军统特工、共产党地下工作者和谍报人员与日本特务及宪兵等侵略者的斗智斗勇。这部谍战小说不仅具有传奇色彩，还有浓郁的人间烟火气，即使对高级特工人员，如赵元初、马凯旋等，或军政大员，如袁世凯、张作霖、张学良、傅作义等，也都展现了他们的世俗生活和人情往来。小说尤其重点讲到了行医、杂技、魔术、制砚和戏曲等行当的生活和习俗。小说中，作者在继承传统说书人的全知全能叙事方式的基础上又多有创新，大量加入了“插入”和“注释”，使小说在精彩的情节之外，又有深刻独到的议论。同时，作者巧妙地运用网络语言、时尚流行语，或创造性地改造成语、名言或歇后语，使语言更加自由，更具个性，更加时尚新颖。这种将传统与现代完美结合的结构体式，评论者郝雨将其称为“网络评书体”。

（撰稿人：苏虹）

铁凝

名家简介

铁凝，1957年生人，祖籍河北赵县，现当代著名作家，现任中国文联主席、中国作家协会主席。

铁凝虽出生于北京，可她童年的大部分时间都是在古城保定度过的，她自幼便显示出聪慧的艺术感悟能力。1975年，读高中的铁凝在一次题为《记一次学农劳动》的作文课上，充分发挥自己的文学想象力和创作力，洋洋洒洒地写出了一篇7000字的大作文——《会飞的镰刀》，这被认为是她的小说处女作。

1975年，铁凝从保定第十一中学毕业后，怀揣着作家梦，毅然决然地放弃了留城的机会，选择赴保定博野县张岳村插队。在此期间，铁凝一直坚持创作，相继完成了反映农村生活的《火春儿》《夜路》《丧事》等短篇小说。时任《上海文艺》主编、当代著名作家茹志鹃在读完铁凝这一时期的几篇作品后，欣然提笔写下了《读铁凝的〈夜路〉以后》这篇评论文章，对铁凝的创作予以了肯定，她写道：“农村生活在她眼里五彩缤纷，甚至可以嗅到泥土的馨香，水的阴凉甘甜。”

1979年，铁凝调回保定文联《花山》编辑部任小说编辑。1980年，她参加了河北省文学讲习班。同年，短篇小说《灶火的故事》在孙犁主办的《天津日报·文艺增刊》上发表，后由《小说月报》转载。1982年夏，铁凝参加了《青年文学》编辑部举办的笔会，会间写出了短篇小说《哦，香雪》，小说发表之后引起了巨大的反响，使铁凝成为文坛家喻户晓的人物。同年，加入中国作家协会。1983年，铁凝又发表了另一篇产生重要影响的中篇小说《没有纽扣的红衬衫》，这部小说曾获第三届全国优秀中篇小说奖。1984年，短篇小说《六月的话题》发表于《山花》，并被改编为电视短剧，这部小说曾获第三届全国优秀短篇小说奖。同年，铁凝由保定文联调到河北省文联从事专业创作，并于当年召开的河北省第四次文代会上当选为河北省文联副主席。1985年，铁凝的中篇小说《没有纽扣的红衬衫》被改编成电影《红衣少女》并上映，该电影曾获第五届中国电影金鸡奖最佳故事片奖、第八届大众电影百花奖最佳故事片奖。5月，应美国哥伦比亚大学美中艺术交流中心之邀，铁凝随中国作家代表团访问美国。其间，在哥伦比亚大学、哈佛大学、斯坦福大学及国际笔会中心美国会所与美国作家、学者座谈、交流中美当代文学现状。1986年，铁凝相继发表了《麦秸垛》《近的太阳》《胭脂湖》等作品，其中中篇小说《麦秸垛》与之后的《棉花垛》《青草垛》被合称为“三垛”。1988年，长篇小说《玫瑰门》问世，标志着铁凝创作风格的转变。同年，铁凝发表了《棉花垛》。1990年，铁凝赴保定涞水山区挂职锻炼。同年，短篇小说《哦，香雪》被改编为电影，该电影曾获第四十一届柏林国际电影节大奖，以及中国电影“金鸡奖”“百花奖”。1990年至1995年，铁凝相继创作出了《孕妇和牛》《马路动作》《砸骨头》《埋人》《对面》《无雨之城》等作品，受到评论界和研究者的广泛关注。1996年11月，铁凝当选河北省作协主席。同年底，当选中国作家协会副主席。1997年，短篇小说《安德烈的晚上》在《青年文学》上发表，之后多家刊物转载，曾获《小说选刊》年度奖。1999年初，中篇小说《永远有多远》在《十月》上发表。2000年，长篇小说《大浴女》由春风文艺出版社出版发行。2006年，铁凝发表长篇小说《笨花》。同年，铁凝继茅盾、巴金之后当选为中国作家协会第三任主席。

此外，铁凝还一直坚持散文创作。《女人的白夜》是铁凝文集的第五卷——散文随笔卷，其中绝大部分篇章写于20世纪90年代，曾获首届“鲁迅文学奖”。在回忆性散文《我们与保定》《岁末的期待》《那时我在〈花山〉》等作品中，铁凝不断提及保定的魅力，回忆起保定山的浑朴、水的妩媚和人的情义，以及所有这一切带给她创作时在灵感和心灵上的抚慰。

铁凝创作的作品数量众多，题材广泛，形式多样，曾创作小说100余部，散文、随笔等共400余万字，结集出版小说、散文集50余种，曾6次获包括“鲁迅文学奖”在内的国家级文学奖。另有小说、散文曾获中国各大文学期刊奖30余项。2015年，获法国“文学与艺术骑士勋章”。

名作赏析

（一）《哦，香雪》

保定市涞水县苟各庄村是铁凝短篇小说《哦，香雪》中台儿沟小山村的原型，也是电影《哦，香雪》的拍摄地。小说通过描写每天只停一分钟的火车给宁静的山村生活带来的波澜，尤其是对台儿沟一群乡村少女心灵世界的生动描摹，从而展现了一群天真纯洁的少女对山外现代文明的美好向往，具有浓郁的乡土气息。小说侧重描写了香雪的历险，为了向往已久的带磁铁的泡沫塑料铅笔盒，她在那停车一分钟的间隙里，毅然踏进了火车，用积攒的40个鸡蛋去换女大学生的铅笔盒，为此她甘愿被父母责备，还一个人摸黑走了30里山路。香雪在短暂的旅程中的表现，既写出了山里姑娘的自爱自尊，又写出了她们对摆脱、改变山村封闭落后和贫穷面貌的迫切心情。

在小说的叙述结构上，作者并没有以情节线索安排小说叙述，而是根据情感抒发的内在逻辑，把一些情节片段加以连接。作者极力在一分钟内进行开掘，细致入微地描写了香雪对新生活的向往和追求。同时，通过对每天这一分钟发生的事件的精心选择和叙述，最后以香雪换铅笔盒的冒险旅程为终结，对香雪夜归的情景进行了浓墨重彩的渲染，使情感的抒发达到了高潮。小说注重行动描写和心理描写，使人物形象显得更加生动，更加有立体感。

《哦，香雪》是铁凝的成名作，也最能体现铁凝早期创作中诗意纯净的特点，小说语言凝练却意蕴悠长，情感纯净却不失细腻。也难怪孙犁在《谈铁凝新作〈哦，香雪〉》中说道：“这篇小说，从头到尾都是诗，它是一泻千里的，始终一致的。这是一首纯净的诗，即是清泉。它所经过的地方，也都是纯净的境界。”除了作品中的诗意纯净外，铁凝在赞美现代化进入人性淳朴的民间社会时透露出的一丝隐忧，也体现了作者超越时代的预见性。

（二）《没有纽扣的红衬衫》

《没有纽扣的红衬衫》是铁凝的第一部中篇小说，后被改编成电影《红衣少女》。小说通过姐姐安静的视觉，勾画了妹妹安然的形象，妹妹活泼、率真，学习成绩优异，却不是传统意义上的“好学生”。按照当时的标准来衡量安然，她身上无疑有很多

“毛病”，如喜欢和男孩子交朋友，喜欢和人辩论，经常无拘无束大声地笑，爱穿夹克衫，爱放鞭炮，还爱吹口哨等；她不顾场合直率地发表与父母不同的看法，甚至敢当堂指出班主任韦婉的错误；她还不顾老师的反对和同学们异样的眼光，公开显示自己爱美，喜欢穿那件没有纽扣的红衬衫；她能够红着脸说出她喜欢佐罗的下巴，还毫无顾忌地把爸爸的一幅画取名为“吻”。这样的安然虽然学习成绩优异，却不讨班主任韦婉的喜欢。小说中的安然虽然没有被评为“三好学生”，但是这样一个形象却让作者和读者赞赏有加。安然身上那种坦率、真诚和自主的人格精神，让读者眼前一亮，给予读者生活的勇气和期待。小说将教育目标、社会准则、行为规范及个人的成长交织在一起，展现了作者对于新时期生活的深度思考。

小说以普通人的生活为表现对象，通过围绕安然学校生活和家庭生活的描写，来揭示出安然的心灵世界，传达具有时代特征的情绪。同时作者还善于从自己独特的视角去捕捉人物内心的活动，以清丽简洁、富有诗意和音乐性的语言，营造空灵、淡远、含蓄的艺术境界。

小说发表后，立即产生了强烈的反响。作者在回忆这部小说发表后的情景时写道：“当年的一些报纸特为这部作品开辟专栏供读者畅所欲言；多家电台也连续播出这篇小说；许多与安然年龄相仿的中学生读者给我来信宣称她们就是安然，许多成年男女给我来信说他们是多么留恋那曾经有过的‘安然时光’。她所以打动人们，是因为在那个时代背景下的中国人，刚刚释放开心灵的禁锢，而一个几乎是全新的、未经污染的少女的‘跳出’，振奋了人们久已麻木的想象，也清洗了蒙在人们心头多年的灰尘。”小说反映了20世纪80年代初中国走向开放、文明的艰难与坎坷，表现出了作者始终关注社会的文学创作立场。

（三）《玫瑰门》

长篇小说《玫瑰门》是铁凝最重要的代表作之一，也是铁凝对于不同创作风格的又一次尝试，它标志着铁凝对待女性立场的一个显著转变——由“倾诉”女性感受转变为“拷问”女性心灵。

作者将司猗纹作为小说的主人公，并围绕司猗纹穿插演绎了三代女性的人生遭际与爱恨情仇。主人公司猗纹受过五四自由平等风气的感染，追求过爱情婚姻的自由，但最终仍未能摆脱封建家庭的压力而身陷庄家成为庄家大少奶奶。与作者笔下其他的女性形象相比，司猗纹渴求身份认同的野心更大，内涵也更为丰富，但由于她的个性极为坚硬，而使其内在心灵的搏斗也更为剧烈和令人震撼。数十年来，她先是渴望获得传统家庭的认同，后又处心积虑地追求社会政治的认同，获取革命群众的认同，但是不管她多么用尽心机，也不管她付出多么大的代价，她终究与周围环境格格不入，与时代主流背道而驰。她自我实现的愿望与追求越强烈，就越陷入分裂的人格之中。她的一次次失败，验证了女性觉醒之路的漫长而艰辛。

司猗纹的悲剧从根本上说是一个性格悲剧的典型，它呈现了女性个体在历史文化禁锢下遭遇的精神困境。但作者的功绩不仅仅在于此，作者进一步思考了女性对于生存困境的突围，试图通过主体性的建构，走出女性成长困境。小说中成年苏眉通过与幼年的自己反复对话，展现了成长过程中鲜为人知甚至不为己知的阴暗面，以理性的眼光对过往被塑造的自我进行审视、剖析和修正，实现了对过往创伤的溯源与清理和对真实自我的探寻。在创作中，作者始终以客观的态度去审视小说中的人物。一方面，作者理性地去批判历史进程中消极因素的存在；另一方面，作者又肯定了传统文化中的美好品质。作者希望女性能够通过积极地自我审视和自我健全，摆脱沉重的精神束缚。当代著名文学评论家贺邵俊对《玫瑰门》给予了高度评价，他认为：“《玫瑰门》是一部典型的女性写作的成功之作，而且是一部真正具有女性觉醒意识的作品；更为重要的是，以女性觉醒意识而言，《玫瑰门》是新时期文学以来的第一部长篇小说。这是《玫瑰门》所具备的最重要的文学史意义。”在小说中，作者的女性写作无疑对20世纪90年代的女性书写产生了极大的影响，但后者的写作中对于女性生存的理性追问俨然已经弱化，这就更加凸显了作者的写作意义，正如研究者闫红在《铁凝与新时期文学》中所论：“把女性的身体和生命欲求与人性的关怀、人生的意义紧密相连，使女性身体的觉醒与革命进入了文学的审美层次而具有开拓性的意义。”

（四）《大浴女》

《大浴女》的题目源于现代著名画家塞尚的《大浴女》组画，意在表明裸露的肉体之下同样裸露的灵魂洗浴。铁凝仍然将女性的爱情及命运作为小说主线，但最终通过叩问灵魂，完成人性的追寻和探索。小说中主人公尹小跳通过自我反省与忏悔，挖掘出自己的两大原罪。一是由于潜意识对母亲的仇恨，在目睹同母异父的妹妹尹小荃落井时未伸出援助之手；二是

《大浴女》

通过出卖唐菲的肉体换来自己的工作和前程。这两宗“罪”使尹小跳产生了强烈的负罪感，成为她沉重的精神枷锁，使她在成长过程中尤其在爱情中迷失自我。尹小跳以受虐的心态接受着方兢的荒唐放纵和为所欲为，又陷入了和陈在的情爱纠葛。值得庆幸的是，尹小跳在伤害中获得了足以抗衡尘世的自我平衡的心灵力量，在同内心的搏斗中战胜了自己，并最终走向涅槃，获得新生。她不断超越自己，以仁爱之心包容周围人，化解了成长的危机，实现了人格的健康化。

尹小跳不断地被伤害、不倦地努力成长的过程，展现了作者对女性精神状态的全面展示与自省，是对自我的超越，是对女性理想健康人格的建构的期望，是对人类精神发展困境的突围。作者跳出了二元对立的思维定式，在全方位地审视剖析人性的复杂、生活的残酷和历史的局限的同时，真诚热情地表现着激荡的生命和磅礴的力量。在向内的挖掘中，作者指引着女性关注自身生存状况，涤荡心灵尘埃，实现和谐发展，预示着作者传统现实主义写作的回归与深入。

（五）《笨花》

《笨花》标志着铁凝创作风格的转向，从以往关注女性，注重个人情感，开掘到关注历史，展现时代的文学书写。小说以冀中平原笨花村的生活为蓝本，以向氏家族为主线，在朴素、智慧的叙事中展现了从清末民初到 20 世纪 40 年代中期抗战胜利，近 50 年的时代风云和历史变迁。

小说主人公向喜本是一个靠做小买卖维持生计的农民，但是身处乱世，使得本没有远大抱负的向喜为了四两银子的安家费告别了新婚妻子，开始了戎马生涯。弃农从戎的向喜内心深处始终坚持着他的原则，坚守着他的道德，他为自己取名向中和，字谦益。向喜从一个普通的新兵，渐

《笨花》

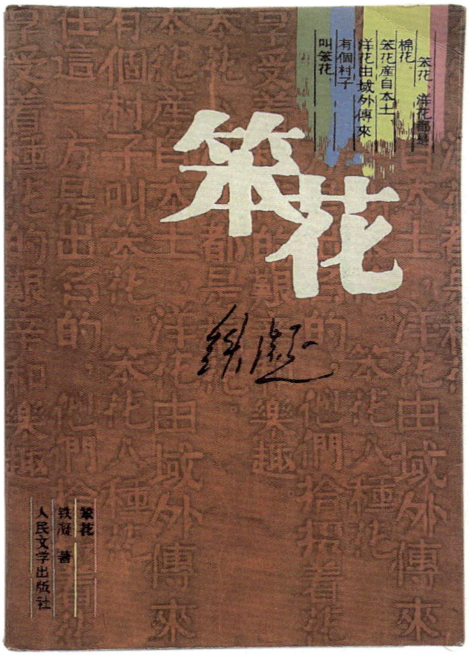

次做到浙江省的警务处处长，但他却始终低调行事，保持着笨花村注入他血液中的踏实、沉稳和内敛的姿态。在面对高官厚禄、飞黄腾达的机会时，他主动选择了放弃，拒绝与日本人合作，最终解甲归田，选择在离土地、离农民最近的粪厂终老一生。

笨花村上到民间英雄向喜，下到吆喝串巷子的糖担儿，他们共同组成了笨花村这一幅和谐、淳朴、琐碎的乡村生活景象，而这一小范围的农村景象映射的是整个北方的风俗人情。抗战时期，笨花村村民的爱国精神和民族气节更是当时乱世下全体中国人的精神气质的缩影，是贯通着古老中华文化的地气，是守候着素朴的永恒的生活，是周而复始地艰难又乐观地生存着的华夏儿女的象征。作者把大的、沉重的历史题材用“以小见大”的方式放置于冀中平原的一个小村庄里，用轻松、朴实的语言描绘出笨花村的人文风情和生活习俗，让读者在笨花村自然、淳朴的生活画面中感受历史的深沉与厚重。这种将启蒙叙事和日常生活叙事融为一体的叙事手法，为重现永恒的信念追求与诗意的日常生活情趣提供了新的想象手段，为重建文学价值体系起到了关键性的转折作用，也因此被誉为铁凝迄今为止最具分量的长篇力作。已故著名评论家陈超在谈到《笨花》时说："这是目下文坛为数不多的从内涵到技艺都令人满意的大作品，它写出了生动、真实而又厚重的'中国形象'，体现了汉语叙事的魅力与欢乐。"

铁凝一直追求着跳出成规，以实现对自我的不断超越。她凭借自己手中的笔，描摹着复杂多样的人生。她的笔下既有淳朴、宁静的农村，又有文明、进步的城市；既描摹广阔社会人生，又关注常人心灵一隅；既能谱出纯美和谐之曲，又能挖掘人性与历史之恶。但纵观铁凝的创作，她始终如一地用真诚的心灵挖掘人类的共同情感，开拓出属于自己的文学创作之路。

（撰稿人：聂晶晶）

刘素娥

名家简介

刘素娥，1957 年生人，河北保定人，中国作家协会会员、河北省第十二届政协委员、保定市莲池区第九届人大代表，曾任河北省作家协会副主席、保定市文联主席、保定市作家协会主席、《荷花淀》文学期刊主编。

刘素娥的父母都受过文化教育，民国期间，父亲做职员，母亲为教师，后来他们一家人回到了家乡。刘素娥的家坐落在村子的西南角，与村子隔着一段不小的距离。幼时的刘素娥很少到村子里玩儿，主要靠母亲讲故事打发时光。母亲还在家里放了一块黑板，教孩子们认字、写字。母亲的故事激发了刘素娥的想象力，让她对周围的事物产生了许多遐想。同时，那个小村子虽然贫穷落后，但紧靠潴龙河岸，也具有波光粼粼、垂柳荡荡、芳草鲜美、落英缤纷的景致。刘素娥 6 岁时，在北京工作的大姐有了孩子，母亲就经常去大姐家带孩子。由于想念母亲，她便常常登上屋顶，眺望远方，想象母亲生活的情景。刘素娥还常常用识得不多的一点文字给母亲写信，抒发她的思念之情。这种想象与向往作为一种无意识潜藏在刘素娥的内心，是她后来写作的最初积淀。自家小院后来作为文学原型变成了长篇小说《白妮》中离村很远的矢家院落，所以应该说受过文化教育的母亲为刘素娥带去了最初的文化与文学启蒙。

刘素娥从小酷爱读书，最初在姐姐们的课本里读到了《创业史》《汾水长流》

等作品的片段。后来进入乡小学、中学时，她又陆续读了《朝阳花》《红岩》《青春之歌》等作品，这使得她在中小学时便表现出了良好的语文素养。初中的语文老师经常让她复述课文，并把她的作文作为范文在班里做展示，这些都极大地激发了她的文学兴趣。在公社读高中时，她养成了写游记的习惯，只是那时还没有想到投稿。1979年，刘素娥考入保定师范专科学校。其间，教写作的老师让每位同学写一篇小说作为结课作业，当时写作老师对刘素娥的作业的评价是：心理描写写得最好。这也让刘素娥大受鼓舞。

1982年毕业后，刘素娥回到蠡县城关中学做语文老师。1984年，调到蠡县党史办，这段时间使她有了更广博的文史阅读和文艺体验。1990年，调到县委办公室从事公文写作。1996年，调到保定市编委办公室，从事机构编制工作。2004年，刘素娥凭借已发表的诸多作品，调到保定市文联任副主席，后成为保定市文联主席，兼任保定市作协主席，并当选河北省作协副主席，一直到2017年10月荣休。

十几年的文联、作协工作，给了刘素娥很大的工作空间，让她可以不断地体察每个作家的写作风格、生活特点。2006年，她组织了保定市“文友会”，每月以例会的形式开展文学沙龙。“文友会”成员不限条件、不限身份，来去自由，广泛团结社会各界爱好文学的人士。很快，“文友会”迅速发展起来，成为保定文学人的一个交流平台。大家以“文友会”为依托，进行作品研讨、文学采风，并开展诗会活动，还多次深入农村、学校、企业、部队体验生活，探讨艺术，交流创作经验体会，传递文学信息，激发创作热情。河北省作协的领导曾专程来参加过活动，并对“文友会”给予了充分的肯定和大力的推广，使其成为河北省作协系统的品牌活动。“文友会”很快由最初的12人发展到500余人，甚至廊坊、天津、河南、三峡库区的文友也曾前来参加活动。面对繁忙的文联、作协工作，刘素娥不仅没感到疲劳，反而感到很充实，也激励着她坚守在文学创作的阵地上，不断创作出优秀之作。

刘素娥的创作以小说为主。1988年，在《清明》上发表了她的处女作短篇小说《续弦》。2002年，中短篇小说集《找回来的日子》出版发行。2007年，传记文学《林仲平》出版发行。同年，长篇小说《裸露的土地》出版发行。2008年，传记文学《奥运情缘》出版发行，该作品曾获河北省第九届“五个一工程”奖。2012年，长篇小说《白妮》出版发行，该作品曾获河北省第十一届“五个一工程”奖。2018 年，签约长篇小说《金玉缎夹袄》。

名作赏析

（一）《裸露的土地》

长篇小说《裸露的土地》于 2007 年出版发行，是刘素娥的代表作之一。小说取材于我国北方，以冀中腹地道口村陆显章和任坡两家的命运为主线，围绕两个家族男男女女的情感纠葛，从民国初年一直写到改革开放时期。小说由楔子拉开民国初年陆、任两家的仇恨大幕，之后上演了一幕幕矛盾激烈的人生大戏。陆家穷困潦倒的陆老信吃下了从富裕的任家讨来的饭，之后造成被毒死的假象，以死相讹。陆家长子陆显章明知道父亲的阴谋，却冒死哀求在县衙做事的表叔帮忙打赢了官司。任家被害得一败涂地，陆家则发了不义之财，日子逐渐红火了起来。任老才被气得一病不起，但任家却因祸得福，土改来了，任家被定为贫农，任家长子任坡掌握了村里的大权，而被定为富农的陆家则成了批斗对象。当读者以为掌握陆家生杀大权的任坡会狠狠地报复陆家一雪前仇时，他却在生死关头感念陆显章少年时代对他的救护而放走了必死无疑的陆显章，之后陆显章便开始了逃亡生活。小说就此展开了任坡和陆显章的双线叙事。任坡在农业合作化与人民公社化运动中逐渐树立起威信，他给村里争来了水渠，建起了粉丝厂、木器厂、砖厂，走在了时代的前面，让全村人都能挺胸抬头走路。即使在“文革”中，因他在老百姓中的崇高威信，造反派在村里也没能掀起多大浪头。此时，任家与陆家的仇怨却在悄然地发生转变。任坡虽然后悔放走了陆显章，但也没有因此再为难陆家，反倒是因为刨坟相助、妻子出轨、搜身红薯干、送葡萄糖等事件，他和陆家的女儿陆显梅竟然开始了“地下情。与此同时，陆显章在逃亡路上经历了

《裸露的土地》

种种磨难。路遇哑巴老人、救过哮喘病人、偷食红薯渣、巧遇小女孩儿李香叶等，直至遇到义父、义母暂居深山，一路上都是对他的意志和人格炼狱般的考验。义父、义母病逝后，陆显章将他们二人的骨灰送回故里，然后隐姓埋名、改头换面来到海江，带着对家乡亲人的思念，开始了勤奋踏实的创业生活。一直到改革开放时期，他终于可以回家了。自此，陆显章和任坡的两条叙事线索重新合并到道口村。已经成为工程师的陆显章衣锦还乡回到道口村，见到了弟弟、妹妹，也见到了昔日的仇人任坡。此时的任坡却因为不适应商品经济的大潮，创业失败，辞去了村支书的职务。陆显章想帮任坡，却被任坡断然拒绝，他们不谈仇恨也不谈和解。小说的结尾，任坡落寞病逝，陆显梅悲痛欲绝，怀着对任坡的一腔深情，她任由自己的病情蔓延，最后死在了大哥陆显章的怀中，陆显梅最后的遗言就是：陆家和任家的怨，到这辈就了了吧。

小说出版后，河北大学教授、评论家刘福泉在《半个世纪的农村历史长卷——评刘素娥长篇小说〈裸露的土地〉》中认为："它反映的生活画面广阔，结构恢宏；时间跨度大，从20世纪40年代一直写到80年代末；空间上涉及面广，从河北农村到广东都市；这样就形成了结构上的大开大阖，内容上的大气而厚重，成为当代文坛上少有的反映农村近半个世纪农民命运的具有史诗意味的作品。"作家王继民在《一曲壮歌赋春秋——读刘素娥〈裸露的土地〉》中认为："这部小说取材于我国北方——冀中腹地农村的阶级斗争、生产生活、人性人情、世道世事的天壤变迁；把天时、地利、人和融为一体，顺理成章，水到渠成；将国事、家事、人事穿插交错，经纬有序，引人入胜。"

这的确是一部厚重且值得品读的作品，其雄浑大气，一度让河北省作协主席关仁山感到并非出自女作家的手笔，并为该作品作序——《谁说女子无大贤》，给予了刘素娥和她的《裸露的土地》极高的肯定。

（二）《白妮》

长篇小说《白妮》于2012年出版发行，是刘素娥的代表作之一。小说的主人公名叫矢秀白，出生在一个地地道道的农民家庭，是一个普通的中国农村姑娘。但她又是不普通的，因为她长相特殊，天生黄发高鼻白肤，一副十足的"洋人"模样，是个有着神秘血缘身世的白妮子。小说恰是紧紧围绕她这不普通的"洋人"模样，展开对女性命运与历史发展的多重叙事。改

《白妮》

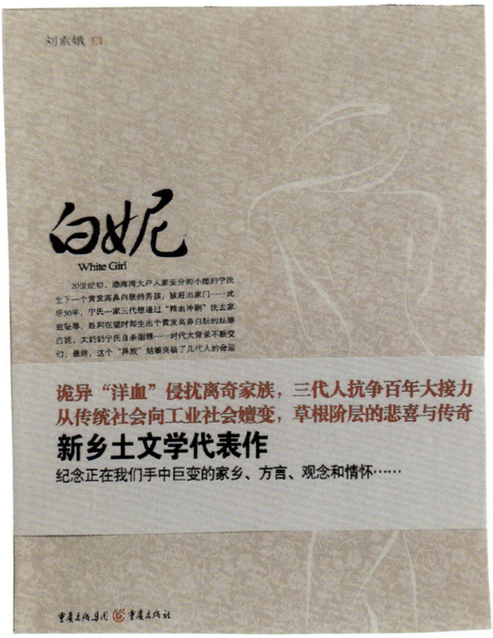

革开放前，矢秀白的黄发高鼻白肤是家族的禁忌与耻辱，她的出生导致了太奶奶宁氏自杀及姐姐的突然夭折，同时也给她自己的命运带来诸多坎坷。因为她的长相，奶奶不让她到外村上学，她愤怒地烧毁了自己心爱的课本与书包，辍学务农。因为她的血统，她丧失了在县农展馆转正的机会，入团的资格也被取消。更有甚者，就连到北京当个保姆，她的长相也遭到雇主家人的怀疑。她与年长的许森林的并不称心的婚姻也因她的血统而告吹。与改革开放前，血统与长相使她受尽欺辱与委屈形成鲜明对照，小说也着力展现了改革开放后，因为她的血统和长相似有“海外关系”，为她带来的一系列便利与机遇，她开始做个体下海经商、筹划建厂、获取台商投资、做企业老总，直至担任政协委员。围绕着矢秀白的成长与蜕变，作者塑造了农民父亲矢根、堤外村民兵连连长王小池、县展览馆杨馆长、离休高干沈国胜、国企厂长许森林、大学毕业生孟正律、民营企业家段解放、台商董天、政界要员阎市长等一系列人物形象，使作品在亲情、爱情、事业等多重维度展现女性命运的同时，也充满了历史的厚重与沧桑感。

小说《白妮》出版后，诸多学者从不同角度给予了研究与评价，如贺绍俊的《整旧如旧，新意自出》、鲁守平的《打通雅俗的积极尝试》、桫椤的《一个失败者的寂寞狂欢》、张同俭的《一部视角独特的中西关系史——读刘素娥的长篇小说〈白妮〉》、孙茜的《寻求心灵归属的现代人——女性视角解读〈白妮〉》、李新的《东方“丑小鸭”的励志传奇——刘素娥〈白妮〉读后》、高琴的《燕赵文化魂、草根女性路——谈刘素娥小说〈白妮〉的地域文化色彩》、路焕银的《以爱的步伐，奋然前行——读女作家刘素娥的长篇小说〈白妮〉》、袁军的《一部表现当代女性农民企业家的奋斗史 ——读刘素娥长篇小说〈白妮〉》等。

“整旧如旧，新意自出”是曾任文艺报社常务副总编辑、小说选刊杂志社主编的文艺评论家贺绍俊对《白妮》的评价。该评论文章认为：“刘素娥走的是旧乡土文学的路子，从中让我们看到刘绍棠、高晓声的影子，甚至更早一些的台静农等作家的影子。”与出版商宣传的新乡土文学观点相反，贺绍俊认为《白妮》恰恰是旧乡土文学，并围绕“整旧如旧，新意自出”展开分析论证。什么是整旧？什么是如旧？新意在哪儿？要解开这些疑问，都要从阅读刘素娥的长篇小说《白妮》开始。

（撰稿人：马晶晶）

阿宁

名家简介

阿宁，1959年生人，原名崔靖，祖籍河北故城，现籍河北保定。河北大学中文系毕业，现为中国作家协会会员、河北省作家协会创作室专业作家、河北省作家协会主席团委员、河北省作家协会理事，一级作家，河北省第十届、第十一届人民代表大会代表，河北省有突出贡献的中青年专家，河北省“德艺双馨”艺术家，河北省“四个一批”人才。

阿宁的父亲是一名军人，新中国成立后，父亲志愿转业到张北工作，母亲随后也来到张北，二人同为张北县的基层干部，阿宁幼时便和父母一起扎根在张北农村。张北农村当时的条件很艰苦，乡村小学是复式班教学，好在母亲十分重视对阿宁的教育，很早便开始教他识字读书。大约13岁时，阿宁的父母工作调动，一家人来到张北县城，阿宁开始在县城中学读书。那时，阿宁承担了所在班级的黑板报工作，并担任了油印校报的编辑，当来稿不足时，他就自己写稿子。同时，阿宁还尝试学习了绘画、书法等多种艺术形式。虽然那时的他还没有开始真正的创作，但已显现出对艺术尤其是文学的浓厚兴趣。高中毕业半年后，阿宁进入张北县银行工作，后因为对文学的热爱与执着，调入张北县文化馆创作室，一直工作到他走出张北草原来到保定。张北草原的这段生活经历化作阿宁难忘的童年时光，后来持续进入他的文学世界，一直到近年来他发表的《父亲的时代》《遥远的哈拉乌素》《乌兰一支更》，我们依然可以看到张北草原作为文学原乡对他的滋养。

阿宁与保定这块土地结缘，契机源于河北大学与河北省作协联办作家班，阿宁凭着自己广博的文化积累和已经发表的作品，考入了河北大学作家班。阿宁从作家班毕业时，恰逢中共保定地委委托铁凝推荐一些优秀的作家充实到保定的创作队伍之中，铁凝便询问阿宁是否愿意留在保定文联，阿宁征得父母同意后，便留在了保定，从此与保定结下不解之缘。保定作为文化古城，具有深厚的历史、文化和文学底蕴，阿宁扎根在这方文学沃土上，汲取营养，以喷涌的态势创造出了一个绚烂的文学世界。

阿宁早期的文学尝试主要以诗歌为主，后改写小说，也涉猎话剧、散文等体裁，不过阿宁的艺术成就更多地还是体现在小说领域。1983 年，阿宁在张家口文联主办的《长城文艺》上发表了小说处女作《责任》。1984 年，阿宁再次在《长城文艺》上发表短篇小说《回声》。1996 年，中短篇小说集《校园里有一对情人》由百花文艺出版社出版发行，该书曾入选“21 世纪文学之星丛书”。1997 年，他在《十月》上发表了中篇小说《坚硬的柔软》，曾获河北省第七届“文艺振兴奖”、第六届“十月文学奖”。1999 年 4 月，花山文艺出版社出版发行了阿宁的第一部长篇小说《天平谣》，该书曾获河北省第八届“文艺振兴奖”、河北省委宣传部第六届“五个一工程”奖。同年，中篇小说《无根令》刊载于《人民文学》第七期，后获《人民文学》1999 年优秀中篇小说奖、《中篇小说选刊》1999 年至 2000 年度优秀中篇小说奖、《小说月报》第九届“百花奖”。2002 年 4 月，群众出版社出版发行了阿宁的长篇小说《爱情病》。11 月，花山文艺出版社出版发行了他的长篇小说《城市季节》。2005 年，在《北京文学》第八期刊载了阿宁的中篇小说《米粒儿的城市》，该小说曾入选“华文 2005 年度最佳小说选”，曾获新世纪第三届《北京文学》奖中篇小说奖、河北省第十一届“文艺振兴奖”。2007 年，河北教育出版社出版发行了他的中短篇小说集《米粒儿的城市》，同时收录了《灾星》等作品。2006 年，《北京文学》第八期刊载了阿宁的中篇小说《假牙》，该小说曾入选《2006 年中国中篇小说精选》和《小说月报第 12 届百花奖入围作品集》。2007 年，《当代》第二期刊载了阿宁的中篇小说《白对联》，该小说曾入选《2007 中国年度中篇小说》和《2007 中国中篇小说经典》。2008 年，河北教育出版社出版发行了阿宁的长篇小说《能耐》。2010 年 1 月，花城出版社出版发行了阿宁的长篇小说《狠如羊》，该小说曾入围 2011 年茅盾文学奖。2001 年，花山文艺出版社出版发行了他的中短篇小说集《坚硬的柔软》。2012 年，阿宁与人合作，在重庆出版社出版了《中国 1945——重庆风云》，该作品后被改编成同名电视剧。2014 年，《时代文学》第九期刊载了阿宁的中篇小说《老鱼的梦》。同年，《北京文学》第十期刊载了他的中篇小说《同一条河流》。2015 年，《花城》第二期刊载了阿宁的中篇小说《病人的私事》，该小说曾获 2018 年第二届孙犁文学奖。同年，《小说月报》原创版十一期刊载了他的中篇小说《大鱼》。2016 年，《北京文学》第二期刊载了阿宁的中篇小说《父亲的时代》。同年，阿宁的中短篇小说集《同一条河流》由中国言实出版社出版。2017 年，《上海文学》第九期刊载了阿宁的中篇小说《夜里闭不上眼睛》。同年，《北京文学》第十期刊载了他的中篇小说《半脸哥》,《山花》第十期刊载了他的中篇小说《捕捉者》。2018 年，《天津文学》第三期刊载了阿宁的中篇小说《乌兰一支更》。2021 年，《当代》第一期刊载了阿宁的中篇小说《舅舅在母亲心中》。

名作赏析

（一）《无根令》

《无根令》于 1999 年发表于《人民文学》第七期，是阿宁官场小说的代表作之一，也是那个时期官场小说的重要代表作之一。小说主人公李智是皮县县委书记，来到皮县已近 3 年，但“他上面没人，是个无根县令”，那么无根县令要如何开展工作呢？

“有人说我是无根县令，我无根，但我又的确是县令，你有根却不是县令，这说明什么问题？说明这个根不根的起不了多大作用，既然领导让我来皮县，我不管有根无根，只要我在这里待一天，就必须令行禁止。”

这是一段李智在全县干部大会上说的话，然而现实却无情地挑战着李智的话语权。他准备调整乡级干部，已退休的省交通厅副厅长、省委副书记的爱人陈爱兰打来电话，推荐皮县大户贡天华的儿子贡存义做小辛庄乡委书记，瞬间打破了他原本的用人计划，也让无根的他陷入了权力、金钱、人情的关系网中。曾经信赖的下属不再坦诚，曾经交心的同僚改变了阵营，曾经不问政事的妻子吹起了耳边风。作者以锐利现实的笔触描绘了现代官场微妙的人际关系，尤其是主人公李智焦虑、无奈、困惑、孤独、沉重、痛苦的内心世界。小说的结尾李智以一纸谣言击破了钱权编织的网，这种理想主义的超越似在意料之外，但细品前文情节已有铺垫，文中多次写到李智被他人造谣，“从今年年初开始，各种各样的流言、猜测在县里盛传着。有人说他要调走了，有人说地委领导对他不满意了……”，同时又写道“李智点子多，他这个智，是智慧的智”，所以小说最后的一招“以彼之道还施彼身”，虽有理想主义的色彩，但恰恰符合李智的人物性格，落在了文本的情理之中。

《天平谣》

（二）《天平谣》

《天平谣》于1999年由花山文艺出版社出版发行，是阿宁反腐倡廉题材的力作之一。林木森是天平市国营化肥厂的厂长，凭着多年的苦心经营，编织了一个盘根错节的关系网。林木森在自己所谓的“王国”里贪污行贿、为所欲为，扬言即使厂子倒闭了，他照样能活得不错。然而，自以为关系网牢不可破的林木森遇上了新上任的检察长刘玉彬，小说即以濒临倒闭的国营大厂“化肥厂案件”为线索，书写了以检察长刘玉彬为代表的正面形象和以化肥厂厂长林木森为代表的反面形象展开的一轮轮较量。林木森动用上级关系给刘玉彬施压，利用昔日恋人腐蚀刘玉彬，抓住刘玉彬的家人威胁刘玉彬。刘玉彬则在权与法、情与法、钱与法的矛盾斗争中，牢牢守住公正廉洁的阵地，最终将贪腐分子绳之以法。

小说不仅着力刻画了检察长刘玉彬这一正直、坚忍与公正的正面形象，而且还描写出了反面形象林木森的复杂性与可信性。小说在整体架构上，与曾经的大热剧《人民的名义》颇有相似之处，仅从人设来看，刘玉彬与侯亮平、林木森与祁同伟、苏小红与高小琴、赵克书记与沙瑞金书记，几乎可以一一对应，《天平谣》堪称“保定版《人民的名义》”。

(三)《坚硬的柔软》

《坚硬的柔软》发表于1999年，是阿宁中篇小说的代表作之一，阿宁在作品中塑造了许宾这一典型形象。

“团总支书记许宾在系里是个不起眼的角色，中文系光正教授就30人，像他这样的实在排不上号。再说系里这些年新分来的，最低也是硕士毕业生，而他只是本校毕业的工农兵学员，除了干的年头多一点儿，比起那些新来的没有什么优势。这样的境遇如果落在别人身上，就意味着失败，到了他身上却只意味着柔软。”

《坚硬的柔软》

这是小说开头的一段文字，从中可以看出许宾能力一般，在中文系是个名不见经传的透明角色，对人永远是一副无害甚至讨好的面孔，尤其后文写道他在中文系的岗位几经调整，总是干一些别人不爱干的活儿，看起来颇为窝囊。按照这个人设和逻辑，许宾最后应该一事无成，但小说的结尾却是：“两个月以后，学校成立了政治思想工作办公室，一纸任命下来，许宾成为校政工办副主任，这个打了折扣的提拔和爱情一样，来得稍微晚了点儿，但他的心情一样是愉快的。”

小说的结尾和开头形成了反差，能力一般的许宾是如何获得胜利的呢？小说的题目“坚硬的柔软”是理解许宾形象的关键词，它是许宾的性格特征，柔软包括忍耐、妥协、屈从、甘为下人等，可这柔软仅仅是甘为下人吗？仅仅是一时之计吗？读完小说读者就会发现，这柔软是许宾为人处世的总方针，也是许宾的生存哲学。不论何时何地、对内对外，这柔软都是他护身的法宝，但也是他进攻的“武器”，而且所向披靡，无往而不胜，因而是“坚硬”的。

评论者张同俭对许宾这一形象给予了高度评价，认为他是一个“当代的阿Q”，折射出了当下人的人性陋疾。同时，这一

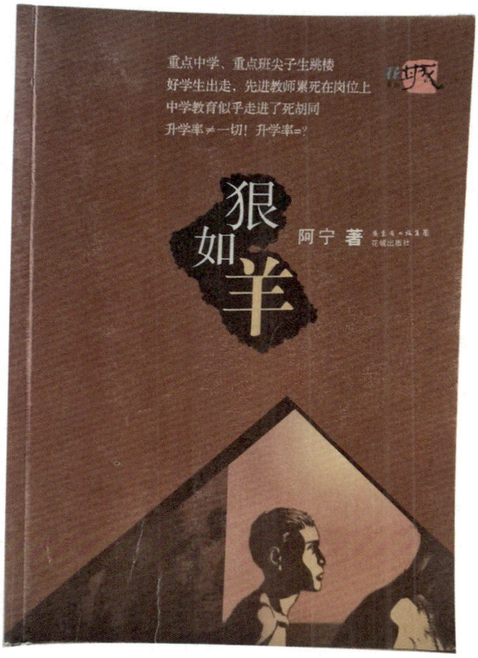

《狠如羊》

形象乍一看，颇具道家“尚柔弱”的文化色彩，但深入分析，这种柔软脱离了无为之道，以讲究实惠利益为目标，已然成了一个“精致的利己主义者”，这一人物形象的塑造来自于作者对当下人性的敏锐认知。

（四）《狠如羊》

《狠如羊》于2010年由花城出版社出版发行，是阿宁校园题材作品的力作之一。小说故事是围绕着一所中学展开的，在作品的封底有这样的介绍。

“这是一所名校，有花1亿贷款建成的美丽校园，有全市最优秀最尽职的校长老师，有让家长最看重最动心的全市第一全省第三的升学率，有最优良的生源……在这里，人人都在奉献：校长奉献了升迁的机会，教师奉献了所有的时间、健康，甚至生命，学生奉献了几乎全部的青春，每天学习15个小时……

所有的付出，目标只有一个——升学率，人们像机器一样坚定不移地走向它，并且成功了。然而，在成功的光环下，现实是如此的荒诞与不堪：重点班的尖子生跳楼了，温顺听话的好学生王立业和调皮的戴军出走了，并且编造了被绑架的谎言欺骗家长，谁知谎言最终演变成现实，他们真的被王立业母亲的情人——一个没有大学文凭、一事无成的失败男人——绑架了，家长、学校和老师乱成一锅粥，学校的教学秩序却冷酷无情坚定不移地朝着永远的升学率前进着……”

小说题目“狠如羊”语出《史记》“猛如虎、狠如羊、贪如狼”，寓意本性温顺懦弱的羊类，身体里也含有坚忍凶狠的基因，一旦诱发，便可制造惊天大事。结合小说内容来理解的话，大意可指最可怜、最无辜、最柔弱、最听话的人往往可以做出最狠毒、最疯狂的事，让人防不胜防。那么，狠如羊到底是指书中的哪个人物呢？是听话顺从，但却离家出走的中学生王立业吗？是一味讨好、忍辱屈从，但却绑架杀人的李凡吗？是可怜又可恨的单身母亲陈冰溪吗？读完小说读者就会发现，书中的角色几乎都有狠如羊的性格特征，他们不是道德伦理意义上的坏人，他们本性都是善良的，但他们却都处在一种拼命且焦虑的状态之中。所以与其说小说中哪一个人物是题目中的狠如羊，不如说作者是用这样一个题目，以象征的方式表达着中国当下教育的焦虑与无奈，也表达着当下人自我认同的焦虑与无奈。

（撰稿人：马晶晶）

附 录

保定作家群

保定作家群是指曾经生活、工作、战斗在保定，并以保定地区的社会生活为其创作的基本题材的作家所形成的群体，这一群体由于受到保定地域的自然、人文环境的影响，因而逐渐成为当代文学史上一个人数众多、代代相传，且有某些相近或相似的创作倾向、艺术风格和审美追求的作家群体。它不仅在20世纪50年代轰动文坛，而且至今仍然是河北乃至全国一支引人注目的创作生力军。多年来，保定作家群一直是我国现代文学史家和学术界特别关注和研究的热门对象。

一、保定作家群形成的地域文化及社会历史背景

保定作家群的出现绝不是一个偶然的现象，而是保定独特的地域文化传统同民主、民族革命相结合的必然产物。它不仅与保定独特的地理位置、人文环境及文化积淀有关，而且同时代和现实生活也有着不可分割的联系。正是这诸多因素的相互影响渗透和综合作用，才促成了保定作家群的产生与发展。

首先，独特的历史文化传统和文化积淀的影响与熏陶是保定作家群产生的重要原因之一。

保定地处太行山东麓，华北平原腹地，地域广阔，物产丰富，人民勤奋，可谓是物华天宝、人杰地灵，是我国历史上较早出现的经济文化发达地区之一。

保定自古便是名人荟萃之地。自战国时郭隗为燕昭王献黄金台策招贤纳士开始，重视人才、吸纳人才便成了此地的一个历史传统。在今满城、易县、定兴、涿州等地，都还有用以招贤纳士的黄金台的遗址。因此，保定曾先后出现了许多

闻名全国的文人学士、科学家、艺术家乃至军事家、政治家，并且这种重视人才、吸纳人才的传统一直延续到近现代。

抗战时期，冀中抗日根据地曾大量吸收知识分子入伍，使保定又成了文人荟萃之地。在“文化大革命”后期，当知识分子被视为“臭老九”，在不少地方被拒之门外之时，保定又收留了不少大学毕业生。当时仅望都一个小县就收留了几百名大学毕业生，这为日后保定作家群的产生奠定了基础。

历史文化传统的又一表现是保定文人自古至今一以贯之的“燕赵风骨”，这也是形成保定作家群的重要因素之一。由于保定在春秋战国之际地处燕南赵北，深受燕赵文化的熏陶和影响，因而保定文人自荆轲、高渐离开始就表现出一种崇尚正义、疾恶如仇、豪放侠义、宁为玉碎不为瓦全的精神，即人们所谓的“燕赵风骨”。韩愈的“燕赵古称多慷慨悲歌之士”就是对这种“燕赵风骨”的肯定和赞誉。这种“燕赵风骨”不仅成为保定文人代代相传的共同品格，也成为保定作家群形成的共同的人格与文格的基础。

其次，独特的地域环境也是保定作家群产生的重要原因。

保定自元代张柔重修被战火破坏的保州城，到元至元十二年（1275 年）正式易名为“保定路”，逐渐发展成为燕南一大都会。明清、近代以来，随着北京成为全国的政治经济文化中心，天津逐渐成为北方的军事经济要地，保定这个直隶总督署的所在地，由于与京津成三足鼎立之势，其战略地位也越来越重要。尤其是清末的洋务运动以后，保定不仅开始创办近代工业，也创办了不少新式学堂。仅据 1906 年的统计，当时保定已有官立学校 33 所，在校学生 3000 多人。私立学校更是如雨后春笋般涌现。辛亥革命后，随着直隶总督署迁往天津，保定的政治军事意义随之下降，可其文化气氛却由此而更加浓厚。学校教育的蓬勃发展不仅使保定成为当时著名的“学生城”，也成了新思想、新文化传播最活跃的地方。这里的教职员中聚集了不少受过民主思想影响的新型知识分子，经过他们的教育和熏陶，又有更多的接受民主思想的学生被输送到全国各地。就连培养新式军官的保定陆军军官学校，也不乏受到新思想启发的文化人。新式教育的发展，以及被新式思想武装起来的新型知识分子的大量涌现，这些都为保定作家群的产生奠定了人才基础。

地靠京津的地理位置使保定最早受到五四新文化运动的影响。1917 年，保定育德中学曾开设留法高等工艺预备班，早期共产党人刘少奇、李维汉、李富春等均曾在此班学习。1918 年，毛泽东曾来保定会见预备班学员，传播革命思想。1921 年，邓中夏来保定传播马克思主义，筹建中共社会主义青年团，使保定的青年学生逐渐受到社会主义思想的启迪，这为保定作家群的产生奠定了思想基础。抗日战争时期，地靠京津的地理优势使以保定为中心的冀中抗日根据地比其他地方接纳了更多的爱国志士。平津陷落后，保定成了许多爱国知识分子杀敌报国最方便、最理想的去处。保定作家群中的不少人就来自抗战时陷落的平津地区，如刘流、邢野等。

再次，保定作家群产生的根本原因是时代的影响，是英勇悲壮的民主、民族革命斗争的伟大洗礼。

在中国现代史上，保定不仅是河北乃至华北地区文化最发达的地区之一，同时也是民主、民族革命斗争最先兴起的地方。1922 年，这里建立了河北省最早的基层党组织。1930 年，阜平县曾建立过华北地区最早的苏维埃政权。这里曾先后爆发过震惊全国的“二师学潮”“高蠡暴动”“完县五里岗暴动”等革命斗争。抗日战争全面爆发后，这里又建立起巩固的敌后抗日根据地，广泛发动人民群众开展人民战争，运用游击战、地道战、破袭战等多种灵活机动的斗争形式打击侵略者。在这些伟大斗争中，有许多英勇悲壮、惊天地泣鬼神的真实故事，涌现出了无数出生入死、顶天立地、气壮山河的革命英雄。这些英勇悲壮的伟大斗争，不仅是锻炼和培养作家的革命熔炉，也是激励作家拿起笔进行创作的巨大推动力，同时还是作家进行文学创作最丰富、最生动的素材源泉。保定作家群的老一代作家们都是亲自参加了这些斗争，并以这些斗争生活为题材进行创作后才走上文学道路的。从一定意义上讲，没有伟大的民主、民族革命斗争，就没有保定作家群。

二、保定作家群的孕育与萌芽

保定作家群孕育于抗日战争时期的冀中抗日根据地。除梁斌、孙犁外，其余几乎所有的作家都是在抗战之后才开始的创作活动。尤其是抗日根据地的剧社活动和大型报告文学集《冀中一日》写作活动等，极大地促进了保定作家群的诞生。

抗战时期的冀中抗日根据地为了宣传群众和鼓舞士气，军区机关和下属各分区均建有剧社。军区当时建有新世纪剧社和火线剧社，剧社的成员多是又编又导又演，不少人就是由此走上了文学创作的道路。如梁斌虽然在抗战前就创作了反映“高蠡暴动”的小说《夜之交流》，但他在新中国成立前的主要著作如剧本《爸爸错了》《五谷丰登》等都是在担任冀中新世纪剧社社长时为了剧社活动的开展而创作的；由剧社活动走上了文学道路的还有曾担任过冀中火线剧社社长的傅铎，他创作的新歌剧《王秀鸾》从伦理关系的新视角反映了抗日根据地的现实生活，成为继《白毛女》之后又一部引起广泛影响的新歌剧；邢野的文学之路也是从抗日根据地的剧社工作起步的，他与人合作的歌舞剧《反扫荡》、独幕剧《出发之前》都是在剧社工作期间创作的。冀中抗日根据地的剧社活动逐渐由部队发展到地方，在抗日根据地的多数较大的村镇，都有农民自发组织起来的剧社。这些剧社多采取自编自演的方式，不仅丰富了农民群众的文化生活，而且使不少人受到了文学艺术的启蒙和熏陶。因此可以说，冀中抗日根据地的剧社活动是孕育保定作家群的摇篮之一。

孕育保定作家群的另一个摇篮是大型报告文学集《冀中一日》写作活动。这次广泛的群众性写作活动以抗日根据地 1941 年 5 月 27 日的见闻为题材，发动抗日根据地各行各业的人民将自己在这一天的见闻写出。这场写作活动发动群众之广泛、参加写作的人员之多可以说是中国文学史上从未有过的，仅从各地送上来的稿件就装了好几马车，40 多位编辑人员足足用了 8 个月的时间才从中选出了 200 多篇作品。这部报告文学集虽然由于不久之后的“大扫荡”而未能出版，但却因这次活动发现和选拔了许多有才能的文学青年。杨沫、李克、徐光耀都是由此开始拿起笔从事文学创作的。孙犁虽然在保定育德中学读书时就已发表过一些小说和剧本，但他真正致力于文学创作也是投身抗战之后。抗日根据地的宣传工作和编辑工作不仅使他和文学结下了不解之缘，也促使他在文艺理论上进行了深入的钻研和探讨。他不仅参加了《冀中一日》的选编工作，而且还根据选编中发现的问题写了《区村和连队的文学写作课本》，为帮组群众文艺创作水平的提高，也为保定作家群的诞生，浇灌了第一盆甘露。此外，他的长篇文学论文《现实主义文学论》《鲁迅论》在审查的层次上为保定作家群的诞生奠定了理论基础。因此他的《荷花淀》一经问世就震动了解放区的文坛，并成为后来“荷花淀派”的滥觞，这绝不是偶然的。

保定作家群初露端倪是在抗战后期，特别是毛泽东主席的《在延安文艺座谈会上的讲话》发表之后。孙犁的《荷花淀》《芦花荡》以鲜明的地方色彩和独特别致的艺术风格丰富了解放区的文学创作，并在整个解放区文坛引起轰动；梁斌的《红旗谱》的前身《三个布尔什维克的爸爸》（又名《父亲》）等小说也在此时问世；傅铎的新歌剧《王秀鸾》从伦理关系这个新视角来反映抗日根据地的现实，在各解放区引起广泛注意。虽然这些作品在数量上还不多，作家人数也还比较少，但由于这些作家的作品带有鲜明的保定地方色彩和浓郁的乡土气息，以及革命乐观主义精神，并在全国范围产生了影响，因而对保定作家群的诞生发挥了巨大的促进作用。

三、保定作家群群体的形成及其特征

保定作家群的正式形成是在新中国成立后的20世纪50年代。当时转战各抗日根据地的文艺工作者陆续进入京、津、保、石等大中城市，且大多负责文化部门的领导工作。和平的环境、工作的需要使他们有了较充分的时间和精力进行文学创作。于是，曾转战于保定及周围地区的文艺工作者们，在短短几年间便创作了一大批反映保定及周围地区生活和斗争的作品，如袁静、孔厥的《新儿女英雄传》；徐光耀的《平原烈火》《小兵张嘎》；梁斌的《红旗谱》《播火记》；邢野的《平原游击队》；刘流的《烈火金钢》；李英儒的《野火春风斗古城》；孙犁的《铁木前传》《风云初记》；李克的《地道战》等。这些作品的相继问世不仅使整个文坛引起轰动，而且也标志着一个由曾生活和战斗在保定并以反映这一地区的生活和斗争为题材的作家所组成的群体——保定作家群的正式形成。这个作家群以梁斌、孙犁为首，包括徐光耀、冯志、李英儒、刘流、邢野、孔厥、袁静、李克、王林、路一、远千里、张朴等，这便是第一代保定作家群。

新中国成立后，保定曾为河北省省会。保定作家群的第一代作家当时多云集于保定，河北省文联、作协和团省委，以及各报刊的编辑部等都曾举办过各种类型的文学创作训练班，并通过报刊培养选拔青年作家及业余文学爱好者。还应提到的是，天津在1958年后曾成为河北省省会，《天津日报》的文艺副刊《文艺周刊》及《蜜蜂》在培养文学青年方面也做出了突出的贡献。保定作家群的第二代作家苑纪久、张啊涛、韩映山、申跃中、冉淮舟、周渺、赵新、崔砚君等人就是在第一代作家的关怀和帮助下走上文坛的，他们的出现标志着保定作家群的发展壮大。然而遗憾的是，这一代作家命运多舛，他们在文坛上刚崭露头角就遭遇了一次次政治运动的冲击，贻误了近20年的大好时光，他们真正显示出自己的文学才能，写出有影响的力作多是在进入新时期之后。

粉碎“四人帮”，特别是党的十一届三中全会以后，我国进入了以经济建设为中心的新历史时期。这时不仅保定作家群的第一、第二代作家重新焕发了创作生机，同时又涌现出了第三代作家群体，主要有铁凝、陈冲、邢卓、郭湛芳、李景田、钟恪民、韩冬、薛勇、阿宁、澄清、石新茂、任牧辛、张洪年、莳言、谈歌、孙志杰、徐顺才、郑新芳、韩成武、赵昌志、江敏、谷办华、伪农、刘景桥等。与前两代作家相比，这一代作家的整体文化层次高，社会经历、职业范围广，从他们从事过的职业来看，是工、农、商、学、兵齐备，党、政、军、民、学俱全，他们不仅在数量上超过了前两代作家，而且创作起点高、势头猛、潜力大，一开始就呈现出一种青出于蓝、后来居上的强劲势头。他们的出现不仅表明了保定作家群后继有人，而且标志着保定作家群的进一步发展和壮大。尤其是其中的铁凝、陈冲、谈歌、阿宁等人，他们都是在步入文坛后不久就在全国范围产生了影响。

从保定作家群形成和发展的历程可以看出，保定作家群是个阵容强大、影响深远、代代相传、后继有人的作家群体。它不仅以强大的作家阵容充实和壮大了我国新文学的创作队伍，又以数量多、质量高、影响大的文学作品，丰富和繁荣了我国的当代文坛。作为一个地域性的作家群体，保定作家群不仅为保定和河北的文学事业做出了卓越的贡献，而且直接带动和影响了其他地域的作家队伍的成长。著名作家刘绍棠、丛维熙及柳溪、房树民等“荷花淀派”作家均受到过保定作家群的深刻影响；浩然不仅在保定的作家训练班学习过，而且他的名著《艳阳天》的创作素材也取材于保定的完县（今顺平县）；贾平凹、张炜也是在“荷花淀派”作家的影响下走上文坛的。20世纪80年代末开始走红文坛的山东作家莫言，其处女作《春夜雨霏霏》就发表在保定文联主办的《莲池》上。莫言曾生动地描写过他的作品第一次变成铅字后的兴奋与激动，可以说如果没有保定作家群中的伯乐，莫言的人生之路可能就要重写了。至于那些间接受到保定作家群影响的作家就更无法统计了。

纵观保定作家群的形成与发展及其创作概况，可以看出它有以下几个显著的群体特点。

第一，先是战士，后是作家；先有生活，后有作品。如果说前者主要是针对第一代作家而言的话，那么后者则是四代作家的共同特征。

保定作家群的第一代作家都是很早就投身革命队伍的战士，而且多是在斗争中加入了中国共产党。梁斌在上高小时就受到革命思想的熏陶，在二师读书时参加了中国共产党领导的革命斗争。抗战全面爆发后，梁斌参加了冀中第一支抗日武装，转战于抗日斗争的最前线。孙犁也是20多岁便参加了抗日队伍，成为一名革命战士，为打击日本侵略者整日风餐露宿，在平原与山地之间同敌人周旋，利用游击战打击敌人。正因为他们都直接参加了英勇悲壮的抗日战争，与人民群众一起经受了战争、离乱和生死的考验，他们才写出了像《荷花淀》《红旗谱》

那样永载史册的光辉著作。

先有生活，后有作品，这是保定四代作家的共同特征之一。从生活经历可以看出，保定作家群的这四代作家几乎全是从生活和斗争实践中涌现出来的，而真正文学科班出身的学者型作家几乎一个也没有。对于多数作家来说，他们第一次拿起笔来进行创作并不是职业的需要，也不是受想成为一名作家的理想和志向的支配，而是由于生活的激励。徐光耀曾说："是战友的牺牲使我提起那力重千钧的笔。"申跃中、赵新走上文坛则是受了农民喜怒哀乐的深深感染；铁凝的最初创作得益于知青生活的磨炼；邢卓提笔著文则与他同"四人帮"的左倾思潮的斗争密切相关。

因为先是战士，后是作家，所以保定作家群的作家们始终关注生活、关注现实，始终把表现时代的风云变幻和人民群众的命运追求置于首要地位。老一代作家之所以把反映伟大抗日斗争作为创作的基本题材，就是因为他们都曾是这个队伍中的一员，并与人民群众一起同日本侵略者进行过殊死的斗争，这种共同的经历很自然地使他们的创作同时代风云和人民命运紧紧地联系在一起。第二、第三代作家都是在老一代作家的言传身教或在他们的作品的哺育下成长起来的，所以关注生活、关注现实、关注人民群众的命运与疾苦在他们的作品中也被置于突出的地位。申跃中的中篇小说《挂红灯》表现了农民群众对"四人帮"极左路线的深恶痛绝，以及同他们所进行的英勇顽强的斗争；陈冲的小说则表现了新时期工人阶级对改革的热切企盼和衷心拥护与支持；赵新的农村小说则生动深刻地揭示了新时期农村的问题和矛盾，表现了农民在新时代的喜怒哀乐和企盼追求。

因为先有生活，后有作品，所以保定作家群的作家们坚持以生活的本来面目反映生活，较好地克服了文学史上常见的公式概念化的毛病，以及追风趋势、胡编乱造的不良倾向。他们凭借坚实丰厚的生活底蕴，以新颖独特的艺术手法塑造了许多光彩照人的艺术形象，赢得了广大读者的喜爱。

第二，注重对带有独特地方色彩的生活韵味的酿造是保定作家群的又一群体特征。

保定作家群的作品中带有独特地方色彩的生活韵味这一特征，早就引起了读者的注意。孙犁的《荷花淀》、梁斌的《红旗谱》之所以震动文坛，就与它们所蕴含的独特的生活韵味有关。尤其是20世纪80年代初，当人们对孙犁小说这一特点及其影响进行深入研究时，发现了一个以孙犁为代表的“荷花淀派”，这说明人们已经注意到了保定作家群的这一群体特征。尽管“荷花淀派”并不能涵盖整个保定作家群，但是这一流派所体现出的注重对独特地方色彩的生活韵味的酿造却是整个保定作家群的共同特征。其实，梁斌的作品虽然在风格和气质上与“荷花淀派”的作品有很大差异，但在对独特地方色彩的生活韵味的酿造上可以说有异曲同工之妙，这一点可以从《红旗谱》中对北方农村的园、田、井、台、青纱帐及年终的踩岁、祭祖等地方风情民俗的描写中表现出来。值得注意的是，这一特征不仅从孙犁、梁斌等老一代作家的作品中可以品味到，即便是在晚辈作家铁凝、赵新、阿宁等人的作品中也同样存在。铁凝的作品之所以在全国叫响，是和《哦，香雪》中那浓郁的生活韵味密切相关的。赵新的农村小说和阿宁的校园系列小说之所以引人注目，也是由于他们从各不相同的生活题材中酿造出了独特的生活韵味，从而赢得了读者的好评。而谈歌的小说之所以能够引起人们的关注与争论，也是在于他酿造出了改革文学中独特的生活韵味。因处境不同、爱好不同而引起的口味不同，自然会对这种独特的韵味产生不同的味觉反应。

第三，“燕赵风骨”是贯穿保定作家群创作的一个共同的审美品格。由于保定作家群在其孕育期就受到“燕赵风骨”的影响和熏陶，因此它一定会以不同的形式在作品中表现出来。

崇尚正义、疾恶如仇、宁为玉碎不为瓦全的浩然正气是“燕赵风骨”的本质，这种本质以两种不同的形式表现出来：一种是荆轲那种慷慨悲歌、义无反顾的形式；另一种是蔺相如那种精细机智、柔中寓刚的形式。这两种看似不同的表现形式却是紧密相连的，是对立的统一，一个表现为壮美，一个表现为优美。这两种美的形态在保定作家群的不同作家身上表现的侧重点不同。梁斌、邢野、刘流等人的作品主要表现为慷慨悲歌式的壮美，而孙犁、韩映山等人的作品则主要表现为精细机智及与之相协调的花香月明般的优美，还有二者兼而有之的，如徐光耀、李英儒、李克、赵新等人。但是不论这些作家的作品在美的形态上有多大差异，崇尚正义、疾恶如仇、歌颂真善美、鞭挞假恶丑都是他们共同的审美品格与审美追求。而这正是保定作家群一脉相传的“燕赵风骨”，是形成保定作家群共同人格和文格的基础，也是保定作家群的作品的共同精神特质。

进入 21 世纪，在保定又涌现出了两个相当引人注目的文学群落——新保定小说群和新保定诗群。这两个文学群落的出现，在某种意义上也体现了保定作家群代代相承、薪火相传的特点。

新保定诗群是继白洋淀诗群之后，在保定出现的另一个本土性诗歌群落，也是一段时期内，在河北当代诗歌创作中最具活力、最具创作实力的诗歌群体之一。诗群依托保定著名文化品牌——保定市作家协会“文友会”而构成，具有地域相近、活动紧密、创作自由、规模较大、成绩显著的群落特征。骨干成员包括张劲鹰、石英杰、李点儿、陌上吹笛、谷雨、蒲力刚、易州米等。新保定诗群立足于保定厚重的历史文化底蕴，着眼于保定经济和社会发展，反映了独特的理想追求和精神体验，他们的作品频频出现在《人民文学》《诗刊》《诗歌月刊》《诗选刊》等重要文学期刊上。

与此同时，保定的小说创作也出现了繁荣发展的好势头，以纯文学为主的新保定小说群的作家们创作上互相促进，蔚为大观。新保定小说群是指以作家刘素娥、杨守知、韩梦泽、易水、尚未、苑楠、聂昱冰等为代表的保定小说创作群体。他们的共同特点是继承了保定作家群老一辈作家以现实主义手法为主的创作传统，通过小说的方式为时代留下历史记录，其中刘素娥、杨守知等人的创作尤为突出。

可以说，在保定作家群的第一代作家们光荣地完成了他们辉煌的文学使命后，新时期的保定文坛目前正呈现出第二代、第三代和第四代诗人、作家复调合奏新时期中国特色社会主义主旋律的动人局面。

美好的保定未来，必然共生着美好的保定作家群的未来！

后 记

《保定名家名作》是“保定历史文化名城丛书”的第五部作品，也是以人文元素为主讲述保定历史文化的第三部作品。在本书的编辑过程主要有 3 个难点：一是名人籍贯、人物生平等内容涉及大量历史知识，需要翔实的材料佐证；二是保定的历史文化名人可谓众如繁星，要在如此众多的名人中筛选、甄别出符合本书采用标准的人物和作品绝非易事；三是名人名作与保定文化的关系和贡献难以准确界定，需要对人物和资料的选择不断地进行筛选和甄别。

为攻克以上 3 个难点，河北新型智库 · 河北省文化产业发展研究中心（河北大学文化产业研究院）受保定市人大常委会委托，作为图书编写的执行单位，开展了多次实地考察和书稿统筹等具体工作。为保证人物史料、材料的有效性和可靠性，对图书的篇目结构、人物及作品的采用进行了多次调整，最终确定了以时间脉络为依据的两元结构模式。保定学院文学院组织了专项团队，负责书稿的执笔工作，他们历经数月，苦心孤诣，几易其稿，出力甚大。有赖于各方的共同努力，本书终于即将付梓，在此一并表示诚挚的感谢！

保定作为历史文化名城，名家名作众如繁星，但是由于作品散佚等一些客观原因，囿于本书体例，只好忍痛割舍，例如卢植，虽盛名远播，但无作品传世而最终未能收录其中。除此之外，更不免有挂一漏万和其他谬误之处，尚祈读者与专家指正。《保定名家名作》不仅是保定历史文化的记录，更是整个国家历史文化发展变迁的缩影。传承保定历史、弘扬保定文化，但愿此书能为保定历史文化的记录和传播略尽绵薄之力。

《保定名家名作》编委会

2021 年 11 月 1 日